Μάγδα Δ. Καπριανού

Σαρκικός Έρωτας

μέθεξις ΕΚΔΟΣΕΙΣ

Θεσσαλονίκη

Κατασκευή Εξωφύλλου: Εκδόσεις Μέθεξις
Επιμ. Έκδοσης: Εκδόσεις Μέθεξις

© Copyright Εκδόσεις Μέθεξις 2013
Κεραμοπουλου 5, Θεσσαλονίκη ΤΚ 546 22
Τηλ. - Fax: 2310-278301
e-mail: info@metheksis.gr
www.metheksis.gr

ISBN: 978-960-6796-41-8

Αριθμός Έκδοσης 47

τα πρόσωπα, τα γεγονότα και οι καταστάσεις ουδεμία σχέση έχουν με την πραγματικότητα.

για να ανάψει μια φωτιά χρειάζονται δύο πράγματα: ένα σπίρτο κι ένα χέρι να κρατήσει το σπίρτο...

Σηκώθηκε από το κρεβάτι νωθρή και αγουροξυπνημένη. «Κάθε αρχή και δύσκολη», σκέφτηκε και φόρεσε τις παντόφλες της.

Βημάτισε σέρνοντας κυριολεκτικά το κορμί της προς την κουζίνα, προσπαθώντας να ξεφύγει από την ναρκωμένη κατάσταση στην οποία βρισκόταν ακόμη. Το μυαλό της, εξακολουθούσε να κοιμάται και το κορμί της ήταν το ίδιο κουρασμένο όσο και την προηγούμενη βραδιά. Πήγε στο μπάνιο και πλύθηκε στα γρήγορα. Πριν καν ολοκληρώσει το βούρτσισμα των δοντιών της, η μυρωδιά του καφέ, της γαργάλισε τη μύτη. Κοιτάχτηκε για λίγο στον καθρέφτη. Πάντα της άρεσε. Από μικρή θυμόταν που σε καίριες στιγμές την ζωής της, καθόταν και περιεργαζόταν το είδωλό της στον καθρέφτη, προσπαθώντας να ξεδιαλύνει τα μηνύματα που της έστελνε η οικεία εικόνα απέναντί της. Το ίδιο έκανε κι εκείνη τη στιγμή. Αυτό το τόσο γνώριμο πρόσωπο που στεκόταν αντίκρυ της και την επιτηρούσε με εκείνα τα μαυρισμένα από το ξενύχτι μάτια, κάτι προσπαθούσε να της πει. Γέλασε για λίγο και αφέθηκε στη λαμπρότητα των ολόισιων δοντιών της, για τα οποία πάντα καμάρωνε.

Μάγδα Δ. Καπριανού

«Θα το αντέξουμε κι αυτό! Όλα θα πάνε καλά!» Η αλήθεια ήταν ότι απλά προσπαθούσε να δώσει κουράγιο στον εαυτό της. Δέκα χρόνια παντρεμένη, με δυο παιδιά και έναν υπέροχο άντρα, που μέχρι εκείνη τη στιγμή θα μπορούσαν να χαρακτηριστούν αυτοκόλλητοι και ξάφνου, ενώ είχαν αρχίσει να παραδίνονται αδιαμαρτύρητα στην απόλαυση του βάλτου της μονότονης καθημερινότητάς τους, τα έφερε έτσι η ζωή, και έπρεπε να χωριστούν. Κατά κάποιον τρόπο δηλαδή, γιατί ο χωρισμός ήταν λόγω ανειλημμένων επαγγελματικών υποχρεώσεων.

Δημοσιογράφοι και οι δύο στο επάγγελμα, γνωρίστηκαν όντας μάχιμοι, στην αναζήτηση της αλήθειας. Ερωτεύτηκαν με την πρώτη ματιά, αγαπήθηκαν σχεδόν αμέσως και παντρεύτηκαν πολύ γρήγορα. Έκαναν τα δύο τους παιδιά και η ζωή τους κυλούσε όμορφα, ώσπου μια ωραία πρωία ήρθε ο Χάρης και της έσκασε την πρόταση που του είχε κοινοποιηθεί από το γραφείο του: του είχαν προτείνει από την εφημερίδα που εργαζόταν να συνοδεύσει τον υπουργό τουρισμού στην περιοδεία που θα έκανε σε διάφορες χώρες ανά τον κόσμο, με σκοπό να προωθήσει τον τουρισμό της Ελλάδας. Της είπε ότι τα χρήματα ήταν πολλά και θα ήταν κρίμα να απορρίψει αυτή την τόσο δελεαστική προσφορά, τη στιγμή μάλιστα που τα είχαν ανάγκη. Στην αρχή, η Μάτα αντέδρασε, δεν της άρεσε η ιδέα, ο Χάρης όμως κατάφερε να την πείσει θυμίζοντας της, ότι με αυτόν τον τρόπο θα μπορούσαν να ξεπληρώσουν αρκετά από τα χρέη τους και ενδεχομένως να αποταμιεύσουν και κάποια χρήματα, για τις σπουδές των παιδιών τους.

Μόλις ο Χάρης εκστόμισε τη μαγική λέξη-κλειδί, όλα πήραν τα δρόμο που επιθυμούσε, καθώς η Μάτα έβλεπε το όνειρό της για ένα καλύτερο μέλλον για τα παιδιά της, να προβάλλεται στη μεγάλη οθόνη του μυαλού της.

Βρέθηκε έτσι ένα βράδυ αργότερα, με μισή καρδιά και τόνους δακρύων απόσκεπους πίσω από ένα θεατρινίστικο χαμό-

6

γελο, να αποχαιρετάει τον καλό της στο αεροδρόμιο, παρέα με τον υπουργό Τουρισμού και ένα τσούρμο δημοσιογράφους. Αισθανόταν σαν τη Μάρθα Βούρτση που έστελνε τον άντρα της στην ξενιτιά και της ερχόταν να ουρλιάξει από τη στεναχώρια. Κατάπινε όμως τα δάκρυα της, καθώς ντρεπόταν να γίνει ρεζίλι.

Κοίταξε γύρω της και παρατήρησε ότι καμία άλλη γυναίκα συναδέλφου δεν είχε έρθει για το αποχαιρετιστήριο αντίο και αναρωτήθηκε αν όλες αυτές είχαν στην καρδιά τους πέτρα ή ήταν η μοναδική που λυπόταν που θα αποχωριζόταν τον άντρα της.

Το τηλέφωνο που χτύπησε λίγα δευτερόλεπτα μετά, ήρθε σαν από μηχανής Θεός να δώσει απάντηση στις απορίες της. «Που είσαι χρυσό μου; Μη μου πεις στο αεροδρόμιο; Ω! όχι, όχι! Είναι η πρώτη φορά, γι' αυτό! Θα το ξεπεράσεις σύντομα! Κουράγιο! Άντε πάρε τα κομμάτια σου κι έλα στο μπαράκι. Εδώ είμαστε όλες και κλαίμε τη μοίρα μας με το δικό μας τρόπο!»

Έκλεισε το τηλέφωνο τη στιγμή που το αεροπλάνο περνούσε μπροστά από τα μάτια της αναπτύσσοντας ταχύτητα, για να απογειωθεί λίγο αργότερα και να χαθεί μέσα στο παχύ μαύρο σύννεφο της πηχτής νύχτας. Σκούπισε τα μάτια της με την ανάστροφη της παλάμης της, έσιαξε τα ρούχα με τα χέρια της, έσφιξε την τσάντα περισσότερο πάνω της και με το κεφάλι ψηλά, με γοργά αποφασιστικά βήματα πήγε στο αυτοκίνητο, παρέα με τις τύψεις να της ταλανίζουν το μυαλό, που αντί να πάει σαν πειθήνια και πιστή Πηνελόπη στο σπίτι να πλέξει κανένα μανδύα, θα έτρεχε στα μπαράκια βραδιάτικα να μπεκροπιεί με τις άλλες. Μισή ώρα αργότερα βρισκόταν στο μπαράκι με τις φίλες της να τα πίνουν και να κάνουν προπόσεις για μια καλύτερη καριέρα.

«Τι να κάνουμε αγάπη μου; Ούτε εμείς είμαστε Τατιάνες, ούτε οι άντρες μας Ευαγγελάτοι για να τα παίρνουμε χοντρά και να μπορούμε να επιλέγουμε τις αποστολές μας! Ο δικός μου, ξέρεις πόσες φορές έχει φύγει; Έχω ξεχάσει πλέον το νούμερο!»

Η Μάτα ήθελε να της φωνάξει ότι δεν την ένοιαζε για τους άλλους, ότι χέστηκε για το πόσες χρειάστηκε εκείνος να φύγει. Το μόνο που την ενδιέφερε, ήταν ο Χάρης και τα δυο της αγόρια, που από αύριο θα έπρεπε να εξηγεί, να παρηγορεί και να απαντάει στις χιλιάδες ερωτήσεις τους για το που είναι ο μπαμπάς, τι έκανε εκεί και πότε θα γυρνούσε! Και γαμώτο ήταν πολύ μικρά για να καταλάβουν το λόγο και την αιτία! Τη βραδινή της κραιπάλη, την πλήρωσε την επόμενη μέρα με πονοκέφαλο. Έπρεπε όμως να σηκωθεί, καθώς εκτός από τη δουλειά είχε υποχρέωση και απέναντι στους γιους της. Ετοίμασε έναν καφέ στα γρήγορα, τον ήπιε όπως-όπως και αφού ετοιμάστηκε έφυγε για το γραφείο. Το ρεπορτάζ στο δρόμο δεν θα περίμενε, ούτε θα έδειχνε κατανόηση για τη δική της κατάσταση, και το σημερινό θέμα απαιτούσε άπειρες χιλιομετρικές αποστάσεις και έρευνα για τις νέες τάσεις του μακιγιάζ. Η σημερινή νέα, έπρεπε να ενημερωθεί για το τι θα φορούσε στη βραδινή έξοδό της στην πόλη και η Μάτα ήταν σίγουρη ότι δεν την ένοιαζε αν η δημοσιογράφος του ρεπορτάζ είχε το νου της κάπου μακριά, πέρα από τη θάλασσα και τα βουνά του τόπου της!

Οι μέρες κυλούσαν μέσα στη στεναχώρια. Τα μικρά διαλείμματα που έκαναν, κυρίως κάθε δεύτερο Σαββατοκύριακο, που ο Χάρης καβαλούσε μαζί με την υπόλοιπη αποστολή το πρώτο αεροπλάνο για Θεσσαλονίκη, για να επιστρέψουν μετά όλοι μαζί την Κυριακή ξανά στα ξένα, ήταν μια ανασαιμιά στην ερημιά της. Κάθε φορά που ερχόταν τους έφερνε και από ένα δώρο από τα μέρη που είχε επισκεφτεί και είχε γνωρίσει, με αποκορύφωμα μια μπούργκα από το Ιράν.

Τα παιδιά πέρασαν ένα ολόκληρο Σαββατοκύριακο να χαζεύουν αυτό το παράξενο χοντρό σκούρο ύφασμα που κάλυπτε όπως τους εξήγησε ο πατέρας τους, τη γυναίκα, από την κορυφή ως τα νύχια.

«Και πως βλέπουν;» τον ρώτησε έκπληκτος ο μεγαλύτερος.

Ο Χάρης αποφάσισε να τους κάνει επίδειξη. Φώναξε τη Μάτα που μαγείρευε στην κουζίνα το μεσημεριανό τους γεύμα και της ζήτησε να τη φορέσει. Εκείνη μουρμουρίζοντας αγανακτισμένα που την είχαν αποσπάσει από την ιεροτελεστία της προετοιμασίας του φαγητού για να δειγματίσει το ρούχο, τη φόρεσε όπως ήτανε, πάνω από τα ρούχα και την ποδιά της κουζίνας. Ένιωσε ένα σφίξιμο στην καρδιά, καθώς προσπάθησε να διακρίνει τα πρόσωπα των παιδιών και του άντρα της μέσα από το μικρό πλεχτό παραθυράκι στο σημείο των ματιών και την έβγαλε αμέσως, αποτρέποντας έτσι να σχηματιστούν πάνω από το κεφάλι της τα πυκνά σύννεφα των δυσάρεστων συνειρμών και να την κατακεραυνώσουν. Θεώρησε ότι ήταν πολύ βάρβαρη η αντιμετώπιση των αντρών απέναντί σε αυτές τις γυναίκες και δεν ξανάσανε ακόμη και όταν ο Χάρης της εξήγησε ότι τη μπούργκα τη φορούσαν οι γυναίκες μόνο όταν ήθελαν να βγουν εκτός σπιτιού και πως κάτω από αυτή, συνήθιζαν να είναι μακιγιαρισμένες και άψογα χτενισμένες.

«Τι να το κάνω να έχω το καλύτερο χτένισμα και το πιο ωραίο βάψιμο και να μην μπορώ να το δείξω!» είπε εκείνη καθώς την πέταξε πάνω στον μικρό της γιο. Εκείνος δεν έχασε την ευκαιρία και προσποιούμενος το φάντασμα άρχισε να κυνηγάει τον αδερφό του μέσα στα δωμάτια.

Η Μάτα επέστρεψε στα καθήκοντά της. Πίσω της ακολούθησε ο Χάρης. Εκείνη έκανε πως δεν τον πρόσεξε και πήγε προς την κουζίνα. Πήρε μια κουτάλα και άρχισε να ανακατεύει το φαγητό. Ο Χάρης στάθηκε από πίσω της και αφού της αγκάλιασε τη μέση, άρχισε να τη φυλάει τρυφερά στο λαιμό.

«Τι σου συμβαίνει;» τη ρώτησε έχοντας ήδη υποψιαστεί την απάντηση.

«Τίποτα σημαντικό, απλά μου λείπεις!» του απάντησε γέρνοντας το κεφάλι της πίσω και ακουμπώντας στο στήθος του.

«Αυτό είναι όλο; Να σου αφήσω το πουκάμισό μου αν είναι, να το μυρίζεις όταν σου λείπω!»

Η Μάτα γύρισε και τον κοίταξε με επικριτικό ύφος.

«Εγώ σου λέω αυτά που αισθάνομαι κι εσύ με κοροϊδεύεις;»

«Αυτό είναι προειδοποίηση ή απειλή;»

Η Μάτα συνοφρυώθηκε προσπαθώντας να καταλάβει τι εννοούσε, ενώ εκείνος της έκανε νόημα δείχνοντας με τα μάτια του την κουτάλα που κρατούσε με το ένα της χέρι, κραδαίνοντάς την ψηλά στον αέρα. Λύθηκαν και οι δύο στα γέλια. Σύντομα το βλέμμα του Χάρη όμως, σοβάρεψε.

«Από σένα εξαρτάται. Ειλικρινά αν μου πεις ότι δεν μπορείς άλλο, τους παίρνω τώρα τηλέφωνο στην εφημερίδα και στέλνουν κάποιον άλλο στη θέση μου!»

Η Μάτα δεν θα μπορούσε ποτέ να κάνει κάτι τέτοιο. Γνώριζε πολύ καλά βέβαια, ότι αν δινόταν στην ίδια αυτή η ευκαιρία, εκείνος δεν θα τη στήριζε όσο η ίδια του είχε σταθεί. Οι δύο τους δεν ήταν όμως το ίδιο. Μπορεί να είχαν διαφορετικές απόψεις σε αρκετά ζητήματα που αφορούσαν στην κοινή τους ζωή, είχαν όμως έναν κοινό στόχο και αυτός ήταν η οικογένεια. Μια οικογένεια που έπρεπε να προστατέψουν και να στηρίξουν με όποιον τρόπο μπορούσαν. Θυμήθηκε ότι κάποτε είχε δοθεί και στην ίδια μια ανάλογη ευκαιρία, την οποία απέρριψε χωρίς δεύτερη σκέψη. Δεν κατηγορούσε τον άντρα της, τον εαυτό της κατηγορούσε, όμως όλα αυτά είχαν περάσει. Τώρα προείχε η οικογένεια, τα οικονομικά της ζητήματα και η ίδια ήταν αποφασισμένη να στηρίξει τον Χάρη στην απόφασή του με όποιο τίμημα κι αν έπρεπε να πληρώσει. Ήταν συνηθισμένη άλλωστε.

Δεν το είχε καταλάβει ως τότε, τώρα όμως καθώς ο καιρός περνούσε κι εκείνη ανασυγκροτούσε τα χαμένα κομμάτια του εαυτού της διαπίστωνε ότι από τη μέρα που τον γνώρισε, και καθώς η οικογένεια μεγάλωνε, σταδιακά είχε θυσιάσει πολύ από τον προσωπικό της χρόνο και είχε παραμελήσει αρκετές από τις δικές τις ανάγκες και προτεραιότητες. Πολλές φορές τον τελευταίο καιρό είχε αναρωτηθεί ποιος να ήταν άραγε αυτός ο καθοριστικός παράγοντας που συνέβαλε, ώστε η ίδια να μεταμορφωθεί τα τελευταία δέκα χρόνια σε μια νοικοκυρά σε απόγνωση και τίποτα παραπάνω, και το συμπέρασμα ήταν ένα: έφταιγε που είχε επιτρέψει να συμβεί αυτό το πράγμα στον εαυτό της! Τώρα όμως, που εκείνος δεν ήταν δίπλα της, είχε ανακαλύψει ότι μπορούσε να αξιοποιήσει το χρόνο σύμφωνα με τις δικές της ανάγκες. Δεν θεωρούνταν πλέον επιβεβλημένη η ανάγκη να κάθεται μερόνυχτα μαζί του μπροστά στην τηλεόραση παρακολουθώντας παθητικά αδιάφορες, ανούσιες και νερόβραστες εκπομπές, ειδήσεις και ποδόσφαιρο. Είχε επιτέλους ανακαλύψει εκείνο το μικρό πράσινο κουμπάκι στην αριστερή πλευρά του τηλεχειριστηρίου που πατώντας το έβρισκες το δρόμο του παραδείσου, και η αλήθεια ήταν ότι από τότε που το πάτησε για να σβήσει, σπάνια το πάταγε για να την ανάψει, καθώς δεν της άρεσε ιδιαίτερα το χαζοκούτι, όπως το αποκαλούσε. Επιτέλους, είχε βρει χρόνο για να ασχοληθεί με πράγματα που αντανακλούσαν στην προσωπικότητα του χαρακτήρα της, όπως η ανάγνωση ενός καλού βιβλίου, η ζωγραφική, ακόμη και η τέχνη του τζερνί.

Είχε ρεγουλάρει μια χαρά τα παιδιά της, κρατώντας τα απασχολημένα με διάφορα παιχνίδια στο παιδικό τους δωμάτιο κι εκείνη άλλοτε ζωγράφιζε με κάρβουνο ή λαδομπογιά στον καμβά, τοπία που θα' θελε κάποτε να μπορούσε να επισκεφτεί και άλλοτε έπαιρνε το τζερνί, και πλάθοντάς το όπως τον πηλό, έφτιαχνε διάφορα μικροαντικείμενα, που αφού έψηνε στο φούρνο για να σκληρύνουν, τα γυάλιζε με λάδι και τα παρέτασσε το ένα δίπλα στο άλλο πάνω στα ράφια της κουζίνας της. Όσο για το σεξ, ανέκαθεν ήταν υπέρμαχος της ποιότητας και όχι της ποσότητας. Οπότε είχε βρει την ευτυχία και τη χαρά, αφού δεν ήταν πλέον αναγκασμένη να ανοίγει τα πόδια της κάθε βράδυ, καθώς ο Χάρης για κάποιον ανεξήγητο λόγο που μόνο οι άντρες καταλαβαίνουν, είχε βγάλει το συμπέρασμα πως σίγουρη γυναίκα είναι η χορτάτη γυναίκα.

Όλα πλέον άρχισαν να κυλούν ρολόι στην ήρεμη ζωή της, τόσο που πολλές φορές είχε πιάσει τον εαυτό της να σκέφτεται τι ωραία που θα ήταν αν αυτή η κατάσταση γινόταν μόνιμη. Χαλιναγωγούσε όμως τις σκέψεις της, υπενθυμίζοντας ότι δεν θα ήταν σωστό να στερήσει από τα παιδιά τον πατέρα τους, μόνο και μόνο επειδή εκείνη είχε ανακαλύψει ξαφνικά ότι δεν ταίριαζαν. Ήταν αρκετά συνειδητοποιημένη για να ξέρει πως από τη στιγμή που τον επέλεξε για άντρα της, έπρεπε να μείνει μαζί του για πάντα. Δίπλα του και δίπλα στα παιδιά της. Εξάλλου, ο Χάρης δεν είχε κανέναν άλλο στον κόσμο, καθώς ήταν ορφανός και από πατέρα και από μητέρα.

Άφησε λοιπόν την ιστορία να κυλήσει ήρεμα στο μονοπάτι της ζωής της και αρκέστηκε σε αυτό το μικρό διάλειμμα, όπως το αποκαλούσε, από το γάμο της. Σκέφτηκε πως ίσως και ο Χάρης να ήταν ευγνώμων για αυτή τη δυσάρεστη-ευχάριστη κατάσταση στην οποία είχαν περιέλθει. Μετά από τόσα χρόνια γάμου, το μόνο που έκαναν ήταν να συνυπάρχουν μέσα στο σπίτι. Η ζωή τους ήταν μια αδιάκοπη μονοτονία. Ξυπνούσαν το πρωί, έπαιρνε ο καθένας από ένα παιδί και έτρεχε στην αρχή για το σχολείο και μετά για το ρεπορτάζ. Το μεσημέρι γυρνούσαν στο σπίτι, έτρωγαν αμίλητοι γύρω από ένα βουβό τραπέζι, βυθισμένοι ο καθένας στις δικές του σκέψεις και μετά περίμεναν καθισμένοι στον καναπέ, πότε θα έρθει το βράδυ για να ξαπλώσουν στο κρεβάτι, να γυρίσουν ο ένας την πλάτη στον άλλο και να κοιμηθούν.

Πολλές φορές η Μάτα τον είχε προειδοποιήσει ότι η σχέση τους κινδύνευε να σκορπίσει στους πέντε ανέμους, από το τέλμα στο οποίο είχε περιέλθει, εκείνος όμως πάντα γυρνούσε την κοιτούσε και αφού της χαμογελούσε αδιάφορα, με τη σιγουριά του άντρα που ξέρει πως έχει κάνει τη σωστή επιλογή κι έχει δέσει το γάιδαρο του για τα καλά, έκλεινε τα μάτια και σκεπαζόταν μέχρι το κεφάλι γυρνώντας της την πλάτη και ροχάλιζε. Η Μάτα ήξερε πως όλα αυτά ήταν απλές προειδοποιήσεις, χωρίς άμεσο

Σαρκικός Έρωτας

στόχο για υλοποίηση, θα' θελε όμως να ήταν όπως παλιά. Το μόνο που χρειαζόταν ήταν λίγη τρυφερότητα στο μεσοδιάστημα της ημέρας και όχι μόνο όταν ήθελε να την πηδήξει. Έρωτας δεν υπήρχε πουθενά, μόνο σαρκική επαφή, που ακόμη και αυτή είχε χάσει πλέον το ενδιαφέρον της. Έκανε όμως υπομονή και υπέμενε, σκεπτόμενη πως αυτός ο γάμος ήταν δική της επιλογή. Πολλές φορές, από τη μέρα που ο Χάρης έφυγε με την αποστολή είχε επισημάνει τελικά και ο ίδιος πόσο καλό τους έκανε αυτή η απόσταση.

«Καλά που έφυγα, γιατί τώρα τελευταία δεν μας έβλεπα καλά! Όλο νεύρα και επικρίσεις ήσουνα! Μας έβλεπα με μαθηματική ακρίβεια να πηγαίναμε κατευθείαν για διαζύγιο!»

Η αλήθεια ήταν ότι κανείς από τους δυο τους δεν είχε σκοπό να χωρίσει πραγματικά. Η Μάτα το είχε φιλοσοφήσει το θέμα. Δεν την ενδιέφερε να χωρίσει επειδή δεν ήθελε να κάνει μια νέα αρχή. Τόση ήταν η αδιαφορία της απέναντι στη ζωή της. Όσο για τον Χάρη, ήταν σαν όλους τους άντρες. Άπαξ και βρήκε το λιμανάκι του, ότι κι αν έκανε πάντα εκεί επέστρεφε. Συμβιβάστηκαν λοιπόν και οι δύο με την ιδέα ότι μετά από δέκα χρόνια γάμου χάνεις τα πάντα και το μόνο που σου μένει είναι ένα φιλί για καληνύχτα που και αυτό τελικά το δίνεις πολύ σπάνια, και συνέχισαν να ζουν την αδρανή ζωή τους, ζώντας όπως μια μεγάλη μερίδα παντρεμένων ζευγαριών, δηλαδή και μαζί και μόνοι, απλά συνυπάρχοντας.

Την Κυριακή το βράδυ τον αποχαιρέτησε από το σπίτι, καθώς είχε βαρεθεί να είναι η μοναδική σύζυγος που αποχαιρετούσε την αποστολή στο αεροδρόμιο και αρκέστηκε σε ένα τελευταίο φιλί, έξω από το ταξί.

Εκείνη η Κυριακή ήταν όμορφη και ήσυχη και παρόλο που ήταν χειμώνας, δεν θύμιζε σε τίποτε αυτή την εποχή του χρόνου. Δεν είχε πέσει ούτε μια νιφάδα, δεν έκανε κρύο και η ίδια είχε διάθεση για βόλτα. Αποφάσισε λοιπόν να πάει για καφέ στην κολλητή της. Στη διαδρομή για το σπίτι της, ένιωσε μια έντονη

13

ανησυχία. Παρόλο που και άλλες φορές είχε πάει και είχε έρθει ο Χάρης σε αποστολές στην Υεμένη, αυτή τη φορά που τον αποχαιρέτησε αισθάνθηκε ένα ανεξήγητο συναίσθημα αποχωρισμού, σαν να τον έχανε για πάντα. Ήταν μια πικρή διαίσθηση οδυνηρής απόσχισης, που δεν μπορούσε να αιτιολογήσει, δεδομένου του γεγονότος ότι η αποστολή ήταν κάτω από τη σκέπη του υπουργείου Τουρισμού.

Και η ίδια είχε πάει σε αποστολή στην Υεμένη παλαιότερα και το μόνο που της είχε μείνει ήταν ο απαξιωτικός τρόπος με τον οποίο την αντιμετώπιζαν οι άντρες της χώρας και οι αντιξοότητες και ο σκεπτικισμός που συναντούσε στα κλειστά παραθυρόφυλλά και στα σφαλισμένα στόματα των ντόπιων γυναικών. Θυμόταν πόσο απελευθερωμένη είχε αισθανθεί την ημέρα που έφυγε επιτέλους από εκεί. Ίσως η παρουσία της ως τουρίστρια να έχαιρε καλύτερης υποδοχής, ως δημοσιογράφος όμως, που ερευνούσε τη θέση της σύγχρονης γυναίκας σε μια αυστηρά μουσουλμανική κοινωνία και μάλιστα σε μια πόλη, όπως το Ταρίμ, που είναι ένα σημαντικό κέντρο του Ισλαμικού κόσμου, δεν αντιμετωπίστηκε με τους καλύτερους οιωνούς. Για κάποιους, ίσως αυτή η διαδρομή να έφερνε στο μυαλό ιστορίες από τις χίλιες και μια νύχτες. Για την ίδια όμως, η θέα γυναικών, να επιταχύνουν πανικόβλητες το βήμα τους, κάθε φορά που ένας άντρας εμφανιζόταν στη γωνία, ήταν ότι χειρότερο για τις φεμινιστικές αντιλήψεις της. Παρόλο που σεβόταν αρκετά τον πολιτισμό, τα ήθη και τα έθιμα του τόπου που την φιλοξενούσε, δεν μπορούσε μέσα της να μην προβάλει έντονη την αντίθεσή της ως προς τον απαξιωτικό τρόπο με τον οποίο η θρησκεία τους συμπεριφέρονταν στη γυναίκα, το ζωοποιό αυτό πλάσμα, το οποίο τους έδινε ζωή και τους συντηρούσε σε αυτή. Ίσως έφταιγε και το ότι είχε διαβάσει αρκετά από εκείνα τα βιβλία μυθιστορήματα-αληθινές ιστορίες, γυναικών που παντρεύονταν στη δύση άντρες από αυτά τα μέρη και ενώ στην αρχή περνούσαν πολύ καλά μαζί τους, έπειτα από ένα ταξίδι στους πατρώους τόπους των αντρών, η συμπεριφορά τους άλλαζε δραματικά ή ακόμη και ολοκληρωτικά. Αποτέλεσμα, πολλές από αυτές έμεναν για πάντα εγκλωβισμένες σε μέρη που ούτε στην πιο αρρωστημένη φαντασία τους δεν σκέπτονταν πως θα μείνουν, χωρίς νερό, χωρίς τις ανέσεις του δυτικού κόσμου και πολλές φορές χωρίς δικαιώματα ακόμη και για την ίδια τους τη ζωή.

Αρκετές από αυτές τις γυναίκες -μορφωμένες σχεδόν όλες κατά το πλείστον- προσπάθησαν να αντιδράσουν απέναντι στην άδικη και απάνθρωπη συμπεριφορά των συζύγων και των οικογενειών τους, πολλές από αυτές κακοποιήθηκαν βάναυσα και μόνο που έκαναν αυτή τη σκέψη, ενώ σε μερικές πιο πολιτισμένες οικογένειες, οι σύζυγοι τις επέτρεψαν να γυρίσουν στον τόπο καταγωγής τους, με την προϋπόθεση να αφήσουν πίσω τα παιδιά. Ποια μάνα όμως φεύγει χωρίς τα παιδιά της; Κάποιες έμειναν μόνο και μόνο για να είναι δίπλα σε αυτά, ενώ όσες προσπάθησαν να αποδράσουν είτε τα κατάφεραν και τώρα κρύβονται, είτε έχασαν τη ζωή τους πάνω στην προσπάθειά τους αυτή. Υπήρχαν και αυτές που είχαν περισσότερη δύναμη και θέληση για ζωή και έφυγαν χωρίς τα παιδιά τους, με την ελπίδα να τα διεκδικήσουν από ένα πιο οικείο έδαφος, μέσω της νόμιμης οδού. Οι νόμοι όμως στην Υεμένη είναι σκληροί και ευνοούν μόνο τους άντρες.

Τέτοια ήταν η περίπτωση της Μισέλ, της γυναίκας που είχε γνωρίσει εντελώς τυχαία μια μέρα η Μάτα, περπατώντας στη λεωφόρο Νίκης. Λίγη ώρα νωρίτερα είχε βγει από τα γραφεία της εφημερίδας που δούλευε. Η μέρα ήταν ηλιόλουστη κι ευχάριστη και αποφάσισε να κάνει μια βόλτα. Ήθελε να αισθανθεί την απαλή αύρα και τον αέρα του Θερμαϊκού κόλπου, να την αγκαλιάζουν και να παίζουν τρυφερά μαζί της, να χαζέψει τα διάφανα νερά της παραλίας που είχε πλέον καθαρίσει απόλυτα με τη βοήθεια του βιολογικού καθαρισμού και μπορούσες να διακρίνεις άνετα τον πάτο της και τα ψαράκια που έτρεχαν παι-

15

χνιδιάρικα ανάμεσα στα μικρές θαλάσσιες ανεμώνες και στα βραχάκια. Περπατούσε ανέμελη και σκεπτόταν πως ο καιρός είχε αρχίσει να γλυκαίνει. Σε λίγες μέρες θα μπορούσε να πάει τους γιους της στη θάλασσα. Ήταν τόσο ανυπόμονη, παιδί και η ίδια, πιο μικρό από τα παιδιά της. Σταμάτησε και ακούμπησε στην κουπαστή της προβλήτας, έκλεισε τα μάτια και εισέπνευσε αρκετή από την καθαρότητα της ατμόσφαιρας, και τότε την ένιωσε. Γύρισε το κεφάλι της και την είδε, στεκόταν δίπλα της.

Φορούσε καπέλο και γυαλιά, παρόλα αυτά όμως, η ανησυχία που την διακατείχε, διαφαίνονταν έντονα από τον τρόπο που έσφιγγε την τσάντα της πάνω της, σαν να ήταν ότι πιο πολύτιμο είχε στον κόσμο. Στην αρχή δεν έδωσε σημασία. Σκέφτηκε πως θα ήταν άλλη μια περαστική, όπως και αυτή, που αποφάσισε να κάνει τη βόλτα της στην παραλία, για να λαγαρίσει το μυαλό της από τις σκοτούρες που την έζωναν. Γρήγορα όμως, εξακρίβωσε ότι το βλέμμα της, επίμονο και ευθύ, την κάρφωνε σαν ατσάλινο καρφί στον τοίχο.

«Θα ήθελα να σας μιλήσω για ένα προσωπικό μου ζήτημα!» της είπε με σπασμένα ελληνικά και γαλλική προφορά.

«Πείτε μου, σας ακούω!» της απάντησε η Μάτα, σίγουρη πως στο πρόσωπό της είχε αναγνωρίσει την ιδιότητά της ως δημοσιογράφου.

«Όχι εδώ! Σας παρακαλώ!» η φωνή της πρόδιδε ανησυχία και ικεσία. Η Μάτα όμως είχε συνηθίσει σε παρόμοιες συμπεριφορές, που τελικά δεν είχαν καμιά αιτία κι έτσι παρέμεινε σταθερή στη θέση της. Η μέρα ήταν τόσο όμορφη και δεν άξιζε να τη χαλάσει για κανέναν, ακόμη και αν είχε γαλλικό παρουσιαστικό και προφορά.

Η γυναίκα εισέπραξε την αδιαφορία της συνομιλήτριάς της, αλλά δεν πτοήθηκε. Άνοιξε την τσάντα της κι έβγαλε από μέσα μια φωτογραφία. Φαινόταν ότι είχε τραβηχτεί πριν από πολύ καιρό. Ήταν τσαλακωμένη και λίγο ξεθωριασμένη, σαν να είχε πέσει κάποιο υγρό και να είχε προκαλέσει στάλες και σημάδια επάνω στο χρώμα, που την είχε αλλοιώσει.

«Σας παρακαλώ!» την παρότρυνε να κοιτάξει την εικόνα, ενώ γύρισε αριστερά-δεξιά το κεφάλι της, εξετάζοντας καχύποπτα τον κόσμο που διέρχονταν γύρω τους. Η Μάτα πήρε τη φωτογραφία και τότε έμεινε με το στόμα ανοιχτό. Ήταν έμπειρη δημοσιογράφος και τα μάτια της είχανε δει πολλά στο διάστημα που ασκούσε τη δημοσιογραφία, κάτι τέτοιο όμως ήταν η πρώτη φορά που αντίκριζε. Εκεί στη φωτογραφία στεκόταν δύο μικρά κοριτσάκια με τα αγέλαστα και ανέκφραστα προσωπάκια τους. Θα 'ταν δεν θα 'ταν πέντε και εφτά χρονών, κι όμως τα πρόσωπά τους ήταν αλλοιωμένα, τραχιά και τυραννισμένα. Οργωμένα από τον ήλιο και τις κακουχίες, άπλυτα με λαδωμένα και κατσιασμένα μαλλιά, με κάτι βρώμικες κελεμπίες για ρούχα, και χωρίς παπούτσια στα πόδια. Στο κεφάλι τους, η μία είχε ένα καλάθι με πράγματα, ενώ η άλλη μια τεράστια κανάτα, πιθανόν με νερό.

«Είναι οι κόρες μου!» της εξήγησε

«Ή τουλάχιστον ήταν...» είπε κι έκανε μια παύση προσπαθώντας να καταπνίξει το αλγεινό συναίσθημα της θλίψης και του πόνου, που της ξέσκιζε την καρδιά και τα πνευμόνια, εμποδίζοντας την ακόμη και να αναπνεύσει.

«Σας παρακαλώ, πρέπει να με ακούσετε! Είστε η τελευταία μου ελπίδα!» το βλέμμα της ήταν ικετευτικό και επίμονο και μάτωσε την καρδιά της Μάτας που δεν άντεξε άλλο και υπέκυψε στις παρακλήσεις της γυναίκας.

«Πάμε!» της είπε και την οδήγησε στο γραφείο της.

Η άγνωστη γυναίκα της συστήθηκε, λέγοντας πως την έλεγαν Μισέλ Ονοφρί και καταγόταν από τη Λιλ της Γαλλίας. Της αφηγήθηκε την ιστορία της, η οποία ήταν η τυπική ιστορία δυο νέων, που γνωρίστηκαν στο πανεπιστήμιο και αποφάσισαν μετά από πολυετή σχέση να ενώσουν τις ζωές τους, προχωρώντας στο γάμο. Όλα πήγαιναν καλά στην ήσυχη ζωή τους, επαγγελματικά και προσωπικά. Ο Μουσάραφ, όπως της εξήγησε ήταν καλός σύζυγος και μετέπειτα καλός πατέρας. Στάθηκε δίπλα της σε χαλεπές στιγμές της ζωής της, ακόμη και όταν έχασε τη μητέρα της, τον μοναδικό εν ζωή συγγενή της. Μετά από αυτό η ίδια είχε πέσει σε κατάθλιψη, και τότε ήταν που της πρότεινε να κάνουν ένα ταξίδι στην Υεμένη για να γνωρίσει τους δικούς του συγγενείς. Της υποσχέθηκε ότι η διαμονή τους στη γενέτειρα πόλη του θα ήταν ένα ευχάριστο διάλειμμα για την ίδια και τις κόρες τους, θα απάλυνε τον πόνο της από το χαμό της μητέρας της και πως θα μπορούσαν να μείνουν εκεί, μέχρι η ίδια να αποφασίσει ότι ήθελαν να επιστρέψουν.

Έτσι κι έγινε. Ετοίμασαν τα πράγματά τους, πήραν άδεια απ' τη δουλειά κι έφυγαν. Η αλήθεια ήταν, όπως της εξομολογήθηκε, ότι με το που πάτησαν το πόδι τους στη Σαναά, την πρωτεύουσα της Υεμένης, ένα σφίξιμο κυρίευσε την καρδιά της Μισέλ. Αισθάνθηκε σχεδόν σίγουρη, ότι ήθελε να το βάλει στα πόδια και να μπει στο αεροπλάνο της επιστροφής. Το χαμόγελο σιγουριάς όμως με το οποίο την ενθάρρυνε ο Μουσάραφ, κατέστειλε αυτή της την αποθυμιά. Με το που κατέβηκαν από το αεροπλάνο, ο άντρας της πήρε τα διαβατήρια, το δικό της και των παιδιών, με τη δικαιολογία ότι θα τα κρατούσε για να μη χαθούν, από τότε δεν τα ξαναείδε ποτέ.

Στην αρχή ήταν πολύ δύσκολο γι' αυτήν να ενταχτεί στο κοινωνικό σύνολο της οικογένειας του συζύγου της. Το σπίτι ήταν ένα διώροφο πλινθόκτιστο οίκημα, στη μέση του οποίου είχε μια τσιμεντένια αυλή. Τα δωμάτια ήταν μικρά και σκοτεινά και οι γυναίκες δεν βρισκόταν ποτέ με τους άντρες στο ίδιο δωμάτιο, παρά μόνο την ώρα του ύπνου. Στο σπίτι έμεναν η πεθερά της με τον άντρα της, η συννυφάδα της με τα τρία της παιδιά και η κουνιάδα της με τον άντρα της, που και αυτοί είχαν άλλα τρία παιδιά.

Η ιδέα να μείνουν στο σπίτι με άλλα έντεκα άτομα, τη στιγμή που δεν υπήρχε μπάνιο στην τουαλέτα, τη στιγμή που η τουαλέτα ήταν μια τρύπα στο πάτωμα, που έζεχνε από τη βρώμα και τις πράσινες μύγες που σουλατσάριζαν πάνω από τις ακαθαρσίες, δεν ξετρέλανε την Μισέλ, η οποία πρότεινε στον Μουσάραφ, να πάνε σε ένα ξενοδοχείο, ώστε να έχουν τις στοιχειώδεις ανέσεις, αυτοί και τα παιδιά τους. Εκείνος την κοίταξε με συνοφρυωμένο ύφος, λες και του ζητούσε το πιο παράλογο πράγμα πάνω στη γη και έφυγε μακριά της, λέγοντας της ότι κάτι τέτοιο ήταν αδιανόητο να συμβεί, κυρίως επειδή θα ήταν προσβλητικό απέναντι στην οικογένειά του και στον κόσμο γύρω τους.

Αρχικά της έκανε εντύπωση που ο άντρας της αποφάσισε να σκεφτεί τον κόσμο γύρω του, αφού στη Γαλλία δεν είχε δείξει σημάδια ανάλογης συμπεριφοράς, αυτή του όμως η απάντηση δεν την έκανε να υποψιαστεί κάτι μεμπτό.

Οι μέρες περνούσαν με δυσκολία. Οι γυναίκες του σπιτιού την αντιμετώπιζαν σκωπτικά και με απάθεια, ως προς το να αναπτύξουν κάποια φιλική σχέση μαζί της. Επιπλέον η Μισέλ δεν γνώριζε τη γλώσσα κι έτσι ήταν αδύνατον να συνεννοηθεί μαζί τους. Περιορίστηκε λοιπόν στην αποκλειστική φροντίδα των παιδιών της και σε κάποιες περιστασιακές βόλτες, στα αξιοθέατα της περιοχής. Ο άντρας της έλειπε συνέχεια σε δουλειές, που ποτέ δεν της εξηγούσε ποιες ήταν. Αρκούνταν μόνο στο να της λέει ότι τώρα που είχε πεθάνει ο αδερφός του, έπρεπε να ρυθμιστούν κάποια ζητήματα, που μόνο αυτός μπορούσε να διευθετήσει.

Ώσπου μια μέρα, η ζωή της εκεί άλλαξε για πάντα. Γύρισε στο σπίτι και το αυτί της έπιασε κάποιες φωνές να αιωρούνται στην ατμόσφαιρα. Μπήκε μέσα στην αυλή και κατάλαβε ότι αυτές οι φωνές προέρχονταν από εκεί. Ανέβηκε στο πάνω πάτωμα και έκπληκτη ανακάλυψε τον άντρα της να διαπληκτίζεται έντονα με τη μάνα του. Γύρισαν και την κοίταξαν και οι δύο. Η μάνα του, του πέταξε μια κουβέντα που η Μισέλ δεν κατάλαβε και έφυγε από το δωμάτιο, απαξιώνοντας ακόμη και να την κοιτάξει. Η Μισέλ φαντάστηκε πως κάτι κακό είχε συμβεί, το μυαλό της όμως δεν πήγαινε κάπου συγκεκριμένα. Το είχε καταλάβει από καιρό ότι η πεθερά της δεν τη χώνευε, αλλά δεν μπορούσε να φανταστεί τι ήταν αυτό που της είχε προκαλέσει την αντιπάθεια.

Με δυσκολία στην αρχή, ο Μουσάραφ της εξήγησε ότι η οικογένειά του είχε κάποια παράπονα και ήταν δυσαρεστημένη από αυτήν, κυρίως επειδή δεν βοηθούσε σε καμία δουλειά μέσα στο σπίτι. Η Μισέλ του εξήγησε ότι θα ήθελε πάρα πολύ να βοηθήσει, αλλά η αδιάφορη και γεμάτη απαξίωση συμπεριφορά προς το πρόσωπό της, συν το γεγονός ότι δεν γνώριζε τη γλώσσα, το καθιστούσαν ανέφικτο. Στα λόγια αυτά διέκρινε μια λάμψη στα μάτια του συζύγου της, ο οποίος άναψε τσιγάρο και άρχισε να καπνίζει σαν το φουγάρο.

Η Μισέλ εξεπλάγην, καθώς ήξερε ότι ο Μουσάραφ δεν κάπνιζε μέχρι τότε και του ζήτησε εξηγήσεις. Εκείνος όμως προσπέρασε την ερώτησή της και της ζήτησε να μην ξαναβγεί από το σπίτι ακάλυπτη και για την ακρίβεια να περιοριστεί στην περίμετρο του κήπου, καθώς τον έκανε ρεζίλι που παντρεμένη γυναίκα, κυκλοφορούσε όλη μέρα άσκοπα στην αγορά, εκθέτοντας το όνομά του και το όνομα της οικογένειάς του.

Η Μισέλ έμεινε με το στόμα ανοιχτό. Ήταν η πρώτη φορά που άκουγε τον άντρα της να της μιλάει με αυτόν τον απόλυτο τρόπο, αρνούμενος να κάνει διάλογο και αναγκάζοντάς τη να περιορίσει τις ανάγκες της. Αντέδρασε και η πρώτη λέξη που του είπε, ήταν να φύγουν. Τότε όμως συνέβη κάτι που ούτε στα πιο τρελά της όνειρα δεν είχε φανταστεί ότι θα συμβεί. Ο Μουσάραφ την άρπαξε από τους ώμους και άρχισε να την τραντάζει, φωνάζοντας με όλη του τη δύναμη ότι αυτό δεν υπήρχε περίπτωση να συμβεί ποτέ. Ότι το σπίτι τους από εδώ και πέρα θα ήταν αυτό και η ζωή τους θα ήταν εδώ, στη Σάανα. Μετά άρχισε να τη βρίζει και να την πετάει από τη μία πλευρά του δωματίου στην άλλη, φωνάζοντάς και λέγοντάς της λόγια, που εκείνη δεν μπορούσε να καταλάβει. Τέλος την πέταξε αναίσθητη σε μια γωνιά του δωματίου και έφυγε, κλείνοντας με κρότο την πόρτα πίσω του, αδιαφορώντας ακόμη και για το γεγονός ότι από το πέταγμα, εκείνη είχε χάσει τις αισθήσεις της. Αρκετή ώρα αργότερα Μισέλ άνοιξε τα μάτια της και κοίταξε γύρω. Είχε πια σκοτεινιάσει και από το μικρό παραθυράκι του δωματίου τρύπωνε μετά βίας το χλωμό φως του φεγγαριού. Από τον κάτω όροφο ακουγόταν φασαρία, γέλια, χαρές και ομιλίες, στα αραβικά. Μέσα σε αυτήν την ακατάληπτη φασαρία διέκρινε τη φωνή του άντρα της. Σηκώθηκε και αποφάσισε να κατέβει κάτω, στην προσπάθειά της να του ξαναμιλήσει ώστε να τον συνετίσει. Με βαριά βήματα κατευθύνθηκε προς την πόρτα. Έβαλε το χέρι της πάνω στο χερούλι και αισθάνθηκε το άψυχο ατσάλι του να της περονιάζει την καρδιά, καθώς το κρύο του μετάλλου διαπερνούσε το χέρι της μεταγγίζοντας το ψύχος του στα ζωτικά της όργανα. Της έλειπε το θάρρος που θα έπρεπε να έχει, επειδή ποτέ δεν είχε ξαναβρεθεί σε παρόμοια κατάσταση, έπρεπε όμως για χάρη των παιδιών της να το βρει, για να τα πάρει και να φύγουν από εκείνο το κολαστήριο.

Άξαφνα διαπίστωσε ότι η πόρτα ήταν κλειδωμένη. Αμέσως καταλήφθηκε από αμόκ. Σαν άγριο ζώο, που συνηθισμένο να τρέχει στις πεδιάδες και να σκαρφαλώνει στα βουνά ελεύθερο και ξαφνικά κάποιος μια μέρα το φυλακίζει σε ένα κλουβί, έτσι και η ίδια, όμοια με ύαινα άρχιζε να τσιρίζει και να χτυπάει και να κλωτσάει την πόρτα. Δεν ηρέμισε παρά μόνο όταν άκουσε βήματα απ' έξω και το κλειδί να γυρίζει το μύλο και να ξεκλειδώνει την κλειδαριά.

Οπισθοχώρησε στην επιβλητική θωριά του άντρα της και μέσα στο πηχτό σκοτάδι παραπάτησε. Εκείνος την βρήκε πολύ εύκολα και την άρπαξε από το χέρι. Με το άλλο κλείδωσε πάλι την πόρτα πίσω του. Κάτι μέσα της της έλεγε ότι όλη αυτή η ιστορία δεν θα την έβγαζε σε καλό. Η ανάσα του βρωμούσε αλκοόλ κι εκείνη τη στιγμή το μόνο που πέρασε από το μυαλό της, ήταν πώς ήταν δυνατόν να υποκρινόταν τόσα χρόνια κάποιον άλλον.

Το Ισλάμ απαγόρευε το ποτό, ήξερε όμως πολύ καλά πως στον κλειστό χώρο του σπιτιού του, κάθε μουσουλμάνος έπινε. Πίσω στη Γαλλία ο Μουσάραφ έπινε κανένα ποτηράκι, ποτέ όμως δεν είχε ξεφύγει στο σημείο που τον έβλεπε τώρα. Ή μάλλον καλύτερα, δεν τον έβλεπε, τον αισθανόταν, να την τραβάει βίαια και να την ταρακουνάει, μιλώντας ακατάληπτα στα αραβικά. Εκείνη από την πλευρά της προσπαθούσε να προστατέψει τον εαυτό της για να μη της κάνει κακό. Όσο όμως του μιλούσε, προσπαθώντας να τον φέρει στα συγκαλά του, τόσο το ζώο θέριευε μέσα του.

Τη χτύπησε, τη βίασε και την κλείδωσε πάλι, αφήνοντας τη στη μοναξιά της παγωμένης ψάθας και στη θλίψη των καυτών της δακρύων. Αυτό εξακολουθούσε να γίνεται επί ένα μήνα συνεχόμενα. Κάθε μέρα ανέβαινε στο δωμάτιο, τη χτυπούσε και τη βίαζε, λέγοντάς της πως έπρεπε να αποδεχτεί ότι εδώ είναι το σπίτι τους κι εδώ θα μείνουν για πάντα. Η απάντηση που έπαιρνε τον εξόργιζε ακόμη περισσότερο και τον έκανε ακόμη πιο βίαιο. Δεν υπήρχε περίπτωση να φύγουν ποτέ από εδώ αυτή ή οι κόρες της.

Σύμφωνα με το νόμο ο σύζυγος είχε την απόλυτη κυριαρχία πάνω στη σύζυγο και στα παιδιά τους, ακόμη και στο κομμάτι που αφορά στη ζωή τους. Έτσι η Μισέλ, αναγκάστηκε να συμβιβαστεί με τις απαιτήσεις του Μουσάραφ. Σιγά-σιγά μαλάκωσε τη στάση της κι έτσι εκείνος της επέτρεψε να βγει από το δωμάτιο και αργότερα να δει τα παιδιά της ή να βγει έξω από το σπίτι, πάντα με τη συνοδεία μιας άλλης γυναίκας του σπιτιού.

Η Μισέλ σκέφτηκε να το σκάσει, αλλά το διαβατήριό της -το δικό της και των κοριτσιών- τα είχε κρυμμένα ο Μουσάραφ σε μέρος που δεν μπορούσε να βρει. Της μπήκε η ιδέα, ότι αν έβρισκε τρόπο να πάει στη γαλλική πρεσβεία, σίγουρα θα της παρείχαν άσυλο. Τότε εκείνη θα έφευγε από τον τόπο της κο-λάσεώς της και ανασυγκροτημένη με τη βοήθεια του γαλλικού κράτους και των δικηγόρων της, θα έβρισκε τρόπο να πάρει τις κόρες της πίσω. Το πρόβλημα ήταν ότι η γαλλική πρεσβεία βρισκόταν πολύ μακριά από το σπίτι της κι έτσι δύο φορές που προσπάθησε να το σκάσει, την πρόλαβαν οι συγγενείς του άντρα της και κυριολεκτικά σέρνοντας την από τα μαλλιά, τους ώμους και τα ρούχα την έφερναν πίσω. Ήταν σαν εφιάλτης γι' αυτήν. Λες και όλη η γειτονιά γνώριζε και ήταν ενήμερη. Λες και ήξεραν, και κάθε φορά που εκείνη έβρισκε την πόρτα ανοιχτή και έτρεχε μακριά από τη φυλακή της, έβγαιναν όλοι οι άντρες από τα σπίτια και τα σοκάκια και την κυνηγούσαν, μέσα στους εκκωφαντικούς αλαλαγμούς των γυναικών με τα τσαντόρ και τη μπούργκα, που κρυβόταν πίσω από τις σιδερένιες αυλόπορτες των σπιτιών τους.

Ένα πρωί, πολύ πριν χαράξει ο ήλιος την πορεία του πάνω στον ουρανό, η πόρτα του δωματίου της ξεκλείδωσε και άνοι-ξε. Μπήκε μέσα ο άντρας της και της πέταξε ένα μπόγο με λίγα πραγματάκια και το διαβατήριό της. Χωρίς πολλά λόγια της είπε ότι δεν ήταν επιθυμητή στο σπίτι και πως μπορούσε να φύ-γει όποτε ήθελε. Η Μισέλ, με όσο θάρρος της είχε απομείνει, του είπε ότι δεν υπήρχε περίπτωση να φύγει χωρίς τα παιδιά της. Τότε εκείνος κάτι μουρμούρισε μέσα από τα δόντια του στα αραβικά και έβαλε μια φωνή. Σε κλάσματα του δευτερολέπτου ακούστηκαν δύο ζευγάρια αντρικά παπούτσια να ανεβαίνουν γοργά τη ξύλινη σκάλα. Σύντομα εμφανίστηκαν μπροστά της ο γαμπρός του Μουσάραφ κι ένας ξάδερφός του.

Χωρίς ούτε καν να της μιλήσουν, την άρπαξαν από τους ώμους και σηκώνοντάς την στον αέρα, την έβγαλαν έξω από το δωμάτιο. Ο Μουσάραφ μάζεψε τον μπόγο με τα ρούχα και το διαβατήριο και τους ακολούθησε κάτω στην αυλή. Εκεί της φάνηκε πως ήταν μαζεμένο ολόκληρο το χωριό.

Μάγδα Δ. Καπριανού

Κοίταξε γύρω της με γρήγορες ματιές, ψάχνοντας να δει τα παιδιά της αλλά δεν τα είδε πουθενά. Όσο κι αν τα φώναζε, όσο και αν προσπαθούσε να απαγκιστρωθεί από τους δέσμιους της ήταν αδύνατον, εκείνοι υπερίσχυαν σε δύναμη. Πέρασαν και στάθηκαν μπροστά από την πεθερά της, που την κοίταξε της πέταξε κάτι στα αραβικά, που από τον τόνο της φωνής της συμπέρανε ότι ήταν κάποιο είδος κατάρας ή βρισιάς και αφού έφτυσε μπροστά της κάτω στο χώμα, της γύρισε την πλάτη. Ήταν λες και δόθηκε το σήμα για κάποια γιορτή. Παρά τη θέλησή της, οι δύο άντρες ακολουθούμενοι από τον Μουσάραφ, την έσυραν έξω από την αυλή, συνοδεία αλαλαγμών και φωνών. Έξω από το σπίτι τα ίδια. Ο κόσμος είχε μαζευτεί και άλλοι την έφτυναν, άλλοι τη μούντζωναν, ενώ οι γυναίκες συνέχισαν να τσιρίζουν. Η Μισέλ φοβήθηκε ότι δεν θα έβγαινε ζωντανή από εκεί και για μια στιγμή πέρασε από το μυαλό της ότι θα την έβγαζαν έξω από την πόλη με σκοπό να τη λιθοβολήσουν. Τελικά την έβαλαν μέσα στο φορτηγάκι και την οδήγησαν στο αεροδρόμιο.

Λες και όλοι ήταν συνεννοημένοι, ακόμη και οι αστυνομικοί στο αεροδρόμιο, κανείς τους δεν αντιδρούσε στις παρακλήσεις της για βοήθεια για τη σωτηρία της. Την έβαλε μέσα στο αεροπλάνο λέγοντάς της ότι σε αυτή τη χώρα δεν ήταν πλέον επιθυμητή. Μάταια εκείνη φώναζε ότι δεν έφευγε χωρίς τα κορίτσια της, μάταια τραβούσε τον Μουσάραφ από την κελεμπία του, εκλιπαρώντας τον να την αφήσει να πάρει τις κόρες της μαζί της. Εκείνος της απάντησε ξερά ότι οι κόρες του θα έμεναν εκεί, στην Υεμένη, για να μεγαλώσουν σύμφωνα με τα μουσουλμανικά πρότυπα και να γίνουν σωστές μουσουλμάνες γυναίκες και άξιες μουσουλμάνες σύζυγοι.

Όταν έφτασε στη Γαλλία το πρώτο πράγμα που έκανε ήταν να πάει σε μια φίλη της. Ήταν ο μοναδικός άνθρωπος που είχε στον κόσμο. Της αφηγήθηκε τι είχε συμβεί κι εκείνη έμεινε με το στόμα ανοικτό. Της συνέστησε έναν καλό δικηγόρο και τη βο-

24

ήθησε να έρθει σε επαφή με συλλόγους που ασχολούνταν με περιπτώσεις παρόμοιες με τη δική της, ώστε να έχει δίπλα της ανθρώπους που θα μπορούσαν να τη στηρίξουν ανάλογα. Η πρώτη προσπάθεια που έκανε για να διεκδικήσει τα παιδιά, στάθηκε άκαρπη. Ο νόμος ήταν αυστηρός και τα παιδιά θεωρούνταν πλέον πολίτες της Υεμένης και όχι Γάλλοι. Χωρίς τη συγκατάθεση του πατέρα δεν μπορούσε να τα πάρει. Της φαινόταν αδιανόητο όλο αυτό, όσο όμως και αν χτυπήθηκε όσες εφέσεις κι αν έκανε, δεν έγινε τίποτα.

Οι γυναίκες του συλλόγου στον οποίο αποτάθηκε τη στήριξαν πάρα πολύ. Πολλές από αυτές είχαν εξαναγκαστεί να αφήσουν τα παιδιά τους εκεί, είτε γιατί δεν τους επετράπη να τα πάρουν μαζί τους, είτε ακόμη και γιατί απειλήθηκαν με την ίδια τη ζωή τους, αν συνέχιζαν αυτή την προσπάθειά τους. Ο κατάλογος και οι φωτογραφίες των αγαπημένων τους προσώπων ήταν μακρύς και ατέλειωτος, καμιά όμως δεν το έβαζε κάτω. Μια δύο από αυτές, είχαν καταφέρει να τα πάρουν κατόπιν συμφωνίας με το σύζυγο, που τις επέτρεπε να τα βλέπουν κάποιες φορές το χρόνο, υπήρχαν όμως και άλλες που όταν άφησαν τα παιδιά τους πίσω, ήταν πολύ μικρά και τώρα εκείνα δεν τις θυμόταν και δεν τις αναγνώριζαν καν.

Η Μισέλ αποφάσισε να φτάσει μέχρι το δικαστήριο των ανθρωπίνων δικαιωμάτων, αξιώνοντας την κηδεμονία των παιδιών της. Υπολόγιζε όμως χωρίς τον ξενοδόχο. Ο Μουσάραφ είχε συγγενείς στη Γαλλία που πολύ ευχαρίστως δέχτηκαν να τον βοηθήσουν. Έτσι τη μια μέρα βρήκε ξεφουσκωμένα τα λάστιχα του αυτοκινήτου της, την άλλη μέρα παραβιασμένη την πόρτα του σπιτιού της και αναστατωμένα όλα τα δωμάτια, ενώ αργότερα οξύ αλλοίωσε όλο το χρώμα του αυτοκινήτου της.

Εκείνη δεν το έβαλε κάτω. Ήταν αποφασισμένη να συνεχίσει. Η φίλη της όμως, καθώς και οι γυναίκες του συλλόγου, άρχισαν να φοβούνται και να ανησυχούν για τη σωματική της ακεραιότητα, ειδικά από τη μέρα που βρήκε μια γάτα σκοτωμένη

Μάγδα Δ. Καπριανού

στην εξώπορτά της, με ένα παλούκι καρφωμένο στο στήθος της κι ένα σημείωμα που έλεγε 'είσαι η επόμενη!' η φίλη της κάλεσε αμέσως την αστυνομία. Δύο αστυνομικοί ήρθαν στο σπίτι και ερεύνησαν το χώρο, τη γάτα και το σημείωμα, αλλά αρκέστηκαν σε ένα τυπικό, 'θα καταγραφεί στο φάκελό σας, μαζί με τα υπόλοιπα συμβάντα' και έφυγαν λέγοντάς της ότι αφού δεν υπήρχε κάτι που να σκιαγραφεί τον ύποπτο, τότε δεν μπορούσαν να κάνουν τίποτα, παρά μόνο μια μήνυση κατά αγνώστων. Η Μισέλ γνώριζε ότι αυτή η μήνυση δεν σήμαινε τίποτα, τους άφησε λοιπόν να φύγουν κι εκείνη έμεινε πίσω με τη φίλη της να ανασυγκροτήσει τον εαυτό της.

Εκείνη της είπε ότι στενοχωριόταν πολύ για την κατάστασή της και ότι σκεφτόταν τον τρόπο με τον οποίο θα μπορούσε να τη βοηθήσει. Τελικά είχε καταλήξει στο συμπέρασμα, ότι η ζωή της κινδύνευε άμεσα αν παρέμενε στη Γαλλία και με τη σύμφωνη γνώμη των υπολοίπων γυναικών της πρότεινε να φύγει για την Ελλάδα. Εκεί υπήρχε ένας ανάλογος σύλλογος γυναικών, πρόθυμες να της συμπαρασταθούν και να τη βοηθήσουν, κάτω από κάθε μυστικότητα. Η Μισέλ παρόλο που στην αρχή αρνήθηκε να σκύψει το κεφάλι και να υποταχτεί στις απειλές του άντρα της, τελικά συνετίστηκε με τη σκέψη ότι νεκρή δεν θα μπορούσε να προσφέρει τίποτα στα κορίτσια της.

Έτσι βρέθηκε στην Ελλάδα, στη Θεσσαλονίκη, όπου έμενε για ένα χρόνο περίπου τώρα. Οι γυναίκες του συλλόγου εδώ ήταν πιο διστακτικές απ' ότι στη Γαλλία και δύσκολα αναλάμβαναν πρωτοβουλία σχετικά με τη διεκδίκηση των δικαιωμάτων τους, ώσπου μια μέρα πήρε το αυτί της το όνομα μιας δημοσιογράφου, η οποία ακουγόταν ότι αναλάμβανε ρεπορτάζ που κανείς άλλος δεν ήθελε, κυρίως επειδή θεωρούνταν ανέφικτα και αντίξοα. Έτσι και αποφάσισε να τη βρει.

«Ήσαστan κάποτε πολεμική ανταποκρίτρια!» της είπε.

Η Μάτα κατάλαβε ότι γνώριζε πολύ καλά το βιογραφικό της και ότι είχε έρθει αποφασισμένη για να πάρει τη βοήθεια που

26

επιζητούσε και πως δεν θα έφευγε εάν δεν έκανε πράξη αυτό που μηχανευόταν στο νου της . Η Μάτα την άκουσε με πολύ προσοχή και ύστερα προσπάθησε να της εξηγήσει ότι είχε περάσει πολύς καιρός από τότε που είχε ασχοληθεί με σχετικά θέματα και τώρα τα ρεπορτάζ της στρεφόταν σε θέματα που αφορούσαν στον πολιτισμό και στην κουλτούρα του κράτους της. Είχε πλέον παντρευτεί, είχε κάνει οικογένεια, μόλις πριν από λίγους μήνες είχε γεννήσει και το δεύτερο της παιδί, της ήταν αδύνατον να ασχοληθεί με αυτό το ζήτημα. Παρόλα αυτά θα την παρέπεμπε σε κάποιον συνάδελφο με αντίστοιχη εμπειρία.

«Είπατε ότι γεννήσατε πρόσφατα;» Πιάστηκε η Μισέλ από την τελευταία της κουβέντα κοιτώντας την κατάματα.

«Ναι!» απάντησε η Μάτα, χωρίς να εξετάζει το σκοπό της απορίας της, θεωρώντας ότι τη ρωτούσε από ευγένεια.

«Πόσο είναι τα παιδάκια σας, αν επιτρέπεται;»

«Ενός έτους και τριών!»της απάντησε η Μάτα.

«Συγχωρήστε με για την αδιακρισία μου, αλλά πως θα σας φαινόταν αν μετά από κόπους και μήνες που τα είχατε μέσα στην κοιλιά σας, τα νιώθατε να μεγαλώνουν και να σκιρτούν μέσα σας μέρα με τη μέρα, χρόνο με το χρόνο κάποιος σας στερούσε αυτά τα δύο αγγελούδια και δεν τα ξαναβλέπατε ποτέ στη ζωή σας; Αν χάνατε όλα αυτά τα πράγματα για τα οποία μια μάνα ζει, ονειρεύεται κι ελπίζει; Αν κάποια άλλη γυναίκα ξενυχτούσε δίπλα τους, όταν τα βράδια είναι άρρωστα και ψήνονται στον πυρετό; Και άραγε θα τους φέρεται τόσο καλά όσο εσείς; Θα τα αγκαλιάζει, θα τα φιλάει, θα τα αγαπάει όσο εσείς; Θα έχει την υπομονή σε κάθε σκανδαλιά που θα κάνουν να τα συγχωρεί, το σθένος να τους οδηγήσει στο σωστό δρόμο για να γίνουν άξιοι άνθρωποι και πολίτες σε αυτή την κοινωνία και τη δύναμη να αντέξει σε κάθε δύσκολη στιγμή που θα αντιμετωπίσουν, όσο η μάνα που τα γέννησε;» σταμάτησε και την κοίταξε με μάτια υγρά και φορτισμένα. Η Μάτα είχε μείνει παγωμένη, λες και ο χρόνος είχε πάψει να κυλάει γύρω τους και το μόνο που υπήρχε, ήταν τα λόγια αυτής της πικραμένης μάνας. Μιας μάνας που της ξερίζωσαν το δικαίωμα της μητρότητας, χωρίς να νοιαστούν για τα συναισθήματά και τις ανάγκες της, που δεν της επέτρεψαν να αξιώσει να γευτεί τις μικρές χαρές του μεγαλώματος των παιδιών της και την πικρή στενοχώρια της απογοήτευσης ή του άγχους μέσα από την τριβή με την καθημερινότητα.

Δέχτηκε τελικά να τη βοηθήσει, παρόλο που δεν ήξερε τίποτα γι' αυτό το ζήτημα από πρώτο χέρι. Την προειδοποίησε όμως ότι υπήρχε περίπτωση να μην καταφέρει να κάνει τίποτα. Η Μισέλ αρκέστηκε μόνο στο λόγο της ότι θα προσπαθούσε κι ένα γλυκό χαμόγελο ικανοποίησης κρεμάστηκε από τα πικραμένα χείλη της. Ύστερα της έδωσε κάποια στοιχεία με διευθύνσεις και το τηλέφωνο της , της παραχώρησε όλη τη δικογραφία που είχε συνταχτεί μέχρι τότε και κάποιες φωτογραφίες, από τα δεινά που είχε να αντιμετωπίσει. Τέλος πριν φύγει την ευχαρίστησε και της ζήτησε να επικοινωνήσει μαζί της για όποια απορία κι αν είχε, όποια ώρα της ημέρας και αν ήταν.

Δύο ολόκληρα χρόνια πάλεψε η Μάτα με την ιστορία της Μισέλ, κάνοντας άπειρα χιλιόμετρα σε Ελλάδα και εξωτερικό για να έρθει σε επικοινωνία με γυναίκες που είχαν ανάλογες και παρόμοιες εμπειρίες. Το ρεπορτάζ κάλυπτε άπειρα χιλιόμετρα μαγνητοφωνικής και τηλεοπτικής ταινίας, ώσπου στο τέλος κατάφερε και έβγαλε άκρη. Η έρευνά της ήταν τόσο ακραία και επιθετική, καθώς είχε να αντιμετωπίσει κλειστές πόρτες και στόματα, ώστε δεν δίστασε να επισκεφτεί το σπίτι του πατέρα στην Υεμένη, με ένα τσούρμο δημοσιογράφους από άλλες χώρες. Η πίεση που κατέβαλε ήταν τόσο μεγάλη, ώστε εκείνος αναγκάστηκε να τους δώσει τη μια κόρη, την πιο μικρή για να την πάρει μαζί της πίσω στη μάνα της. Δυστυχώς η μάχη για τη μεγάλη είχε χαθεί, καθώς λίγους μήνες πριν, ο πατέρας της την είχε παντρέψει με έναν φίλο του άραβα και τώρα ήτανε έγκυος στο παιδί του. Όταν τη ρώτησαν αν ήθελε να γυρίσει στη μητέρα της, εκείνη τους απάντησε ότι τώρα ήταν αργά. Κι ας ήταν μόλις έντεκα χρονών.

Η Μάτα χάρη στην ιδιοσυγκρασία της και στον ισχυρό χαρακτήρα της είχε καταφέρει να βοηθήσει πολλές γυναίκες να πάρουν πίσω τα παιδιά τους ή έστω να πετύχουν καλύτερες και πιο ανθρώπινες συμφωνίες με τους πρώην συζύγους τους, είχε καταφέρει όμως επίσης να γίνει ανεπιθύμητη στον λαό της Υεμένης και κυρίως στη μερίδα εκείνη των φανατικών μουσουλμάνων, που ακόμη και η θέα της κάμερας κατάμουτρα, δεν τους εμπόδιζε από το να βγάλουν τις καραμπίνες και τα γιαταγάνια και να τους αρχίσουν στις απειλές.

Ευτυχώς είχε περάσει πολύς καιρός από τότε και η φήμη της είχε κάπως εξασθενήσει, αφού και τα δικαστήρια όλων αυτών των μουσουλμανικών χωρών αναγκάστηκαν να λάβουν μια πιο διαλλακτική στάση απέναντι στις δυτικές μανάδες και να άρουν τις μέχρι τότε απάνθρωπες απαγορεύσεις. Από την ώρα όμως που ο Χάρης της ανακοίνωσε ότι η επόμενη στάση ήταν η Υεμένη, ένα σφίξιμο την έπιασε στην καρδιά, φέρνοντας πάλι στο νου τα σκονισμένα στενοσόκακα και τη βοή της πολυκοσμίας που είχαν αυτές οι χώρες. Ευχήθηκε μόνο να περνούσαν γρήγορα οι μέρες και να μη συνέβαινε κάτι κακό.

29

«Παρασκευή σήμερα. Τι θα κάνεις;» τη ρώτησε η Κλαίρη καθώς φορούσε το παλτό της.

Η Μάτα τελείωνε τη δακτυλογράφηση στον υπολογιστή της, ενός ρεπορτάζ που αφορούσε στους βυζαντινούς νερόμυλους του Δήμου Πολίχνης και τον πολύχρονο αγώνα της αρχαιολογικής υπηρεσίας για την ανασκαφή τους. Σήκωσε το κεφάλι και την κοίταξε κάπως ζαλισμένη, απορροφημένη από το ρεπορτάζ της.

«Έρχεται ο Χάρης από την Υεμένη!»

«Αλήθεια τι κάνει αυτό το παιδί; Πως πάει εκεί κάτω; Περνάει καλά ή κάνει αταξίες;» τη ρώτησε εκείνη με περιπαικτική διάθεση.

«Το καλό που του θέλω, να είναι φρόνιμος, γιατί δεν τον παίρνουν τα νταηλίκια εκεί πέρα!»

«Αμάν μωρέ παιδάκι μου η καχυποψία σου αυτή! Καταντάς ανυπόφορη μερικές φορές!»

«Αν είχες ζήσει αυτά που έζησα κι εγώ όταν κατέβηκα εκεί κάτω, δεν θα μιλούσες έτσι!» της απάντησε η Μάτα.

«Ξέρω, ξέρω. Έχω διαβάσει όλο το ρεπορτάζ που έκανες. Αλλά κι εσύ ρε παιδάκι μου, είσαι των άκρων;»

«Τι εννοείς;» η Μάτα συνοφρυώθηκε προσπαθώντας να καταλάβει τι εννοούσε η συνάδελφός της.

«Τι, τι εννοώ; Από το μαχητικό ρεπορτάζ, πώς κατάντησες να δίνεις συμβουλές ομορφιάς;»

Η Μάτα ζύγισε καλά τη συνομιλήτριά της πριν ανοίξει το στόμα της. Διάφορες εικόνες του παρελθόντος, προβλήθηκαν στην οθόνη του μυαλού της αστραπιαία. Ήταν καλές εκείνες οι εποχές, σκέφτηκε. Εποχές που σε κερνούσανε γλυκόπικρες αναμνήσεις, κι εκείνη ένιωθε πλέον γερασμένη για κάτι τέτοιο. Σαν τη γιαγιά, που είχε φτάσει ένα βήμα πριν κλείσει οριστικά το κεφάλαιο που ονομάζεται ζωή, είχε ανάγκη να γεύεται από αυτή μόνο γλυκό κερασάκι και όχι πικρό καφέ.

«Πόσα χρόνια δουλεύεις σε αυτό το επάγγελμα;» τη ρώτησε.

«Πέντε!»της απάντησε η κοπέλα υπολογίζοντας πάνω κάτω το χρόνο.

«Εγώ δεκαπέντε. Από δεκαοχτώ χρονών.» το βλέμμα της αναπόλησε πίσω στο χρόνο.

«Μόλις που είχα τελειώσει το σχολείο και το μυαλό μου μόνο στις πανελλαδικές που δεν ήταν. Θυμάμαι πήγα στα κεντρικά γραφεία της πρώτης εφημερίδας που δούλεψα ποτέ στη ζωή μου-είχα θράσος τότε-μπαίνω μέσα και ζητάω το διευθυντή. Με δέχτηκε. Του είπα: *'θέλω να γίνω δημοσιογράφος!'* Μου πετάει τότε εκείνος ένα δελτίο τύπου και μου λέει: *'φέρε το ρεπορτάζ!'* Ιδέα δεν είχα τι έπρεπε να κάνω! Πήγα όμως! Σκέφτηκα μέσα μου, ότι αν δεν βρω τώρα το θάρρος, δεν θα το βρω ποτέ! Πήγα, έκανα το ρεπορτάζ και γύρισα στην εφημερίδα να το συντάξω. Μια βδομάδα μετά αγόρασα το πρώτο δημοσιογραφικό μου κασετοφωνάκι. Ξέρεις τι μου είπε τότε; *'μπα, από πότε κυκλοφορείς με κασετόφωνο εγγραφής; Ο καλός δημοσιογράφος παίρνει χαρτί και μολύβι!'* *'Δεν προλαβαίνω!'* Του απάντησα. Το πήρε στα χέρια του, το επεξεργάστηκε και αφού του 'ριξε καναδυό απαξιωτικές ματιές, μου το έδωσε πίσω, μαζί με τη σύμβαση της πρόσληψής μου. 'Φεύγεις για Ιράκ', μου είπε και πήγα.

Έτσι ξεκίνησαν όλα. Όχι όπως σήμερα που κάνετε τόσες σπουδές και μετά μελετάτε τι θα κάνετε στη ζωή σας. 'Ο καλός δημοσιογράφος δεν φαίνεται από τα πτυχία του', μου έλεγε πάντα. Ελάχιστοι από τους παλιούς δημοσιογράφους έχουν σπουδάσει το επάγγελμα, όλοι είναι αυτοδίδακτοι. Όμως όπως και να 'χει το πράγμα, βαρέθηκα, κουράστηκα, κορέστηκα-πες το κι έτσι. Μετά από το ρεπορτάζ της Υεμένης και την παγκόσμια-τολμώ να πω-επιτυχία που είχε, τίποτα πλέον δεν με ευχαριστούσε. Θεωρούσα τα πάντα μάταια και περιττά. Βασικά για να μη μακρηγορώ, ούτε κι αυτό με ευχαριστεί, αλλά από την απραξία, το προτιμώ!»

Η Κλαίρη έμεινε να την κοιτάει αποσβολωμένη, μη ξέροντας τι να της απαντήσει. Η Μάτα διάβασε την αμηχανία στο βλέμμα της και έσπευσε να την βοηθήσει.

«Έλα μικρή, μη μου σκοτίζεσαι! Έχεις πολλά να μάθεις ακόμη και πολλά ψωμιά να φας! Μη δίνεις σημασία σε μια παλιόγρια!» της απάντησε και γέλασε. Έκλεισε τον υπολογιστή της και σηκώθηκε.

«Φτάνει για σήμερα. Πάμε να φύγουμε!»

Εκατόν εβδομήντα χιλιόμετρα περίπου ανατολικά της Σαναά, στα όρια της ερήμου της Αραβίας, βρίσκεται η πρωτεύουσα του αρχαίου βασιλείου της Σαβά, η επαρχία Μαρίμπ. Γνωστή στον ευρύτερο τουριστικό πληθυσμό, καθώς στην αρχαιότητα υπήρξε σταθμός των διερχόμενων καραβανιών που εμπορεύονταν μύρο, λιβάνι και σπάνια μπαχαρικά, αλλά και λόγω του αρχαιολογικού ενδιαφέροντος της. Κάθε χρόνο συγκεντρώνει πλήθος κόσμου, που προσέρχονται για να θαυμάσουν τα αξιοθέατά της και κυρίως τα ερείπια του παλιού φράγματός, το ναό Μπιλκίς που χτίστηκε το τετρακόσια προ Χριστού, αλλά και το νέο φράγμα, το οποίο είναι διπλάσιο σε μέγεθος από το παλιό.

Ο Χάρης δεν σταματούσε να απαθανατίζει με τη φωτογραφική του μηχανή και την κάμερα, όσο πιο πολλές εικόνες μπορούσε. Ήθελε να τις εγκλωβίσει μέσα στο φακό, ελπίζοντας να καταφέρει να φυλακίσει λίγη από τη μυστηριακή ατμόσφαιρα που απέπνεε αυτή η χώρα. Θεωρούσε ότι πίσω από όλες αυτές τις απαγορεύσεις και τις φοβίες, έκρυβε έναν τρομερό ερωτισμό και μια εξαιρετικά γοητευτική σαγήνη, που δύσκολα κάποιος θα μπορούσε να της αντισταθεί.

35

Όλη αυτή η ατμόσφαιρα, με την καυτή άμμο της ερήμου να δημιουργεί παράξενες εικόνες, τις οάσεις που εμφανίζονταν σαν οφθαλμαπάτη στη μέση του πουθενά, ήταν μυστηριακή. Η ξηρότητα του αέρα ή τα παιδιά που ξεπετάγονταν μέσα από τα στενά σοκάκια και τα πλινθόκτιστα σπίτια ένα καυτό ήρεμο μεσημέρι, σε παρέσυρε-όσο κι αν ήθελες να το αποφύγεις-σε μια φαντασίωση που δεν μπορούσες να αρνηθείς. Ένιωθες σαν να ζούσες πραγματικά χίλιες και μια νύχτες.

Ακόμη και οι γυναίκες τους, κρυμμένες πίσω από τη μπούργκα, το τσαντόρ ή τη μαντίλα, ακόμη και αυτές είχαν κάτι το μυστηριακό, που σε σαγήνευε και που οδηγούσε το μυαλό και τη σκέψη σε δύσβατα και απαγορευμένα μονοπάτια. Είχε βέβαια την επίγνωση των κανόνων και των νόμων της χώρας και της περιοχής κι έτσι το μόνο που έκανε, ήταν απλά να φαντασιώνεται. Σε όλο το διάστημα που είχε ακολουθήσει την αποστολή, όταν στον ελεύθερο χρόνο του άφηνε το κασετοφωνάκι του δημοσιογράφου στην τσάντα του κι έπαιρνε τη μηχανή και την κάμερα για να μετατραπεί σε έναν ερασιτέχνη φωτογράφο, φρόντιζε οι φωτογραφίες και τα πλάνα που θα τραβούσε να μην ενοχλούσαν ή να πρόσβαλαν κάποιον από τους κατοίκους της περιοχής. Ήξερε πολύ καλά ότι οι άνθρωποι εδώ μπορούσαν να είναι τρομερά φιλικοί και φιλόξενοι, αλλά και εξαιρετικά επιθετικοί και βάρβαροι, ειδικά σε ότι αφορούσε στις γυναίκες τους.

Τις φορές που σαν καλεσμένος παραβρέθηκε στο σπίτι ενός ντόπιου, παρατηρούσε το τελετουργικό του καλωσορίσματος. Με την είσοδό του στο σπίτι, έβλεπε ή τουλάχιστον άκουγε το σούσουρο των γυναικών του σπιτιού, που αποσύρονταν από τα δωμάτια και περιορίζονταν στα άνω διαμερίσματα, όπου σκοπός ήταν να μείνουν μέχρι να φύγει ο καλεσμένος. Ο κύρης του σπιτιού τους καλωσόριζε με ένα ζεστό χαμόγελο και μια εγκάρδια χειραψία, μετά αφού τους έβαζε να κάτσουν καταγής πάνω στα τεράστια και άνετα μαξιλάρια, πήγαινε να φέρει το φαγητό, που είχαν ετοιμάσει οι γυναίκες. Οι άντρες έτρωγαν όλοι μαζί στο χαμηλό στρόγγυλο τραπεζάκι πίνοντας τσάι, αναλύοντας συνήθως την πολιτική επικαιρότητα του τόπου ή την ιστορία και τις παραδόσεις. Το πιο συχνό έδεσμα που τους πρόσφεραν ήταν το 'σάλτα', το εθνικό τους πιάτο. Ήταν ένα φαγητό που περιελάμβανε κρέας- αρνί ή κοτόπουλο- με φακές, φασόλια, ρεβίθια, κόλιαντρο και διάφορα μπαχαρικά, συνοδευόμενα όλα αυτά με ρύζι. Ήταν ένα πιάτο τελείως έξω από τις γεύσεις του Χάρη και των συμπατριωτών του, που είχαν συνηθίσει την κατανάλωση όλων αυτών των οσπρίων σε μορφή σούπας και το αρνί σουβλιστό και όχι τόσο πικάντικο.

Στην αρχή, όταν ο Χάρης αντίκρισε για πρώτη φορά το πιάτο, του προκάλεσε μια αποστροφή, όταν δεν ειδικά παρατήρησε ότι πάνω στο τραπέζι δεν υπήρχαν ούτε πιάτα ούτε μαχαιροπίρουνα, δίστασε. Η ιδέα να βουτήξει το χέρι μέσα σε ένα τεράστιο ταψί δεν ήταν κάτι που τον ενθουσίαζε, ειδικά όταν έμαθε ότι μέσα στο φαΐ υπήρχε κόλιανδρος, το σκέφτηκε πάρα πολύ για να πλησιάσει.

Το μυαλό του επέστρεψε μηχανικά σε εκείνη τη μακρινή περίοδο, όπου η Μάτα πειραματιζόταν ακόμη με τη μαγειρική και μια μέρα επέστρεψε από τη λαϊκή κουβαλώντας μαζί της ένα ματσάκι με κόλιανδρο. Σε δευτερόλεπτα μέσα, όλο το σπίτι είχε ποτίσει με εκείνο το ιδιαίτερα δυνατό άρωμα του, και παρόλο που ο κόλιανδρος βρισκόταν μέσα στο ψυγείο, είχε διαπεράσει τα κλειστά τοιχώματά του και είχε διαχυθεί στην ατμόσφαιρα. Καθόντουσαν και οι δυο στο σαλόνι, ακίνητοι και χωρίς να μιλάνε, προσποιούμενοι πως έβλεπαν τηλεόραση, κανείς όμως δεν κοιτούσε την εκπομπή. Στην πραγματικότητα, έκαναν διάφορες γκριμάτσες απέχθειας με το πρόσωπό τους, σκεπτόμενοι διάφορα, ο ένας για τον άλλο σε σχέση με το γαστρεντερικό σύστημα του άλλου.

Την αυλαία άνοιξε η Μάτα σπρώχνοντας τον Χάρη μακριά της και κλείνοντας τη μύτη της με το χέρι, αφήνοντας μια κραυγή απέχθειας να ξεγλιστρήσει από το λαιμό της.

«Μπλιαξ! Είσαι απαίσιος! Είσαι μια αηδία και μισή!» του είπε διώχνοντας νοητά με το χέρι της το αόρατο σύννεφο βρώμας που την κατέπνιγε.

«Εγώ; Τι έκανα; Εσύ τις αμολάς και ύστερα κατηγορείς εμένα;» της απάντησε στον ίδιο τόνο.

Χρειάστηκε να περάσουν λίγα δευτερόλεπτα για να καταλάβουν ότι αυτή η περίεργη μυρωδιά δεν ήταν παράγωγο κανενός από τους δύο. Σηκώθηκαν μαζί από τον καναπέ και σαν λαγωνικά εκπαιδευμένα στην ανεύρεση τρούφας, άρχισαν να οσμίζονται τον αέρα. Η πηγή όμως ήταν δύσκολο να ανακαλυφθεί, καθώς η μυρωδιά του κόλιανδρου ήταν άγνωστη στους οσφρητικούς κάλυκες και των δύο και επιπλέον είχε πλημμυρίσει όλο το σπίτι. Απεγνωσμένοι και οι δύο μετά από μια πεντάλεπτη αναζήτηση χωρίς αποτέλεσμα, κάθισαν περίλυποι στο τραπέζι της κουζίνας προσπαθώντας να αποδεχτούν το γεγονός ότι κάπου μέσα στο σπίτι κάτι είχε χαλάσει και τώρα ανέδιδε ξεδιάντροπα τη βρώμα του.

«Ίσως να έρχεται από το σιφόνι!» είπε ο Χάρης και μια λάμψη φώτισε το βλέμμα του.

«Λες;»

Σηκώθηκαν και οι δύο και πλησίασαν το νεροχύτη προετοιμασμένοι να αντιμετωπίσουν την απαίσια μυρωδιά που αναφαίνονταν από την αποχέτευση. Πλησίασαν τις μύτες τους και με επιφύλαξη, πήραν μια σύντομη και διακεκομμένη εισπνοή. Η έκπληξή τους ήταν μεγάλη και άρχισαν να εισπνέουν πιο βαθιά και πιο βαθιά, μεγεθύνοντας την απογοήτευση αλλά και την ανακούφισή τους. Ο νεροχύτης δεν μύριζε τίποτα. Σηκώθηκαν και οι δύο και κοιτάχτηκαν λουσμένοι στην απορία. Η Μάτα κάθισε αποκαρδιωμένη στην καρέκλα, βέβαιη ότι δεν υπήρχε ποτέ περίπτωση να βρουν την πηγή της οσμής.

«Θες καφέ;»

Η Μάτα έγνεψε καταφατικά. Ένας καφές θα ήταν τώρα ότι πρέπει για να παρηγορήσει την απελπισία της. Ο Χάρης, που προς μεγάλη του έκπληξη δεν περίμενε ότι με το που θα ανοίξει το ψυγείο θα βρισκόταν αντιμέτωπος με τη λύση του μυστηρίου, έμεινε βουβός να στέκει ακίνητος μπροστά στο ανοιχτό ψυγείο για λίγη ώρα, πριν ο συναγερμός των απαίσιων οσμών, ενεργοποιήσει το κουδουνάκι εκείνο του εγκεφάλου του, που τον ειδοποιούσε για τις καταστάσεις εκτάκτου ανάγκης. Βγάζοντας έναν ακατάληπτο ήχο εξακοντίστηκε κυριολεκτικά σε απόσταση από το ψυγείο, με το χέρι μπροστά στο στόμα για να αποφύγει τον επικείμενο εμετό.

«Τι είναι αυτή η βρώμα Παναγία μου; Τι αηδία έχεις εκεί μέσα;» και τότε η Μάτα συνειδητοποίησε ότι αυτή η έντονη μυρωδιά, προερχόταν από το φυτό κίντζα, γνωστό και ως κόλιανδρος, το οποίο φυσικά βρέθηκε με τη μια στη σακούλα και από εκεί στον κάδο των σκουπιδιών με τη σύμφωνη γνώμη και των δύο, ότι σταματούσαν από εδώ και πέρα οι γευστικοί πειραματισμοί.

Από τότε ο Χάρης όταν άκουγε για αυτό το φυτό, απέφευγε και να πλησιάσει. Αυτή τη φορά όμως, ήξερε πως κάτι τέτοιο δεν ήταν δυνατόν να συμβεί, καθώς το να προσκληθείς στο σπίτι ενός Υεμενίτη και να μη φας ή να μην πιεις αυτά που σου προσφέρει, σήμαινε τεράστια προσβολή, που θα μπορούσε να ξεπλυθεί ακόμη και με αίμα. Άπλωσε έτσι δειλά το χέρι του και το βύθισε μέσα στο ζεστό φαγητό. Με διστακτικές κινήσεις και τεράστια απροθυμία το έβαλε στο στόμα κι άρχισε να το μασουλάει. Καθώς όμως οι γεύσεις αλέθονταν και ανακατεύονταν μέσα στο στόμα του, οι εκφράσεις του προσώπου του μεταβάλλονταν. Αυτό που περίμενε, δεν είχε καμία σχέση με αυτό που συνάντησε, έτσι κατέληξε στο τέλος όχι μόνο να φάει, προς έκπληξη και των υπολοίπων παρευρισκομένων και ειδικά των Ελλήνων, που τους εξήγησε την ατυχία του με το βότανο, αλλά ζήτησε μάλιστα και τη συνταγή.

Αυτά σκεφτόταν, την ώρα που ο καυτός ήλιος στεκόταν ακριβώς από πάνω τους στη μέση του ουρανού και τους πύρωνε τα κεφάλια με τις καυτές του βελόνες. Πόσο πολύ είχε ανάγκη

Μάγδα Δ. Καπριανού

από ένα δροσιστικό τσάι ή λίγο νερό, βρισκόταν όμως στην πε-
ρίοδο του ραμαζανιού και ήξερε πολύ καλά ότι δεν ήταν τόσο
εύκολο να βγάλει έτσι απλά ένα μπουκάλι με νερό, τη στιγμή που
απαγορευόταν. Σύμφωνα με την παράδοση, το ραμαζάνι ήταν
νηστεία. Μια νηστεία όπου από την ανατολή μέχρι τη δύση του
ηλίου δεν επιτρεπόταν ούτε να φας ούτε να πιεις τίποτα. Βασικά
δεν επιτρεπόταν να βάλεις τίποτα στο στόμα σου. Μπορεί ο ίδιος
αλλά και η ομάδα του να μην ενστερνιζόταν αυτήν την άποψη,
σύμφωνα όμως με τον ξεναγό τους, έπρεπε να σεβαστούν τους
νόμους και τις παραδόσεις αυτού του κράτους, καθώς υπήρ-
χαν και φανατικοί ισλαμιστές που δεν τους ενδιέφερε αν δεν είσαι
μουσουλμάνος και θα μπορούσαν πολύ εύκολα να ξεφύγουν
από τα όρια και να προβούν σε βίαιες πράξεις. Κοίταξε το ρολόι
του και παρηγόρησε τον εαυτό του πως έμεναν λίγες ώρες ακό-
μη, μέχρι την άρση της απαγόρευσης κι έτσι συνέχισε να φω-
τογραφίζει και να μαγνητοσκοπεί ακολουθώντας το γκρουπ με
τους υπόλοιπους συναδέλφους του και τον ξεναγό, που εκείνη
την ώρα τους εξηγούσε πως το Μαρίμπ υπήρξε ένας σημαντι-
κός σταθμός των διερχόμενων καραβανιών που εμπορεύονταν
μύρο, λιβάνι και μπαχαρικά από τον όγδοο αιώνα προ Χριστού
και για σχεδόν μια χιλιετία.

Ο Χάρης περπατούσε τελευταίος, παρέα με ένα συνάδελ-
φο του φωτογράφο από την Αθήνα, που εργαζόταν σε ένα
περιοδικό για ταξίδια. Είχαν γνωριστεί από την αρχή της απο-
στολής και σαν είδαν ότι τα χνώτα τους ταίριαζαν, κόλλησαν
και πήγαιναν συνέχεια μαζί. Επειδή άρεσε και στους δύο η φω-
τογραφία, αποφάσισαν να απομακρυνθούν από το υπόλοιπο
γκρουπ, με σκοπό να παρεισφρήσουν στην αληθινή όψη της
πόλης και όχι σε αυτή που είχε φτιαχτεί μόνο για τους τουρίστες.
Τους είχε συναρπάσει το γεγονός ότι ακόμη και στις μέρες μας
η αρχιτεκτονική των σπιτιών δεν διαφοροποιόταν από τις ρίζες
του παρελθόντος. Τα σπίτια ήταν πλινθόκτιστα, με κύριο υλικό
κατασκευής το χώμα, τα άχυρα, τις πέτρες και το ξύλο. Μπαλ-

40

κόνια δεν υπήρχαν, παρά μόνο κάτι μικρά παραθυράκια για να φωτίζουν ίσα ίσα τον εσωτερικό χώρο του. Τα σπίτια είχαν εσωτερικές αυλές που περιστοιχίζονταν από ψηλούς και απαράβατους τοίχους. Μπορεί να υστερούσαν σε αρχιτεκτονική, υπερτερούσαν όμως στη διακόσμηση, καθώς ελάχιστα ήταν αυτά τα οποία δεν είχαν ζωγραφισμένο στην όψη τους κάποιο περίτεχνο σχέδιο, που θα έδινε στον τουρίστα αφορμή για να κάτσει να το μελετήσει ώρες ατέλειωτες.

Έχοντας ενημερώσει τον ξεναγό για την πρόθεσή τους αυτή κι έχοντας μπροστά τους τρεις ολόκληρες ώρες μέχρι τη συνάντησή τους στο σημείο που βρισκόταν το πούλμαν για την επιστροφή, οι δυο τους κατάφεραν να χωθούν στην ενδοχώρα. Ήταν μεσημέρι, ώρα που κάθε μουσουλμάνος που σεβόταν τον εαυτό του και την πίστη του, κλεινόταν στο σπίτι για τη μεσημεριανή ξεκούραση και την τέλεση της μιας εκ των πέντε προσευχών της ημέρας. Που και που ένα ανάλαφρο ποδοβολητό ακουγόταν στο βάθος κάποιου στενού, δείγμα ότι κάποια παιδιά πιθανόν το είχαν σκάσει από το σπίτι τους και από τους γονείς τους, που έπεσαν για ύπνο προκειμένου να ξεχαστούν μέχρι την ώρα που θα έπεφτε ο ήλιος κι εκείνοι θα έπεφταν με τα μούτρα στο φαΐ. Ο Αθηναίος έκανε νόημα στον Χάρη να αφουγκραστούν από πού προερχόταν ο ήχος. Είχε στο μυαλό του να φωτογραφήσει τα παιδιά την ώρα του παιχνιδιού και ήξερε ότι αν τα πετύχαινε, τα ίδια θα προσφέρονταν με μεγάλη χαρά, καθώς θα το θεωρούσαν ως ένα είδος διασκέδασης.

Προχωρούσαν και οι δυο στις μύτες των ποδιών τους, με τις κάμερες στο χέρι, μαγνητοσκοπώντας στο κάθε τους βήμα κι αισθάνονταν όπως ακριβώς αισθάνεται ο κυνηγός την ώρα που αντιλαμβάνεται το θήραμά του και είναι έτοιμος να ορμήσει πίσω από το θάμνο, για να το σκοτώσει. Σε μια στιγμή βρέθηκαν σε μια διχάλα, πάνω στο δρόμο. Σταμάτησαν και αφουγκράστηκαν. Το ποδοβολητό αυτή τη φορά συνοδεύτηκε από φωνές. Έμειναν και οι δύο ακίνητοι, συνοφρυωμένοι και κοκαλωμένοι, χωρίς να μπορούν να ξεχωρίσουν αν αυτό που ακουγόταν ήταν παιδιά που έπαιζαν και φώναζαν χαρούμενα ή η φωνή μιας γυναίκας που φώναζε πάνω στην απελπισία της, προκειμένου να σωθεί. Γιατί παρόλο που δεν γνώριζαν τη γλώσσα, μπορούσαν να ξεχωρίσουν ότι αυτό που ακουγόταν έκλεινε μάλλον προς τη δεύτερη εναλλακτική υπόθεση. Κοίταξαν γύρω τους και μετά μεταξύ τους, χωρίς να μπορούν να πάρουν μια απόφαση, για το αν έπρεπε απλά να το αγνοήσουν και να συνεχίσουν αμέριμνοι την ασχολία τους ή να τρέξουν και να βοηθήσουν αυτό το άτομο που πιθανότατα καλούσε σε βοήθεια. Το μεγαλύτερο άγχος τους ήταν μην ήταν όλα αυτά ένας απλός καβγάς μεταξύ συζύγων, κάτι το οποίο ενισχύονταν, καθώς δεν έβλεπαν κανέναν άλλον να βγαίνει από το σπίτι του, για να σπεύσει σε βοήθεια και δεδομένου ότι δεν γνώριζαν τη γλώσσα, συμπέραναν ότι θα μπορούσε να είναι κάτι τέτοιο.

Η κραυγή όμως που έσκισε την ηρεμία του απομεσήμερου προκαλώντας έναν εκκωφαντικό αντίλαλο, που έσπασε τη μονότονη ηρεμία της περιοχής, τους δραστηριοποίησε ότι έπρεπε να αντιδράσουν. Μη γνωρίζοντας προς τα πού να κατευθυνθούν, αποφάσισαν να χωριστούν και να ψάξει ο καθένας μόνος του. Ο ένας έτρεξε προς τα δεξιά και ο άλλος προς τα αριστερά. Ο Χάρης έτρεχε κρατώντας την κάμερα στο χέρι και τη φωτογραφική μηχανή περασμένη στο στήθος. Η ανησυχία ήταν ζωγραφισμένη στο πρόσωπό του, καθώς εδώ και ώρα το μόνο που ακουγόταν ήταν το μουρμούρισμα του ανέμου που σφύριζε απαλά, καθώς ξεχύνονταν ανάμεσα στα σοκάκια. Απελπισμένος σταμάτησε και κοίταξε γύρω του, δεν υπήρχε ψυχή ζώσα. Αποφάσισε να διακόψει την αναζήτηση και να ψάξει να βρει το φίλο του, θεωρώντας πως ότι κι αν ήταν, πιθανότατα θα είχε λάβει τέλος.

Και τότε τους είδε. Δυο άντρες, πιθανόν τουρίστες, αφού φορούσαν δυτικά ρούχα και όχι κελεμπίες, είχανε ακινητοποιήσει στο χώμα μια ντόπια γυναίκα. Την είχανε ρίξει κάτω και αφού της είχανε σκίσει τα ρούχα, ο ένας βρισκότανε ακριβώς από πάνω της έτοιμος νu ıη βιάσει, ενώ ο άλλος της κρατούσε ακίνητα τα χέρια με το ένα του χέρι και της έκλεινε το στόμα με το άλλο. Η γυναίκα φαινότανε να έχει χάσει τις αισθήσεις της, καθώς είχε κλειστά τα μάτια και δεν αντιστεκότανε πλέον στους δυνάστες της. Μόλις ο Χάρης τους είδε, όρμησε κατά πάνω τους, αλλά εκείνοι κατάφεραν να του ξεφύγουν και να χαθούν στα στενά σοκάκια της πόλης εκσφενδονίζοντάς του βρισιές στα αγγλικά. Ο Χάρης προσπάθησε να τους κυνηγήσει, φωνάζοντας και βρίζοντας τους κι εκείνος, αλλά όταν διαπίστωσε ότι είχαν εξαφανιστεί γύρισε πίσω στη γυναίκα, για να της προσφέρει τις πρώτες βοήθειες. Την πλησίασε για να διαπιστώσει ότι ήταν εντάξει, καθώς δεν κουνιόταν. Έσκυψε στο χώμα δίπλα της για να δει αν αναπνέει και μιας και δεν ήξερε τη γλώσσα, περιορίστηκε στα αγγλικά που ήξερε.

Άξαφνα ένιωσε δυο ζευγάρια χέρια να τον τραβάνε με τη βία και να τον σέρνουν μακριά της. Πάνω στην έκπληξή του δεν κατάλαβε τι έγινε, ώσπου ήρθε η πρώτη μπουνιά στο στομάχι που τον δίπλωσε στα δύο και μετά άλλη μια μπουνιά στην πλάτη και μια κλωτσιά στο κεφάλι, μέχρι που ο κόσμος έσβησε γύρω του και το μόνο που αισθανόταν ήταν ο καυτός ήλιος πάνω από το κεφάλι του, το ζεστό αίμα που έρεε στο λαιμό και οι φωνές του κόσμου που σε λίγο χάθηκαν και αυτές.

Η ώρα είχε περάσει προ πολλού τις δώδεκα. Το σπίτι ήταν ταχτοποιημένο στην τρίχα, το φαγητό έτοιμο στο φούρνο, περίμενε να σερβιριστεί αμέσως μετά της άφιξη του Χάρη. Η Μάτα κοίταξε το ρολόι της. Μια ανεξήγητη νευρικότητα τη στοίχειωνε από την ώρα που μπήκε στο σπίτι το απόγευμα. Προσπάθησε να την αποδιώξει, αλλά στάθηκε αδύνατον, έτσι αναγκάστηκε να συνυπάρξει μαζί της για το υπόλοιπο της βραδιάς. Η ώρα πλησίαζε, όπου να 'ναι θα άκουγε το κλειδί να γυρίζει στην πόρτα και πίσω της να εμφανίζεται ο άντρας της. Αισθανόταν αγαλλίαση, που πέρασε αυτή η τόσο δύσκολη εβδομάδα. Ο καιρός περνούσε σχετικά γρή-γορα, τόσο που εκείνη δεν είχε καταλάβει πώς. Οι μέρες έρ-χονταν και παρέρχονταν και η ίδια το μόνο που έκανε ήταν να ζει, να περπατάει και να πηγαίνει στη δουλειά μηχανικά, χωρίς να σκέφτεται. Το είχε δει ως ένα είδος άμυνας, απέναντι στη δύσκολη περίοδο που περνούσε, με τα παιδιά να έχουν τα δικά τους υπαρξιακά προβλήματα, με το ένα πόδι στην εφηβεία και το άλλο στην αντίδραση. Έτσι αποφάσισε να σφαλίσει το μυαλό της και να μη πολυσκέφτεται ή να αναλύει το κάθε συμβάν που προέκυπτε. Ήταν πιο εύκολο για την ίδια και είχε βολευτεί με αυτήν την κατάσταση, τουλάχιστον μέχρι τη λήξη της αποστολής και την επιστροφή του.

Εκείνη τη μέρα έστειλε τα παιδιά από νωρίς στη μητέρα της, για να αφιερώσει απερίσπαστη το χρόνο που χρειαζόταν ώστε να ετοιμάσει ένα ρομαντικό δείπνο για τον άντρα της. Στη σκέψη αυτή ένα χαιρέκακο χαμόγελο πέρασε βιαστικά από τα χείλη της. 'Ρομαντικό δείπνο, με τον αγαπημένο μου σύζυγο', σκέφτηκε. Αγαπημένος για πόσο. Πέντε; Δέκα λεπτά; Άραγε πόση ώρα θα μας πάρει να φαγωθούμε; Ίσως βέβαια, σκέφτηκε, από την άλλη, αυτό να είναι και το αλατοπίπερο ενός μακροχρόνιου γάμου. Πιθανόν τα περισσότερα ζευγάρια μετά από δέκα και χρόνια γάμου, να περνούσαν κάτι ανάλογο με εκείνους. Να τρώγονταν δηλαδή, άνευ λόγου και αιτίας, έτσι για πλάκα, για μια αλλαγή μέσα στη μονοτονία του γάμου.

Τέλος πάντων, δεν χρειαζόταν πολλή σκέψη. Ο καθένας εντέλει το γάμο του τον φτιάχνει όπως θέλει και ακόμη και όταν φτάνει σε ένα τέλμα, φταίνε και οι δύο. Όπου υπάρχει καπνός υπάρχει και φωτιά και αν φταίει κάποιος, είναι αυτός που άναψε το σπίρτο και την ξεκίνησε. Αγαπιόντουσαν όταν παντρεύτηκαν. Τουλάχιστον έτσι νόμιζε μέχρι πριν από λίγο καιρό. Δεν ήθελε όμως να μπει στη διαδικασία να το αναλύσει. Τον Χάρη τον παντρεύτηκε γιατί τον γούσταρε, επειδή της έκανε όλα της τα χατίρια, ίσως ακόμη κι επειδή είχε φτάσει η στιγμή να κάνει οικογένεια. Θα παντρευόταν που θα παντρευόταν κάποιον, γιατί όχι τον Χάρη, που ήταν καλό παιδί, τη φρόντιζε και την περιποιούνταν; Τώρα το πώς ξεκίνησε η σχέση τους, με το πώς κατάληξε, αυτό ήταν άλλου παπά ευαγγέλιο. Ακόμη όμως και για την αδιαφορία που επεδείκνυε τον τελευταίο καιρό, ίσως να οφειλόταν σε αυτήν. Περισσότερο ένιωθε μάνα, παρά γυναίκα, και ας είχε πραγματικά ανάγκη να αισθανθεί γυναίκα. Τριάντα πέντε ετών ήταν, ακόμη πολύ νέα για να καταθέσει τα όπλα. Και αν κι εκείνος ένιωθε πολύ πιο μεγάλος από την πραγματική του ηλικία, εκείνη δεν ήταν λίγες οι φορές που αισθανόταν είκοσι πέντε.

Η αποστολή αυτή είχε έρθει στην κατάλληλη στιγμή και αυτό ίσως τελικά να αποδεικνύονταν μακράν καλύτερο του χωρισμού. Εξάλλου, με αυτή τη ζωή δεν ήταν μόνοι τους. Πίσω τους είχαν και δυο παιδιά, πολύ μικρά ακόμη για να κατανοήσουν τους ουσιαστικούς λόγους που οι γονείς τους αποφάσισαν να ακολουθήσουν διαφορετικές διαδρομές στη ζωή. Εδώ τώρα, σκεφτόταν, πόσες φορές οι γιοι της τη ρωτούσαν που ήταν πατέρας τους. Της ερχόταν πιο εύκολο να τους λέει ότι έλειπε σε δουλειά, κι ας μην καταλάβαιναν, από το να τους πει σε κάποια στιγμή ότι είχαν χωρίσει.

Τελικά σκέφτηκε, κάθε τι που συμβαίνει στη ζωή του ανθρώπου έχει το λόγο της ύπαρξής του. Τίποτα δεν είναι τυχαίο, και έρχεται πάντα στην κατάλληλη στιγμή!

Στην κατάλληλη στιγμή, και πάνω που άρχισε να εντείνεται ακόμη περισσότερο η ταραχή της, χτύπησε το κουδούνι του θυροτηλεφώνου. Η Μάτα κυριολεκτικά εκσφενδονίστηκε από τη θέση της και με δύο βήματα βρέθηκε στο χολ. Πάτησε το κουμπί για να ανοίξει η εξώπορτα. Δεν χρειάστηκε να ρωτήσει ποιος ήταν. Εξάλλου τέτοια ώρα, δεν περίμενε καμία κοινωνική επίσκεψη. Ήταν ο Χάρης που για άλλη μια φορά βαριόταν να ψάξει τα κλειδιά στην τσέπη του και προτίμησε να πατήσει το κουμπί του θυροτηλέφωνου. Άνοιξε την εξώπορτα και άκουσε το ασανσέρ που κινούνταν προς τα κάτω. Άκουσε την πόρτα που άνοιξε κι έκλεισε και ξανά μετά, την κίνηση του ασανσέρ, αυτή τη φορά προς τα πάνω. Κρεμάστηκε από την πόρτα περιμένοντάς τον, κι ένα γλυκό αίσθημα ανακούφισης την καθησύχασε εξιλεώνοντάς την από τις μελαγχολικές σκέψεις που είχε κάνει λίγη ώρα νωρίτερα.

Άξαφνα θυμήθηκε ότι δεν είχε ανάψει τα κεριά στο τραπέζι του ρομαντικού δείπνου που είχε ετοιμάσει με τόση καρτερία. Άφησε την πόρτα ανοιχτή και έτρεξε στην κουζίνα να βρει αναπτήρα. Πήγε στην τραπεζαρία και άναψε τα κεριά. Άκουσε την πόρτα πίσω της να κλείνει και φορώντας το πιο περίλαμπρο χαμόγελο της, γύρισε να καλωσορίσει τον άντρα της.

Η χαρά έδωσε τη θέση της στην έκπληξη και κατόπιν στην αμηχανία, όταν γυρνώντας αυτό που αντίκρισε της προκάλεσε ανάμικτα συναισθήματα απορίας, ανησυχίας, φόβου, αγωνίας και αναταραχής. Η καρδιά της για λίγο σταμάτησε να χτυπάει και το αίμα πάγωσε στις φλέβες της, καθώς αντί για τον άντρα της αντίκρισε κάποιον άλλο άντρα. Ήταν ο Στέλιος, ο φωτογράφος και συνεργάτης του Χάρη. Καθόταν και την κοιτούσε το ίδιο αμήχανα κι εκείνος, σφίγγοντας ανάμεσα στα χέρια του μια τραγιάσκα που μόλις είχε βγάλει από το κεφάλι του. Το βλέμμα του φανέρωνε άγχος και αδημονία, ενώ οι νευρικές του κινήσεις βιασύνη σαν να 'θελε να αποφύγει ένα φορτίο που ένιωθε βαρύ και να χαθεί και πάλι πίσω από την πόρτα, στο πηχτό σκοτάδι της νύχτας. Την κοιτούσε με άδειο βλέμμα και χείλη που έτρεμαν, με πρόσωπο συσπασμένο από την αγωνία, που γυαλοκοπούσε από τον ιδρώτα.

Η Μάτα έμεινε να τον κοιτάει το ίδιο αποσβολωμένη κι εκείνη. Το μυαλό της είχε σταματήσει εντελώς, όχι από την έκπληξη που έβλεπε κάποιον άλλον εκεί μπροστά της, αλλά επειδή του απαγόρεψε να σκεφτεί το λόγο της απουσίας του άντρα της και αντί αυτού της παρουσίας του Στέλιου. Η αλήθεια ήταν ότι δεν χρειάστηκε να καταβάλει μεγάλη προσπάθεια για να σκεφτεί ότι κάτι κακό είχε συμβεί.

Μέσα σε μια βουβή παραδοχή, του έκανε το ορίστε να καθίσει. Εκείνος προχώρησε το ίδιο αμίλητος με εκείνη και στάθηκε απέναντί της. Του ήταν αδύνατον να καθίσει μιας και το βάρος της εξομολόγησης είχε πέσει σε εκείνον, καθώς ήταν ο πιο κοντινός του συνεργάτης. Η Μάτα από την πλευρά της, ένιωσε τα πόδια της να λυγίζουν κάτω από το βάρος του κορμιού της και άπλωσε το χέρι αναζητώντας από κάπου να πιαστεί. Ο Στέλιος κατάλαβε την αδυναμία της γυναίκας και έσπευσε γρήγορα να τη συγκρατήσει. Την τοποθέτησε με προσοχή στον καναπέ και μετά πήρε την καρέκλα και κάθισε απέναντί της.

Την κοίταξε με δυσκολία στα μάτια και ξεροκατάπιε κάνα δυο τρεις φορές πριν ανοίξει το στόμα του. Κατόπιν πήρε μια βαθιά ανάσα και την ξανακοίταξε στα μάτια. Προσπάθησε να μιλήσει, να της εξηγήσει, αλλά ο τρόμος που έβλεπε στα μάτια της και στο κάτωχρο πρόσωπό της, ανέστειλε την εξομολόγησή του ακόμη περισσότερο. Εκείνη κατάλαβε το λόγο του ερχομού του και ανοίγοντας το στόμα φρόντισε να τον βγάλει από τη δυσχερή κατάσταση.

«Που τον έχουν;» τον ρώτησε.

«Στις φυλακές της Σαναά!» της απάντησε εκείνος απολογητικά

«Τι έκανε;»

Έσκυψε το κεφάλι και δίστασε να της απαντήσει για λίγο. Κατόπιν το έγειρε στο πλάι και την κοίταξε με μισό μάτι, λες και φοβόταν μην συναντηθούν τα βλέμματά τους και τον κάψει με τις σπίθες που εκτόξευαν τα δικά της.

«Απ' ότι ακούγεται ατίμασε μια γυναίκα.»

Η Μάτα τινάχτηκε από τη θέση της, σαν να τη χτύπησε ηλεκτρικό ρεύμα.

«Τι εννοείς ατίμασε μια γυναίκα;»

Ο Στέλιος δαγκώθηκε μετανιωμένος και μέσα του ευχήθηκε να μην ήταν τόσο ατσούμπαλος και να είχε εκφραστεί με άλλο τρόπο. Πήρε ανάσα και βάζοντας τις σκέψεις του σε σειρά, προσπάθησε να διορθώσει την κατάσταση.

«Όταν λέω ατίμασε, δεν εννοώ με τον κανονικό τρόπο. Έχεις πάει εκεί και ξέρεις ότι οι άντρες, όπως και οι γυναίκες προσβάλλονται με το παραμικρό. Κάθε γυναίκα ως γνωστόν, ξέρεις ότι έχει το δικαίωμα και το θράσος να κοιτάξει έναν άντρα και να τον κουτσομπολέψει ή ακόμη και να γελάσει κάνοντας κάποιο σχόλιο για αυτόν. Αυτό είναι κοινωνικά αποδεκτό. Το κακό όμως είναι, ότι κανένας άντρας πέρα από του συζύγου και τον πατέρα της δεν επιτρέπεται να την κοιτάξει στα μάτια ή οπουδήποτε αλλού, ακόμη και να της απευθύνει το λόγο.»

Η Μάτα τον διέκοψε εκνευρισμένη προσπαθώντας να καταλάβει τι είχε συμβεί.

«Τι θες να μου πεις λοιπόν; Ότι ο Χάρης κοίταξε κάποια γυναίκα στο δρόμο και γι' αυτό τον έριξαν φυλακή;»

«Περίπου!» της απάντησε κάπως ξαλαφρωμένος μετά την εξομολόγησή του.

Φανερά εκνευρισμένη η Μάτα και με την αγωνία να την πνίγει πατόκορφα σηκώθηκε όρθια και άρχισε να πηγαινοέρχεται στο σαλόνι.

«Πες μου λοιπόν άνθρωπέ μου, τι έκανε και τον έριξαν στη φυλακή; Μην παίζεις με τον πόνο μου! Πόση υπομονή να κάνω ακόμη;»

Ο Στέλιος σηκώθηκε και στάθηκε μπροστά της, φράσσοντάς της το δρόμο. Αυτή τη φορά φαινόταν στο πρόσωπό του η απόφασή του να της μιλήσει ανοιχτά.

«Ακούγεται, γιατί κανείς δεν ξέρει ποια είναι η πραγματική αλήθεια, ότι χθες, μετά το τέλος της πρες κόμφερανς, είχανε πάει μια εκδρομή στην επαρχία Μαρίμπ, εκατόν εβδομήντα περίπου χιλιόμετρα ανατολικά της πρωτεύουσας, της Σαναά. Εκεί, καθώς περπατούσε λίγο έξω από την πόλη, άκουσε φωνές. Είδε τότε πίσω από ένα βράχο δύο άντρες να προσπαθούν να βιάσουν μια γυναίκα. Την είχαν ακινητοποιήσει κάτω στο χώμα, της είχαν σκίσει τα ρούχα και ήταν έτοιμοι να προχωρήσουν, και θα το είχαν κάνει, αν εκείνη τη στιγμή, από μια λάθος κίνηση που έκανε ο ένας, έχασε τον έλεγχο και το χέρι του, που έφρασσε το στόμα της γυναίκας, γλίστρησε απελευθερώνοντάς το. Εκείνη τότε βρήκε την ευκαιρία να φωνάξει αναζητώντας βοήθεια και για καλή της τύχη, αλλά για κακή δική του, την άκουσε ο Χάρης, ο οποίος έτρεξε να την βοηθήσει.

Και η αλήθεια ήταν ότι κατάφερε με τον ερχομό του να τρομάξει τους δύο επίδοξους βιαστές, οι οποίοι μόλις τον είδαν, τράπηκαν σε φυγή. Το θέμα είναι ότι μαζί με τον Χάρη, τις φωνές τις άκουσαν και κάποιοι άλλοι περίοικοι, που έσπευσαν κι εκείνοι-περισσότερο από περιέργεια- να δουν τι είχε συμβεί και από πού προερχόταν οι φωνές. Αυτοί όμως, όταν έφτασαν το μόνο που είδαν ήταν τον Χάρη πεσμένο πάνω από το στήθος της γυναίκας, που προσπαθούσε να τη βοηθήσει. Πάνω στην αγωνία της βλέπεις εκείνη, έχασε τις αισθήσεις της και λιποθύμησε. Ο Χάρης που δεν αντιλήφθηκε τι είχε συμβεί και νόμιζε ότι τη στραγγάλισαν, έσκυψε από πάνω της για να δει αν αναπνέει και ακριβώς τότε εμφανίστηκαν και οι υπόλοιποι. Σχεδόν αμέσως ήρθαν και δύο αστυνομικοί, οι οποίοι χωρίς λόγια και εξηγήσεις συνέλαβαν και τον Χάρη και τη γυναίκα.»

Σταμάτησε και την κοίταξε χωρίς να μιλάει. Η αγωνία είχε αποχωρήσει από το πρόσωπο του και τώρα η ανακούφιση ερχόταν σιγά σιγά να αποτυπωθεί πάνω του. Η Μάτα, που δεν μπορούσε ακόμη να ενώσει τα κομμάτια του παζλ αυτής της φανταστικής ιστορίας, που μόνο σε βιβλίο θα μπορούσε κανείς να διαβάσει, προσπάθησε να συγκεντρώσει τις σκέψεις της.

«Και πως τα ξέρεις όλα αυτά;» τον ρώτησε εν τέλει.

«Ήταν μαζί του κι ένας δημοσιογράφος από μια αθηναϊκή εφημερίδα.»

Ευθύς αμέσως, το πρόσωπό της έλαμψε, καθώς διατείνονταν μια αμυδρή ακτίνα ελπίδας στο σκοτάδι του τούνελ.

«Και γιατί δεν πήγε να καταθέσει για να λυθεί το θέμα και να τον απελευθερώσουν;» τον ρώτησε.

«Προσπάθησε, αλλά κανείς δεν τον ακούει. Έχει εκθέσει λένε την κοπέλα και τώρα πρέπει να υποστεί τις συνέπειες!»

Η τελευταία του φράση στάθηκε σαν μαχαιριά στο στομάχι της Μάτας, που έχοντας ήδη μελετήσει τους νόμους της Υεμένης, γνώριζε πολύ καλά πώς πληρωνόταν αυτό το αδίκημα.

«Και η κοπέλα; Γιατί δεν τους είπε τίποτα; Γιατί δεν τους εξήγησε;»

«Προσπάθησε, αλλά κρίθηκε το ίδιο ένοχη με αυτόν και ίσως τώρα να είναι ήδη αργά για την ίδια!»

Δε χρειάστηκε να της εξηγήσει. Η Μάτα γνώριζε πολύ καλά ότι γυναίκες που είχαν υποστεί βιασμό, θεωρούνταν το ίδιο ένοχες με το βιαστή και πολύ συχνά οδηγούνταν έξω από την πόλη όπου θανατώνονταν διά λιθοβολισμού από το έξαλλο πλήθος ή τις έθαβαν ζωντανές και τις άφηναν εκεί μέχρι να τις φάνε τα όρνια ή να πεθάνουν από αφυδάτωση, από την υπερβολική ζέστη της περιοχής.

«Και ο υπουργός μας; Η πρεσβεία; Δεν έκαναν τίποτα για να τον βοηθήσουν;» επέμεινε αναζητώντας μια φωτεινή ακτίνα πίσω από το σκοτεινό αδιέξοδο που είχε πέσει ο άντρας της.

«Προσπαθούν. Από χθες προσπαθούν!» τη διαβεβαίωσε εκείνος.

Η Μάτα έπεσε εξουθενωμένη στον καναπέ. Δεν ήξερε τι να πει και τι να σκεφτεί. Πολλά πράγματα είχαν έρθει το νου της την εβδομάδα που πέρασε, φρόντιζε όμως πάντα να καθησυχάζει τον εαυτό της με τη σκέψη ότι όλα αυτά ανήκαν στη σφαίρα της φαντασίας της. Μιας φαντασίας που τώρα είχε πάρει σάρκα και οστά και κινούνταν απειλητικά εναντίον του άντρα της.

«Και τώρα τι γίνεται;» τον ρώτησε γνωρίζοντας ότι αυτή της η ερώτηση ήταν περιττή.

Εκείνος την κοίταξε με όσο θάρρος του είχε απομείνει και της είπε ότι όλοι θα έκαναν ότι περνούσε από το χέρι τους.

«Το δικαστήριο θα γίνει σε έναν μήνα!» ήταν οι τελευταίες του λέξεις.

Με δισταγμό την καληνύχτισε κι έφυγε από το σπίτι, αφού πρώτα εκείνη τον διαβεβαίωσε ότι ήταν καλά και δεν θα έκανε κάποια απερισκεψία. Η Μάτα άναψε τσιγάρο μόλις έμεινε μόνη, και έβαλε καφέ στην καφετιέρα. Η νύχτα πλησίαζε στο τέλος της, αλλά για εκείνη, μόλις ξεκινούσε η δική της σκοτεινή πορεία στα γνωστά- άγνωστα δρομάκια της Υεμένης. Της χώρας που τόσο αποστρεφόταν και που τόσο δεν μπορούσε να ξεφύγει από τα δίχτυα της.

Το ξημέρωμα βρήκε τη Μάτα ξάγρυπνη, αγκαλιά με το τηλέφωνο και τον ηλεκτρονικό υπολογιστή, να αναζητά λύση στο πρόβλημά της. Έψαχνε απεγνωσμένα να πιαστεί από κάπου, να μπορέσει να βρει μια λύση στο ανυπέρβλητο αυτό πρόβλημα που είχε να αντιμετωπίσει. Γνώριζε πολύ καλά πόσο δυσμενείς ήταν οι συνθήκες στη χώρα της Υεμένης κι έτσι δεν χρειαζόταν να καταβάλει μεγάλη προσπάθεια, για να φανταστεί το δυσχερές περιβάλλον στο οποίο θα βρισκόταν ο άντρας της. Ο χρόνος κυλούσε εναντίον τους αρνητικά και η βοήθεια, όπως διαισθανόταν θα ήταν λιγοστή.

Πρώτο της μέλημα, ήταν να τηλεφωνήσει στην ελληνική πρεσβεία στην Υεμένη. Εκεί το μόνο που κατάφερε ήταν να μιλήσει με τον γραμματέα του πρέσβη καθώς ο ίδιος ο πρέσβης έλειπε σε κάποια επίσκεψη εκτός χώρας και θα επέστρεφε μετά από αρκετές ημέρες. Αμέσως μετά πήρε στο υπουργείο εξωτερικών, όπου κανείς δεν το σήκωσε.

Έπεσε καταρρακωμένη στον καναπέ, με το τηλέφωνο στο ένα της χέρι και τον τηλεφωνικό κατάλογο στο άλλο. Η ίδια ένιωθε συντετριμμένη από την τροπή που είχαν πάρει τα γεγονότα. Αδυνατούσε να παραδεχτεί ότι όλο αυτό δεν ήταν τίποτα περισσότερο από ένας εφιάλτης, που αν έβρισκε τη δύναμη να ξυπνήσει θα χανόταν με μιας.

Άξαφνα έβλεπε εικόνες από τη ζωή της στο παρελθόν να έχουν πάρει σάρκα και οστά και να περνούν μπροστά από τα μάτια της. Εκεί, συναντιόντουσαν με άλλες εικόνες, από το μέλλον, οι οποίες ανακατώνονταν και έπαιζαν παράλληλα με τις προηγούμενες.

Το πρώτο δάκρυ έσταξε από τα μάτια της, τη στιγμή που ξεπρόβαλλε ο ήλιος πίσω από το γκρίζο είδωλο της πολυκατοικίας, που βρισκόταν λίγα μέτρα πιο πέρα από το σπίτι της. Η έλευση του, της έδωσε την ευκαιρία να αφήσει ελεύθερα τα εσώψυχά της και να απελευθερωθεί από ότι τη βάραινε. Τον αγαπούσε τον άντρα της, και παρόλο που σαν αντρόγυνο είχαν περάσει καλές και άσχημες μέρες στη ζωή τους, της φαινόταν αδιανόητη η σκέψη πως αν κάτι πήγαινε στραβά θα έπρεπε να ζήσει χωρίς αυτόν. Ήταν όλη της η ζωή, ο λόγος της ύπαρξής της, η αιτία που κάθε πρωί άνοιγε τα μάτια και έπαιρνε θάρρος, για να αντιπαλέψει τις καθημερινές δυσκολίες που συναντούσε στην πορεία της.

Ποτέ δεν είχε διανοηθεί ότι θα τον χάσει κάποια μέρα, όπως και ποτέ δεν είχε σκεφτεί το οριστικό τέλος που επέρχεται με τον θάνατο. Στο μυαλό της πάντα υπήρχε το τώρα και το σήμερα, μιας καθημερινότητας που φάνταζε τόσο πεζή και ανούσια, ήταν όμως η δική της καθημερινότητα, με τα παιδάκια της να κουτρουβαλάν τριγύρω και την τόσο νηφάλια ζωή τους να εκτείνεται γύρω τους σαν ζεστός μανδύας τη στιγμή που το σώμα ριγάει από το κρύο και τη μοναξιά.

Σκούπισε τα μάτια της και κοίταξε το ρολόι. Η ώρα είχε περάσει τις εφτά. Σηκώθηκε και πήγε στο μπάνιο να ρίξει λίγο νερό στο πρόσωπό της. Στάθηκε για μια στιγμή και περιεργάστηκε το είδωλό της στον καθρέφτη του μπάνιου. Το πρόσωπο που στεκόταν απέναντί της και την κοιτούσε με τα πρησμένα από το κλάμα μάτια, δεν το αναγνώρισε για δικό της. Ήξερε όμως πως ήταν αυτήν, και δίπλα της η φωνή της συνείδησης που την καλούσε να πάρει μια βαθιά ανάσα και να μη χάσει το θάρρος της. Είχε καθήκον απέναντι στα παιδιά και στον άντρα της να παλέψει για να τον φέρει πίσω.

Έκανε ένα γρήγορο μπάνιο για να αποδιώξει κάθε ίχνος από τα σημάδια που είχε αφήσει επάνω της η νύχτα που πέρασε, ντύθηκε στα γρήγορα, πήρε την τσάντα της και βγήκε στον δρόμο. Στόχος της ήταν να βρει μια άκρη. Έπρεπε οπωσδήποτε να πάει στην Υεμένη, για να τον φέρει πίσω και ήταν διατεθειμένη να το κάνει, όποιο τίμημα και όποιο κόστος κι αν χρειαζόταν να πληρώσει.

Κατέβηκε τις σκάλες του υπουργείου, έτοιμη να καταρρεύσει. Αισθανόταν τόσο αδύναμη από την απογοήτευση που πήρε από τις απαντήσεις του αντιπροσώπου του υπουργού, που περπατούσε στο δρόμο μηχανικά, χωρίς να βλέπει, απλά μόνο σκεφτόταν και ανέλυε την κάθε κουβέντα και την κάθε λέξη που ειπώθηκε, λίγα λεπτά νωρίτερα στο γραφείο του υπουργού.

Είχε κάποιες σημαντικές γνωριμίες. Αυτός ήταν και ο λόγος που πήγε κατευθείαν εκεί. Απλά για κακή της τύχη έτυχε να λείπει ο υπουργός. Απευθύνθηκε στο γραμματέα του και προσπάθησε να του εξηγήσει όσο πιο συνοπτικά γινόταν την κατάσταση. Εκείνος από τη μεριά του, φάνηκε αρκετά πρόθυμος να βοηθήσει όπως μπορούσε. Έκανε κάποια τηλεφωνήματα στο υπουργείο τουρισμού, όπου ενημερώθηκε για την κατάσταση και τις συνθήκες που έγινε η σύλληψη του άντρα της, κατόπιν επικοινώνησε με την ελληνική πρεσβεία στην Υεμένη, από όπου συνέλεξε πληροφορίες σχετικές με την κατάσταση που επικρατούσε εκεί. Η έκφραση του ήταν αρκετά αποκαρδιωτική όταν έκλεισε το τηλέφωνο και παρόλο που τα λόγια του ήταν παρήγορα, δεν ικανοποίησαν την Μάτα.

Του ζήτησε να τη βοηθήσει να ταξιδέψει στην Υεμένη, όσο πιο γρήγορα γινόταν, εκείνος όμως της απάντησε πως το πιο γρήγορο θα ήταν σε δέκα ημέρες, καθώς η έκδοση της βίζας καθυστερούσε. Η Μάτα γνώριζε το περιθώριο που χρειαζόταν για να ετοιμαστούν τα χαρτιά, απλά ήλπιζε μήπως λόγω της φύσης των συνθηκών επισπεύδονταν οι διαδικασίες. Τελικά έφυγε με μια υπόσχεση συμπαράστασης, αλλά χωρίς να έχει καταφέρει κάτι. Οι μέρες κυλούσαν προσπερνώντας την αδιάφορα, ενώ εκείνη προσπαθούσε μάταια να βγάλει κάποια άκρη. Οι συνάδελφοι από τη δουλειά προσπαθούσαν ο καθένας με ότι τρόπο και όποιες γνωριμίες είχαν, να τη βοηθήσουν. Το υπουργείο κατέβαλε κι εκείνο προσπάθειες για την απελευθέρωσή του Χάρη. Ακόμη και στις ειδήσεις το πρόβαλαν καθημερινά, όμως τίποτα δεν είχε βοηθήσει στην άμεση απελευθέρωσή του. Οι νόμοι στην Υεμένη ήταν αυστηροί και κανένα δικαστήριο δεν θα αποφάσιζε για την αθώωση του.

Μετά από μεγάλες πιέσεις, κατάφερε κάποτε να βρει μια ελπίδα για μια ελάχιστη δίοδο επικοινωνίας μαζί του. Ήταν από εκείνες τις μέρες που η αγωνία είχε φτάσει στο αποκορύφωμά της. Από νωρίς, η Μάτα είχε συνεχή επικοινωνία με την ελληνική πρεσβεία, πιέζοντάς τους να μάθουν κάποια νέα ή αν ήταν δυνατόν να την φέρουν σε επαφή με τον άντρα της. Τελικά, λίγο πριν τις έντεκα το βράδυ το τηλέφωνο χτύπησε. Η καρδιά της Μάτας χοροπήδησε στο στήθος της, όταν άκουσε με σπαστά ελληνικά τη φωνή από την άλλη άκρη της γραμμής να της λέει πως σε λίγη ώρα θα επικοινωνούσε μαζί της ο άντρας της. Ένιωσε τα δάκρυα να την κυριεύουν και την ελπίδα να αναζωπυρώνεται μέσα της και παρόλο που έκλεισε το τηλέφωνο δεν το κούνησε ρούπι από τον καναπέ, καθώς φοβόταν πως αν μετακινούνταν έστω κι ένα μέτρο μακρύτερά του, θα έχανε την ευκαιρία να απαντήσει.

Δυστυχώς η απογοήτευση που τη βρήκε, της έκανε παρέα όλη τη νύχτα. Το τηλέφωνο εκείνο τα βράδυ δεν ξαναχτύπησε.

Από συναδέλφους της που βρίσκονταν στην Υεμένη κατάφερε να μάθει για τις συνθήκες κράτησής του εκεί. Οι φυλακές ήταν άθλιες. Στοιβάζονταν σε ένα κελί πέντε επί πέντε έως και δέκα κρατούμενοι, χωρίς να έχει γίνει κάποιος διαχωρισμός μεταξύ τους, ανάλογα με τις πράξεις τους. Κακοποιοί που είχαν σκοτώσει, είχαν βιάσει ή είχαν κλέψει, μοιραζόντουσαν τον ίδιο χώρο με ανθρώπους που ήταν μέσα για μια απλή παράβαση. Τουαλέτες υπήρχαν ελάχιστες, για έναν αριθμό διακοσίων περίπου ατόμων, όσο για λουτρά, ήταν σχεδόν ανύπαρκτα.

Ο Έλληνας πρέσβης στη χώρα προσπάθησε να πετύχει καλύτερες συνθήκες κράτησής του, όμως κυριολεκτικά απέτυχε καθώς η πράξη του θεωρούνταν κακουργηματική.

Μια ακόμη κατραπακιά ήρθε να προστεθεί στην ήδη μεγάλη ατυχία της Μάτας, όταν τη μέρα που πήγε να παραλάβει τη βίζα της, την ενημέρωσαν ότι δεν μπορούσε να της δοθεί, αφού λόγω της ιδιότητας της ως δημοσιογράφου και της αναστάτωσης που είχε προκαλέσει στη χώρα αυτή, πριν από αρκετά χρόνια, είχε μπει στη μαύρη λίστα των ανεπιθύμητων.

Περπατούσε στο δρόμο με άδειο κεφάλι. Αισθανόταν ότι τα πάντα είχαν χαθεί και ότι κανείς δεν μπορούσε πραγματικά να τη βοηθήσει. Έβριζε το Θεό και καταριόταν την τύχη της που στο τεράστιο καζάνι που είχε μαγειρέψει τη ζωή της, αυτή τη στιγμή, ανακάτευε με την κουτάλα της αρκετές δόσεις δυστυχίας και στεναχώριας, χωρίς να νοιάζεται για τα συναισθήματα που της προκαλούσε. Όσες πόρτες κι αν είχε χτυπήσει, από παντού είχε πάρει την ίδια τετριμμένη απάντηση: *'κάνουμε ότι μπορούμε'* ήταν η απόκριση στην οποία δεν χωρούσε αντίλογος. Γιατί πώς να τους βρίσεις και να τους πεις ότι δεν ενδιαφέρονται για σένα, τη στιγμή που σου λένε ότι το κάνουν. Από την άλλη, πως μπορούσε να πιστέψει στα λόγια τους, τη στιγμή που ο κρατικός μηχανισμός ήταν απρόσωπος;

Όλοι αυτοί, υπουργοί και βουλευτές έτρωγαν και έπιναν μαζί, ξεχνώντας τον Χάρη να σαπίζει μέσα σε ένα άθλιο κελί, παρέα με εγκληματίες και το μόνο που είχαν να της πουν ήταν ότι λυπόταν πολύ και πως κατέβαλλαν κάθε δυνατή προσπά-θεια για να τον απελευθερώσουν. Και ήταν τόσο ψεύτικοι και τόσο κάλπικοι που δεν είχαν καν το σθένος να την κοιτάξουν στα μάτια και να της το πουν οι ίδιοι, παρά έβαζαν τα τσιράκια τους να της το ανακοινώσουν.

Έχοντας ζητήσει άδεια επ' αόριστον και νιώθοντας ότι αν επέστρεφε στο σπίτι θα την πλάκωναν οι τέσσερις τοίχοι, πήρε το δρόμο για την παραλία. Κατηφόρισε την οδό Αριστοτέλους πνιγμένη στις σκέψεις της και κατόπιν διέσχισε τη Λεωφόρο Νί-κης, που ήταν γεμάτη από νεαρόκοσμο, που έπινε τον καφέ του διασκεδάζοντας στις αμέτρητες καφετέριες της περιοχής, ώσπου έφτασε κάτω από τον Λευκό πύργο. Προχώρησε προς την προβλήτα και στάθηκε λίγα μέτρα μακρύτερα από την απο-βάθρα. Ο καιρός ξαφνικά άλλαξε διάθεση και άρχισε να φυ-σάει, ανασηκώνοντας τεράστια κύματα, που ανακάτευαν τη θάλασσα και την έκαναν να δείχνει βρώμικη και ατημέλητη. Τα κύματα χτυπούσα πάνω στην πέτρα της αποβάθρας και εκτι-νάσσονταν μακριά, πιτσιλώντας τους ανυποψίαστους περα-στικούς.

Μια σκέψη πέρασε από το μυαλό της. Με την άκρη του μα-τιού της κοίταξε γύρω της και διαπίστωσε ότι τέτοια ώρα της ημέρας δεν περνούσε πολύς κόσμος από εκεί και οι λιγοστοί πεζοί που το τολμούσαν ήταν επικεντρωμένοι στη βιασύνη τους, με σκυμμένα τα κεφάλια και τα ακουστικά στα αυτιά να πλημμυρίζουν το μυαλό μουσική, απαλύνοντας τη μοναξιά μέσα στο πλήθος. Αναρωτήθηκε τι να ήταν αυτό που οδήγησε τους ανθρώπους ώστε να αποξενωθούν ο ένας από τον άλ-λον. Δεν είχε περάσει ούτε μισός αιώνας από την εποχή εκείνη που σε αυτό ακριβώς το σημείο οι άνθρωποι έκαναν το μπάνιο και τις βουτιές τους από τις τεράστιες εξέδρες που ήταν στημέ-νες εκεί. Μικρά καραβάκια και τράτες φόρτωναν τις καλοντυ-μένες κυρίες με τις τεράστιες ομπρέλες τους, που τις προστάτευαν από τον ήλιο και τις πήγαιναν απέναντι στη Μηχανιώνα, στην Περαία και στο Αγγελοχώρι, ταξίδι αναψυχής. Τότε ο ένας έλεγε καλημέρα στον άλλο και συμπαραστεκόταν στο πρόβλημά του, τώρα το μόνο που ένοιαζε τον καθένα ήταν ο εαυτός του και τα προβλήματά του.

Βρισκόταν λίγα βήματα από την απόσταση που θα την εξιλέωνε και θα την απελευθέρωνε από κάθε έγνοια και ανησυχία. Αν άπλωνε το ένα της πόδι και μετά το άλλο, το μόνο που θα αισθανότανε θα ήταν μια παγωνιά που θα διαρκούσε για λίγο, καθώς θα χανόταν στον υγρό τάφο της. Ίσως από εκεί μέσα να άκουγε τον κόσμο που θα φώναζε για βοήθεια, κανείς όμως δεν θα της την πρόσφερε πραγματικά. Τότε εκείνη θα χανότανε και όλα θα τελείωναν. Δεν θα την ένοιαζε πλέον αν ο άντρας της είναι κάπου μακριά, σε ένα άλλο σημείο της γης, όπου κανείς δεν θα μπορούσε να του προσφέρει ένα πραγματικό χέρι βοήθειας. Δεν θα την ένοιαζε που πονούσε από την ανικανότητά της και την ανεπάρκειά της να τον βοηθήσει, που ξαφνικά είχε συνειδητοποιήσει ότι όλα αυτά τα έκανε όχι επειδή τον αγαπούσε και δεν μπορούσε να ζήσει χωρίς αυτόν. Πονούσε επειδή αισθανόταν πως το χρέος της απέναντι στην κοινωνία και στη ζωή, ήταν να σταθεί δίπλα του και να τον βοηθήσει όσο μπορούσε καλύτερα.

Πέρασε αρκετά βράδια από το ξημέρωμα εκείνο που ξενύχτησε σκεπτόμενη τι θα έπρεπε πραγματικά να κάνει. Τι ήθελε η ίδια και τι ένιωθε πως θα έπρεπε να πράξει. Αμέτρητες σκέψεις πέρασαν από το μυαλό της, που ακόμη και τώρα σκεπτόταν, πως αν είχε τη δύναμη να τις υλοποιήσει ίσως το πιο πιθανόν θα ήταν να το κάνει. Με τον Χάρη εδώ και καιρό είχαν αποφασίσει να ακολουθήσουν παράλληλους δρόμους. Δεν το είχαν συζητήσει επίσημα. Ήταν σαν μια μυστική συμφωνία ή μάλλον καλύτερα ένα προγαμιαίο συμβόλαιο, που είχαν κάνει οι δυο τους κατά την γνωριμία τους, το οποίο ούτε λίγο ούτε πολύ εμπεριείχε τον όρο ότι μετά από κάποια χρόνια κοινής συμβίωσης και γάμου, ο καθένας θα ακολουθούσε το δικό του δρόμο, κάνοντας αποκλειστικά πράγματα που τον ενδιέφεραν. Η ίδια όμως αρκετές φορές στο παρελθόν είχε πιάσει τον εαυτό της να έχει περιπέσει σε ένα βούρκο αδράνειας και ακινησίας.

Είχε πάψει να ενδιαφέρεται για τον εαυτό της, για την εμφάνισή της, για πράγματα που την ενδιέφεραν, και το μόνο που έκανε ήταν να εκπληρώνει αδιάκοπα τις επιθυμίες του άντρα της, των παιδιών της ακόμη και άλλων ανθρώπων.

Πολλές φορές είχε περάσει από το μυαλό της ότι αν παρομοίαζε τον εαυτό της με κάποια φιγούρα παραμυθιών, αυτή θα ήταν η νεράιδα των ευχών. Αναγνώριζε όμως ότι αυτό θα ήταν άκρως καταστροφικό για την ίδια, επειδή ως νεράιδα των ευχών, κάθε φορά που κάποιος θα της ζητούσε να εκπληρώσει μια ευχή, αυτή θα σκιζόταν από την επιθυμία να την πραγματοποιήσει, που το μόνο που θα έκανε θα ήταν κακό στον εαυτό της, πάνω στην ασταμάτητη προσπάθεια.

Κι όμως έτσι ήταν και αυτή ήταν η αλήθεια! Κάθε φορά που της ζητούσε ο άντρας της, τα παιδιά της, ακόμη και κάποιος συνάδελφος κάτι, αυτή έσπευδε να το πραγματοποιήσει, είτε την ευχαριστούσε είτε όχι. Κάπου είχε αρχίσει και κουραζόταν. Δεν ήξερε αν πραγματικά έφταιγε η ηλικία της ή η ιδέα ότι καταπιεζόταν για να ικανοποιήσει τους άλλους. Από τότε όμως που είχε φύγει ο Χάρης για την περιοδεία, άρχισε να σκέφτεται πως ο καιρός περνούσε από πάνω της χωρίς να μπορεί να τον εκμεταλλευτεί. Είχε έρθει η στιγμή να κάνει κάτι και για αυτήν!

Στην αρχή ξεκίνησε δειλά δειλά, ψάχνοντας στα κιτάπια της για να βρει εκείνο το ξεχασμένο βιβλίο που είχε υποσχεθεί στον εαυτό της ότι θα γράψει και που βρισκόταν σε νεογνική μορφή εδώ και δέκα χρόνια. Με αργές κινήσεις και κατόπι πιο αποφασιστικά ξεκίνησε τη συγγραφή και τότε διαπίστωσε πόσο πολύ την απελευθέρωνε όλη αυτή η διαδικασία. Ήταν σαν να έφευγε, να ξέφευγε από αυτόν τον κόσμο που μόνο υποχρεώσεις είχε και να περνούσε σε μια άλλη διάσταση, παρέα με τους ήρωες της, που την ταξίδευαν όπου αυτοί ήθελαν, λαμβάνοντας υπόψη και τις δικές της ανάγκες. Τόση ήταν η χαρά της, που το μόνο που έκανε καθημερινά ήταν να προσβλέπει στη στιγμή που θα σχολάσει από τη δουλειά, θα πάει τα παιδιά της στη μητέρα της και θα τρέξει στο σπίτι να χωθεί στην ιστορία που έγραφε.

Ακόμη όμως και όταν ήταν τα αγόρια στο σπίτι, εκείνη είχε εφεύρει έναν περίεργο μηχανισμό κατά τον οποίο βυθιζόταν μέσα στην ιστορία που περιέγραφε, κρατώντας παράλληλα την επαφή με το περιβάλλον, σε σημείο όμως που να μην διακόπτεται ο ειρμός των σκέψεών της. Έτσι ακόμη και όταν οι γιοι της έτρεχαν πέρα δώθε στο σπίτι, ή μάλωναν, εκείνη δεν ενοχλούνταν, και το κυριότερο ήταν τόσο εκπληκτική η εμπειρία, που δεν ένιωθε τύψεις πως τα παραμελούσε.

Μόνο όταν ο Χάρης επέστρεφε τα Σαββατοκύριακα από την αποστολή, σταματούσε να γράφει. Ξαφνικά της είχε μπει η ιδέα ότι με τον ερχομό του, ο άντρας της, έφερνε μαζί του και την αρνητική ενέργεια που μια ζωή κουβαλούσε πάνω του, αλλά εκείνη δεν έλεγε να αντιληφθεί και να αποδεχτεί. Εκείνος πάλι από την πλευρά του δεν έκανε τίποτα για να εξομαλύνει την κατάσταση. Κάθε φορά που έβλεπε το λάπτοπ ενεργοποιημένο κι εκείνη σκυμμένη από πάνω του να χτυπάει ακατάπαυστα τα πλήκτρα μουρμούριζε διάφορα για την αδιαφορία της απέναντί του, απέναντι στα παιδιά, που πηγαινοέρχονταν παίζοντας μέσα στο σπίτι και διάφορα άλλα, σχετικά με το ότι τους παραμελούσε και δεν ενδιαφερόταν πλέον για αυτούς. Το αυτί της είχε συνηθίσει να δέχεται τις προσβολές και τις ταπεινώσεις του κι έτσι δεν του έδινε σημασία. Ίσως και εκείνος να το είχε καταλάβει, αφού τον τελευταίο χρόνο του μιλούσε και του έκρουε τον κώδωνα του κινδύνου, σχετικά με την απόσταση που είχαν αποκτήσει ο ένας από τον άλλο, αλλά το αυτάκι του δεν ίδρωνε.

Τώρα πλέον το δικό της αυτί δεν ίδρωνε, γιατί ξαφνικά ένιωθε πως επιτέλους έκανε πράγματα για τον εαυτό της και ότι κανείς δεν θα της στερούσε το ταξίδι αυτό. Ακόμη και τότε που ο Χάρης της είχε δηλώσει μεταξύ σοβαρού και αστείου πως οι μέρες της απολύτρωσης της τελείωναν, αφού η αποστολή βρισκόταν προ της λήξης της. Ακόμη θυμόταν τα λόγια του, που ερχόταν στα αυτιά της και κατακερμάτιζαν τους νευρώνες του εγκεφάλου της: *'γράψε τώρα που μπορείς, γιατί όταν γυρίσω τέρμα το γράψιμο!'* Στην αρχή δεν έδωσε σημασία σε αυτό που άκουσε, καθώς όμως οι μέρες κυλούσαν και επεξεργαζόταν καλύτερα στο μυαλό της τη δήλωσή του, άρχισε να την εκλαμβάνει σαν απειλή και μάλιστα σαν μια γενικευμένη απειλή. Η αλήθεια ήταν πως όταν αποφάσισε να παντρευτεί με τον Χάρη, το έκανε όντας σίγουρη για την απόφασή της, θεωρώντας ότι αυτά που ήθελε να ζήσει και να αποκομίσει από τη ζωή, σύμφωνα με τα δικά της μέτρα και τα δικά της σταθμά, τα είχε αντλήσει. Τώρα όμως ξαφνικά συνειδητοποιούσε ότι τα πράγματα ίσως και να μην ήταν έτσι ακριβώς. Ίσως η απόφασή της για να παντρευτεί ήταν αποτέλεσμα της εσωτερικής της ανάγκης να τεκνοποιήσει. Καθώς κατάγονταν από συντηρητική οικογένεια, γνώριζε πολύ καλά πως ο δρόμος για τη μητρότητα, περνούσε πρώτα από την εκκλησία. Θυμόταν ότι πολλές φορές στο παρελθόν είχε συμπονέσει την κακοτυχία της να γεννηθεί σε μια τόσο συντηρητική χώρα, από άτεγκτους και δογματικούς γονείς. Ενσπείραν μέσα της το αίσθημα της υπευθυνότητας, το οποίο το ερμήνευε πλέον ως τύψεις για κάθε πράξη και ενέργεια η οποία αντιτίθονταν στα πιστεύω και στις συμβουλές τους.

Πολλές φορές είχε σκεφτεί πόσο πιο απλή θα ήταν η ζωή της, αν δεν διακατέχονταν από τύψεις και ενοχές και αν τολμούσε να προτάξει το ανάστημά της και να τολμήσει να υλοποιήσει όλα αυτά που είχανε μείνει μόνο στα όνειρά της. Η κατακραυγή που θα εισέπραττε από τους γονείς και τον περίγυρο της, κατέστελλε κάθε συναίσθημα που προσπαθούσε να εξεγερθεί μέσα της. Δυστυχώς είχε συμβιβαστεί με την ιδέα ότι κάποτε θα έφευγε από τη ζωή, προσπαθώντας να αποδείξει σε όλους ότι είναι καλή κόρη, καλή σύζυγος, καλή μάνα, καλή νοικοκυρά, καλή επαγγελματίας, γενικότερα ένας καλός άνθρωπος. Είχε βαρεθεί να λέει στον εαυτό της, ότι έπρεπε να αλλάξει και να μην είναι πλέον το καλό κορίτσι που όλοι χρησιμοποιούσαν ως παράδειγμα για μίμηση. Ήθελε πλέον να μην είναι το παράδειγμα κανενός, παρά μόνο του εαυτού της.

Έτσι και τώρα. Παρόλο που γνώριζε πολύ καλά ότι δεν άντεχε να είναι άλλο με τον Χάρη κάτω από την ίδια σκεπή, αν και μέσα της είχε σπαρθεί η ιδέα ότι αυτό που τους είχε συμβεί ήταν μια καλή ευκαιρία για την ίδια να ξαναπάρει τη ζωή της στα χέρια της, εντούτοις προσπαθούσε να πείσει τον εαυτό της ότι όφειλε να παλέψει γι' αυτόν.

Κυρίως για τα παιδιά της, έλεγε συχνά στον καθρέφτη τις ώρες που προσπαθούσε να πειστεί ότι έτσι πρέπει να γίνει. Η άλλη πλευρά όμως του καθρέφτη την κοιτούσε με δυσπιστία στο βλέμμα και την έφτυνε, φωνάζοντάς της: *'αφού δεν το νιώθεις γιατί το κάνεις;'* Ή ακόμη: *'ντροπή σου, τι σόι μάνα είσαι εσύ που αφήνεις τον πατέρα των παιδιών σου να σαπίζει μέσα στη φυλακή με κίνδυνο ακόμη και της ίδιας του της ζωής;'*

Με αυτά και με άλλα, απαγόρεψε στον εαυτό της να της μιλάει, μέχρι να του επιτρέψει ξανά, και αποφάσισε πως αφού όφειλε απέναντι στα παιδιά της να έχουν έναν πατέρα, θα έκανε τα αδύνατα δυνατά να τον απελευθερώσει και να τον φέρει πίσω σώο και αβλαβή. Μετά, θα έβλεπε τι θα έκανε. Το πρόβλημά όμως ήταν ότι παρόλο που πολύς κόσμος υποσχέθηκε να συνεισφέρει με τη βοήθειά του για να τον απελευθερώσει, δεν βρέθηκε κανείς που θα μπορούσε πραγματικά να το κάνει.

Έκανε ένα βήμα πίσω και απομακρύνθηκε από την προβλήτα, καθώς στη σκέψη της ήρθαν δυο υπέροχα χαμόγελα. Οι γιοι της. Αυτοί ναι, ήταν δυο πολύ σημαντικοί λόγοι για να πάρει μια βαθιά ανάσα και να συνεχίσει να παλεύει, ακόμη και αν τα νέα που έρχονταν από εκεί κάτω δεν ήταν και τόσο ενθαρρυντικά. Ο αέρας άρχισε να φυσά λυσσασμένα ανακατεύοντας τα μαλλιά της και τη θάλασσα, ακόμη περισσότερο. Κοίταξε τα καράβια που στέκονταν στο βάθος του Θερμαϊκού κόλπου, περιμένοντας με τη σειρά τους να τους επιτραπεί η είσοδος στο λιμάνι, ώστε να φορτώσουν ή να ξεφορτώσουν το εμπόρευμά τους και προσπάθησε να πάρει δύναμη. Μια σταγόνα νερού που δεν προερχόταν από το υγρό στοιχείο που βρισκόταν απέναντί της, την επανέφερε στην πραγματικότητα. Παρατήρησε πέρα βαθιά στον ορίζοντα τα σκοτεινά σύννεφα που στοιβάζονταν απειλητικά το ένα μέσα στο άλλο, προκαλώντας κεραυνούς και αστραπές, σκοτεινιάζοντας τον ουρανό και σηκώθηκε για να φύγει. Οι διαθέσεις του καιρού ήταν όμοιες με τη δική της διάθεση σκοτεινές, νεφελώδεις, πανούργες και δακρυρροούσες. Σε λίγο άρχισε να βρέχει.

Μπήκε μέσα στο Μέγαρο Πανουσόπουλου λίγο πριν ξεσπάσει η καταιγίδα Μπορεί να είχε πάρει άδεια, αλλά αυτή τη στιγμή προτιμούσε να βρίσκεται δίπλα σε ανθρώπους που θα της έδιναν λίγο θάρρος. Ανέβηκε στα γραφεία της εφημερίδας της και μπήκε μέσα. Με την είσοδό της στο χώρο σχεδόν όλοι σηκώθηκαν και την πλησίασαν, για μια δόση συμπαράστασης. Άλλος τη φιλούσε σταυρωτά, άλλος της έσφιγγε το χέρι και άλλος τη χτυπούσε απλά στην πλάτη δίνοντάς της θάρρος και εκφράζοντας τη συμπαράστασή του ή προσφέροντας όποια βοήθεια θα μπορούσε να προσφέρει. Απέφυγε να καθίσει στο γραφείο της, και πήγε κατευθείαν στη φίλη της τη Ρένια.

Της πρόσφερε τσάι κι εκείνη το δέχτηκε ευχαρίστως. Κατόπιν έκλεισε πίσω της την πόρτα και κατέβασε τα ρολά για να μην έχουν οπτική επαφή οι απέξω μαζί τους. Η Ρένια ήταν η διευθύντρια σύνταξης του περιοδικού του οποίου εξέδιδε η εφημερίδα στην οποία δούλευε η Μάτα. Ήτανε χρόνια φίλες, από ελεύθερες ακόμη, μαζί αλητεύανε. Μια φιλία που κράτησε χρόνια με πολλές υποσχέσεις για να μη χαλάσει ποτέ και την κυριότερη, πως κανένας άντρας δεν θα έμπαινε ανάμεσά τους και για κανένα λόγο. Η σχέση τους πέρασε από σαράντα κύματα, το λόγο τους όμως τον κράτησαν. Ακόμη και όταν τέθηκε ζήτημα για τη Ρένια, να μετακομίσει στην Αθήνα, καθώς ο άντρας της έμενε και εργαζόταν εκεί, εκείνη τα έβαλε κάτω και αποφάσισε να αρνηθεί κάτι τέτοιο, κυρίως με το φόβο μη χαθεί η επαφή με τη Μάτα. Συνέχιζε συχνά να επαναλαμβάνει: 'άντρα βρίσκεις όποτε θέλεις, καλό φίλο όμως μια φορά στη ζωή σου!'

Αρκέστηκε έτσι, να πηγαινοέρχεται στην Αθήνα, διατηρώντας δυο σπίτια, ένα εκεί κι ένα στη Θεσσαλονίκη, κρατώντας όμως μια πάρα πολύ καλή οικογενειακή ισορροπία στη σχέση της με τον άντρα της, που όντας πολυάσχολος επιχειρηματίας και εκείνος σπάνια βρισκόταν στο σπίτι τις καθημερινές. Το Σαββατοκύριακο ήταν στιγμή χαλάρωσης και για τους δύο και συνήθιζαν να το απολαμβάνουν πάντα μαζί πότε βόρεια, πότε νότια ή ακόμη και εκτός Ελλάδος. Κανείς τους πάντως δεν παραπονέθηκε ποτέ για αυτή την κατάσταση, άκρως βολική και για τους δύο, καθώς τους επέτρεπε να διατηρούν αναθερμασμένο τον έρωτά τους, έχοντας παράλληλα τις μικρές τους περιπετειούλες, έκαστος.

Παρόλα αυτά η Ρένια στάθηκε όλα αυτά τα χρόνια καλή και πιστή φίλη δίπλα στη Μάτα και το ίδιο έκανε και αυτή τη στιγμή. Καθόταν και την παρατηρούσε που την κοιτούσε απαρηγόρητη και ένιωθε να την καίνε χιλιάδες πυρωμένα καρφιά. Άναψε τσιγάρο και άρχισε να πηγαινοέρχεται νευρικά πάνω κάτω στο γραφείο. Ρουφούσε και ξεφυσούσε το τσιγάρο σαν μανιασμένο φουγάρο και μουρμούριζε ακατάληπτα φράσεις και λέξεις, φανταστικούς διαλόγους και αψιμαχίες που η Μάτα δεν μπορούσε να κατανοήσει, έτσι απλά το μόνο που έκανε ήταν υπομονή μέχρι να περάσει η κρίση.

«Τα καθίκια! Τα βρωμόσκυλα! Υποσχέσεις μόνο και τίποτε άλλο! Ήταν ευθύνη του υπουργείου να λύσει το θέμα και όχι να τον παρατήσουν εκεί κάτω, κυριολεκτικά να τον πετάξουν μέσα σε ένα μπουντρούμι για να σαπίσει! Ο Χάρης είναι διακεκριμένος δημοσιογράφος, δεν είναι κανένα τυχαίο παιδαρέλι, που έτυχε να κάνει μια μαλακία! Μα πως την έκανε κι αυτός αυτή τη μαλακία;»

«Η κακιά η ώρα! Ήταν να γίνει...» ψιθύρισε συντετριμμένη η Μάτα.

«Να τη χέσω την κακιά την ώρα! Τώρα τι κάνουμε;»

«Δε ξέρω! Έχω χτυπήσει όσες πόρτες ήξερα και όσες δεν ήξερα! δεν ξέρω τι άλλο να κάνω!» απάντησε μελαγχολικά.

«Τους μαλάκες κι αυτούς!» συνέχισε να βρίζει απτόητη η Ρένια ανάβοντας το ένα τσιγάρο πίσω από το άλλο.

«Τι θα πει είσαι στη λίστα των ανεπιθύμητων; Που ζούμε τέλος πάντων; Κάποιος τρόπος θα υπάρχει να μπορέσουμε να τον σώσουμε από τους κάφρους!»

Για κάμποση ώρα συνέχισε να κόβει χιλιόμετρα πηγαινοερχόμενη πάνω κάτω στο μικρό διάδρομο που υπήρχε ανάμεσα στον καναπέ και στο γραφείο της, συνεχίζοντας να μουρμουρίζει βρισιές μέσα στο στόμα της, λέξεις και φράσεις που άλλοτε γινόταν κατανοητές και άλλοτε όχι. Η Μάτα την κοίταζε ανέκφραστη και σιωπηλή. Πίστευε βαθιά στη φιλενάδα της, αφού γνώριζε πολύ καλά ότι πίσω από αυτό το ναζιάρικο όμορφο προσωπάκι με τα ξανθά σπαστά μαλλιά και τα παιχνιδιάρικα γαλαζοπράσινα μάτια, κρυβόταν μια δημοσιογράφος άκρως αποφασιστική και παράτολμη, με γνωριμίες που ξεπερνούσαν τα σύνορα της Ελλάδας και ακόμη και της Ευρώπης. Στα χρόνια που πέρασαν μαζί είχε παρακολουθήσει από κοντά την επιμονή της για να επιτύχει το σκοπό της. Ούτως ή άλλως πάντα έλεγε ότι ο σκοπός αγιάζει τα μέσα, είχε όμως και μια άλλη τεχνική, που κυριολεκτικά εξανάγκαζε στο τέλος, ακόμη και τον πιο πείσμωνα άνθρωπο, να ενδώσει στις απαιτήσεις της. Έλεγε ότι όταν ήθελε να πετύχει το σκοπό της, επέμενε τόσο πολύ μέχρι να ικανοποιηθούν τα αιτήματά της, που ήταν ικανή να κατασκηνώσει μέσα στο γραφείο ή το σπίτι κάποιου, έως ότου τον αναγκάσει να την δεχτεί. Και πάντα τα κατάφερνε. Γι' αυτό άλλωστε είχε φτάσει τόσο ψηλά.

Άξαφνα εκεί που είχε πάρει φόρα και συνέχιζε το μονότονο πέρα δώθε της, η Ρένια σταμάτησε απότομα. Το πρόσωπο της φωτίστηκε και ένα επιφώνημα χαράς ξεγλίστρησε μέσα από το λαιμό της.

«Μα πως δεν το είχα σκεφτεί μέχρι τώρα;» είπε και έτρεξε στο γραφείο της. Κάθισε στην πολυθρόνα, πήρε το καρνέ με τα τηλέφωνα από το συρτάρι της και άρχισε να ψάχνει το ένα μετά το άλλο τις σελίδες με τις κάρτες.

«Αυτό είναι!» το πρόσωπό της φωτίστηκε, καθώς τράβηξε από μέσα μια κάρτα.

«Μα τι αχάριστη που είμαι. Ο άνθρωπος προσφέρθηκε τόσες φορές να βοηθήσει σε όποια ανάγκη, κι εγώ-σα δεν ντρέπομαι- τον αμέλησα τελείως!»

Η Μάτα συνοφρυώθηκε προσπαθώντας να μαντέψει το ρεζουμέ πίσω από αυτό το θεατρικό μονόπρακτο. Ποιος ήταν αυτός που πρόσφερε τη βοήθειά του κι αυτήν δεν την πήρε; Αναρωτήθηκε αν είχε σχέση με την υπόθεσή της ή αν όλα αυτά τα επιφωνήματα χαράς αφορούσαν σε κάποιο άλλο άσχετο θέμα. Μέχρι να προλάβει να την ρωτήσει η Ρένια είχε ήδη σχηματίσει τον αριθμό στο κινητό της και τώρα περίμενε υπομονετικά να απαντήσει κάνοντάς της νοήματα συνεχώς, σχετικά με το πόσο μεγάλος ήταν αυτός που θα μιλούσε σε λίγο μαζί του και πόσο αμελής ήταν αυτή που ξέχασε να χρησιμοποιήσει τη βοήθειά του.

«Αλέξανδρε! Τι κάνεις;» η φωνή της γλύκανε απότομα, ρίχνοντας μέλι και με νάζι ετοιμαζόταν να ζητήσει ή μάλλον να απαιτήσει αυτό που είχε στο μυαλό της.

Έτσι πετύχαινε το στόχο της. Γλυκά στην αρχή με κολακείες και γαλιφιές και μόνο όταν συναντούσε αντίσταση-πράγμα σπάνιο για την ιδιαιτερότητα του χαρακτήρα της-ανέβαζε τον τόνο της φωνής της.

«Έλα βρε παιδί μου, χαθήκαμε το ξέρω...ναι, ναι...τι να κάνεις αγόρι μου, αυτές οι δουλειές θα μας φάνε. Εσύ πως πάει η δουλειά; Όλα καλά;»

Η Μάτα παρακολουθούσε αγόγγυστα το διάλογο, χωρίς να μπορεί να καταλάβει τις απαντήσεις του συνομιλητή της. Τα καθησυχαστικά βλέμματα πάντως, που της έστελνε κατά διαστήματα η φίλη της, την ανακούφιζαν κάνοντάς την να συνειδητοποιήσει ότι ο λόγος που είχε καλέσει αυτόν τον Αλέξανδρο, ήταν για την υπόθεσή της.

«Να σου πω βρε παιδί μου, εσύ δεν αναλαμβάνεις υποθέσεις που αφορούν σε ότι έχει να κάνει με πρόσφυγες που βρίσκονται στο εξωτερικό και επαναπατρισμούς; Ναι βρε παιδί μου, υπάρχει πρόβλημα...ναι αυτό ακριβώς...α, το είδες στην τηλεόραση; Ναι βέβαια, απλά υπάρχει ένα πρόβλημα, όμως να μην τα πούμε από κοντά καλύτερα; Πότε; Αύριο βράδυ; Τέλεια. Γεια σου και σ' ευχαριστώ!»

Έκλεισε το τηλέφωνο και κοίταξε τη Μάτα με ένα βλέμμα γεμάτο ικανοποίηση για την επιτυχία της.

«Τα καταφέραμε!» της είπε.

«Τι πράγμα; Θα μου πεις κι εμένα;»

«Ξέρεις ποιος ήταν αυτός που μιλούσα μόλις τώρα;» σταμάτησε και την κοίταξε με μάτια ορθάνοιχτα, περιμένοντας μια απάντηση.

«Πώς να ξέρω;»της αποκρίθηκε μετά από λίγο η Μάτα.

«Ποιος ήταν; Θα μου πεις;»

«Αυτός ήταν ένας από τους ποιο γνωστούς δικηγόρους της Θεσσαλονίκης, ο οποίος ασχολείται με επαναπατρισμούς και άλλα προβλήματα των προσφύγων. Είναι ο άνθρωπός μας! Ο άνθρωπος κλειδί, ο οποίος θα σε βοηθήσει να μπεις στην Υεμένη και να απελευθερώσεις τον Χάρη!»

Η Ρένια περίμενε για ώρα να ανακαλύψει που βρισκόταν κρυμμένο το βλέμμα της ανακούφισης στη φίλη της, όσο κι αν έψαξε όμως δεν διέκρινε κάποια αλλαγή στο ύφος της.

«Ακόμη κι αν δεχτώ ότι είναι ο άνθρωπός μας, ο άνθρωπος κλειδί όπως λες, κατανοώ ότι σίγουρα θα έχει την πείρα για να με βοηθήσει στο δικαστήριο ώστε να αποδείξουμε την αθωότητά του, αυτό όμως που δεν μπορώ να καταλάβω, είναι πως θα με βάλει μέσα στην Υεμένη;»

«Μα δεν καταλαβαίνεις; Γνωρίζει σημαντικούς ανθρώπους σε σημαντικές θέσεις. Όλες οι πρεσβείες τον ξέρουν και όλοι οι πρέσβεις τον σέβονται και τον εκτιμούν.!»

«Καλό όλο αυτό, αλλά πως θα γίνει να μπω στην Υεμένη, δεν μου εξήγησες.» συνέχισε η Μάτα.

«Μα πόσο χαζή μπορεί να είσαι; Ε, φιλενάδα, εγώ είμαι η ξανθιά κι εσύ η μελαχρινή! Πως γίνεται να τα σκέφτομαι όλα εγώ;»

Η Μάτα την κοίταξε με ένα βλέμμα γεμάτο με ερωτηματικά που η φίλη της έσπευσε να σβήσει με τις απαντήσεις της.

«Λοιπόν, για να μη ζορίζεις το όμορφο κεφαλάκι σου, επέτρεψε μου να σου εξηγήσω: με τα λίγα και τα πολλά ο μόνος τρόπος για να μπεις είναι με πλαστογραφία!»

Σταμάτησε και την κοίταξε θριαμβευτικά, έτοιμη να επιδείξει ταπεινοφροσύνη στα επερχόμενα συγχαρητήρια της φιλενάδας της, αντί αυτού όμως προσέλαβε ένας απαξιωτικό μορφασμό, πού την απογοήτευσε τελείως για τη στενομυαλιά της Μάτας.

«Είσαι με τα καλά σου που θα κάνουμε πλαστογραφία; Τι θες να πάμε μέσα και οι δύο;»

«Μην ανησυχείς»την καθησύχασε αμέσως εκείνη.

«Ξέρω πολύ καλά τι σου λέω. Είναι ένα μούτρο αυτός! Μα ένα μούτρο! Άκουσέ με! Εμπιστεύσου για μια φορά την κρίση μου!»

«Αυτό φοβάμαι!» της απάντησε η Μάτα.

«Η κρίση σου με φοβίζει, επειδή είναι αχαλίνωτη! Δυστυχώς όμως δεν έχω άλλη επιλογή!»

«Έτσι είναι!» της απάντησε η Ρένια.

«Δεν έχεις άλλη επιλογή!»

Το ραντεβού είχε οριστεί για δύο μέρες αργότερα, σε ένα καφέ απέναντι από τα δικαστήρια. Ο Αλέξανδρος Καρυώτης ήταν ένας πολυάσχολος δικηγόρος, με πολύ περιορισμένο ελεύθερο χρόνο. Η Ρένια τηλεφώνησε στη Μάτα την προηγούμενη μέρα για να αλλάξει το προκαθορισμένο ραντεβού τους για την επόμενη μέρα προς το μεσημεράκι, όπως την είχε παρακαλέσει ο γνωστός δικηγόρος. Της εξήγησες πως κλείνοντας το τηλέφωνο την πρώτη φορά που μίλησαν, θυμήθηκε ότι σε δύο μέρες είχε να ετοιμάσει την αγόρευσή του για ένα πολύ σημαντικό δικαστήριο που είχε. Αφορούσε στην απέλαση ενός δεκαεννιάχρονου Αιθίοπα, που εικαζόταν ότι είχε έρθει παράνομα στη χώρα και εις βάρος του εκκρεμούσαν σοβαρά αδικήματα, ακόμη και ανάμιξή του στην απαγωγή, πριν από λίγους μήνες, ενός πολύ γνωστού Θεσσαλονικιού βιομηχάνου. Εκείνος βέβαια επέμενε ότι ουδεμία σχέση είχε με όλα όσα του πρόσαπταν και ότι απλά έτυχε να βρίσκεται στο λάθος μέρος τη λάθος ώρα.

Τον Καρυώτη λίγο που τον ένοιαζε αυτό. Δεν θα ασχολούνταν καθόλου με την υπόθεση, παρά θα την ανέθετε σε κάποιον από τους συνεργάτες του, αν δεν είχε επικοινωνήσει την τελευταία στιγμή μαζί του ο κυβερνήτης της Χαράρ. Μιας πόλης της Αιθιοπίας, που βρισκόταν στο ανατολικό τμήμα της χώρας, στην περιοχή της Λαϊκής Χαράρι, η οποία περιβαλλόταν από ερήμους και σαβάνα. Μια πόλη άγνωστη στον δυτικό κόσμο και στους περισσότερους ανθρώπους γενικότερα, γνωστή όμως στους μουσουλμάνους, καθώς αποτελούσε την τέταρτη πιο γνωστή πόλη στην Αιθιοπία, με πάνω από ογδόντα τζαμιά, εκ των οποίων τρία είχαν κατασκευαστεί περί τον δέκατο αιώνα. Εκτός αυτού υπήρχαν ακόμη εκατόν δύο μουσουλμανικά και άλλα ιερά κτίρια, γεγονός που ενέταξε τη χώρα στον παγκόσμιο κατάλογο κληρονομιάς της UNESCO, αφού παρόλες τις μουσουλμανικές επιρροές της εξακολουθούσε να διατηρεί την αφρικανική της κουλτούρα.

Όλα αυτά ελάχιστα ενδιέφεραν τον Καρυώτη. Κατά την επικοινωνία του με τον κυβερνήτη της Χαράρ όμως, του εξομολογήθηκε ότι ο νεαρός Αμπντούλ Αλάα Χαράρι ήταν ο μονάκριβος ανιψιός του, γιος της νεκρής αδερφής του, που είχε χάσει σε ένα τροχαίο ατύχημα πριν από δεκαπέντε χρόνια. Όπως του εξήγησε με όσο πιο συγκρατημένη φωνή-προσπαθώντας να κρύψει τη συγκίνησή του- ο Αμπντούλ είχε χάσει και τους δυο γονείς του σε πολύ μικρή ηλικία, πράγμα που σήμαινε ότι ο ίδιος τον μεγάλωσε σαν γιο του. Μάλιστα η αφοσίωσή του στον ανιψιό του ήταν τέτοια, που ο ίδιος δεν παντρεύτηκε ποτέ του, ώστε να έχει όλο το χρόνο ελεύθερο για να ασχοληθεί με την ανατροφή του παιδιού, που τόσο αγαπούσε.

Δυστυχώς όμως τα πράγματα δεν πήγαν τόσο καλά, όσο τα περίμενε, καθώς στα δεκαεφτά του ο Αμπντούλ είχε μπλέξει με τους αντάρτες της χώρας. Ο θείος του έχασε τελείως τον έλεγχο του ανιψιού του, καθώς εκείνος δεν του έλεγε ούτε που πήγαινε ούτε τι έκανε. Ως τη μέρα που συνελήφθη για πρώτη φορά από την αστυνομία και τότε ήρθε αντιμέτωπος με τους μεγαλύτερους φόβους του.

Την αδερφή του τη λάτρευε και την αγαπούσε τόσο πολύ που ήταν διατεθειμένος να κάνει τα πάντα για να προστατέψει τον γιο της. Είχε φτάσει όμως σε ένα τέλμα. Η απόγνωση που τον στοίχειωσε ήρθε σαν εφιάλτης στον ύπνο του με τη μορφή της αδερφή του, να τον επικρίνει για το δρόμο που είχε πάρει ο γιός της. Τα μάτια της ήταν τόσο σκοτεινά και μαύρα που καθώς τον κοιτούσαν, ένιωθε να τον κεντάνε μικρές ψιλές βελόνες κάνοντάς τον να χάνει και την τελευταία ανάσα ζωής που είχε. Ένα βράδυ ξύπνησε ξημερώματα μέσα στον ύπνο του, λουσμένος στον ιδρώτα πατόκορφα. Το μαξιλάρι και οι πιζάμες του ήταν μούσκεμα, λες και τις είχε βουτήξει σε μια λεκάνη με νερό. Τα χέρια του έτρεμαν και το πρόσωπό του ήτανε συσπασμένο από τον τρόμο που αισθάνθηκε. Κάτι έπρεπε να κάνει πριν αντιμετωπίσει την οργή της νεκρής αδερφή του, όπως εκείνη του είχε προαγγείλει.

Η αυγή τον βρήκε να πηγαινοέρχεται αδιάκοπα πάνω κάτω στο δωμάτιο του, καπνίζοντας το ένα τσιγάρο πίσω από το άλλο. Μόλις η ώρα έφτασε σε ένα σημείο επιτρεπτό για κοινωνικές επισκέψεις, πήγε στο δωμάτιο του ανιψιού του, για να του μιλήσει και να προσπαθήσει να τον συνετίσει και να τον φέρει στον ίσιο δρόμο.

Χτύπησε την πόρτα του, αλλά απόκριση δεν πήρε. Περίμενε λίγο ακόμη, δίνοντας την ευκαιρία στον εαυτό του να καταλαγιάσει τα έντονα συναισθήματα του, που προερχόταν από το σκίρτημα, την αϋπνία και τα τσιγάρα. Όταν η καρδιά του άρχισε να χτυπάει σε πιο φυσιολογικούς ρυθμούς, ξαναχτύπησε την πόρτα. Αυτή τη φορά δεν περίμενε απάντηση. Άνοιξε απαλά και μπήκε μέσα. Ο Αμπντούλ κοιμόταν ήρεμα, σκεπασμένος μέχρι επάνω με τα στρωσίδια, στο κρεβάτι του.

Στην αρχή ο θείος του, σκέφτηκε να τον αφήσει να ξυπνήσει μόνος του, όταν όμως στο μυαλό του επέστρεψε η εικόνα της αδερφής του, που σαν Κασσάνδρα τον στοίχειωνε με εκείνα τα άφεγγα και αδειανά μάτια, όρθωσε το κουράγια του, πήρε μια βαθιά ανάσα και τον πλησίασε. Κάθισε δίπλα του στο κρεβάτι και αφού πήρε τη συνηθισμένη πατρική του στάση, άπλωσε το χέρι να του χαϊδέψει την πλάτη.

Η βουβή έκπληξη και το σάστισμα που αισθάνθηκε ήταν ανείπωτα, καθώς βάζοντας το χέρι του επάνω στα σκεπάσματα, εκείνο βυθίστηκε στο κενό. Πετάχτηκε έντρομος από το κρεβάτι και πέταξε τα σκεπάσματα κάτω, για να ξεμπροστιαστεί μπροστά του το απόλυτο θέατρο του παραλόγου, που ούτε στην πιο ερεβώδη φαντασίωση του δεν είχε λογιστεί ότι θα συμβεί. Πάνω στο κρεβάτι το μόνο που βρήκε ήταν παραταγμένα ένας σωρός από μαξιλάρια, που σε συνδυασμό με τα σκεπασμένα στρωσίδια έδιναν την εντύπωση ενός ανθρώπου που κοιμόταν.

Μέσα στη σαστιμάρα του άρχισε να καλεί σε βοήθεια τους βοηθούς και τις υπηρέτριες που βρισκόταν στο σπίτι και μόνο αφού κατέφτασαν όλοι έντρομοι στο δωμάτιο, μπόρεσε να αντιληφθεί ότι δεν τον είχαν απαγάγει, αλλά πιθανότατα το είχε σκάσει από το σπίτι οικειοθελώς. Και η αλήθεια είναι ότι αυτό δεν το συμπέρανε μόνος του, αλλά το εξακρίβωσε από ένα γράμμα, που βρήκε η Φατίμα, η υπηρέτριά του, χωμένο ανάμεσα στο σωρό από τα μαξιλάρια.

Εκεί, σε εκείνη τη λακωνική επιστολή του εξηγούσε, ότι είχε αποφασίσει να εγκαταλείψει αυτή τη ζωή της αφθονίας, αφού δεν τον εξέφραζε πλέον η ματαιόδοξη πολυτέλεια μέσα στην οποία ζούσε, και ότι επιθυμία του ήταν να ακολουθήσει τους αντάρτες, συμβάλλοντας στην προσπάθειά τους να υλοποιήσουν τους επαναστατικούς τους στόχους. Σαν υστερόγραφο του ζητούσε να μην τον αναζητήσει και να τον αφήσει να πάρει το δρόμο που επιθυμούσε ο ίδιος, καθώς θεωρούσε τον εαυτό του υπόλογο των πράξεών του και έτοιμο να υποστεί τις συνέπειες.

Πως θα μπορούσε όμως ένας θεοφοβούμενος άνθρωπος και μάλιστα με την απειλή της νεκρής αδερφής του να τον έχει στοιχειώσει από τον τάφο της, να σεβαστεί κάτι τέτοιο; Εκτός αυτού, ο μικρός ήταν ό,τι είχε και δεν είχε στον κόσμο. Η περιουσία του, τα κυράβια και οι επιχειρήσεις, οραματιζόταν ότι θα κληροδοτούνταν σε αυτόν σε κάποια στιγμή της ζωής του. Σε όλη του τη ζήση καρτερούσε τη μέρα που ο ανιψιός του θα έφτανε στην κατάλληλη ηλικία, και τότε θα τον έστελνε να σπουδάσει οικονομικά στην Αμερική. Θα του παρείχε αδιαμαρτύρητα και με άπλετη αγάπη ότι χρειαζόταν, και μια μέρα, όταν πλέον θα επέστρεφε στην πατρίδα, θα γινόταν ο συνεχιστής της κληρονομιάς του και γιατί όχι, αν ήθελε και ο ίδιος, ο κυβερνήτης του τόπου.

Τώρα όμως όλα αυτά του φαινόταν πολύ μακρινά. Ένιωθε τόσο αδύναμος από την απογοήτευση που βίωνε. Όχι από τον ανιψιό του, αλλά από τον ίδιο του τον εαυτό, που στάθηκε ανίκανος να τον αναθρέψει σωστά. Ίσως όλα αυτά οφείλονταν στο γεγονός ότι δεν περνούσαν πολλές ώρες μαζί τον τελευταίο καιρό. Ίσως αυτό να τους είχε απομακρύνει και κάπου εκεί να έχασε τον έλεγχο, το παιχνίδι και τελικά το ίδιο το παιδί.

Η Φατίμα στεκόταν δίπλα του όλη την ώρα προσπαθώντας να παρηγορήσει τον αφέντη της, λέγοντάς του λόγια γλυκά για το πόσο καλός πατέρας ήταν, για την απαράμιλλη στάση του απέναντι στο παιδί, για το πόσο δίκαιος και γενναιόδωρος άνθρωπος στάθηκε σε όσο κόσμο είχε ζητήσει τη βοήθειά του. Τίποτα από όλα αυτά όμως δεν κατάφερε να καλμάρει την άθλια δυστυχία του.

Κατά το μεσημεράκι μια σκέψη φώτισε το σκοτεινιασμένο του μυαλό, τη στιγμή που ο ιδιαίτερος γραμματέας του, του το έθεσε ως πιθανότητα. Ο Αμπντούλ θεωρούνταν ακόμη ανήλικος, θα μπορούσαν να αποκρύψουν το γράμμα της οικειοθελούς εξαφάνισης του και να το παρουσιάσουν σαν απαγωγή, που σκοπό είχε την πολιτική καταστροφή του θείου του. Θα ζητούσαν τη βοήθεια της τοπικής αστυνομίας, της Ιντερπόλ ακόμη και του FBI.

Τα κανάλια και οι δημοσιογράφοι ειδοποιήθηκαν άμεσα και μέχρι το βράδυ είχαν στρατοπεδεύσει έξω από την τεράστια αυλή του μεγάρου του κυβερνήτη. Σε λίγες μέρες η είδηση της απαγωγής του αγοριού έκανε το γύρο του κόσμου, μέσα από τα δημόσια και τα ιδιωτικά κανάλια. Πέρασαν έτσι σχεδόν δύο χρόνια από την εξαφάνισή του, ως τη μέρα που ένας Έλληνας φίλος του του έδειξε μια εφημερίδα. Εκείνος την κοίταξε και παρόλο που δεν μπόρεσε να καταλάβει τι έγραφε, η φωτογραφία που βρισκόταν δίπλα στο σχολιασμό, δεν του έδινε περιθώρια αμφισβήτησης. Η απογοήτευση που τον πλημμύρισε ήταν ακόμη μεγαλύτερη όταν του διάβασε όλο το αναλυτικό ρεπορτάζ. Ούτε λίγο ούτε πολύ έλεγε ότι ο νεαρός Αμπντούλ Αλάα Χαράρι, ο οποίος είχε εισέλθει παράνομα στη χώρα, κατηγορούνταν για μια σειρά επιθέσεων, βομβιστικών και μη, στο κέντρο της Αθήνας και το κυριότερο ήταν ότι είχε συλληφθεί με την κατηγορία της απαγωγής ενός από τους πιο ισχυρούς άντρες της Βόρειας Ελλάδας. Το άρθρο έκλεινε λέγοντας ότι ο νεαρός αντιμετώπιζε την ποινή της ισόβιας κάθειρξης, χωρίς αναστολή.

Στο άκουσμα των τελευταίων λέξεων ο θείος του πετάχτηκε κάθιδρος από την πολυθρόνα του. Εάν καταδικαζόταν στην Ελλάδα με την ποινή της ισόβιας κάθειρξης, αυτό θα σήμαινε αυτόματα ότι δεν υπήρχε περίπτωση να τον ξαναδεί ποτέ στη ζωή του. Έπρεπε να βρει τρόπο να πάει αμέσως στην Ελλάδα και το κυριότερο, να προσλάβει έναν καλό και ικανό δικηγόρο, με στόχο να πετύχει την απέλασή του και τη δίκη του στη χώρα του.

Ο Έλληνας φίλος του, του εξήγησε ότι αυτό ήταν αδιανόητο, καθώς θα έπρεπε πρώτα να δικαστεί και να πληρώσει για τα εγκλήματά του στη χώρα που τα διέπραξε, και σε δεύτερο χρόνο να προσπαθήσει να εκδοθεί στην Αιθιοπία. Ο κυβερνήτης όμως ήταν ένας πολύ ισχυρός άνθρωπος και έτσι σώπασε, σχεδόν αυτοστιγμεί, μιας και ήξερε ότι ήταν ικανός να κάνει αυτό που φανταζόταν, καθώς όπου μιλούσε το χρήμα όλοι οι άλλοι σιωπούσαν. Το μόνο που χρειαζόταν ήταν ένας καλός δικηγόρος, τον οποίο δεν άργησε να βρει.

Ο Αλέξανδρος Καρυώτης με το πλούσιο βιογραφικό του, ήταν το πρόσωπο-κλειδί της υπόθεσης. Με όσους ανθρώπους κι αν επικοινώνησε στην Ελλάδα-σημαντικούς και μη- όλοι σκιαγράφησαν το πρόσωπό του και επαίνεσαν τον δυναμικό χαρακτήρα που επεδείκνυε στο δικαστήριο, ελαττώνοντας έως εκμηδενίζοντας την πιθανότητα αποτυχίας στις υποθέσεις του. Έτσι, με τη βοήθεια του φίλου του, κατόρθωσε να επικοινωνήσει μαζί του, να του εξηγήσει την κατάσταση και να τον προσλάβει, φυσικά με το αζημίωτο.

Τη μέρα λοιπόν που προγραμματίστηκε το νέο ραντεβού ήταν η έναρξη της δίκης. Μιας δίκης η οποία θα έπαιρνε για μέρες, ίσως κι εβδομάδες. Θα έπρεπε να εξεταστούν μια σειρά από μάρτυρες και ψευδομάρτυρες, που θα παρέθεταν τα γεγονότα που αφορούσαν στην απαγωγή του πλούσιου βιομηχάνου. Παράλληλα, μια δεύτερη δίκη, όπου θα είχε να κάνει με την ανάδειξη του υπέρλαμπρου χαρακτήρα του νεαρού Αλάα Χαράρι και την αναγκαιότητα να εκδοθεί στη χώρα του, όπου θα δικαζόταν και για εγκλήματα που είχε διαπράξει εκεί.

Τη Μάτα λίγο την ενδιέφερε η ανάλυση και η εξιστόρηση του περιστατικού, που είχε διαδραματιστεί λίγη ώρα νωρίτερα στην αίθουσα του δικαστηρίου, το μόνο που την ένοιαζε ήταν να βρει τρόπο να κάνει τη δουλειά της. Περιορίστηκε στο να του ρίξει μια βιαστική, αδιάφορη ματιά κι ένα καλησπέρισμα τη στιγμή που τις πλησίασε στο τραπεζάκι, που συνοδευόταν από μια τυπική χειραψία, . Μετά βυθίστηκε πάλι στις σκέψεις της, όση ώρα εκείνος και η Ρένια ολοκλήρωναν το τυπικό της διαδικασίας δύο φίλων, που έχουν καιρό να τα πουν.

Που και που γυρνούσε και του έριχνε κάποιες ματιές, παρατηρώντας τον μηχανικά. Ήταν ψηλός και αδύνατος με ωραίο σωματικό καταμερισμό, τα ρούχα του όμως έκρυβαν καλά, αυτό που η φίλη της της είχε περιγράψει ως γυμνασμένο κορμί. Εξάλλου σκέφτηκε, θα χρειαζόταν να διαθέτει υπεριώδη όραση για να μαντέψει τι κρυβόταν κάτω από το παλτό και το κουστούμι. Τα μαλλιά του ήτανε μαύρα, ίσια και περιποιημένα, όπως και τα χέρια του, μακριά και κομψά. Φαινότανε να είναι ένας άντρας που πρόσεχε το παρουσιαστικό του, αν και δεν ήταν του γούστου της. Καθώς σκέφτηκε αυτό, στο μυαλό της ήρθε το σχόλιο της φίλης της την προηγούμενη μέρα: *'είναι πολύ καλός ως δικηγόρος, φοβάμαι όμως ότι διατρέχεις σοβαρό κίνδυνο να τον ερωτευτείς!'* Εκείνη τότε την είχε κοιτάξει με απορία διερωτώμενη αν η φίλη της έστεκε καλά και είχε σώας τας φρένας της ή για κάποιο λόγο είχε διασαλευτεί η ψυχική της ισορροπία.

Θεωρώντας το χρέος της, της υπενθύμισε ότι ο λόγος της συνάντησης τους ήταν καθαρά επαγγελματικός και όχι κάποιο ερωτικό ραντεβουδάκι ή όπως θα ήθελε να το παρουσιάσει εκείνη, κάποιο προξενιό. Η Ρένια όμως συνέχισε απτόητη εξιστορώντας της και την αντίδραση της άλλης πλευράς, όταν εκείνη μιλώντας μαζί του, του είπε ότι η φίλη της ήθελε πάρα πολύ να τον γνωρίσει.

«Σαν τρελός έκανε!» της είπε.

«Τον έπιασε μια μανία, μια λύσσα! Και να με ρωτάει και πως είναι και τι είναι και ποια είναι και με ξέρει; Δεν πρόλαβα να μιλήσω καθόλου! Εννοείται βέβαια ότι του είπα πως τον ξέρεις, γι' αυτό πρόσεξε κακομοίρα μου τι θα του απαντήσεις!»

Η Μάτα προσπέρασε το σχολιασμό με αδιαφορία, επιθυμώντας μόνο να γίνει η δουλειά της. Ποσώς που την ένοιαζε αν αυτός ήταν ο ίδιος ο πρωθυπουργός. Το ζήτημα ήταν να είναι ο άνθρωπος που θα τη βοηθήσει. Άξαφνα ένιωσε ένα άγχος να την κυριεύει. Αναλογίστηκε τα χρόνια που πέρασαν στη δουλειά που έκανε. Είχε έρθει σε επαφή με πολύ σημαντικούς ανθρώπους του ελληνικού κόσμου, καθώς και κάποιους από το εξωτερικό. Ευτυχώς ο φιλεύσπλαχνος Θεός ήταν ελεήμων απέναντί της και κυριολεκτικά ποτέ δεν χρειάστηκε να ανοίξει τα πόδια της προκειμένου να πάρει μια συνέντευξη. Όσο διάσημος ή περίεργος κι αν ήταν ο συνεντευξιαζόμενος-μπορεί να της ζητούσε παράλογα πράγματα-όπως παραδείγματος χάρη, να γίνει η συνέντευξη σε ένα ακριβό εστιατόριο, ή ακόμη και μέσα σε αεροπλάνο ή πλοίο, ποτέ όμως δεν της είχαν ζητήσει να κοιμηθεί με κάποιον για να του πάρει μια συνέντευξη.

Η ίδια δεν θεωρούσε τον εαυτό της από το είδος των γυναικών που περνούσαν και γύριζες να τις κοιτάξεις με θαυμασμό, γνώριζε όμως πολύ καλά ότι θα μπορούσε να χαρακτηριστεί γοητευτική και νόστιμη. Όλα αυτά όμως δεν είχαν καμία σημασία και μάλιστα επέπληξε τον εαυτό της που του επέτρεψε να μπει σε αυτή τη διαδικασία αυτών των ανούσιων σκέψεων, καθώς σε όλη της τη ζωή τη διακατείχε ένα μόνιμο άγχος για το κατά πόσο οι άντρες με τους οποίους συναναστρεφόταν, την εκθείαζαν για το μυαλό και όχι για το κορμί της. Ήταν μεγάλη η πείρα της πάνω σε αυτό το ζήτημα και γνώριζε πάρα πολύ καλά ότι οι περισσότεροι άντρες δεν κάθονται να σκεφτούν για το πνεύμα μιας γυναίκας παρά μόνο για το σώμα.

Και τώρα που βρισκόταν οι τρεις τους στο μικρό καφέ, με περιορισμένο το χρόνο, ένιωθε να πιέζεται αφάνταστα. Φοβήθηκε ότι η ώρα τους θα τελείωνε και εκείνος θα έφευγε χωρίς να έχει κάνει τη δουλειά της. Το τρακ όμως που την είχε κυριεύσει της είχε δέσει και μυαλό και γλώσσα και δεν μπορούσε να κάνει τίποτα για να το υπερνικήσει. Η συστολή και η αγωνία της ήταν τέτοιες που περιορίστηκε στο να χαζεύει το φτηνό ντεκόρ του μαγαζιού, την τσάντα και τα νύχια της, που τον τελευταίο καιρό για κάποιον ανεξήγητο λόγο είχαν γίνει ατροφικά και έσπαγαν πριν καν βγουν από το κρέας της.

Ξαφνικά εκείνος γύρισε και την κοίταξε κατάματα. Το βλέμμα του ήταν τελείως αδιάφορο, έδειχνε όμως μια φρεσκάδα ενός ανθρώπου που έχει έναν άλλο αέρα, πολυταξιδεμένο, με αρκετές εμπειρίες. Το ύφος του ήταν σοβαρό, η στάση του όμως φανέρωνε απλότητα και έδειχνε να είναι φιλική.

«Ώστε ο άντρας σας βρίσκεται κλεισμένος σε φυλακή της Υεμένης;» τη ρώτησε.

Η Μάτα ξεροκατάπιε και κούνησε απλά το κεφάλι της.

«Έχετε επικοινωνία μαζί του;»

«Όση επικοινωνία μπορεί να έχει κανείς από ένα τέτοιο μέρος!» του απάντησε εκείνη.

«Μάλιστα!» έκανε μια παύση και σούφρωσε τα φρύδια του. Η Μάτα ένιωσε ότι τα πράγματα δεν ήταν και τόσο καλά και πως με αυτή του την κίνηση ζύγιζε τα πράγματα και σκεφτόταν τον τρόπο που σε λίγη ώρα θα της ξεστόμιζε ότι αδυνατεί να αναλάβει την υπόθεση της.

Εκείνος πάλι αφού συνοφρυώθηκε για λίγη ώρα, κάνοντας κάποιες σκέψεις και υπολογισμούς στο μυαλό του, έσιαξε τα γυαλιά του και αφού την κοίταξε στα μάτια, της έστειλε ένα επαγγελματικό χαμόγελο συγκατάνευσης.

«Και πότε μιλήσατε μαζί του για τελευταία φορά;»

«Προχθές το βράδυ, μου είπε ότι τα πράγματα δεν είναι καλά. Οι συνθήκες διαβίωσης στη φυλακή είναι άθλιες και η δίκη, δεν του λένε πότε θα γίνει!»

«Μάλιστα, κατάλαβα!» κούνησε το κεφάλι του εκείνος. Κατόπιν ήπιε μια γουλιά καφέ και την κοίταξε ξανά, μέσα από τα μυωπικά γυαλιά του.

«Τι ακριβώς θέλετε από μένα;» τη ρώτησε μπαίνοντας αμέσως στο ψητό.

Είχε κάνει πολλές πρόβες στο σπίτι και στη διαδρομή κι έτσι η απάντηση που του έδωσε ήταν σαφής και άμεση.

«Πρέπει να πάω στην Υεμένη! Υπάρχει όμως ένα πρόβλημα. Πριν από χρόνια είχα βοηθήσει κάποιες ευρωπαίες γυναίκες, να διεκδικήσουν πίσω τα παιδιά τους, από τους μουσουλμάνους συζύγους τους. Αυτό μου έχει στοιχήσει όμως τώρα, καθώς είμαι ανεπιθύμητη για αυτά τα κράτη κι έτσι δεν μπορώ να πάω κοντά του. Επιπλέον θέλω ένα καλό δικηγόρο, που θα με βοηθήσει ακόμη και αν είναι δυνατόν να αποφύγει τη δίκη!»

Σταμάτησε και τον κοίταξε στα μάτια γεμάτη σιγουριά για όσα του έλεγε. Εκείνος της ανταπέδωσε το βλέμμα και αφού ήπιε άλλη μια γουλιά καφέ την ξανακοίταξε.

«Λοιπόν ως προς το νομικό πλαίσιο του ζητήματος, μπορώ να σας βοηθήσω, για το άλλο θέμα όμως δεν είμαι και πολύ σίγουρος. Και ξέρετε είμαι άνθρωπος που μ' αρέσει να λέω την αλήθεια, δεν μου αρέσει να ψεύδομαι!»

«Δηλαδή, δεν θα μπορέσω να μπω στη χώρα;» τον ρώτησε λες και ήταν η πρώτη φορά που άκουγε κάτι τέτοιο.

«Ειλικρινά, πείτε μου κάτι, τι πιστεύετε ότι θα μπορούσατε να προσφέρετε εκεί πέρα;»

Η ερώτηση του ήταν αφοπλιστική και έκρυβε αρκετές δόσεις αλήθειας για κάτι που η Μάτα δεν είχε σκεφτεί μέχρι εκείνη τη στιγμή. Ήταν αλήθεια ότι δεν θα μπορούσε να προσφέρει κάτι ουσιαστικό, πέρα από το να ταλαιπωρείται σωματικά και ψυχικά. Τίποτα δεν ήταν σίγουρο και ακόμη και αν κατάφερνε να φτάσει κάποτε στην Υεμένη, κανείς δεν μπορούσε να της εγγυηθεί ότι θα μπορούσε να τον επισκέπτεται στη φυλακή. Είχε κάνει απλά αυτή τη σκέψη, θεωρώντας καθήκον της να σταθεί στο πλευρό του και τίποτε περισσότερο.

«Παιδάκια έχετε;» τη ρώτησε εκείνος γλιτώνοντας την από την αμηχανία της.

«Δυο!» του απάντησε εκείνη.

«Αγόρι, κορίτσι;»

«Όχι δυο γιούς, μικρούς σε ηλικία!»

«Εδώ θα φαινόσασταν πιο χρήσιμη!»

«Το μυαλό μου όμως βρίσκεται εκεί! Σε αυτόν τον αθώο άνθρωπο, που από την καλοσύνη του και μόνο βρέθηκε ξαφνικά φυλακισμένος, σε μια άγνωστη και εχθρική κατ' εμέ χώρα!»

Εκείνος πιάστηκε από την τελευταία κουβέντα της για να κλείσει τη δική του.

«Ακριβώς επειδή όπως τη λέτε είναι εχθρική χώρα, νομίζω ότι δεν θα ήταν ώριμο να βρίσκεστε και ο δυο εκεί. Καταλαβαίνω

Μάγδα Δ. Καπριανού

την ανάγκη σας να στηρίξετε τον άντρα σας σε αυτή τη δύσκο-
λη στιγμή, αλλά κατά την ταπεινή μου γνώμη, πιο χρήσιμη θα
ήσασταν δίπλα στα παιδιά σας, παρά εκεί!»
   Η Μάτα θα ήθελε να του πει ότι ειλικρινά δεν γνώριζε ποιος
από όλους είχε περισσότερο την ανάγκη της, ή που θα φαινό-
ταν περισσότερο χρήσιμη, γι' αυτό προτίμησε να σωπάσει καλύ-
τερα. Εκείνος, που ερμήνευσε το βλέμμα της σαν απογοήτευση
για την απάντηση που της είχε δώσει, έσπευσε να την καθησυχά-
σει διαβεβαιώνοντας την πως, αν παρόλα αυτά εξακολουθούσε
να επιμένει στην απόφασή της, θα έβρισκε τρόπο να την βοη-
θήσει.
   «Θα πάρει όμως κάποιες μέρες. Το μόνο που σας ζητάω
είναι να είστε υπομονετική και να έχετε πίστη. Τίποτα δεν γίνεται
από τη μία μέρα στην άλλη. Κάντε κουράγιο και κάτι θα μπορέ-
σουμε να κάνουμε. Είμαι σίγουρος ότι θα καταφέρουμε να τον
φέρουμε πίσω σώο και αβλαβή!»
   Ήπιε την τελευταία γουλιά από τον καφέ του και σηκώθηκε
για να φύγει. Το τηλέφωνο της Ρένιας χτύπησε. Εκείνη κοίταξε
στην οθόνη το νούμερο και αφού τους ζήτησε ευγενικά να τη
συγχωρήσουν που θα σηκωνόταν από το τραπέζι,-επικαλού-
μενη δουλειά-βγήκε έξω από το καφέ. Ο Αλέξανδρος φόρεσε
το παλτό του και έδωσε το χέρι του για χειραψία στη Μάτα. Εκεί-
νη του το ανταπέδωσε προσφέροντάς του το δικό της.
   «Να σας ρωτήσω και κάτι;» τη ρώτησε
   «Πείτε μου!» του απάντησε εκείνη.
   «Δε με γνωρίζετε έτσι δεν είναι;»
   Η Μάτα έπαιξε για ένα δευτερόλεπτο μεταξύ αλήθειας και ψέ-
ματος. Σκέφτηκε να ακολουθήσει το δρόμο της φίλης της που
την είχε συμβουλέψει να του πει πως τον γνώριζε. Κάτι όμως
μέσα της είπε πως αν έκανε κάτι τέτοιο, εάν έλεγε ψέματα, τότε
δεν θα ήταν αυτή που είχε απαντήσει, αλλά κάποια άλλη. Κα-
θώς στη ζωή της είχε μάθει να λέει μόνο αλήθειες, αποφάσισε

84

να το κάνει και τώρα, σκεπτόμενη ότι το πολύ που είχε να πάθει, θα ήταν να τον τσατίσει και να μην τη βοηθήσει.

«Όχι, κύριε Καρυώτη, δεν υας γνωρίζω!» το συναίσθημα της ειλικρίνειας ήταν πολύ ωραίο και της πρόσθεσε περισσότερη αυτοπεποίθηση, που δεν χρειαζόταν να προσποιηθεί, γνωρίζοντας πολύ καλά ότι το ένα ψέμα φέρνει το άλλο.

Εκείνος την κοίταξε κατάματα και αφού της έσφιξε το χέρι ακόμη περισσότερο, δείχνοντας της ότι είχε ικανοποιηθεί από την ειλικρίνειά της, της απάντησε ότι χαιρόταν.

«Χαίρομαι και μάλιστα πάρα πολύ που είστε ειλικρινής. Δεν θα ήθελα να υπάρχουν ψέματα ανάμεσά μας. Εκτιμώ πολύ τους ανθρώπους που λένε αλήθεια. Θα τα ξαναπούμε σύντομα!»

Ο Αλέξανδρος Καρυώτης έφυγε ακριβώς όπως ήρθε. Σαν τον άνεμο, τον πράο, τον ήρεμο, τον βελούδινο, τον αναπάντεχο που έρχεται εκεί που δεν τον περιμένεις για να σου δώσει, πολλά υποσχόμενος, τη σαγηνευτική δροσιά του και να σου γλυκάνει το μυαλό με την θαλπερή αύρα του.

Η Μάτα έμεινε ακίνητη να τον κοιτάει να χάνεται ανάμεσα στον κόσμο και μετά έξω από το καφέ, έχοντας μόνο ένα συναίσθημα γι' αυτόν τον άνθρωπο: αυτό της ελπίδας που ίσως κατάφερνε να το κάνει πραγματικότητα.

Λίγο αργότερα μπήκε η Ρένια μέσα. Κάθισε δίπλα της ενθουσιασμένη.

«Έφυγε, ε;»

«Ναι!»

«Πως σου φάνηκε;» τη ρώτησε όλο αγωνία.

«Σαν άνθρωπος!» απάντησε εκείνη αδιάφορα.

«Εννοώ ρε παιδί μου ωραίος δεν ήταν; Κομψός, γυμνασμένος! Πολύ το φοβάμαι ότι θα τον ερωτευτείς! Κι αυτόν, που τον ρώτησα, μου είπε ότι σε βρήκε πολύ ενδιαφέρουσα!»

Η Μάτα την κοίταξε για λίγο εξεταστικά. Η ίδια ήξερε γιατί είχε βρεθεί εκεί, ξαφνικά όμως ένα περίεργο συναίσθημα την κυρίευσε κι αισθάνθηκε ότι θα έπρεπε να ξεκαθαρίσει κάπως την κατάσταση, για να πάψει η φίλη της να την προκαλεί με σενάρια που δεν υπήρχαν περίπτωση να περάσουν από το μυαλό της ίσως και ποτέ, σ' αυτήν τη ζωή.

Ήξερε ότι αν εξομολογούνταν αυτό που είχε πραγματικά μέσα στην καρδιά της κινδύνευε από πολλές απόψεις, ένιωθε όμως ότι ήθελε να το κάνει.

«Άκουσέ με λίγο προσεκτικά. Γνωριζόμαστε τόσα χρόνια, υπάρχει όμως κάτι που δεν ξέρεις για μένα. Κάτι που το κουβαλάω μέσα μου για πάνω από μια δεκαετία και ίσως να το κουβαλάω μέχρι και τη μέρα που θα πεθάνω.»

Η Ρένια σοβάρεψε απότομα. Το γλυκό χαμόγελο που στόλιζε το φωτεινό προσωπάκι της χάθηκε και στη θέση του ήρθε η σοβαρότητα. Η Μάτα πήρε μια βαθιά ανάσα και συνέχισε.

«Πολύ πριν γνωρίσω τον Χάρη είχα δεσμό με έναν γνωστό επιχειρηματία. Ήταν η μοναδική φορά που έκανα μια εξαίρεση, ας το πω, και ανακάτεψα τη δουλειά με τη διασκέδαση. Αυτόν τον άνθρωπο τον αγάπησα τόσο πολύ που για ένα διάστημα ζούσα και ανέπνεα αποκλειστικά και μόνο γι' αυτόν. Οι συνθήκες όμως της ζωής τα έφεραν έτσι που αναγκαστήκαμε να χωρίσουμε. Εκείνος έφυγε για Νέα Υόρκη, όπου εκεί εγκατέστησε τις επιχειρήσεις του, κι εγώ έμεινα εδώ. Η αλήθεια είναι ότι μου είχε ζητήσει να τον ακολουθήσω, όμως δεν ξέρω ακόμη και τώρα, για ποιο λόγο αρνήθηκα.

Ο χωρισμός μαζί του, μου στοίχησε τόσο πολύ που έκανα χρόνια να τον ξεπεράσω. Για χάρη του κατάντησα να γίνω αλκοολική. Έπινα για να τον ξεχάσω, έπινα για να κοιμηθώ, έπινα για να μην τον σκέφτομαι. Δεν έκανα τίποτε άλλο, όλη μέρα έπινα και κάπνιζα, ώσπου μια μέρα ξύπνησα και ρώτησα τον εαυτό μου αν ήξερα που πάω; Έδωσα μια και πήρα την απόφαση να μην αφήσω ένα τέτοιο γεγονός- όσο και αν μου είχε στοιχήσει-να επηρεάσει αρνητικά τη ζωή μου. Στο κάτω-κάτω η απόφαση να χωρίσουμε ήταν δική μου! Έτσι παράτησα όλες τις καταχρήσεις και λίγο καιρό μετά κατάφερα και ξαναστάθηκα στα πόδια μου. Η μόνη σκέψη που είχα στο μυαλό μου ήταν αυτός και δεν σου κρύβω ότι χάρη στη σκέψη του μπόρεσα να σταθώ και πάλι όρθια, γιατί σκεφτόμουν πως ό,τι και να έγινε μεταξύ μας, εκείνος δεν θα ήθελε ποτέ να με δει να ξεπέφτω σε αυτή την κατάσταση.

Τότε στη ζωή μου ήρθε ο Χάρης. Παρόλο που του εξήγησα το πρόβλημα μου, αποφάσισε να σταθεί δίπλα μου και να με βοηθήσει να το ξεπεράσω. Και η αλήθεια είναι ότι η ευγενική και καλοσυνάτη παρουσία του, κατάφεραν να με κάνουν να απαλύνω τον πόνο που είχα μέσα μου. Το θέμα είναι όμως ότι εγώ δεν μπορώ να αγαπήσω, παρά μόνο αυτόν τον άνθρωπο. Έχω αποδεχτεί τη μοίρα μου και ξέρω πως ότι και να γίνει πάντα αυτός θα είναι εκεί, μέσα στο μυαλό μου!»

Σταμάτησε και κοίταξε τη Ρένια που είχε σοβαρέψει ακόμη περισσότερο. Καθόταν και την κοιτούσε με μάτια ορθάνοιχτα, γουρλωμένα, ακίνητη χωρίς να μιλάει, παρά μόνο ανέπνεε.

«Δηλαδή θέλεις να πεις ότι τον αγαπάς ακόμη;» τη ρώτησε τελικά, έχοντας κάπως συνέλθει από την εξομολόγηση.

«Με όλη τη δύναμη της καρδιάς μου!»της απάντησε η Μάτα χωρίς δισταγμό.

«Και τον Χάρη;»

«Τον αγαπάω κι εκείνον, αλλά με άλλο τρόπο. Με έναν τρόπο που αποπνέει σεβασμό, εκτίμηση και ευγένεια. Είναι ο άντρας της ζωής μου, ο πατέρας των παιδιών μου, αλλά όχι και ο έρωτας της ζωής μου!»

«Και πόσα χρόνια έχουν περάσει από τότε;»

«Δέκα, μπορεί και περισσότερα!»

Η Ρένια άναψε τσιγάρο καθώς προσπαθούσε να βάλει σε τάξη τις σκέψεις της.

«Είναι φοβερό αυτό που μου λες! Έχω ακούσει για έρωτες που μένουν αξέχαστοι, αλλά για κάποιους μήνες, άντε το πολύ

χρόνο. Εσύ είσαι εξαίρεση. Πως είναι δυνατόν να τον αγαπάς και να μην τον έχεις ξεχάσει, επί δέκα χρόνια;»
«Για μένα είναι. Έχω αποδεχτεί τη μοίρα μου κι έχω μάθει να ζω συντροφιά με τη σκέψη του όλα αυτά τα χρόνια. Υπάρχουν φορές που δεν τον σκέφτομαι, που χάνεται από το μυαλό μου για μήνες ολόκληρους και άλλες πάλι που έρχεται και με συντροφεύει μερόνυχτα και τότε υποφέρω και σφίγγω τα δόντια πίσω από πλαστά χαμόγελα για να μη φανερωθεί η πίκρα που έχω στην καρδιά μου. Απλά έχω αποδεχτεί τη μοίρα μου, ότι με άλλον θα ζω και άλλον θα αγαπάω και τέλος! Ο λόγος που σου το είπα είναι ότι δεν θέλω να μου μιλάς για έρωτες και χαζά. Ο Αλέξανδρος μπορεί να είναι καλό παιδί, καλός πατέρας όπως μου είπε, αλλά πρώτον δεν είναι του γούστου μου και δεύτερον έχω τόσα προβλήματα αυτή τη στιγμή που το τελευταίο πράγμα που με νοιάζει είναι ο έρωτας. Επιπλέον και να ήθελα να τον ερωτευτώ, είναι λίγο φύση αδύνατον!»
«Να σε ρωτήσω κάτι, χωρίς παρεξήγηση;» η φωνή της Ρένιας πρόδιδε δισταγμό, η Μάτα όμως φάνηκε διατεθειμένη να απαντήσει σε ότι και αν τη ρωτούσε.
«Πες μου, ελεύθερα!» την παρότρυνε.
«Εάν αυτός ο άντρας ερχόταν τώρα και σου έλεγε να τον ακολουθήσεις, θα το έκανες;»
«Όχι!» απάντησε αμέσως.
«Ξέρεις, μετά από τόσα χρόνια και τόσες ατέλειωτες σκέψεις έφτασα στο συμπέρασμα, ότι ίσως ο λόγος που υπάρχει ακόμη στο μυαλό μου, είναι επειδή αυτός ο έρωτας είναι ανολοκλήρωτος. Εγώ τον αγάπησα, με αγάπησε κι αυτός και είμαι πολύ σίγουρη για αυτό που σου λέω, για κάποιους Χι λόγους όμως, έπρεπε να χωρίσουμε. Πιστεύω ότι αν δεν το κάναμε και τελικά τον ακολουθούσα, το αποτέλεσμα θα μας οδηγούσε και πάλι στο ίδιο σημείο, στον χωρισμό. Καλύτερα που έγιναν έτσι. Εξάλλου, εγώ τις αποφάσεις μου τις πήρα και θεωρώ ότι το σκέφτηκα αρκετά καλά, όταν αποφάσισα να ενώσω τη ζωή

μου με τον Χάρη και να παντρευτούμε. Δεν θα τον πλήγωνα με τίποτα, ούτε βέβαια και θα στερούσα από τα παιδιά μου τον πατέρα τους!»

«Όμως, αν εσύ δεν είσαι ευτυχισμένη μέσα στο γάμο σου, πως περιμένεις να είναι οι άλλοι;»

«Εγώ δεν παίζω κανένα ρόλο, μπορεί να ακούγεται κάπως αλτρουιστικό...»

«Η ηλίθιο!» τη διέκοψε η φίλη της.

«Η ηλίθιο.» συμφώνησε κι εκείνη μαζί της,

«Σημασία για μένα όμως έχει να είναι οι άλλοι καλά!»

«Δηλαδή εννοείς ότι θα θυσιάσεις τη ζωή σου, μένοντας δίπλα σε έναν άνθρωπο, που το μόνο που νιώθεις γι' αυτόν είναι ίσως λίγη αγάπη, πολύ εκτίμηση όπως τα λες και καθόλου συναίσθημα;»

Η Ρένια ήξερε ότι εδώ και χρόνια η Μάτα και ο Χάρης είχανε άλυτα προβλήματα που είχαν να κάνουν με την τεράστια διάσταση απόψεων που υπήρχε μεταξύ τους. Η Μάτα όμως της είχε εξηγήσει πολλές φορές ότι από τη στιγμή που δεν τα διαπίστωσε όλα αυτά πριν προχωρήσουν στο γάμο και στα παιδιά, ήταν πλέον δικό της πρόβλημα και θα το αντιμετώπιζε όπως πίστευε αυτή, κάνοντας υπομονή και εξακολουθώντας να δίνει ευκαιρίες στον Χάρη, με την ελπίδα μια μέρα να καταλάβει πως η παγερή αυτή στάση του έβλαπτε την αρμονία του οικογενειακού τους βίου και να γίνει ο Χάρης που γνώρισε πριν χρόνια.

Η αλήθεια ήταν ότι δυστυχώς κι εκείνη είχε αρχίσει να φτάνει πλέον στο συμπέρασμα, ότι δεν υπήρχε περίπτωση να πισωγυρίσει. Θεωρούσε τον εαυτό της πολύ αδύναμο για να πάρει μια τόσο σοβαρή απόφαση, που αφορούσε στον χωρισμό τους και θα επηρέαζε τη ζωή πολλών ανθρώπων γύρω της.

«Δε θα σου πω ότι θα μείνω για πάντα μαζί του, επειδή στη ζωή ποτέ δεν πρέπει να λέμε ποτέ. Το μόνο που θα σου πω είναι ότι ακόμη δεν έχω αποφασίσει τι θα κάνω μαζί του. Για την ώρα συνεχίζω να του δίνω ευκαιρίες!»

«Πόσες του έχεις δώσει μέχρι τώρα; Πέντε; Δέκα; Είκοσι; Εγώ δεν είδα καμία αλλαγή!» της απάντησε εκνευρισμένη.

Η Μάτα καθ' όλη τη διάρκεια της συζήτησης παρέμεινε ήρεμη. Την περίοδο του εκνευρισμού, είχε κιόλας ξεχάσει πότε την πέρασε. Τώρα βρισκόταν στην αδιαφορία και ήταν ένα βήμα πριν τον αφήσει τελείως. Πολλές φορές είχε σκεφτεί ότι αν ενδιαφερόταν μόνο για τον εαυτό της, θα το είχε κάνει πολύ καιρό πριν. Όμως μάλλον δεν την αγαπούσε τόσο όσο να θέλει το καλό της κι έτσι εξακολουθούσε να μένει μαζί του, παραμυθιάζοντας τον εαυτό της, με την ελπίδα να γίνει κάτι και να αλλάξει χαρακτήρα.

«Ειλικρινά, δεν σε είχα για τέτοιο άνθρωπο!» της εξομολογήθηκε η Ρένια τελικά.

«Τι εννοείς;»τη ρώτησε συνοφρυωμένη η Μάτα.

«Να, πάντα πίστευα ότι επειδή είσαι δυναμική γυναίκα, όλο και κάποιες σχέσεις θα είχες κάνει, παράλληλα με το γάμο σου!»

Η Μάτα γέλασε.

«Καμία σχέση!»

«Απίστευτο και πάω πάσο τότε.»

«Σ' ευχαριστώ και να ξέρεις ότι το εκτιμώ απεριόριστα!»

Οι συνθήκες φυλάκισης του Χάρη ήταν όντως απάνθρωπες. Ήταν μόνος του σε ένα ξένο κράτος, φυλακισμένος ανάμεσα σε βαρυποινίτες, ανθρώπους που είχαν κλέψει, σκοτώσει, βιάσει και κάνει οτιδήποτε μπορούσε να σκεφτεί και να μη σκεφτεί ο ανθρώπινος νους. Επιπλέον υπήρχε δυσκολία στο γεγονός ότι δεν καταλάβαινε τη γλώσσα, πράγμα που το καθιστούσε ακόμη πιο δύσκολο γι' αυτόν. Από την πρώτη στιγμή του φέρθηκαν σαν έναν κοινό εγκληματία. Ο ίδιος δεν θυμόταν πως βρέθηκε εκεί. Το πρώτο πράγμα που του ερχόταν στο νου, όταν προσπαθούσε να θυμηθεί το πώς βρέθηκε εκεί ήταν οι κατσαρίδες που έκοβαν βόλτα κατά μιλιούνια στο ταβάνι, στο πάτωμα, ακόμη και πάνω του. Μία μάλιστα είχε ανέβει στο πρόσωπό του και σκάλιζε κάτι πάνω σε μια πληγή που είχε στο μάγουλο του. Το αίμα είχε ξεραθεί, αλλά εκείνη κουνούσε ευτυχισμένη τις πελώριες μαύρες κεραίες της και την σκάλιζε με τα πόδια της. Την πέταξε αμέσως από πάνω του και τινάχτηκε όρθιος. Πρόλαβε να κοιτάξει ότι βρισκόταν σε έναν άγνωστο χώρο, παρέα με καμιά δεκαριά ξένους ανθρώπους που τον κοιτούσαν, άλλοι με περιέργεια και άλλοι με εχθρικότητα. Λίγο μετά ένιωσε ένα μυρμήγκιασμα σε όλο του το σώμα και μια ζάλη να τον περιβάλει πατόκορφα. Μετά λιποθύμησε.

Όταν ξανάνοιξε τα μάτια του το περιβάλλον είχε αλλάξει. Ο χώρος ήταν πάλι άγνωστος, αλλά από πάνω του βρισκόταν μια γυναίκα, που του έβαζε ένα θερμόμετρο. Φορούσε λευκή στολή και άσπρη μαντίλα στο κεφάλι και ο Χάρης κατάλαβε ότι πρέπει να ήταν νοσοκόμα. Την κοίταξε κι εκείνη του χαμογέλασε και του είπε κάτι στη γλώσσα της, που δεν κατάλαβε. Προσπάθησε να σηκωθεί, αλλά το σώμα του ήταν αδύναμο και δεν μπορούσε να υπακούσει στις εντολές του. Στο χέρι του κατέληγε ένας ορός κι ένα κίτρινο υγρό έπεφτε σταγόνα σταγόνα σε ένα κοντέινερ και από εκεί μέσω ενός διάφανου σωλήνα περνούσε στη φλέβα του.

«Που βρίσκομαι;» τη ρώτησε, αλλά εκείνη του χαμογέλασε μόνο, αφού δεν κατάλαβε λέξη απ' ότι της είπε. Κοίταξε το χέρι του και είδε ότι βρισκόταν μέσα σε γύψο, το κεφάλι του ήταν μπανταρισμένο με επίδεσμο. Δεν ήξερε τι να σκεφτεί, πονούσε αφόρητα κι ένα ρίγος που άρχισε να διαπερνά σταδιακά το κορμί του, τον έκανε να τρέμει σαν το ψάρι έξω από το νερό.

Λίγα λεπτά αργότερα άνοιξε η πόρτα του δωματίου του και μπήκε μέσα ο πρέσβης της Ελλάδας. Τον κατάλαβε, μιας και τον είχε γνωρίσει στην πρεσβεία τη μέρα της πρες κόμφερανς. Προσπάθησε να του μιλήσει, αλλά η φωνή του πνίγηκε μέσα σε ένα λυγμό. Ο πρέσβης πήρε μια καρέκλα και κάθισε δίπλα του. Τον κράτησε από το χέρι και για λίγη ώρα έμεινε αμίλητος και το μόνο που έκανε ήταν να τον κοιτάει στα μάτια. Η όψη του είχε μια πατρική χροιά που απάλυνε για λίγο την πληγωμένη καρδιά του Χάρη, σύντομα όμως, το ρίγος και ο πόνος επέστρεψαν να του υπενθυμίσουν την πραγματική του κατάστασή.

«Που βρίσκομαι;» κατάφερε να ψελλίσει με δυσκολία.

«Στο νοσοκομείο.» του απάντησε ο πρέσβης.

«Τι μου συνέβη; δεν θυμάμαι τίποτα.»

Ο πρέσβης πήρε μια βαθιά ανάσα, κάθισε καλύτερα στην καρέκλα του και αφού έβγαλε ένα μαντήλι και σκούπισε πρώτα τα γυαλιά και μετά το μέτωπο και τα παχύσαρκα μάγουλά του, άρχισε να του διηγείται την ιστορία για το τι έγινε και πως κατέληξε στο νοσοκομείο. Όταν τελείωσε την αφήγηση σταμάτησε και τον κοίταξε στα μάτια για λίγο, κατόπιν κάρφωσε το βλέμμα στην επιγραφή με το εδάφιο από το Κοράνι, που βρισκόταν στον τοίχο, πάνω από το κρεβάτι του Χάρη και παρέμεινε σιωπηλός σαν άγαλμα.

Ο Χάρης συγκλονισμένος, προσπαθούσε ακόμη να συνέλθει από το σοκ που αντιμετώπισε, όταν άκουσε πως αντί να τον ευχαριστήσουν που έσωσε την κοπέλα από τα νύχια των βιαστών, τον κατηγορούσαν ότι αυτός ήταν που προσπάθησε να τη βιάσει και τώρα βρισκόταν υπόδικος, φορτωμένος με μια κατηγορία που δεν είχε καμία σχέση με την πραγματικότητα. Το κακό ήταν ότι οι συγγενείς της κοπέλας την είχαν φυγαδεύσει προς άγνωστη κατεύθυνση για να την προστατέψουν από τους νόμους του κράτους, καθώς κανείς δεν την πίστευε ότι είχε γλιτώσει από το βιασμό και τώρα το μόνο που ήθελαν, ήταν να μην αντιμετωπίσει το λιθοβολισμό ως τιμωρία για την υποτιθέμενη προκλητική πράξη της.

Όπως τον πληροφόρησε αμέσως ο πρέσβης, την εβδομάδα που εκείνος την πέρασε κάπου μεταξύ φυλακής και νοσοκομείου, είχαν προσπαθήσει να ανακαλύψουν τα ίχνη της, αλλά μάταια, καθώς τα στόματα παρέμεναν κλειστά. Τον ενημέρωσε επίσης ότι προσπάθησαν με πολύ κόπο να πείσουν τις αστυνομικές αρχές της Σαναά να τον αφήσουν ελεύθερο με εγγύηση, αλλά αυτοί ήταν κάθετοι. Εγκλημάτησε κι έπρεπε να πληρώσει. Δυστυχώς όμως εδώ τα πράγματα ήταν λιγάκι δύσκολα, ειδικά όσον αφορούσε στο σημείο της δίκης του. Ο πρέσβης ανησυχούσε ότι λόγω της άσχημης πολιτικής κατάστασης που επικρατούσε τον τελευταίο καιρό. Οι Αμερικάνοι, που είχαν εγκατασταθεί στην περιοχή, εφάρμοζαν τους δικούς τους νόμους. Ο λαός είχε αρχίσει να δυσαρεστείται με την κυβέρνηση του κράτους, θεωρώντας ότι κρατούσε παθητική, έως δουλοπρεπή στάση απέναντι στον δυνάστη του, που είχε αυτοδιοριστεί τύραννος και

Μάγδα Δ. Καπριανού

κατακτητής. Τα πράγματα δυστυχώς έδειχναν πως η καταδίκη του θα ήταν αυστηρή, παραδειγματική και απόλυτη. Ο Χάρης τρελάθηκε. Δεν ήξερε τι να πει και τι να σκεφτεί. Εμμέσως πλην σαφώς ο πρέσβης του έλεγε ότι ο ίδιος θα γινόταν ο αποδιοπομπαίος τράγος, το πρόβατο που θα οδηγούνταν στο βωμό να σφαγιαστεί, ώστε να εξιλεωθεί για κάποιων άλλων τις αμαρτίες. Ήταν αδιανόητο.

«Μα εγώ είμαι Έλληνας!» κατάφερε να ψελλίσει μετά το πρώτο σοκ.

«Δυστυχώς παιδί μου, αυτό λίγο που τους ενδιαφέρει. Και Άγγλος και Γάλλος, ακόμη και Γερμανός να ήσουν, αυτό που έχει σημασία για αυτούς είναι να την πληρώσει κάποιος για να βουλώσουν στόματα!»

«Και τώρα τι γίνεται;» τρέκλισε με δυσκολία.

«Δε θα σε αφήσουμε έτσι! Από την πρώτη στιγμή έχει ενημερωθεί το υπουργείο και ο ίδιος ο πρωθυπουργός στην Ελλάδα, ο οποίος έχει επαφές με την εδώ κυβέρνηση, που δυστυχώς προς μεγάλη μου λύπη είναι τόσο διεφθαρμένη...τέλος πάντων, ας μη παλινδρομούμε. Δεν θα σε αφήσουμε έτσι, απλά το μόνο κακό είναι ότι θα αναγκαστείς τον καιρό των διαπραγματεύσεων να τον περάσεις στη φυλακή.»

Ο Χάρης έφερε την εικόνα με τις κατσαρίδες να κόβουν βόλτα παντού στο κελί και ένιωσε την τρίχα να του σηκώνεται κάγκελο. Δεν μπορούσε όμως να κάνει τίποτα. Έτσι λίγες μέρες αργότερα, όταν πλέον συνήλθε και μπορούσε να πατήσει στα πόδια του, επέστρεψε στο κελί. Οι συγκρατούμενοί του τις πρώτες μέρες τον κοιτούσαν από μακριά και δεν τον πλησίαζαν ή απέφευγαν να καθίσουν δίπλα του, ακόμη και την ώρα του φαγητού. Κάτι τέτοιο, δεν ενοχλούσε ιδιαίτερα τον Χάρη, τον διευκόλυνε μάλιστα, αφού δεν είχε καμία όρεξη για να συναναστραφεί με τον υπόκοσμο. Αυτό όμως κράτησε λίγες ημέρες, καθώς η αδιαφορία μετατράπηκε σε μίσος και απέχθεια και τότε άρχισαν τα προβλήματα.

Προβλήματα παντού. Στον ύπνο, στο φαγητό, στο μπάνιο. Ξημερώματα ερχόταν οι συγκάτοικοί του φυλακισμένοι και τον ξυπνούσαν ή του έριχναν πάνω του παγωμένο νερό, του πετούσαν το δίσκο με το φαΐ στο πάτωμα-δήθεν κατά λάθος- ή του έπαιρναν το φαγητό του για τον εαυτό τους. Προσπάθησαν ακόμη και να τον σκοτώσουν, μια μέρα που περνούσε από τον αεροδιάδρομο για να κατέβει κάτω στην αυλή. Τον στρίμωξαν τόσο πολύ, τόσοι πολλοί, που στάθηκε αδύνατον να αντιδράσει. Ένιωσε το τέλος να τον πλησιάζει, τη στιγμή που έπαψε να πατάει στο έδαφος. Πεντέξι άτομα τον σήκωσαν ψηλά και θα τον είχαν στα σίγουρα πετάξει, αν δεν τον έσωζε ένας Βρετανός φωνάζοντας τους φρουρούς, προσποιούμενος ότι τον έπιασε κολικός. Η ομάδα τον παράτησε και απομακρύνθηκαν αμέσως από κοντά του, εκτοξεύοντας εχθρικές ματιές, ενώ εκείνος τις ανταπέδιδε κοιτώντας τους απευθείας στα μάτια, προσπαθώντας να καλύψει το φόβο που του ταρακουνούσε την ψυχή. Όταν πλέον έφυγαν όλοι από κοντά του, ο Βρετανός τον πλησίασε και του συστήθηκε. Του είπε ότι βρισκόταν ήδη πέντε χρόνια στις φυλακές της Σαναά και είχε μπροστά του να εκτίσει άλλα δέκα πέντε χρόνια, ως αποτέλεσμα της απόπειρας κλοπής και εξόδου από τη χώρα ενός πολύ σημαντικού αρχαιολογικού ευρήματος.

Όπως ο ίδιος ισχυριζότανε δεν είχε αντιληφθεί ότι το αρχαίο αυτό αγαλματίδιο, ύψους ενός μέτρου, ήταν αυθεντικό. Παρίστανε ένα αρχαίο θεό της περιοχής, το αγόρασε από έναν πλανόδιο στην έρημο και το κατάλαβε μόνο όταν τον πιάσανε. Για την ακρίβεια όπως του εξήγησε με πολύ σιγουριά, θεωρούσε ότι είχε πέσει θύμα πλεκτάνης του κράτους και δεν μπορούσε να αποδείξει την αθωότητα του.

Ο Χάρης δεν πίστεψε ούτε μια λέξη από την αφήγησή του, αλλά καθώς ήταν ο μοναδικός άνθρωπος-σύμμαχος, με τον οποίο θα μπορούσε να περάσει τις μέρες του κατά την παραμονή του στη φυλακή, κούνησε καταφατικά το κεφάλι του, δείγμα ότι τον καταλάβαινε και τον συμπονούσε.

Δυο ημέρες μετά η Ρένια πλησίασε τη Μάτα στο γραφείο της. Εκείνη ήταν χωμένη στο ίντερνετ αναζητώντας πληροφορίες που αφορούσαν στις φυλακές της Σαναά. Ο Διευθυντής της ήταν τόσο ευγενικός και συγκαταβατικός απέναντι στο πρόβλημά της, ώστε δεν της ανέθετε κανένα δελτίο τύπου. Τη μέρα που επέστρεψε στην εφημερίδα, την κάλεσε μέσα στο γραφείο του για να της εκφράσει τη συμπαράστασή του και να της προσφέρει την αρωγή του, όπου αυτή είχε ανάγκη. Της πρόσφερε ακόμη και χρήματα, με τη δικαιολογία ότι ήταν προκαταβολή από τους επόμενους μισθούς της, εκείνη όμως τα αρνήθηκε ευγενικά, λέγοντάς του ότι δεν ήταν αυτό το οποίο χρειαζόταν την προκειμένη στιγμή, αλλά το να βρεθεί κοντά στον άντρα της και να τον φέρει πίσω στην Ελλάδα. Τελικά, αφού είδε ότι δεν κατάφερε να την πείσει να τα πάρει, της είπε ότι θα είχε το ελεύθερο να λείπει από τη δουλειά όποτε ανέκυπτε ανάγκη που αφορούσε στον Χάρη ή ακόμη και στα παιδιά τους κι ότι είχε το ελεύθερο να γράψει ό,τι ρεπορτάζ ήθελε.

Η Μάτα τον ευχαρίστησε για τη συμπαράστασή του. Ήξερε ότι με τον άντρα της γνωρίζονταν πολλά χρόνια και πως για ένα διάστημα είχαν συνεργαστεί σε μια εφημερίδα. Έφυγε από το γραφείο του λίγη ώρα αργότερα, με τη συγκίνηση φορτωμένη στους ώμους και την προσπάθεια να μην αφήσει τα μάτια και βραχούν από τα δάκρυα.

Εδώ και μέρες περιτριγύριζε το μυαλό της η ιδέα να γράψει για ένα θέμα που θα αφορούσε στο πρόβλημά της. Θεωρούσε άδικο το γεγονός ότι δεν την άφηναν να βρεθεί δίπλα στον άντρα της και να του σταθεί στις δύσκολες στιγμές. Όπως επίσης άδικο ήταν και το ότι τον είχαν ρίξει στα μουχλιασμένα και σάπια μπουντρούμια των φυλακών της Σαναά και τον άφηναν εκεί να σαπίσει, χωρίς να γίνουν ουσιαστικές ανακρίσεις, χωρίς δίκη ή χωρίς έστω να οριστεί μια εγγύηση για την αποφυλάκισή του. Ο μόνος λόγος που τους κρατούσε και είχε αποτραπεί η άμεση εκτέλεση του, ήταν οι προσδοκίες της κυβέρνησης της Υεμένης από την Ευρώπη και η ενδεχόμενη ρήξη στις σχέσεις τους με την Ελλάδα και ίσως και την Ευρωπαϊκή Ένωση. Εκτός αυτού, θα ήταν ένα τεράστιο πλήγμα στον τουρισμό τους, καθώς θα απέτρεπε την παραμονή ή ακόμη και την διέλευση των ταξιδιωτών από τη χώρα, με το φόβο μη κάνουν κάτι τελείως ανάρμοστο και καταλήξουν κι εκείνοι στη φυλακή.

Ήταν τόσο απορροφημένη στην έρευνά της ώστε τρόμαξε όταν ένιωσε πίσω της τη Ρένια. Γύρισε και την κοίταξε, παίρνοντας βαθιές ανάσες, προσπαθώντας να ηρεμήσει. Εκείνη στεκόταν πίσω της και της χαμογελούσε, κρατώντας δύο κούπες καφέ στα χέρια της.

«Τρόμαξες;» τη ρώτησε.

«Λίγο!» απάντησε εκείνη και πήρε την κούπα που της έδωσε η φίλη της.

«Τι κάνεις σήμερα το βράδυ;»

«Ότι κάνω κάθε βράδυ. Θα πάω στο σπίτι και θα περιμένω μήπως με πάρει ο Χάρης τηλέφωνο.»

«Μπορείς να αφήσεις τα παιδιά στη μαμά σου;»

«Μπορώ, αλλά για ποιο λόγο;»

«Κανόνισα να βγούμε με τον Αλέξανδρο κι ένα άλλο φίλο μου κι είπα πως θα έρθεις κι εσύ, να συζητήσουμε και για τον Χάρη.»

Η Μάτα μόλις άκουσε τη λέξη κλειδί δέχτηκε χωρίς περισσότερη σκέψη. Της ζήτησε μόνο λίγο χρόνο ώστε να βεβαιωθεί ότι η μητέρα της δεν είχε πρόβλημα στο να κρατήσει τα παιδιά. Η Ρένια της έδωσε το χρόνο που ήθελε και ευχαριστημένη από την αποδοχή της φίλης της, πήρε τον καφέ της και κλείστηκε στο γραφείο της.

Φόρεσε το παλτό κι έριξε μία τελευταία ματιά στο είδωλό της στον καθρέφτη, λίγο πριν φύγει. Για μια στιγμή στάθηκε και περιεργάστηκε την εικόνα που είχε απέναντι της. Είχε ξεχάσει πόσο κομψή και όμορφη ήταν. Παρατήρησε τα χαρακτηριστικά της πιο προσεκτικά. Τα μαλλιά της είχαν μακρύνει αρκετά και έφταναν σχεδόν μέχρι τη μέση. Ποτέ μέχρι τώρα δεν το είχε προσέξει, καθώς είχε καιρό να τα ισιώσει. Έβρισκε ιδανική τη λύση της σγουρής κόμης, μιας και θεωρούσε ότι της πήγαιναν, αλλά και δεν είχε και κανέναν συγκεκριμένο λόγο για να τα ισιώσει. Στο παρελθόν συνήθως το έκανε αυτό αν το ραντεβού της ήταν αρκετά σημαντικό ή για κάποια επίσημη έξοδο με τον Χάρη και τα παιδιά.

Είχε φορέσει eye liner και ένα κραγιόν δύο τόνους πιο κόκκινους από το φυσικό χρώμα των χειλιών της, ξεχασμένο κι αυτό μέσα στα καλλυντικά της, εδώ και καιρό. Διαπίστωσε πάντως με μεγάλη έκπληξη ότι δεν είχε αλλάξει πολύ η εμφάνισή της, από όταν ήταν δέκα χρόνια νεότερη, θα μπορούσε μάλιστα να υποστηρίξει ότι ο χρόνος είχε σταθεί αρκετά ελεήμων και στοργικός απέναντί της, αν εξαιρούσες κάποια κιλά που είχαν μείνει πάνω της και δεν έλεγαν να φύγουν.

Λίγη ώρα νωρίτερα είχε μιλήσει με τη Ρένια, η οποία επικοινώνησε μαζί της για να πληροφορηθεί το τι θα φορέσει. Το ραντεβού για το φαγητό ήταν στο εστιατόριο ενός πολύ γνωστού πεντάστερου ξενοδοχείου στην παραλία και έπρεπε να ντυθεί επίσημα, αλλά κατά τη γνώμη της, όχι προκλητικά.

Η επιμονή της Ρένιας σχετικά με τη γοητεία και το ενδιαφέρον του Αλέξανδρου για το πρόσωπό της, δεν μπορούσε να πει ότι την ενθουσίαζε, αλλά ούτε και ότι περνούσε τελείως απαρατήρητη. Κάπου βαθιά μέσα της, είχε σπαρθεί ο σπόρος ενός περίεργου και σιβυλλικού συναισθήματος. Χωρίς λόγο και αιτία άρχισε να έχει την ανάγκη να γίνει πιο κομψή, πιο επιθυμητή.

Στην αρχή κόμπλαρε λίγο όταν η Ρένια της μίλησε για το ξενοδοχείο. Το μυαλό της πρόβαλε αμέσως διαστροφικές σκηνές, που αφορούσαν στη μετάβασή τους μετά το δείπνο σε κάποια σουίτα του ξενοδοχείου, όπου θα επιδίδονταν σε ένα οργιώδες συμπόσιο ίσως. Αυτό έκανε την καρδιά της να σκιρτήσει δυνατά και το στομάχι της να φέρει δυο τρεις γύρους. Από τη σκέψη της πέρασε η ιδέα ότι μπορεί αυτός ο άνθρωπος, που δεν τον ήξερε καθόλου, να είχε στο μυαλό του κάτι τέτοιο, αφού παρόλο που ξεκαθάρισαν εκείνη τη μέρα το πώς θα κινούνταν όσον αφορούσε στον επαναπατρισμό του Χάρη, δεν της είχε ζητήσει καθόλου χρήματα, ούτε είχε κάνει κάποια νύξη σχετικά με τον τρόπο ανταμοιβής του για τις υπηρεσίες που θα πρόσφερε. Θα μπορούσε πάντως να είναι και το πιο επικρατέστερο σενάριο, αφού ήταν αρκετά νέος και γυμνασμένος -κατά τη φίλη της- για να αντεπεξέλθει σε μια τέτοια κατάσταση. Επίσης υπήρχε μεγάλη πιθανότητα να ήταν ένας έμπειρος γυναικάς με μεγάλη προϋπηρεσία στο ενεργητικό του, στον τομέα του έρωτα. Κανείς δεν ήξερε και ήταν ένα ζήτημα που δεν μπορούσε κάποιος να συζητήσει, ειδικά αν ο συνομιλητής του ήταν παντελώς άγνωστος.

«Όπως και να' χει πάντως, εμένα δεν θα με έχει!» διαβεβαίωσε το είδωλο της στον καθρέπτη.

Ήτανε αποφασισμένη να βρει χρήματα για να τον πληρώσει, όσα κι αν ήταν αυτά. σαν χαρακτήρας ήταν περήφανος άνθρωπος και δεν ήθελε να χρωυιίει σε κανέναν. Πάντως, προτιμούσε να δανειστεί από τους γονείς της, παρά να φανεί αναξιόπιστη απέναντί του. Το παράξενο πάντως, όπως και να είχε, ήταν ότι της κέντριζε το ενδιαφέρον και αυτό δεν μπορούσε να το αρνηθεί Την ώρα που επέλεγε το φόρεμά της, φρόντισε να είναι ένα σεμνό λιτό μαύρο φόρεμα, κομψό αλλά σοβαρό, που δεν έδινε περιθώρια για άσεμνες σκέψεις είτε τις έκανε αυτός, είτε η ίδια!

Το τηλέφωνο που χτύπησε, την έβγαλε από τους συλλογισμούς της. Το σήκωσε και ρώτησε ποιος ήταν. Από την άλλη άκρη της γραμμής δεν ακούστηκε τίποτα. Ρώτησε άλλες δύο φορές, αλλά δεν πήρε απάντηση. Τη στιγμή που ετοιμάστηκε να το κλείσει, η βραχνή φωνή του Χάρη ακούστηκε.

«Μάτα...»

«Χάρη! Πως είσαι; Τι κάνεις; Όλα καλά;» ένας καταιγισμός ερωτήσεων που δεν περίμεναν για την απάντηση, γέμισαν το τηλεφωνικό δίκτυο, καθώς οι κόλποι και οι κοιλίες της καρδιάς της άρδευαν ταχύτατα το αίμα που κυλούσε στις φλέβες της, προκαλώντας της ταχυπαλμία.

«Είμαι όσο καλά μπορεί να είναι κάποιος εδώ μέσα με τα σκατά, τους βιαστές και τους δολοφόνους!»

Τύψεις την έζωσαν αμέσως και δάγκωσε τα χείλη της να μην προδοθεί. Στο μυαλό της ήρθε ζωντανή η εικόνα της περιγραφής της φυλακής και γέμισε με ενοχές τη συνείδησή της.

«Εσύ τι κάνεις;» τη ρώτησε.

«Τι να κάνω; Ψάχνω να βρω τρόπο να έρθω!»

«Να τα αφήσεις αυτά και να κοιτάξεις να με βγάλεις έξω! Οι μαλάκες εδώ με ξέχασαν!»

Η Μάτα ένιωσε έναν εκνευρισμό να της ζουζουνίζει το κεφάλι. Ένιωσε μάταιη την προσπάθεια που έκανε για να πάει στην Υεμένη, αφού εκείνος δεν την αναγνώριζε, δάγκωσε όμως τα χείλη της και σφίχτηκε να μη μιλήσει, καθώς εκείνος βρισκόταν σε χειρότερη θέση. Περιορίστηκε λοιπόν σε ένα στωικό 'κάνω ότι μπορώ' και καλύφθηκε.

«Τι κάνεις τώρα;» τη ρώτησε.

«Ετοιμάζομαι να πέσω για ύπνο!» του απάντησε και ένιωσε το αίμα της να παγώνει από το φόβο μην αποκαλυφθεί.

«Καλά, δεν έχω πολύ χρόνο, θέλουν να τηλεφωνήσουν και άλλοι! Κάτι ακούγεται ότι σε ένα μήνα θα γίνει η δίκη μου. Κάνε γρήγορα ότι μπορείς για να με βγάλεις!» της είπε ορθά κοφτά.

«Καλά!» του απάντησε εκείνη και βιάστηκε να κλείσει το τηλέφωνο.

Έμεινε για λίγο ακίνητη με το νεκρό τηλέφωνο στα χέρια, νιώθοντας μια φοβία να την κατακλύζει, όχι γιατί είχε πει ψέματα στον άντρα της, κι ας ήταν η πρώτη φορά, αλλά για την ευκολία με την οποία τα είχε ξεστομίσει και κυρίως για το γεγονός ότι δεν αισθανόταν τύψεις γι' αυτό!

Το δείπνο κύλησε ομαλά και ήρεμα, αν και όταν έφτασε η Μάτα βρήκε τη Ρένια μόνη της, να απολαμβάνει ένα δροσιστικό ποτήρι κρασί από το μπουκάλι που είχε παραγγείλει. Προς στιγμή, πέρασε από το μυαλό τους ότι ο Αλέξανδρος και ο φίλος της Ρένιας, τις είχανε στήσει. Η Μάτα αισθάνθηκε ένα τρομερό άγχος να την κατακλύζει. Σήμερα είχε σκοπό να θέσει το οικονομικό ζήτημα επί τραπέζης και ανησύχησε λιγάκι μήπως τελικά δεν εμφανιστεί, κυρίως ίσως επειδή δεν ήθελε να αναλάβει την υπόθεση.

Μισή ώρα μετά ήρθε. Τις πλησίασε ευγενικός όπως πάντα, τις χαιρέτισε την κάθε μια ξεχωριστά, κάνοντας τους από ένα κομπλιμέντο σχετικά με την εμφάνισή τους και το πόσο τυχερό θεωρούσε τον εαυτό του που θα γευμάτιζε μαζί τους και κάθισε στη θέση του. Η Μάτα πίεσε τον εαυτό της να τον παρατηρήσει καλύτερα. Για κάποιον ανεξήγητο λόγο, που ακόμη και η ίδια δεν καταλάβαινε γιατί του έδινε τόση βαρύτητα, ο εαυτός της της είχε επισημάνει ότι την προηγούμενη φορά δεν τον είχε προσέξει όσο θα έπρεπε, ώστε να απομνημονεύσει την εικόνα του στο μυαλό της.

Αποφασισμένη πλέον να το κάνει, σήκωσε το βλέμμα της και το άφησε να περιηγηθεί πάνω του, τη στιγμή που εκείνος μιλούσε στη φίλη της. Τα μαύρα του μαλλιά ήταν περιποιημένα και αυτή τη φορά φορούσε ένα άλλο ζευγάρι γυαλιά, που ομολογουμένως του προσέδιδαν γοητεία και ένα πιο προσεγμένο μαύρο κουστούμι. Η χροιά της φωνής του είχε μια περίεργη βραχνάδα, που για κάποιον ανεξήγητο λόγο έβρισκε ερεθιστική. Ήταν αρκετά ψηλός και αδύνατος. Τα μάτια του ήταν καστανά με απροσδιόριστο σχήμα. Τον παρατηρούσε απ' τη γωνία που καθότανε και δεν μπορούσε να αποφασίσει ποιο ήταν το ακριβές σχήμα τους. Οι γραμμές του προσώπου του ήταν έντονες και κάποιες ρυτίδες, που άρχισαν να ξεπροβάλουν δειλά δειλά χαρακώνοντας το μέτωπό του, προσέδιδαν γοητεία στην ήδη γοητευτική βραδιά. Ο τρόπος που κινούνταν, που κουνούσε τα χέρια, το κεφάλι του, που άλλαζε πόδι και θέση για να καθίσει, της δημιούργησαν ένα άβολο συναίσθημα. Αισθάνθηκε ότι αυτός ο άνθρωπος της ήταν οικείος! Αναρωτήθηκε πως ήταν δυνατόν να συμβαίνει αυτό το πράμα, από τη στιγμή που ήταν η δεύτερη φορά που τον είχε συναντήσει και που από την πρώτη επαφή τους, δεν είχαν ανταλλάξει ουσιαστικές κουβέντες. Και το χειρότερο ήταν πως κάθε φορά που γυρνούσε να την κοιτάξει, ένα ανεξήγητο ρίγος διαπερνούσε κάθε απόληξη του κορμιού της, εσωτερικά και εξωτερικά.

Καθώς δεν έβρισκε την απάντηση στα κιτάπια του μυαλού της, επαναπαύτηκε στο γεγονός ότι ήταν ιδέα της και κάθισε να απολαύσει το κρασί της. Η βραδιά ήταν όμορφη και ζεστή κι εκείνη αποφάσισε να επικεντρωθεί σε αυτό ακριβώς το σημείο. Το είχε τόση ανάγκη να χαλαρώσει, να ξεφύγει από τα προβλήματα της δουλειάς, των παιδιών, του Χάρη...

Όλως παραδόξως, παρόλο που ο λόγος που είχε οργανωθεί αυτή η συνάντηση ήταν για να συζητήσουν σχετικά με τον Χάρη, η ατμόσφαιρα και οι συζητήσεις επικεντρώθηκαν σε άλλα θέματα, κουτσομπολίστικου περιεχομένου κυρίως, σχετικά με όσα απασχολούσαν το τελευταίο διάστημα τους εγχώριους σταρ. Μόνο σε κάποια στιγμή προς το τέλος της βραδιάς, όταν η Ρένια και ο φίλος της απομονώθηκαν σε έναν διάλογο μεταξύ τους, η Μάτα βρήκε την ευκαιρία να γυρίσει την κουβέντα εκεί που ήθελε.

«Τις προάλλες δεν καταφέραμε να συζητήσουμε ένα καίριο θέμα!» τόνισε με σοβαρό πλην ευχάριστο ύφος.

«Αλήθεια; Και ποιο ήταν αυτό;» τη ρώτησε, κοιτάζοντάς την πάνω από τα μυωπικά γυαλιά του, με περιέργεια.

«Το οικονομικό!» απάντησε εκείνη.

«Κοίταξε να δεις Μάτα, μου επιτρέπεις φαντάζομαι να σου μιλάω στον ενικό και το ίδιο θα ήθελα να κάνεις κι εσύ!»

«Ναι, βεβαίως!» συμφώνησε εκείνη.

«Κανονικά είμαι πολύ πνιγμένος, αλλά επειδή η Ρένια είναι φίλη μου, και κυρίως επειδή-χωρίς παρεξήγηση-με έχει πρήξει κυριολεκτικά, τηλεφωνώντας μου κάθε μέρα και μιλώντας μου για το ζήτημά σου, θα κάνω ότι μπορώ για να σε βοηθήσω!»

«Ωραία. Χαίρομαι γι' αυτό και σε ευχαριστώ που τον ελάχιστο ελεύθερο χρόνο που έχεις από τη ζωή σου τον σπαταλάς για μένα, θέλω όμως να μου πεις, πόσο θα μου κοστίσει όλο αυτό!»

«Δε θα σου κοστίσει τίποτα!»

Η Μάτα εξεπλάγην. Δεν είχε προετοιμαστεί για μια τέτοια απάντηση.

Εκείνος κατάλαβε την έκπληξη στο βλέμμα της και άφησε ένα αυτάρεσκο χαμόγελο να φωτίσει τα χείλη του.

«Δε μπορεί! Στις μέρες μας, κανείς δεν κάνει κάτι απλά και μόνο για τη ψυχή της μάνας του!» του απάντησε εκείνη ξεπερνώντας την έκπληξη που αισθάνθηκε.

«Δεν έχω ανάγκη από χρήματα, ούτε είμαι και κανένας άγιος, πάντως! Όμως...σίγουρα κάτι θέλω κι εγώ!»

Η Μάτα δεν μπόρεσε να φανταστεί τι να ήταν αυτό που θα μπορούσε να του προσφέρει εκτός από χρήματα και τον κοίταξε χαμογελώντας του με αμηχανία.

«Μιας και το ανέφερες όμως, εγώ τι θα κερδίσω από όλο αυτό;»

«Δε ξέρω Αλέξανδρε, εσύ να μου πεις τι θέλεις κι εγώ θα σου το δώσω!»

Εκείνος την κοίταξε ερευνητικά, κάνοντας τις ρυτίδες του μετώπου του να συγκεντρωθούν όλες πάνω του, δίνοντας την εντύπωση μιας τρικυμισμένης θάλασσας, λίγο πριν τη μεγάλη φουρτούνα.

«Μην υπόσχεσαι κάτι που δεν μπορείς να πραγματοποιήσεις!» της είπε κοφτά.

Η Μάτα συνοφρυώθηκε. Στο μυαλό της γεννήθηκαν άπειρα σενάρια για το τι να ήταν αυτό που δεν θα μπορούσε να του δώσει. Είχε πάει εκεί αποφασισμένη και έχοντας ζυγίσει πιο πριν το συνομιλητή της, θεωρούσε ότι δεν υπήρχε περίπτωση να της ζητήσει κάτι που δεν θα μπορούσε να εκπληρώσει. Αν ήθελε δόξα-που την είχε ούτως ή άλλως-θα την είχε. Θα του αφιέρωνε ένα εκτενές ρεπορτάζ σχετικά με την καριέρα του, που θα της ήταν ευγνώμων για μήνες. Ακόμη και αν είχε ανάγκη από τηλεπροβολή, πάλι θα μπορούσε να του την προσφέρει. Ο Χάρης και η ίδια, γνώριζαν πολλούς τηλεδημοσιογράφους, στη Θεσσαλονίκη και στην Αθήνα, που θα μπορούσαν να τον φιλοξενούν ατέλειωτες μέρες στα παράθυρά τους ή να κάνουν εκπομπές αφιερωμένες στον ίδιο.

Δεν υπήρχε κάτι που δεν θα μπορούσε να του προσφέρει. Ακόμη και στο ζήτημα των χρημάτων, ήξερε ότι θα δυσκολευόταν λιγάκι, θα τα κατάφερνε όμως, έστω και αν χρειαζόταν να δανειστεί. Τον κοίταξε λοιπόν ευθεία στα μάτια και εκπέμποντας ένα αποφασιστικό βλέμμα, τον ρώτησε:

«Ζήτα μου ότι θέλεις!»

«Το κορμί σου!»

Υπό άλλες συνθήκες η Μάτα θα τα είχε χάσει, θα είχε λιποθυμήσει, θα είχε πάθει έμφραγμα, θα της είχε ανέβει η πίεση, ίσως και να είχε βάλει τα κλάματα. Μπορεί ακόμη και να τον είχε βρίσει, αποκαλώντας τον σάτυρο, να του είχε πετάξει το ποτήρι με το κρασί που βρισκόταν μπροστά της πάνω στο τραπέζι-το επικρατέστερο σενάριο- και να είχε φύγει προσβεβλημένη από το εστιατόριο του ξενοδοχείου, αποφασισμένη να τον διαγράψει για πάντα από το μυαλό της. Συνέτισε όμως τον εαυτό της, υπενθυμίζοντάς του ότι δεν ήταν δέκα χρονών, για να γυρίσει να του πει ένα: *'θα το πω στο μπαμπά μου!'* και να τη γλιτώσει. Ήταν μεγάλη γυναίκα, απογαλακτισμένη καιρό τώρα από την πατρική αγκαλιά και έπρεπε να τα βγάλει πέρα μόνη της. Πάντα είχε στο νου της άλλωστε, ότι σε κάποια στιγμή της ζωής της, θα ερχόταν αντιμέτωπη με έναν από τους μεγαλύτερους φόβους της και αυτός ήταν, ομολογουμένως. Η ίδια όμως ήταν λογικό ον, που σκεφτόταν πολύ. Ακόμη και στον ύπνο της εξέταζε περιπτώσεις και ανέλυε σενάρια για το τι θα μπορούσε να κάνει αν συνέβαινε αυτό ή αν συνέβαινε το άλλο. Γνώριζε πολύ καλά πως αν σηκωνόταν να φύγει, το πολύ πολύ να την περνούσαν για κομπλεξική, θα σχολίαζαν για λίγο την κατάστασή της και ύστερα θα επέστρεφαν στα δικά τους, ενώ η ίδια θα ήταν η μεγάλη χαμένη. Πήρε βαθιά ανάσα και με ένα χαμόγελο αμηχανίας, αλλά και αναπάντεχης αυτοκυριαρχίας και δυναμισμού, τον κοίταξε απευθείας στα μάτια και του απάντησε ότι αυτό δεν μπορούσε να του το προσφέρει.

«Αυτό δεν μπορώ να σου το δώσω!»

«Γιατί;» τη ρώτησε εκείνος διατηρώντας την ψυχρή στάση του.

«Τι να το κάνεις; Δεν έχω και κάτι το ιδιαίτερο που να έχει πάνω του!» αστειεύτηκε πάνω στην προσπάθεια της να ελαφρύνει το κλίμα και να κερδίσει λίγο χρόνο για να σκεφτεί. Ο αστεϊσμός της όμως δεν απείχε και πολύ μακριά από την εικόνα που είχε για τον εαυτό της, καθώς θεωρούσε πως το σώμα της ήταν χάλια, με λίπος, κυτταρίτιδα και όλο το κακό συναπάντημα πάνω του.

«Μην υποτιμάς τόσο τον εαυτό σου. Εγώ έχω άλλη γνώμη γι' αυτό!»

Δε μπορούσε να πιστέψει στ' αυτιά της. Ξαφνικά ένιωθε σαν ένα δεκαοχτάχρονο που έβγαινε για πρώτη φορά στον κόσμο και γνώριζε την ψυχρή και κρύα πλευρά του. Αισθάνθηκε λες και τόσο καιρό ζούσε σε ένα ελεγχόμενο, αποστειρωμένο περιβάλλον και άξαφνα είχε αποδράσει, και μετά μεγάλης της έκπληξης αντιμετώπιζε τον πραγματικό κόσμο, όπως ακριβώς ήταν. Εκνευρίστηκε, αλλά τον είχε ανάγκη, κι έτσι αποφάσισε για πρώτη φορά στη ζωή της να εξασκήσει την τέχνη της διπλωματίας και να μη του φέρει το ποτήρι με το κρασί στα μούτρα, καθώς θα έφευγε από το εστιατόριο, αλλά να μείνει και να του δείξει ότι κάτι τέτοιο δεν ήταν εφικτό.

«Εκτός από χρήματα δεν έχω να σου δώσω κάτι άλλο! Ίσως μόνο να σου αφιερώσω ένα εκτενές ρεπορτάζ που να αφορά στην καριέρα σου μέχρι τώρα!»

«Αυτό θα ήταν μια καλή ιδέα, αλλά δεν μου είναι αρκετό!» επέμεινε εκείνος.

Η Μάτα έβαλε το γρανάζι της σκέψης της σε λειτουργία, αλλά μόνο κούφιες ιδέες μπορούσε να παράγει.

«Θα μπορούσα να σου προσφέρω τις υπηρεσίες μου, ως γραμματέας σου, κάποιες μέρες το μήνα ή ακόμη και να σου μεταφράζω στα αγγλικά ή στα γαλλικά!» του πρότεινε.

«Και αυτό είναι μια καλή ιδέα. Να γίνεις ιδιαιτέρα γραμματέας μου» προσποιήθηκε πως σκεπτόταν σοβαρά τις προτάσεις της.

«Θα μπορούσες να σηκώνεις τα τηλέφωνά μου και να μου κανονίζεις τα ραντεβού. Μεγάλη ελάφρυνση!» παραδέχτηκε και κούνησε το κεφάλι του πάνω κάτω συναινώντας.

«Θα το σκεφτώ!»

Η Μάτα ένιωσε μια ανακούφιση από την απάντηση που της έδωσε. Την απάλλασσε έτσι από σκέψεις που ούτως η άλλως ερχόταν εδώ και καιρό στο μυαλό της, αλλά προσπαθούσε να αποφύγει. Και η ίδια το σκεφτόταν μήνες τώρα, από όταν η σχέση της με τον Χάρη έφτασε σε αδιέξοδο, ότι έπρεπε να κάνει κάτι με τη ζωή της. Πλησίαζε τα τριάντα πέντε, πράγμα που σήμαινε ότι τα σαράντα και μετά τα πενήντα, η απραξία και ο θάνατος, ήταν πολύ κοντά της.

Υπήρχαν στιγμές στη μοναξιά της που σχεδόν θα μπορούσε να ορκιστεί, ότι τον οσμίζονταν τον θάνατο, κυρίως τα βράδια που ξάπλωνε μόνη στο τεράστιο άδειο κρεβάτι της και σκεφτόταν το σκοτεινό μέλλον της, το οποίο την ευχαριστούσε τώρα που ήταν μόνη και έκανε πράγματα που την ολοκλήρωναν ως άνθρωπο και ως οντότητα, δεν μπορούσε όμως να αποκλείσει τη σκέψη που της χτυπούσε με μανία την πόρτα και της φώναζε πως όλα αυτά είχαν ημερομηνία λήξης και αυτή ήταν η στιγμή που θα επέστρεφε για πάντα ο Χάρης και τότε θα άρχιζε η μονοτονία απ' την αρχή. Συχνά πυκνά της ερχόταν και το αντίστοιχο ποίημα του Καβάφη, που έλεγε για τις μονότονες μέρες που έρχονται και φεύγουν και ακόμη και το αύριο δεν έχει αξία.

Καβαφική και η ίδια, ένιωθε τον πόνο και τη θλίψη του ποιητή να υφέρπει κάτω από το πετσί της και να τη μαραζώνει, όπως μαράζωνε και ο ίδιος. Ένιωθε όμως ανίσχυρη να πάρει αυτή την πλευρά της ζωής της στα χέρια της, να υψώσει το ανάστημα της και να φύγει για πάντα, όπως ονειρευόταν, αναζητώντας να γνωρίσει νέους τόπους και πολιτισμούς, ευφραίνοντας την ψυχή και το μάτι της. Τα πρέπει της, ήταν πιο ισχυρά και είχαν πατικώσει τα θέλω της, πνίγοντας τη φωνή τους κάτω από τη σβάστικα των δικών τους αναγκών και υποχρεώσεων, κάνοντας τα ανίσχυρα και βουβά.

Το είχε συζητήσει πολλές φορές με τον εαυτό της. Το σεξ ήταν κάτι που δεν είχε ανάγκη- όχι τουλάχιστον σε καθημερινή βάση. Ήταν βέβαια κάτι αναγκαίο και πολλές φορές θυμήθηκε πως στο παρελθόν το απολάμβανε πολύ. Αναρωτήθηκε αν στην τωρινή της απόφαση είχε παίξει ρόλο η σχέση της με τον Χάρη. Δεν το αποστρεφόταν όμως, όπως και δεν το αποζητούσε ακόρεστα. Επιπλέον δεν θεωρούσε αμαρτία το να διατηρείς έναν καθαρά πλατωνικό έρωτα με κάποιον, καθώς η ίδια αναζητούσε άλλες απολαύσεις από τη ζωή.

Το να μπορεί να κάνει μια βόλτα περπατώντας πάνω στην τσιμεντένια προβλήτα στην παραλία της Περαίας, συζητώντας για ιστορία ή φιλοσοφία μια συννεφιασμένη μέρα. Να χαθεί σε ένα περιβόλι και να μυρίσει τη μυρωδιά του ξεραμένου σταχυού ένα μεσημέρι του Ιούλη, ήταν πιο σημαντικό γι' αυτήν, στη φάση που βρισκόταν.

Το είχε εκμυστηρευτεί κάποτε και στον Χάρη, όταν του είπε ότι αν δεν αρχίσει να της εκπληρώνει όλες αυτές τα ανησυχίες της, θα στρεφόταν αλλού. Εκείνος την κοίταξε και γέλασε. Μετά της απάντησε με τη βεβαιότητα του ανθρώπου που γνωρίζει καλά τα πεπραγμένα της ζωής, ότι δεν υπήρχε περίπτωση να βρει κάποιον ο οποίος θα την ανεχόταν. Ακόμη και για πλατωνική σχέση, κανένας δεν θα μπορούσε να ανεχτεί τα καπρίτσια του ιδιόμορφου χαρακτήρα της, που άλλαζε γνώμες, συναισθήματα και απόψεις κάθε πέντε λεπτά. Την άλλη μέρα της αγόρασε ένα κόσμημα, θεωρώντας ότι αυτό θα της καταλάγιαζε την επανάσταση που ξεκινούσε μέσα της.

Η Μάτα το δέχτηκε. Όπως κάθε γυναίκα, λάτρευε τα δώρα, θεωρώντας τα ένδειξη ενδιαφέροντος και αγάπης, όμως στην προκειμένη περίπτωση θα προτιμούσε να της προσφέρει μια εκδρομή, για να χαλαρώσουν και να ανακαλύψουν όμορφα πράγματα. Όπως τότε που είχανε πάει στη λίμνη Πλαστήρα. Ήταν μια από τις πιο όμορφες εκδρομές που είχανε κάνει. Ο καιρός ήταν Οκτώβρης και τα φύλλα μόλις είχαν κιτρινίσει και έπεφταν από τα δέντρα. Περπατούσαν μέσα στο δάσος, δίπλα στο φράγμα, χαμένοι από τον κόσμο που περιοριζόταν απλά στο να ρίχνει μια ματιά. Ήταν αξιοθαύμαστη η απόφαση του Πλαστήρα να δημιουργήσει αυτήν την τεχνητή λίμνη, απελευθερώνοντας τους συντοπίτες του από τα άγχη πιθανών πλημμυρών που δημιουργούνταν από την υπερχείλιση του ποταμού Ταυρωπού. Μετά έτρεχαν να ψωνίσουν σουβενίρ και να απολαύσουν φρέσκια πέστροφα στα παραλίμνια καταστήματα.

Προχωρούσαν στο δάσος και αφήνονταν να χαθούν όλο και πιο βαθιά από την εγκόσμια φασαρία. Στο τέλος το μόνο που ακουγόταν ήταν το σπάσιμο των κλαδιών και των φύλλων που υπέκυπταν κάτω από το βαρύ βήμα τους, καθώς και το θρόισμα του απαλού ανέμου, που περιέπαιζε τα αδύναμα και ξερά φύλλα, λίγο πριν τα αποκολλήσει από το δέντρο και τα ρίξει οριστικά κατάχαμα. Πόσο ευτυχισμένη ήταν εκείνη τη στιγμή και τι θλιβερή διαπίστωση έκανε, όταν μισή ώρα πεζοπορίας αργότερα, ο Χάρης κοίταξε το ρολόι του και χωρίς καν να τη ρωτήσει, άλλαξε δρόμο λέγοντάς της πως είχε έρθει η ώρα για φαγητό.

Και συνήθως κάπως έτσι γινόταν. Ενώ τα πρώτα χρόνια εκείνος δεν της έλεγε ποτέ όχι, μετά σιγά σιγά άρχισε να απέχει από κάθε δραστηριότητα που είχε να κάνει με την έξοδό τους από το σπίτι. Πότε γιατί τα εννιακόσια ενενήντα εννιά σκαλοπάτια στο Παλαμήδι ήταν πολλά για να ανέβουν, πότε γιατί τα μουσεία ήταν βαρετά και αργότερα γιατί βαριόταν να βγαίνει από το σπίτι, καθώς όλη μέρα βρισκόταν στο δρόμο, κυνηγώντας το ρεπορτάζ και τώρα προτιμούσε να ξαπλώσει και να πάρει έναν ξεκούραστο υπνάκο.

Η Μάτα όμως που ένιωθε τη ζωή να χάνεται μέσα από τα χέρια της και την ίδια ανίκανη να τη συγκρατήσει, δεν κατάλαβε πως έφτασε σε αυτό το αδιέξοδο. Πώς με τον καιρό επέτρεψε στον Χάρη να παραμερίσει στην άκρη όλα της τα όνειρα και να αφεθεί στη ρουτίνα της καθημερινότητας;

Βαθιά μέσα της θεωρούσε ότι τώρα πια ήταν αργά να ξανακερδίσει το χαμένο χρόνο που έχασε, μια μικρή σπίθα όμως που έκαιγε, της ψιθύριζε ότι με λίγη βοήθεια μπορούσε να ανακάμψει και να αναχθεί σε τεράστια φλόγα. *Τα πιο σημαντικά πράγματα έχουν επιτευχθεί με επαναστάσεις. Η αδράνεια φέρνει τον θάνατο κι εσύ θέλεις να ζήσεις!'* της φώναζε η συνείδησή της, για να την αφυπνίσει.

Κι εκείνη του μιλούσε, αλλά εκείνος γυρνούσε πλευρό και την περιγελούσε, παρακινώντας τη να βρει αυτό που αναζητούσε.

Την κορόιδευε μάλιστα γελώντας, λέγοντάς της πως δεν υπήρχε περίπτωση να βρει γκόμενο που δεν θα ήθελε σεξ. Το ήξερε και η ίδια, όπως επίσης ήξερε ότι όλα αυτά ήταν μόνο μέρος της φαντασίας της, αφού το μόνο που επιθυμούσε ήταν να αφυπνίσει τον Χάρη και να ξανακερδίσει τον άντρα που γνώρισε.

Λένε πως όταν εύχεσαι κάτι πολύ και όταν το φέρνεις στο μυαλό σου, υπάρχει πολύ μεγάλη πιθανότητα να πραγματοποιηθεί. Η Μάτα το αμέλησε ή το ξέχασε, ή λόγω των συνθηκών που βίωνε, δεν σκέφτηκε ότι η μοίρα αποφάσισε να παίξει και άλλο μαζί της, προσθέτοντας της επιπλέον σκοτούρες, μόνο και μόνο για να καταπολεμήσει την πλήξη της. Και πάνω που η Μάτα είχε τεντωθεί και έβαλε σκοπό να σταθεί δίπλα στον άντρα της, τσακ! Της έστειλε και άλλη μια έννοια, ρίχνοντάς την σε μια αρένα γεμάτη λιοντάρια, χωρίς κανένα όπλο και δίχως κανένα σύμμαχο.

Ανέκαθεν τη γοήτευαν οι μεγαλύτεροι άντρες, όλες της οι προηγούμενες σχέσεις ήταν με μεγαλύτερους, ηλικιακά, άντρες. Όλοι εκτός από τον Χάρη, που όταν τον γνώρισε δεν φαντάστηκε ότι θα ήταν κατά πολύ μικρότερός της, η εμφάνισή του όμως και το όνομα που είχε ήδη χτίσει στο χώρο, τον καθιστούσαν υποψήφιο στην κατηγορία των προτιμήσεών της. Ήταν ψηλός, γεροδεμένος, σοβαρός, πνευματώδης, ευχάριστος και...μικρός. Όταν όμως το διαπίστωσε, ήταν ήδη πολύ αργά, καθώς τον είχε ερωτευτεί και με την ευχάριστη συμπεριφορά του απέναντί της, κατόρθωσε να παραμερίσει τις Κασσάνδρες του παρελθόντος, που είχαν κάνει κατάληψη στο μυαλό, στην καρδιά και στην ψυχή της και δεν έλεγαν να φύγουν.

Το σκέφτηκε πολύ, όταν της έκανε την πρόταση για να παντρευτούν. Η απόφασή της, τώρα που το σκεφτόταν, δεν ήταν σίγουρη που στηρίχτηκε. Θυμόταν ξεκάθαρα ότι ένα χρόνο πριν, είχε απογοητευτεί τόσο πολύ από τις επιφανειακές σχέσεις που έκανε, που το είχε πάρει απόφαση ότι δεν θα παντρευόταν ποτέ της. Το είχε ανακοινώσει μάλιστα και στους γονείς της, προκαλώντας στη μητέρα της ένα μίνι εγκεφαλικό. Όμως, ένα χρόνο μετά και λίγες μέρες πριν γνωρίσει τον Χάρη, ξύπνησε ένα πρωινό και αποφάσισε ότι είχε έρθει η ώρα να παντρευτεί.

Τότε γνώρισε τον Χάρη, που ήταν καλός, γλυκός, περιποιητικός και όπως πολλές φορές είχε παραδεχτεί στον εαυτό της, ευχάριστος. Έκατσε και σκέφτηκε ότι ο γάμος είναι λαχείο και δεν ξέρεις αν θα σου αποφέρει τεράστια κέρδη ή απλά ένα ευχάριστο διάστημα προσδοκίας. Έκανε και έναν εσωτερικό διάλογο, ρωτώντας εάν ήταν διατεθειμένη να αφιερωθεί σε έναν άντρα και αργότερα στα παιδιά της και βρήκε πως είχε θετική ανταπόκριση. Περνούσε καλά μαζί του, γιατί ποτέ δεν της έλεγε όχι και έτσι όταν ήρθε η ώρα να απαντήσει δέχτηκε να του προσφέρει το χέρι της.

Πέρασε πολύς χρόνος για να συνειδητοποιήσει ότι ο Χάρης δεν ήταν το μικρό και άβγαλτο παιδί που είχε στο μυαλό της, όταν τον πρωτογνώρισε. Αντιθέτως ήταν ένας γυναικάς ο οποίος άλλαζε τις γυναίκες σαν τα πουκάμισα, ξόδευε και την τελευταία του δραχμή στα μπουζούκια και ήταν μπλεγμένος με τον υπόκοσμο, με τον οποίο είχε σχέσεις αλληλοπροστασίας. Όλα αυτά όμως για τον Χάρη είχαν περάσει ανεπιστρεπτί. Από τη μέρα που γνώρισε τη Μάτα, έκοψε τις γυναίκες, ελάττωσε τα μπουζούκια και σχεδόν σταμάτησε τις επαφές του με τον υπόκοσμο, περιορίζοντάς τες στο επίπεδο της τυπικής φιλίας.

Σιγά σιγά αυτή του η μετάλλαξη, έφερε και την παθητικότητα στο σπιτικό τους. Δυστυχώς η Μάτα δεν το είχε αντιληφθεί, κυρίως επειδή ο χρόνος της εξαντλούνταν στη φροντίδα των παιδιών και στη δουλειά της. Καθώς όμως τα χρόνια περνούσαν και τα παιδιά μεγάλωναν και μπορούσαν να αυτοεξυπηρετηθούν, η Μάτα άρχισε να έχει πάλι διαθέσιμο χρόνο για να ασχοληθεί με την εσωτερική της αναζήτησή. Έτσι δειλά-δειλά άρχισε η όραση της ψυχής της να αποκαθίσταται, να ξυπνάει από το λήθαργο στον οποίο είχε πέσει τα τελευταία χρόνια και να αναζητά πράγματα που ευχαριστούσαν μέχρι πρότινος την καρδιά της.

Κάπου εκεί έβρισκε αντίπαλό της τον Χάρη. Κάθε φορά που τον προειδοποιούσε ότι θα τον παρατήσει αν δεν αλλάξει συμπεριφορά ή θα βρει μια συντροφιά για να της δίνει ό,τι της στερούσε, εκείνος χωρίς ούτε καν να την κοιτάξει, την παρότρυνε να το κάνει. Της έδινε μάλιστα και τις ευχές του, ενώ αμέσως μετά μουρμούριζε μέσα από τα δόντια του, ότι δεν την είχε ικανή για κάτι τέτοιο.

Τη στιγμή πάντως που η Μάτα αρνήθηκε να προσφέρει το κορμί της στον Αλέξανδρο ως αντάλλαγμα για τις υπηρεσίες του, στο μυαλό της δεν είχε τίποτα από τα παραπάνω, παρά μόνο την περηφάνια της. Δεν πουλήθηκε ποτέ και δεν υπήρχε περίπτωση να πουληθεί τώρα, ακόμη και αν αυτό θα σήμαινε την απελευθέρωση του άντρα της. Ήταν πολύ ρομαντική για να κάνει κάτι τέτοιο στην ψυχή της, που ακόμη καλά-καλά δεν είχε διαχωρίσει αν ήταν κάτι διαφορετικό από το σώμα της.

Διότι αρκετές μέρες αργότερα, όταν σκεπτόταν αυτό που είχε συμβεί-πράγμα που της έμοιαζε ότι δεν είχε συμβεί ή έλπιζε όλο αυτό να ήταν αποκύημα της φαντασίας της- δεν είχε καταφέρει να τα διαχωρίσει. Σκεφτόταν ότι ακόμη κι αν του έδινε το κορμί της, η ψυχή της θα ήταν αφιερωμένη στο παρελθόν της. Αμέσως μετά όμως απέκλειε την ιδέα, αφού σκεπτόταν πως ούτε και το κορμί της θα μπορούσε να του δώσει, αφού δεν θα το έδινε στην προκειμένη περίπτωση, ούτε στον μεγάλο έρωτα της ζωής της, αν ερχόταν τώρα και της ζητούσε μια τελευταία νύχτα.

Από την άλλη πολλές φορές στο παρελθόν είχε σκεφτεί να πάρει το πρώτο αεροπλάνο για Νέα Υόρκη και να κάνει πράξη όλα αυτά που είχε στο μυαλό της, χωρίς να σκεφτεί παρελθόν, παρόν και μέλλον. Ήξερε όμως ότι ήταν πολύ δειλή για κάτι τέτοιο, όπως και για αυτό που της ζητούσε ο Αλέξανδρος.

Καθώς Θυμότανε το διάλογο που είχε μαζί του, αισθανόταν πολύ περήφανη για τον εαυτό της, για τη ψυχραιμία της και για την απάντηση που του έδωσε:

«Το κορμί μου δεν μπορώ να σου το δώσω! Παρόλα αυτά μπορώ να σου προσφέρω εμένα υπό προϋποθέσεις. Δηλαδή θα με ενδιέφερε να κάνω μια σχέση με κάποιον άνθρωπο που να μπορώ να συζητάω μαζί του, να ανακαλύπτουμε μέρη και τοποθεσίες και τέτοια πράγματα.»

«Δηλαδή είσαι φίλη του Πλάτωνα!» της είπε με άχρωμη φωνή, αποφεύγοντας να την κοιτάξει.

Τον βολιδοσκόπησε με την άκρη του ματιού της, και όλως παραδόξως, της φάνηκε γοητευτικός. Προσπέρασε το συναίσθημά της και του απάντησε καταφατικά.

«Δηλαδή θες να μιλάς μαζί μου, αλλά να κοιμάσαι με τον άντρα σου!»

«Ναι!» του απάντησε νιώθοντας περήφανη για τις δηλώσεις της κι ας ήξερε ότι εκείνη τη στιγμή δημιουργούνταν μια ρωγμή στο συντηρητισμό της. Ένα ναι που έβγαινε από μέσα της, τελείως διαφορετικό από αυτό το ναι που είχε ξεγλιστρήσει από το λαιμό της, γιατί αυτό το ναι ,δήλωνε άξαφνα πως επιθυμούσε όλα αυτά που της ζητούσε κι ας ήταν μόνο για μια φορά, μόνο για μια στιγμή και τίποτα περισσότερο.

«Θα το σκεφτώ!»

Η τελευταία του απάντηση δόθηκε λίγο πριν ξαναγυρίσουν στην συζήτηση της παρέας, σε ένα κλίμα που δεν φανέρωνε με τίποτα την ένταση που είχε προκληθεί ανάμεσα στους δύο συνομιλητές.

Στις μέρες που πέρασαν έπιασε πολλές φορές τον εαυτό της, να τον σκέφτεται. Υπήρχαν στιγμές που το προκαλούσε η ίδια και άλλες πάλι, που μπορεί από ένα άσχετο γεγονός συνειρμικά να ερχόταν πάλι στο νου της. Για παράδειγμα μια μέρα άκουσε μια συζήτηση στη δουλειά που είχε να κάνει με περιποίηση σώματος. Η αλήθεια ήταν ότι δεν είχε καμία διάθεση να αναμιχθεί σε μια τέτοια συζήτηση. Της άρεσε ο καλλωπισμός, αλλά εδώ και χρόνια τον είχε βάλει σε δεύτερη μοίρα. Η ζωή της στηριζόταν σε μια ιερή τελετουργία που πολύ σπάνια παρέκαμπτε. Σηκωνόταν το πρωί, έβαζε τον καφέ της να ετοιμαστεί, ενώ πήγαινε στο μπάνιο, όπου έπλενε πρόσωπο και δόντια. Φορούσε την κρέμα ημέρας της και μετά, αφού ντυνόταν έπαιρνε τον καφέ της και πήγαινε στο μπάνιο να βαφτεί. Λίγο μέικ απ, κονσίλερ για τους μαύρους κύκλους κάτω από τα μάτια και σκιά, άλλοτε ανάλογα με τη διάθεση και άλλοτε ανάλογα με το χρώμα του ρούχου της. Το ρουζ καθώς και το κραγιόν ήταν προαιρετικά. Ένα σαντουιτσάκι με γαλοπούλα και φέτα ή κασέρι και δρόμο για τον αγώνα της μέρας.

Τον τελευταίο καιρό όμως τα πράγματα είχαν αλλάξει. Μετά από εκείνη την ήττα για τον Αλέξανδρο, αλλά νίκη για εκείνη, ασυναίσθητα, άρχισε να ενδιαφέρεται περισσότερο για την εμφάνισή της, για το ντύσιμό της, για το μακιγιάζ ακόμη και τα μαλλιά της. Ότι κι αν έκανε, όπου και αν πήγαινε, πρόσεχε να είναι πάντα περιποιημένη και φρέσκια. Ακόμη και στο σούπερ μάρκετ, είχε πιάσει μια φορά τον εαυτό της την ώρα που ψώνιζε στον πάγκο με τα τυριά, να τον σκέφτεται. Έπλαθε σενάρια με το μυαλό της, ότι θα μπορούσε να τον συναντήσει και δεν θα ήθελε με τίποτα στον κόσμο να τη δει αμακιγιάριστη ή ατημέλητη. Κατανοούσε ότι όλες αυτές οι σκέψεις ήταν παράλογες, αλλά δεν μπορούσε να απαλλαγεί από αυτές.

Έτσι κι εκείνο το πρωινό, καθώς οι άλλες συζητούσαν για περιποίηση σώματος και προγραμμάτιζαν πότε θα πάνε για μια κούρα ομορφιάς, χωρίς να παραμελήσουν να την προσκαλέσουν για ένα θεσπέσιο χαλάρωμα, εκείνη αρνήθηκε λέγοντάς τους πως είχε ένα σημαντικό ραντεβού, πράγμα που ήταν αλήθεια. Καθώς όμως ανασκάλευε τη σκέψη αυτή στο μυαλό της της ήρθε η εικόνα του σώματός της και τρόμαξε. Σκέφτηκε την κυτταρίτιδα που είχε, καθώς και το πεσμένο στήθος, το οποίο ήταν αποτέλεσμα του θηλασμού των δύο παιδιών της. *Τρομάρα σου, θες και γκόμενο!* χλεύασε και σάρκασε τον εαυτό της.

Τρόμαξε με τη σκέψη που έκανε και αναρωτήθηκε που θα την έβγαζε όλο αυτό. Γνώριζε πολύ καλά ότι δεν είχε συμβεί τίποτα επιλήψιμο κι όμως αυτή το είχε αναγάγει σε μέγα ζήτημα. Σκέφτηκε πως αν την άκουγε κανένας θα την περνούσε για τελείως ανώριμη ή ακόμη και τρελή, να νιώθει τύψεις για κάτι που δεν είχε γίνει. Αμέσως απόδιωξε κάθε ανησυχία από το μυαλό της και προσπάθησε να το αποβάλει τελείως, συμμετέχοντας στη συζήτηση των κοριτσιών, ρωτώντας τες αν ήξεραν κανένα καλό πρόγραμμα σε κέντρο αδυνατίσματος.

«Και τι να το κάνεις εσύ;» τη ρώτησε η μια.

«Να αδυνατίσω!» τις απάντησε με απόλυτη φυσικότητα και με το βλέμμα κάποιας που είχε σχεδόν προσβληθεί από την άτοπη ερώτηση.

«Συγνώμη, πόσο ακόμη; Εσύ έχεις στεγνώσει!» της απάντησε εκείνη έκπληκτη.

Η Μάτα, που ένιωσε σαν να κατάπιε πέτρα και της έφραξε τη λαλιά, ξεροκατάπιε και συνέχισε απτόητη.

«Μια ανόρθωση στήθος τη χρειάζομαι όμως!»

«Ίσως!» της απάντησε η άλλη.

«Μακάρι όμως μετά από δυο παιδιά να έχω κι εγώ το σώμα που έχεις εσύ!»

Ο όλος διάλογος προβλημάτισε τη Μάτα, που ευθύς αμέσως μετά το σχόλασμα από το γραφείο πήγε στο σπίτι της και το πρώτο πράγμα που έκανε ήταν να σταθεί γυμνή μπροστά στον καθρέφτη. Έμεινε έτσι για αρκετή ώρα να παρατηρεί τον εαυτό της, μη μπορώντας ουσιαστικά να τον κοιτάξει, αφού ένιωθε αποστροφή για την εικόνα που πίστευε πως έχει το σώμα της. Το μυαλό της έπλασε μια εικόνα του γυμνού εαυτού της, δίπλα στον Αλέξανδρο. Η σκέψη και μόνο ήταν τόσο αποκρουστική που έκλεισε τα μάτια και φόρεσε τη ρόμπα της.

Ένα μόνο πράγμα θα μπορούσε να κάνει για να βεβαιωθεί ότι αυτή δεν έβλεπε σωστά. Έτρεξε στο ντουλάπι με τα παλιά της ρούχα. Μέσα σε αυτό κρατούσε ακόμη παντελόνια, φούστες και φορέματα από την περίοδο της νεότητάς της, πάντα με την ελπίδα ότι κάποτε θα μπορούσε να ξαναχωρέσει μέσα σε αυτά. Κατά καιρούς τα προβάριζε ανεπιτυχώς και αφού προς μεγάλη της θλίψη βεβαιωνόταν ότι δεν της έμπαιναν ούτε μέχρι το γόνατο, τα ξανάκρυβε με ένα γλυκό μαράζι στην καρδιά. Κάπου στο βάθος βρήκε το αγαπημένο παλιό της τζιν. Με αργές κινήσεις και με τη σιγουριά του ανθρώπου που είναι βέβαιος για το ανεπιτυχές αποτέλεσμα του πειράματός του, πέρασε το ένα της πόδι στο μπατζάκι του παντελονιού και κατόπιν στο άλλο. Σε λίγα δευτερόλεπτα και χωρίς να έχει συνειδητοποιήσει το αποτέλεσμα της πράξης της, στεκόταν έκθαμβη και αποθαύμαζε τον εαυτό της, να χωράει μέσα στο παλιό της παντελόνι.

Έκανε έναν καφέ και αφού βεβαιώθηκε ότι είχε ακόμη αρκετή ώρα ως τη στιγμή που θα επέστρεφαν τα παιδιά στο σπίτι, κάθισε να ισορροπήσει τα συναισθήματά της.

Στο μυαλό της τριγυρνούσε μόνο μια ερώτηση που έμενε αναπάντητη εδώ και καιρό ίσως εδώ και χρόνια! Τι ήταν αυτό που έβλεπαν οι άλλοι σε εκείνη και που η ίδια δεν μπορούσε να το δει; Τι ήταν αυτό που της είχε συμβεί και την απέτρεπε από το να παραδεχτεί και να αποδεχτεί την εξωτερική της εμφάνιση. Για χρόνια πίστευε ότι ανήκε στην κατηγορία των ατόμων που κάποιος δύσκολα τα πλησιάζει, επειδή δεν αντέχει την ασχήμια ή το πάχος της. Τώρα όμως που καθόταν κι έπινε τον καφέ της, κοιτάζοντας τη φωτογραφία του γάμου της κρεμασμένη απέναντι στον τοίχο, παραδεχόταν με όλη την ειλικρίνεια που την διακατείχε, ότι ήταν αρκετά γοητευτική, έως πολύ όμορφη. Στη σκέψη όμως αυτή ένιωσε μια συστολή να της δαγκώνει την ψυχή και κατάλαβε ότι ακόμη και αυτό, ντρεπόταν να το παραδεχτεί στον ίδιο της τον εαυτό. Σκέφτηκε ότι κανονικά θα έπρεπε να το φωνάξει, αλλά ήταν τόσο δειλή να το κάνει, ακόμη και αν ήταν μόνη στο σπίτι.

Ήξερε ότι δεν ήταν ψώνιο. Ποτέ δεν είχε περηφανευτεί για την εξωτερική της εμφάνιση. Ανέκαθεν ήθελε ο εσωτερικός της κόσμος να είναι ο πιο επιθυμητός. Παρόλο που κατά διαστήματα είχε διάφορα κομπλιμέντα για τα κάλλη της εκείνη πάντα προτιμούσε όσα είχαν να κάνουν με τη διάνοιά της, μα όταν ήταν μόνη, θεωρούσε ότι υστερούσε κι εκεί.

«Θεέ μου, πόσο κομπλεξική είμαι!» παραδέχτηκε λίγο αργότερα.

«Είμαι όμορφη, είμαι νέα, είμαι αδύνατη, είμαι έξυπνη! Τι άλλο θέλω από τη ζωή μου; Πώς κατάντησα έτσι;»

Και τότε κατάλαβε πως έφταιγε που δεν είχε ακούσει εδώ και καιρό κάποιον καλό λόγο για εκείνη, όπως έφταιγαν και τα αρνητικά σχόλια που δεχόταν από τον πατέρα της όταν ήταν μικρή. Τώρα το μυαλό της ξεθόλωσε και αναθυμήθηκε την περίοδο εκείνη της εφηβείας της, που σαν κοπέλα κι εκείνη επιθυμούσε να φορέσει ένα πιο θελκτικό ρούχο ή να βάλει λίγο κραγιόν. Ποτέ δεν θυμήθηκε να της έκανε ο πατέρας της κάποιο κομπλιμέντο, αντιθέτως το μόνο που της έλεγε ήταν να τα βγάλει -ρούχα και φτιασίδια- επειδή την ασχήμαιναν ή επειδή δεν της ταίριαζαν. Η επιθυμία της όμως να ντυθεί λίγο πιο προσεγμένα και να γίνει λίγο πιο όμορφη ήταν τόσο μεγάλη που έφτανε στο σημείο να τον παρακούσει. Δυστυχώς όμως, ακόμη και όταν του έκανε την ίδια τετριμμένη ερώτηση που ρωτάει κάθε παιδί τον γονιό του, όταν δηλαδή ζητούσε την επιβεβαίωση για την εμφάνισή της ή για την εξυπνάδα της, οι απαντήσεις που έπαιρνε ήταν στάνταρ:

«Εμείς είμαστε φτωχοί άνθρωποι και όμορφη να σε πει κάποιος, δεν θέλει την ομορφιά σου, άσε που δεν είσαι όμορφη, το κορμί σου θέλει! Και έξυπνη να σε πει, μην τον πιστέψεις, ψέματα θα σου πει, για να κερδίσει άλλα πράγματα από σένα!»

Αυτά τα λόγια των γονιών της την καταδίωκαν πολλά χρόνια στη ζωή της, μέχρι τη στιγμή που έκανε την επανάστασή της και αποφάσισε να εναντιωθεί στις δικές τους απαιτήσεις και να πάει κόντρα στα θέλω τους.

Ήταν εκείνη τη μακρινή περίοδο που είχε γνωρίσει το μεγάλο έρωτα της ζωής της. Ακόμη κι εκεί, οι γονείς της είχαν την άποψή τους, που δυστυχώς δεν συνέπιπτε με τη δική της. Το μόνο που έκαναν ήταν να της υπενθυμίζουν νυχθημερόν ότι δεν είχε καμία δουλειά να είναι μαζί του, μιας κι εκείνος ήταν γνωστός επιχειρηματίας της πόλης, ενώ εκείνη μια άσημη και ασήμαντη δημοσιογράφος, που δεν ήξερε καν που πάει στη ζωή της. Όταν χώρισε, αισθάνθηκε πως αν είχε τη δύναμη θα μπορούσε να τους μισήσει πραγματικά και για αντίδραση, κρέμασε τη φωτογραφία του στο δωμάτιο της για να τη βλέπουν κάθε φορά που θα έμπαιναν μέσα.

Σιγά σιγά και με τον καιρό, όλοι αποδέχτηκαν την κατάσταση κι έφτασαν να της πουν ότι ήταν για καλύτερο. Εκείνη έσφιξε τα

Μάγδα Δ. Καπριανού

χείλη και δεν τους απάντησε αυτό που είχε στο μυαλό της, αυτό που επιθυμούσε περισσότερο δηλαδή. Να τη στηρίζανε από μικρή, ώστε να μην την ακολουθούν τα κόμπλεξ και οι ανασφάλειές της, σε τέτοιο βαθμό που να σκεφτεί ότι πραγματικά ήταν κατώτερή του, και να χωρίσει μαζί του για αυτόν το λόγο. Έκτοτε, αποφάσισε να μην επιτρέψει σε κανέναν να την θεωρήσει ανεπαρκή ή ανάξια για να σταθεί κάπου ή να πει κάτι. Απέφευγε κάθε σχετική συζήτηση με τους γονείς της, που φρόντιζαν με κάθε ευκαιρία να της υπενθυμίζουν τον αψύ χαρακτήρα της κι εκείνη μάταια να απολογείται και να τους λέει ότι είχαν μείνει στο παρελθόν, επειδή τους βόλευε να τη γεμίζουν με ενοχές.

Με τον καιρό η αναισθησία της χτύπησε επιτέλους την πόρτα, υπομιμνήσκοντας της ότι αυτοί ήταν οι γονείς της και δεν μπορούσε να κάνει τίποτα για να τους αλλάξει. Απλά έπρεπε να τους αποδεχτεί και να συνεχίσει τη ζωή της, πλησιάζοντας, όσο μπορούσε, μέσα από τη στάση ζωής της και τις απόψεις της το μονοπάτι της Σοφίας. Δυστυχώς βέβαια, τα κατάλοιπα είναι αυτό ακριβώς που λέει η λέξη. Μένουν για χρόνια, ίσως και για πάντα και το μόνο που κάνουν είναι να υφέρπουν βγαίνοντας ενίοτε στην επιφάνεια, προσπαθώντας να ξαναμολύνουν το χώρο. Έτσι υπήρχαν στιγμές που υποτροπίαζε και ξαναγυρνούσε στην πρότερη κατάσταση της ασχήμιας και του πάχους της. Περιφέρονταν στο δρόμο φορώντας κελεμπίες και ριχτά ρούχα, μέχρι τη στιγμή που, όπως η άνοιξη έρχεται με τη γλυκιά ζεστασιά της και βοηθάει το λουλούδι να ανθίσει, έτσι κι εκείνη ξαναγαπούσε τον εαυτό της και του φερόταν με σεβασμό.

124

«Εδώ καλά είμαστε!»

Κάθισαν και οι δύο στο τραπέζι και σχεδόν αμέσως ήρθε το γκαρσόνι για την παραγγελία, στερώντας τους το περιθώριο να κάνουν ένα πρόλογο για τη συζήτηση που θα επακολουθούσε. Ο καφές δεν άργησε να έρθει κι έτσι, αφού ήπιαν από μια γουλιά προχώρησαν στο προκείμενο χωρίς πολλές περιστροφές.

«Έχω ευχάριστα νέα!» της ανακοίνωσε ο Αλέξανδρος.

«Θυμάσαι εκείνο το δικαστήριο που σας είχα πει, τη μέρα που γνωριστήκαμε;»

«Για εκείνον το νεαρό φοιτητή;» τον ρώτησε.

«Ακριβώς, για εκείνον.. Λοιπόν που λες, το δικαστήριο έληξε με ευνοϊκούς όρους απέναντί του και όλα τελείωσαν σχετικά καλά για τον νεαρό και το θείο του.»

«Μάλιστα…» η Μάτα προσπάθησε να δείξει χαρά κι ενδιαφέρον, αλλά το προσποιητό της χαμόγελο αρνήθηκε να παραμείνει για πολύ ώρα στο πρόσωπό της, αφού δεν μπορούσε να καταλάβει που την αφορούσε η ευνοϊκή ετυμηγορία ενός άγνωστου προς αυτήν ανθρώπου.

«Λοιπόν, για να πάψεις να με κοιτάς απορημένη, θα σου εξηγήσω αμέσως το λόγο που σου το είπα αυτό. Ο θείος του νεαρού είναι όπως είχα πει τότε, ο κυβερνήτης της επαρχίας Χα-ράρ. Λοιπόν αυτός ο άνθρωπος ικανοποιήθηκε και ευχαριστή-θηκε τόσο πολύ από την έκβαση της δίκης, που ευθύς αμέσως τάχθηκε στις υπηρεσίες μου, λέγοντάς μου ότι θα μου είναι αι-ωνίως υπόχρεος. Εκεί πάνω σκέφτηκα εσένα και την επιμονή σου να πας στην Υεμένη και του ζήτησα να μου κάνει αυτήν την εξυπηρέτηση. Μπορώ να πω ότι δεν δίστασε καθόλου να μου αρνηθεί τη χάρη κι έτσι, αν εσύ εξακολουθείς να επιμένεις ότι θέλεις να πας, το μόνο που μένει είναι να ετοιμάσουμε τα διαδικαστικά του ταξιδιού και τις βαλίτσες σου. Αν πάλι από την άλλη θέλεις να μείνεις εδώ, εμένα θα με βρεις σύμφωνο.»

Η Μάτα δίστασε για λίγο να απαντήσει. Μέχρι τώρα όλα ήταν σε θεωρητικό επίπεδο. Δεν είχε βάλει τον εαυτό της στη διαδικασία να σκεφτεί τι πραγματικά ήθελε για εκείνη και ακόμη και όταν το έκανε, άλλαζε κάθε φορά γνώμη, ανάλογα με τη συναισθηματική της κατάσταση. Τον τελευταίο καιρό μάλιστα είχε πειστεί ότι ίσως ήταν καλύτερα τα πράγματα να μείνουν ως είχαν, πράγμα που θεωρούσε ότι δεν την τιμούσε ως άνθρωπο και ως σύζυγο. Εκτός αυτού τελευταία βίωνε ανεξήγητα συναι-σθήματα που ως τώρα πίστευε πως ήταν νεκρά και όλη αυτή η διαδικασία της προκαλούσε σύγχυση. Ακόμη περισσότερο την μπέρδευε η συμπεριφορά του Αλέξανδρου. Δεν ήταν σίγουρη εάν αυτός ο άνθρωπος ήθελε πραγματικά να κάνει κάτι μαζί της. Δεν ήταν σίγουρη εάν η ίδια ήθελε να κάνει κάτι μαζί του και το κυριότερο δεν ήξερε πώς να κάνει το μυαλό της να στα-ματήσει να τον σκέφτεται και να συγκεντρωθεί στον άντρα της, που υπέφερε μακριά της.

Αυτή τη στιγμή πάντως, που τον είχε απέναντί της και τον κοιτούσε και του μιλούσε, δεν διέκρινε από μέρους του κάποια ερωτική πρόθεση πράγμα που βοήθησε στην απόφασή της.

«Θα πάω!» του απάντησε.

«Εντάξει, όπως επιθυμείς!» η φωνή του φανέρωνε δυσφορία και το βλέμμα του απογοήτευση, πράγμα το οποίο παραξένεψε τη Μάτα. Η όλη του συμπεριφορά έδειχνε έναν άνθρωπο που είχε προετοιμαστεί για μια άλλη απάντηση και όχι για αυτή που του έδωσε. Ασυναίσθητα η Μάτα ένιωσε ενοχές να τη ζώνουνε και άπλωσε το χέρι της να πιάσει το δικό του, το παγωμένο του βλέμμα όμως την απέτρεψε να ολοκληρώσει αυτό που είχε σκεφτεί.

«Πως θα περάσω όμως στην Υεμένη; Εφόσον είμαι σε μαύρη λίστα, δεν νομίζω ότι θα καταφέρω να κάνω κάτι τέτοιο!» του είπε ανακτώντας την αυτοκυριαρχία της.

«Κάτι θα σκεφτούμε. Ο Αλάα Χαράρι, ο θείος, έχει ένα στόλο εμπορικών πλοίων, που ανεβοκατεβαίνουν την Ερυθρά Θάλασσα. Κάποια καράβια του κάνουν το δρομολόγιο από το Τζιμπουτί προς την Υεμένη. Ας κατεβούμε πρώτα εκεί και μετά θα δούμε τι θα κάνουμε. Πρώτος μας στόχος είναι να μελετήσω τη δικογραφία που έχει σχηματιστεί και μετά να δούμε τι θα γίνει με τη δίκη που έχει οριστεί.»

«Και πότε θα τα προλάβουμε όλα αυτά;» η Μάτα ένιωσε πανικοβλημένη, εκείνος όμως φάνηκε καθησυχαστικός και σίγουρος για τις κινήσεις του.

«Μην ανησυχείς» της εξήγησε.

«Έχω ήδη λάβει τη δικογραφία μέσω e-mail και τη μελετώ. Παράλληλα έχω έρθει σε επικοινωνία με την ελληνική πρεσβεία στην Υεμένη, όπου με έχει ενημερώσει ο πρέσβης για το περιστατικό κι έναν εξαιρετικό δικηγόρο της περιοχής, με τον οποίο θα συνεργαστούμε στο δικαστήριο. Μίλησα και με τον δημοσιογράφο που ήταν στο συμβάν, οπότε όλα πάνε καλά για την ώρα.»

Η Μάτα εντυπωσιάστηκε από την ταχύτητα με την οποία είχε διευθετήσει τα πράγματα, αλλά και από το γεγονός ότι είχε την απόλυτη συνεργασία όλων των ατόμων που εμπλέκονταν στην υπόθεση. Σταμάτησε για κάμποση ώρα και τον παρατήρησε χωρίς να μιλάει. Ήταν πραγματικά όπως της είχε εξηγήσει η φίλη της. Πανέξυπνος, ταλαντούχος και γρήγορος. Αισθάνθηκε μια παράξενη δύναμη να τον περιβάλει και να της μεταδίδει μια περίεργη ενέργεια. Όλο της το κορμί μούδιασε. Σαν μικρά μυρμηγκιάσματα που ερχόταν κι έφευγαν, προκαλώντας της ρίγη κατά την αποδρομή τους. *'Παναγία μου'* σκέφτηκε. *'Τι είναι αυτό το πράγμα;'* Η αλήθεια ήταν ότι δεν θυμόταν πότε ήταν η τελευταία φορά που ένιωσε έτσι μπροστά στη θέα ενός άντρα και το πιο περίεργο απ' όλα, ήταν ότι αντί να τη φοβίσει αυτό το ξεχασμένο συναίσθημα, την παρέσυρε όλο και πιο βαθιά, κατά πάνω του. Εκείνη τη στιγμή ξέχασε τα πάντα. Τον άντρα της, τα παιδιά της, τις επιπτώσεις που θα είχε το να εμπλακεί σε μια τέτοια σχέση. Το μόνο που ήθελε ήταν να την πάρει στα χέρια του, να τη φιλήσει και να της κάνει παθιασμένα έρωτα.

Τίποτα απ' όλα αυτά δεν συνέβησαν όμως. Όταν πλέον επανήλθε στον πραγματικό κόσμο διαπίστωσε ότι κι εκείνος την κοιτούσε έντονα στα μάτια. Αναρωτήθηκε αν της ανταπέδιδε το βλέμμα του πόθου ή αν απλά αναρωτιόταν μήπως είναι καθυστερημένη. Εκείνος σαν να κατάλαβε την αμηχανία της προχώρησε αμέσως στη συζήτηση.

«Τον αγαπάς τον άντρα σου;» τη ρώτησε

«Μπορείς να το πεις κι έτσι.» του απάντησε.

«Τι ακριβώς εννοείς;»

«Ο Χάρης είναι ένας πολύ καλός άνθρωπος, που τον εκτιμάω απεριόριστα. Είναι σωστός οικογενειάρχης, άριστος πατέρας και πολύ καλός σύζυγος...» έκανε μια παύση.

«Αλλά;» τη ρώτησε σαν να κατάλαβε ότι υπήρχε κάτι άλλο πίσω από αυτόν τον εγκωμιασμό.

«Αλλά...» σταμάτησε και προσπάθησε να σκεφτεί τη συνέχεια της απάντησής της, το μυαλό της όμως είχε αδειάσει.

«Αλλά δεν είναι ο έρωτας της ζωής σου!»

Η απάντησή του ήρθε να συμπληρώσει την ημιτελή πρόταση της. Ήταν αυτό ακριβώς που θα του έλεγε, εάν είχε το θάρρος να το ομολογήσει πρώτα στον εαυτό της και έπειτα σε εκείνον.

«Ακριβώς!» του είπε χωρίς ίχνος ντροπής μετά από λίγο, αφήνοντας έκπληκτο τον εαυτό της για την ξεδιαντροπιά της, κυρίως μπροστά σε έναν τελείως άγνωστο σε αυτήν άντρα.

«Είναι ο άντρας της ζωής μου, αλλά όχι ο έρωτας. Βλέπεις στη ζωή συμβαίνει συχνά άλλον να αγαπάμε και άλλον να παντρευόμαστε.»

«Το ξέρω!» ομολόγησε με την ίδια κρυφή συνενοχή κι εκείνος.

«Έχει συμβεί και σε μένα»

Σα να ονειροπολούσε κοίταξε πέρα μακριά, λες κι έβλεπε τις εικόνες του παρελθόντος να προβάλλονται λίγα μέτρα μακρύτερα από το σημείο που βρίσκονταν και άρχισε να της ξεδιπλώνει τη ζωή του.

«Πριν από κάμποσα χρόνια γνώρισα μια γυναίκα. Ήταν κι εκείνη δημοσιογράφος σαν κι εσένα. Όμορφη, έξυπνη, με μακριά μαύρα μαλλιά. Ζήσαμε μαζί ένα διάστημα γεμάτο πάθος κι έρωτα. Δίπλα της έμαθα πολλά πράγματα, εκτίμησα τη ζωή μου καλύτερα, λάτρεψα την κάθε στιγμή, αγάπησα το κάθε λεπτό...»

«Και γιατί χωρίσατε;» τον διέκοψε.

Εκείνος σαν να επανήλθε στην πραγματικότητα τέντωσε το κορμί του και χαμήλωσε το κεφάλι. Περιεργάστηκε για λίγη ώρα την κούπα του καφέ του, σαν να προσπαθούσε να βρει τις κατάλληλες λέξεις για να συνθέσει μια σωστή πρόταση. Πήρε μια βαθιά ανάσα και αφού προσπάθησε μάταια να χαμογελάσει της απάντησε ότι κάθε τι καλό κρατάει λίγο.

«Για να μπορείς μετά να ονειρεύεσαι και να το θυμάσαι για πάντα...» συμπλήρωσε εκστασιασμένη η Μάτα.

«Ακριβώς.» της απάντησε εκείνος.

«Εσύ;» τη ρώτησε.

«Μια από τα ίδια.» είπε.

«Έπρεπε να γίνει για καλό. Αλλά μου έχει στοιχήσει και παρόλο που έχουν περάσει πάνω από δέκα χρόνια, οφείλω να ομολογήσω ότι δεν τον έχω ξεχάσει.»

Μάγδα Δ. Καπριανού

«Έτσι κι εγώ, αλλά μαθαίνεις να ζεις με αυτό που έχεις. Αλήθεια, αν ερχόταν τώρα αυτός ο άντρας και σου 'λεγε να πας μαζί του τι θα έκανες;»

«Τίποτα. Εκτιμώ τον άντρα μου απεριόριστα και δεν θα του έκανα τέτοιο κακό. Εξάλλου πολλές φορές έχω πει ότι αν έπρεπε να ξαναδιαλέξω άντρα, το πιο πιθανόν θα ήταν να διάλεγα και πάλι τον ίδιο! Επιπλέον όταν ο Χάρης μου έκανε την πρόταση, πέρασα ένα διάστημα σκέψης για να σιγουρευτώ ότι η απόφαση που θα έπαιρνα θα ήταν η σωστή. Ο γάμος δεν είναι ένα παιχνίδι που το ξεκινάμε και αν δεν μας αρέσει το διαλύουμε. Είναι μια απόφαση ζωής σε μια ρώσικη ρουλέτα. Είναι λαχείο στην κυριολεξία. Μπορεί να κερδίσεις, μπορεί και να χάσεις. Δικαίωμά σου τι θα κάνεις στη ζωή σου, όταν όμως έρχονται παιδιά, τα πράγματα δεν είναι τόσο απλά. Βλέπεις μπορεί να μην ταιριάζουμε, αλλά ήταν δική μου απόφαση να τον παντρευτώ, όπως και είναι δική μου απόφαση να μείνω παντρεμένη μαζί του για πάντα και κυρίως για να μην πληγώσω τα παιδιά μου στερώντας τους τον πατέρα τους. Τώρα θα μου πεις εγώ που κολλάω; Εγώ κολλάω στην απόφασή μου, που ότι και να γίνει δεν την αλλάζω! Την οικογένειά μου -ότι και να γίνει- δεν πρόκειται να τη χαλάσω με τίποτα, όσο τουλάχιστον περνάει από το χέρι μου!» του είπε χωρίς να το σκεφτεί καθόλου.

«Μπράβο σου, αυτό είναι προς τιμήν σου, σε βρίσκω πολύ σωστή και είμαι χίλια τοις εκατό μαζί σου.» απάντησε ενθουσιασμένος, αφήνοντας έκπληκτη τη Μάρα.

«Εσύ;» τον ρώτησε.

«Κι εγώ το ίδιο. Μπορεί με τη γυναίκα μου να απέχουμε παρασάγγας, αλλά δεν θα χαλάσω την οικογένειά μου. Αυτός ο γάμος ήταν δική μου απόφαση και θα τον κρατήσω ακόμη κι αν χρειαστεί να θυσιάσω εμένα τον ίδιο. Κυρίως επειδή δεν θέλω να πληγώσω τα παιδιά μου, στερώντας τους μια ολοκληρωμένη οικογένεια!»

130

Της Μάτας της έκανε εντύπωση που μοιράζονταν τις ίδιες απόψεις, αλλά προτίμησε αυτή της τη σκέψη να την κρατήσει για τον εαυτό της.

«Θέλω να σε ρωτήσω κάτι» του είπε.

«Ακούω!»

«Σχετικά με αυτό που μου είπες τις προάλλες για το κορμί. Το εννοούσες;» τον κοίταξε με σοβαρό ύφος.

Εκείνος με τη σειρά του πήρε το ύφος της μετάνοιας.

«Ήταν λάθος μου το παραδέχομαι. Μεγάλη βλακεία μου και το σκέφτηκα μετά, γι' αυτό θέλω να σου ζητήσω να με συγχωρήσεις. Δεν είμαι τέτοιος άνθρωπος, θέλω να το πιστέψεις, ούτε είναι του χαρακτήρα μου να την πέφτω στην κάθε γυναίκα που γνωρίζω. Είτε θες να με πιστέψεις είτε όχι, εκτός από αυτή την ιστορία, που μου συνέβη πριν πάρα πολλά χρόνια, δεν είχα ποτέ ξανά άλλου τέτοιου είδους σχέση μέσα στο γάμο μου. Με πιστεύεις έτσι δεν είναι;»

Η Μάτα τον κοίταξε για λίγο συνοφρυωμένη και μετά τον παρηγόρησε με ένα ζεστό χαμόγελο.

«Η αλήθεια είναι ότι στην αρχή πίστεψα ακριβώς κάτι τέτοιο. Ότι δηλαδή κάθε γυναίκα που σε πλησιάζει της ζητάς να σε ξεπληρώσει με αυτόν τον τρόπο, αλλά δεν ξέρω, κάτι μέσα μου αυτή τη στιγμή μου λέει να σε πιστέψω.»

«Και να το κάνεις!» επέμεινε εκείνος.

«Ανάμεσα μας θέλω να είμαστε ειλικρινείς. Σου υπόσχομαι ότι δεν θα σου πω ποτέ ψέματα!»

Η Μάτα δεν το πίστεψε αυτό, παρόλα αυτά του χαμογέλασε συγκαταβατικά.

«Ειλικρινά θέλω πάρα πολύ να είμαι μαζί σου, αν το θέλεις κι εσύ. Δίπλα σου, νιώθω πολύ όμορφα και θα ήθελα να σε γνωρίσω περισσότερο, εννοείται αν θέλεις κι εσύ!»

Η Μάτα που είχε μάθει να φιλτράρει κάθε τι στη ζωή της και να αναζητάει το λόγο και την αιτία πίσω από κάθε λέξη και πράξη απέφυγε να του απαντήσει, προσπαθώντας να κερδίσει χρόνο και να σιγουρευτεί ότι όποια απόφαση και αν έπαιρνε θα ήταν η σωστή.

«Είσαι σίγουρος ότι θέλεις εμένα; Είσαι βέβαιος ότι δεν υπάρχει περίπτωση μέσα από τη δική μας σχέση να προσπαθούμε να αναβιώσουμε το ξεχασμένο μας παρελθόν; Να αναβιώσουμε τις σχέσεις που είχαμε με εκείνους τους ανθρώπους;» τον ρώτησε.

«Για μένα είμαι σίγουρος. Εσύ;»

«Εγώ όχι!» του απάντησε.

«Τι εννοείς;» η φωνή του είχε το χρώμα της έκπληξης.

«Εννοώ ότι μέσα μου ακόμη δεν έχω ξεκαθαρίσει αν αυτό που θέλω είναι το να είμαι μαζί σου, για να είμαι μαζί σου ή αν θέλω να είμαι μαζί σου επειδή μου θυμίζεις κάποιες καταστάσεις.»

«Του μοιάζω;» τη ρώτησε.

«Δεν είμαι σίγουρη αν του μοιάζεις εσύ σαν εξωτερική εμφάνιση ή αν του μοιάζει ο χαρακτήρας σου. Αυτό είναι κάτι που πρέπει πρώτα να ξεκαθαρίσω μέσα μου, επειδή αν του μοιάζεις θεωρώ ότι δεν πρέπει να κάνω κάτι μαζί σου, αφού δεν θα ήταν σωστό για σένα, να προσπαθώ μέσα από εσένα να αναβιώσω το παρελθόν μου!»

«Εμένα δεν θα με πείραζε πάντως!»

Η Μάτα συνοφρυώθηκε. Αναρωτήθηκε πως μπορούσε να της πει κάτι τέτοιο; Άρα μήπως αλήθεια δεν τον ένοιαζε να είναι πραγματικά μαζί της, αλλά το μόνο που αποζητούσε ήταν αυτό το σαρκικό και τίποτα παραπάνω; Αντί όμως να τον βρίσει και να σηκωθεί να φύγει από εκεί, προς μεγάλη της έκπληξη έμεινε. Με ακόμη μεγαλύτερη έκπληξη άκουσε τον εαυτό της να του λέει, ότι χρειάζονταν λίγο χρόνο ακόμη, για να αποφασίσει και να ξεκαθαρίσει μέσα της τι πραγματικά ήθελε.

«Θα έχεις όσο χρόνο θέλεις! Να ξέρεις όμως πως αν η απόφασή σου θα είναι θετική, θα αλλάξουν πολλά πράγματα στη ζωή σου. Θα πρέπει να την προσαρμόσεις σύμφωνα με τις καταστάσεις. Θα πρέπει δηλαδή να είσαι προετοιμασμένη να λες ψέματα προκειμένου να συναντηθούμε, θα πρέπει να είσαι προσεκτική για να μην αποκαλυφθούμε και πολλά άλλα τέτοια.»

Η Μάτα τον κοίταξε αγχωμένη κι εκείνος το κατάλαβε. Της έπιασε τρυφερά το χέρι και το έσφιξε απαλά μέσα στο δικό του, κάνοντας την καρδιά της να σκιρτήσει και το κορμί της να παραλύσει, κάτι που εκείνος κατάλαβε.

«Μα εσύ αγχώθηκες και μόνο που σου τα περιέγραψα, που να τα ζήσουμε κιόλας!» της είπε έκπληκτος.

Κοίταξε το ρολόι του, η ώρα είχε περάσει, το βράδυ είχε προχωρήσει αρκετά, κάτι που κανείς από τους δυο δεν είχε παρατηρήσει, καθώς όταν συναντήθηκαν ήταν ακόμη μέρα.

«Πρέπει να φύγω. Δεν θέλω να αλλάξω το καθημερινό μου πρόγραμμα.» είπε και σηκώθηκε από την καρέκλα του. Η Μάτα κούνησε συγκαταβατικά το κεφάλι και σηκώθηκε και η ίδια. Είχε δίκιο σε αυτό που της έλεγε και το σεβόταν απόλυτα. Μπορεί τώρα που ο Χάρης έλειπε, εκείνη να είχε ελεύθερο χρόνο για να τον αξιοποιήσει όπως ήθελε, αν όμως ήταν εδώ, ακόμη και αυτή τους η συνάντηση θα ήταν από πολύ δύσκολη έως ακατόρθωτη.

«Έλα τώρα να σε φιλήσω σταυρωτά!» είπε και τη φίλησε και στα δύο μάγουλα, κάνοντάς τη να ευχηθεί να τη φιλούσε στο στόμα. Αποχαιρετίστηκαν και ο καθένας πήρε το δρόμο του.

Η Μάτα αποφάσισε να προχωρήσει για λίγο. Ήθελε να σκεφτεί και να βάλει σε τάξη τα συναισθήματά της. Μέσα της ένιωθε μια τρελή αδημονία να γυρίσει γρήγορα τις σελίδες αυτού του κεφαλαίου και να πάει σε εκείνο, όπου είχανε προχωρήσει τόσο πολύ στο σημείο που τα κορμιά τους ήδη γνωρίζονταν. Στο μυαλό της αναπαρήγαγε σε εικόνες όλα αυτά που είχανε συζητήσει. Φαντάζονταν τους δυο τους να μπαίνουν σε ξενοδοχεία κρυμμένοι πίσω από τεράστια καπέλα, ψηλούς γιακάδες και μαύρα γυαλιά. Ονειρευόταν να της κάνει έρωτα κι εκείνη να του παραδίδεται χωρίς όρους, σκεφτόταν να την παίρνει στην αγκαλιά του και να της χαϊδεύει τον ώμο. Τότε ερχόταν η λογι- κή και της υπενθύμιζε πως αυτό το πράγμα δεν θα μπορούσε ποτέ να συμβεί, καθώς στη σχέση αυτή δεν θα υπήρχε καθό- λου συναίσθημα. Απαγορευόταν να νοιάζεται γι' αυτόν, να σκέφτεται ότι θα μπορούσε να υπάρξει κάτι πέρα από το κρε- βάτι, ακόμη και αυτό με το αγκάλιασμα θα έπρεπε να διαγραφεί τελείως από το νου της, γιατί αυτός ο άντρας δεν θα γινόταν ποτέ δικός της, όπως και η ίδια δεν θα γινόταν ποτέ δική του. Θα βρισκόντουσαν, θα πηδιόντουσαν και μετά θα επέστρεφε ο καθένας στη ζωή του. Θα ήταν απλά μια ανάσα στην καθη- μερινότητά τους και τίποτα παραπάνω, οπότε θα έπρεπε να είναι πολύ προσεκτική ώστε να μην τον ερωτευτεί. Ναι! Αυτό ήταν κάτι που απαγορευόταν σε μια τέτοιου είδους σχέση. Ο έλεγχος όμως είχε ήδη χαθεί. Η ανυπότακτη καρδιά της και ο επαναστατικός νους της, είχαν ήδη χαράξει τη δική τους πορεία με ρότα τον έρωτα.

«Η κατάσταση εδώ είναι φρικτή. Δεν νομίζω να αντέξω για πολύ ακόμη!»
Η κραυγή αγωνίας που απέπνεε η φωνή του ήταν τραγικά απελπιστική. Η Μάτα αισθανόταν πραγματικά απελπισμένη και ήθελε ειλικρινά να τον βοηθήσει. Εντούτοις, τι μπορούσε να κάνει από εκεί που βρισκόταν, πέρα από το να του προσφέρει λίγα λόγια παρηγοριάς; Μέσα της, την ώρα που τα εκστόμιζε, η συνείδησή της της φώναζε να μη του δίνει ψεύτικες ελπίδες. Ούτε η ίδια δεν ήταν σίγουρη ότι θα υλοποιηθεί
Από τη μια έκανε απόπειρες να κατευνάσει τα συναισθήματα οργής του άντρα της για την άδικη φυλάκιση του και από την άλλη ένιωθε αηδιασμένη. Ήξερε ότι όλα αυτά τα λόγια παρηγοριάς που του έλεγε, του τα έλεγε απλά και μόνο επειδή εκείνος είχε ανάγκη να τα ακούσει. Ένιωθε τόσο κίβδηλη, τόσο βρώμικη, τόσο κούφια από συμπόνια, τόσο κάλπικη ειλικρίνεια, τόσο άδεια από αισθήματα και ακόμη χειρότερα η αδιαντροπιά της δεν είχε όρια. Τη στιγμή εκείνη, αντί να πονάει για τον άντρα της και να συμπάσχει μαζί του, μια εικόνα είχε καρφωμένη στο μυαλό της. Την ίδια εικόνα που είχε τα τελευταία εικοσιτετράωρα από τη στιγμή που ξυπνούσε, ως την ώρα που ξάπλωνε το

βράδυ για να κοιμηθεί. Ο Αλέξανδρος είχε κάνει κατάληψη στο μυαλό της και σεργιάνιζε με περισσή ιταμότητα, με τον πιο χαμερπή τρόπο, που θα μπορούσε να το κάνει κάποιος με αυτού του βαθμού την οικειότητα.

«Σε λίγες μέρες θα έρθουμε!» του είπε για να τον καλμάρει λιγάκι.

«Ποιος είναι αυτός ο δικηγόρος; Τον ξέρω;»

«Ασχολείται με τέτοιες υποθέσεις. Είναι καλός!»

«Δε με νοιάζει πόσο καλός είναι! Και μαλάκας να είναι, το μόνο που με ενδιαφέρει είναι να με βγάλει από αυτό το κολαστήριο!» της φώναξε.

«Όλα θα πάνε καλά!» πόσο ψεύτικα της ακούστηκαν αυτά τα λόγια που βγήκαν με τόση ευκολία από το στόμα της.

«Κοίτα, δεν μπορώ να μιλήσω πολύ γιατί είναι κι άλλοι που θέλουν να τηλεφωνήσουν.» η φωνή του μαλάκωσε, γλύκανε λιγάκι και στο νου της ήρθε εκείνη η εποχή που αυτός ήταν ο συνηθισμένος τρόπος που της μιλούσε.

«Σε παρακαλώ, βγάλε με από εδώ!»

Το τηλέφωνο νέκρωσε απότομα. Η Μάτα έμεινε να κρατάει το ακουστικό στο αφτί της για λίγο ακόμη. Αισθανόταν τρομερό οίκτο για τον εαυτό της. Σκεφτόταν το σημείο στο οποίο είχε ξεπέσει και της ερχόταν να κάνει εμετό. Μια πλευρά του εαυτού της της μιλούσε κατηγορηματικά για την απεχθή συμπεριφορά της στο πρόσωπο του άντρα της. Της έλεγε ότι τώρα ήταν που θα έπρεπε να του σταθεί πραγματικά και αυτή αντί να κάνει το χρέος της, αντιθέτως έψαχνε να βρει παρηγοριά στην αγκαλιά ενός άντρα που το μόνο που ήθελε από αυτήν ήταν λίγες στιγμές ηδονής σε ένα ξένο κρεβάτι. Ο άλλος της εαυτός όμως, της έλεγε ότι έπρεπε να το ζήσει, γιατί η ζωή διαρκεί όσο μια πνοή στην αιωνιότητα κι εκείνη είχε ήδη εισπνεύσει.

Λίγες μέρες μετά το αεροπλάνο προσγειώθηκε στο αεροδρόμιο της Αντίς Αμπέμπα. Η Μάτα με ένα σακίδιο στα χέρια της με τα απολύτως απαραίτητα, στεκόταν στην μέση της αίθουσας αναμονής, νιώθοντας τελείως χαμένη. Γύριζε το κεφάλι της αριστερά δεξιά, αναζητώντας για κάποιο σημάδι αναγνώρισης. Ευτυχώς δεν χρειάστηκε να ψάξει πολύ. Στο βάθος διέκρινε ένα αγόρι να κρατάει ένα πλακάτ με το όνομά της. Το πλησίασε και το χαιρέτησε στα αγγλικά. Εκείνο έδειξε να μην καταλαβαίνει τι της έλεγε παρόλα αυτά, όμως, της χαμογέλασε και με ένα νεύμα που έκανε, την παρότρυνε να το ακολουθήσει. Βγήκαν και οι δύο έξω από το αεροδρόμιο και μπήκαν μέσα σε μια λιμουζίνα προπολεμική, όπως τη χαρακτήρισε η ίδια με το μυαλό της. Ο ίδιος ο Αλάα Χαράρι βρισκότανε μέσα και την καλωσόρισε με ένα ζεστό χαμόγελο και έναν εγκάρδιο χαιρετισμό. Το ταξίδι ήταν κουραστικό και κράτησε αρκετή ώρα. Στην αρχή η Μάτα έχοντας ακόμη αρκετή ενέργεια από το ταξίδι, παρακολουθούσε έξω από το παράθυρο τις πόλεις που έρχονταν και παρέρχονταν κατά τη διαδρομή τους. Παράλληλα συζητούσε με το συνομιλητή της, θέματα που αφορούσαν στην κουλτούρα και στο τροπικό κλί-

Μάγδα Δ. Καπριανού

μα της περιοχής, που όσο καυτό ήταν την ημέρα, τόσο ψυχρό ήταν το βράδυ. Τα κουνούπια ήταν ένα άλλο πρόβλημα, με το οποίο γνωρίστηκε από τη στιγμή που πάτησε το πόδι της στη μαύρη ήπειρο. Μέρα μεσημέρι και σου επιτίθεντο κατά ριπάς. Ο Αλάα Χαράρι χαμογέλασε συγκαταβατικά και κατόπιν έβγαλε μέσα από την τσέπη του σακακιού του ένα μεταλλικό κουτάκι. Της το πρότεινε λέγοντάς της ότι ήταν ένα τοπικό φτιασίδι, που το έφτιαχναν μόνο στα μέρη του. Ήταν η μόνη σίγουρη λύση για την αποτελεσματική αποφυγή της επίθεσης αυτών των εντόμων, καθώς και άλλων, όπως η μύγα τσε-τσε, που αν σε τσιμπούσε μπορούσε να σου προκαλέσει από μόλυνση μέχρι βαριά υπνηλία, ακόμη και θάνατο. Η Μάτα αποφάσισε να τον εμπιστευτεί, καθώς παρατήρησε ότι τα χέρια της είχανε ήδη γεμίσει με κόκκινα καρουμπαλάκια από τα πεινασμένα κουνούπια, που ρουφούσανε αδηφάγα το αίμα της.

Καθώς προχωρούσανε, ο δρόμος τους οδήγησε έξω από την τελευταία κατοικημένη πόλη. Όπως της εξήγησε ο Αλάα Χαράρι, από εδώ και πέρα ξεκινούσε η έρημος. Μια έρημος ξερή και αφιλόξενη, που, πολύ πριν δημιουργηθεί ο δρόμος που ένωνε τη μια πόλη με την άλλη, είχε καταπιεί μέσα της ολόκληρα καραβάνια, που είχαν χάσει τον προσανατολισμό τους. Θεωρούσε τύχη αν κάποιος χανόταν, ακόμη και τώρα, να βρει το δρόμο του προς τη σωτηρία. Ο δρόμος ήταν πλέον χωματόδρομος και τα σκαμπανεβάσματα από τις λακκούβες πολλά. Η Μάτα ένιωσε το στομάχι της να σφίγγεται και το κεφάλι της να στριφογυρίζει όπως οι στροφές του δρόμου, καθώς περνούσε μέσα από τη στεγνή άμμο. Έκλεισε τα μάτια και προσπάθησε να συγκεντρωθεί σε μια συγκεκριμένη σκέψη, που θα τη βοηθούσε να ξεπεράσει την κατάστασή της.

Η ζέστη ήταν αφόρητη και την ένιωθε βαθιά, μέσα στο ιδρωμένο πετσί της. Το κλιματιστικό του αυτοκινήτου, παλιό όσο και το ίδιο το αυτοκίνητο, αγκομαχούσε προσπαθώντας μάταια να τους προσφέρει μια υπόνοια δροσιάς. Ο Χαράρι με

138

το νεαρό παιδί, φαινόταν να μη συμμερίζονται την κατάστασή της, αφού προφανώς ήταν συνηθισμένοι σε τόσο υψηλές θερμοκρασίες. Έκλεισε τα μάτια και τον άκουγε που της μιλούσε για τον ανιψιό του, που τώρα τον είχε στείλει εσώκλειστο σε σχολείο της Αμερικής, βάζοντας σε πράξη επιτέλους τα όνειρά του για κείνον. Μετά άρχισε να της εξιστορεί τους τοπικούς μύθους, που είχαν να κάνουν περισσότερο με την έρημο και τις οάσεις που ξεπετάγονταν εδώ κι εκεί. Μέσα τους φημολογούνταν ότι πολλοί είχαν δει παράξενες μορφές να κατοικούν κι εμφανίζονταν στους ανθρώπους, με στόχο να τους κλέψουν την ψυχή ή το χρυσάφι τους. Πολλές ιστορίες είχαν ειπωθεί στο παρελθόν σχετικά με γυναίκες που είχαν απαχθεί και λίγες μέρες μετά εμφανίζονταν χωρίς να ξέρουν ή να θυμούνται τι τους είχε συμβεί, όπως εκείνη η ιστορία που ακούγονταν πιο συχνά από το λαό, για ένα πλάσμα που το κεφάλι του ήταν ανθρώπου και το σώμα του είχε μορφή φιδιού. Έναν σκοπό είχε αυτό το πλάσμα, και αυτός ήταν να πλανέψει τους διαβάτες που περνούσαν από την όασή του και να τους πάρει την ψυχή τους.

Η Μάτα βρισκόταν κάπου μεταξύ φθοράς και αφθαρσίας, ύπνου και ξύπνιου. Από τη μια προσπαθούσε να μην προσβάλει τον οικοδεσπότη της, από την άλλη όμως η εξάντληση από το ταξίδι με το αεροπλάνο και τώρα το αυτοκίνητο, οι κακοτράχαλοι δρόμοι, η ζέστη και ποιος ξέρει τι άλλο, οδήγησαν τον οργανισμό της στη γρήγορη εξασθένησή του. Το μυαλό της άρχισε να της πλέκει περίεργα σενάρια, υποβοηθούμενο από τα λόγια του αφηγητή της. Πόσο πολύ είχε ανάγκη αυτή τη στιγμή να βρεθεί σε μια τέτοια όαση, να βγάλει τα ρούχα της και να βουτήξει μέσα στα σμαραγδένια νερά της για να δροσιστεί.

Κυριολεκτικά αφέθηκε από τη φαντασία της για να παρασυρθεί σε αυτό το άνισο με τις συνθήκες παιχνίδι του μυαλού. Η προσπάθεια μάλιστα ήταν τόσο έντονη, που κυριολεκτικά ένιωσε να δροσίζεται από το νερό της όασης καθώς βουτούσε μέσα

Μάγδα Δ. Καπριανού

στα καθάρια νερά του. Έκανε μια βουτιά κι ένιωσε τόσο απελευθερωμένη και τόσο εξαγνισμένη από οποιαδήποτε έγνοια. Γύρω της δεν ακουγόταν τίποτε άλλο πέρα από τα πουλιά που πετούσαν από κλαδί σε κλαδί και τιτίβιζαν, προσκαλώντας σε ερωτικό κάλεσμα τους συντρόφους τους. Ένα αρσενικό παγόνι είχε ανοίξει τα φτερά του προσκαλώντας το θηλυκό να έρθει κοντά του κι εκείνο ανταποκρίθηκε, κράζοντας από τον πόθο. Βγήκε από τη λίμνη και ξάπλωσε πάνω στο απαλό γρασίδι. Θα μπορούσε να ζήσει για πάντα εκεί, μακριά από σκέψεις έγνοιες και φοβίες, να ζει μόνο για αυτή, χωρίς να έχει κάτι άλλο ή κάποιον άλλο στο μυαλό της.

Ασυναίσθητα ένιωσε μια παρουσία δίπλα της. Άνοιξε τα μάτια και κοίταξε από τη δεξιά πλευρά, από εκεί που ακούστηκε ένα σύρσιμο. Τρόμαξε καθώς κοίταξε ότι επάνω στο δέντρο και γύρο από τον κορμό του, βρισκόταν κουλουριασμένο ένα τεράστιο φίδι. Η καρδιά της άρχισε να χτυπάει σαν τρελή, τα πόδια της όμως αρνήθηκαν να υπακούσουν στις εντολές της για να σηκωθεί κι έτσι έμεινε να στέκει, εκεί μαρμαρωμένη από το φόβο. Το φίδι σιγά σιγά άρχισε να κατεβαίνει από τον κορμό και να την πλησιάζει, ακόμη και τότε όμως εκείνη το μόνο που έκανε, ήταν να γουρλώσει τα μάτια και να μείνει ακίνητη, ανήμπορη ακόμη και να φωνάξει για να τη βοηθήσουν. Εκείνο με αργές κινήσεις σύρθηκε κοντά της. Δεν φάνηκε να βιάζεται καθόλου. Ήρεμο, γνωρίζοντας ότι το θήραμα του δεν είχε καμία ελπίδα, την πλησίασε παίζοντας προκλητικά τη διχαλωτή του γλώσσα και τυλίχτηκε γύρω από το ξερό κορμί της. Μόνο όταν το κεφάλι του στάθηκε απέναντι από το δικό της κεφάλι, έβγαλε για άλλη μια φορά τη γλώσσα του και της χαμογέλασε, σίγουρο για την κατάκτησή του. Η Μάτα έμεινε παραλυμένη, αλλά ένιωσε το φόβο να απομακρύνεται από πάνω της. Η υφή που είχε το φίδι και η παράξενη ενέργεια που εξασκούσε επάνω στο κορμί της, την έκαναν να αποβάλει κάθε αρνητικό αίσθημα φόβου, αντιθέτως μάλιστα αισθάνθηκε πως είχε αρχίσει να νιώθει παράξενα και πρωτόγνωρα συναισθήματα πόθου για αυτό το ον. Εκείνο την κοίταξε με τα αμυγδαλωτά του μάτια και της χαμογέλασε και τότε ξεκίνησε η μετάλλαξη που προκάλεσε ξανά καρδιοχτύπι σε εκείνη. Το πρόσωπο και το σώμα του φιδιού άρχισε να μεταλλάσσεται και από ερπετό να γίνεται άνθρωπος, ένας άνθρωπος όμως που της ήταν πολύ γνωστός. Στο πρόσωπό του αναγνώρισε τον Αλέξανδρο και τότε ο φόβος έγινε πόθος και αυξήθηκε, καθώς εκείνος την πήρε στην αγκαλιά του και τη βούτηξε μέσα στο νερό λέγοντάς της: '*Τώρα είσαι δική μου!*'

Η αίσθηση του νερού ήταν τόσο λυτρωτική που έκλεισε τα μάτια και αρνήθηκε να τα ανοίξει παρά τις επικλήσεις των φωνών που άκουγε γύρω της. Εκείνη αρνούνταν να γυρίσει στον άλλο κόσμο αποζητώντας οικειοθελώς να παραμείνει εκεί, σε εκείνη την όαση, με εκείνο το φίδι που μεταμορφωνόταν στον άνθρωπο που ενδόμυχα τελικά αποδεικνυότανε πόσο ποθούσε. Το κεφάλι της βουτήχτηκε μέσα στο νερό κι εκείνη παραδόθηκε ασυναίσθητα στον ηδονικό θάνατο που της προσέφερε και τότε συνειδητοποίησε ότι δεν ήθελε να πεθάνει. Είχε παιδιά που έπρεπε να στηρίξει και αν δεν κατάφερνε να φέρει τον πατέρα τους πίσω στην Ελλάδα, τότε εκείνα θα έμεναν ορφανά και αυτό δεν άξιζε να της συμβεί για κανέναν άντρα.

Άνοιξε τα μάτια απότομα και πήρε μια βαθιά εισπνοή. Ένιωσε τα πνευμόνια της να την πονάνε και ασυναίσθητα το μυαλό της την πήγε στη σκέψη της πρώτης ανάσας, που είναι αναγκασμένος να πάρει ο άνθρωπος κατά τη γέννησή του. Οδυνηρή μεν, μα τόσο ζωτικής σημασίας. Η εικόνα ήταν θολή και δεν μπορούσε να ξεχωρίσει αν βρισκόταν πρωταγωνίστρια σε όνειρο ή αν ήταν η πραγματικότητα. Ο Αλέξανδρος στεκόταν από πάνω της έχοντάς την στην αγκαλιά του και τη μετέφερε στα χέρια του. Σήκωσε το κεφάλι και προσπάθησε να τον κοιτάξει. Εκείνος της ανταπέδωσε το βλέμμα, αλλά κάπως ανήσυχα, συνεχίζοντας να τη μεταφέρει προς κάποια άγνωστη για αυτήν κατεύθυνση. Προσπάθησε να του πει κάτι, αλλά δεν τα κατάφερε, καθώς οι δυνάμεις της την εγκατέλειψαν πάλι και για άλλη μια φορά λιποθύμησε.

Όταν άνοιξε επιτέλους τα μάτια της, ο ήλιος ετοιμαζόταν να αποδημήσει πίσω από τα βουνά, αφήνοντας τις τελευταίες πινελιές του από βαθύ πορτοκαλί, βιολετί και τιρκουάζ στον γκριζογάλανο ουρανό. Ένιωσε ένα δροσερό αεράκι να την τονώνει ευχάριστα, καθώς περνούσε ανάμεσα από τις λευκές κασμιρένιες κουρτίνες πίσω από το ανοιχτό παράθυρο. Οι τρίχες του κορμιού της ανασηκώθηκαν και έτριψε τα μπράτσα με τα χέρια για να ζεσταθεί. Δεν τον είδε, αλλά ακριβώς πίσω της στεκόταν ο Αλέξανδρος. Την πλησίασε με μια κουβέρτα στα χέρια και της σκέπασε το τρεμάμενο κορμί. Εκείνη τη δέχτηκε ευχάριστα και χουχούλιασε πάνω της.

«Τι έγινε; δεν θυμάμαι τίποτα.» του είπε.

«Λιποθύμησες, λίγα μέτρα πριν φτάσετε στην έπαυλη!» της εξήγησε εκείνος.

Η Μάτα αισθάνθηκε μια συστολή και τα μάγουλά της κοκκίνισαν από την ντροπή. Σε όλη της τη ζωή, ποτέ της δεν της είχε συμβεί κάτι τέτοιο. Είχε ταξιδέψει με αεροπλάνα ατέλειωτες ώρες, είχε ανέβει σε στρατιωτικά βαν και Ρέο, είχε διασχίσει με αυτά ζούγκλες, γκρεμούς και απάτητα βουνά και δεν είχε αισθανθεί την παραμικρή ζάλη και τώρα αναρωτιόταν, πως ήταν δυνατόν να της είχε συμβεί κάτι τέτοιο. Ο Αλέξανδρος της εξήγησε ότι δεν έφταιγε εκείνη, ίσως βέβαια, αν είχε προνοήσει να φάει πιο πριν ένα ελαφρύ, αλλά καλό πρωινό να είχε βοηθήσει στην διατήρηση των αισθήσεών της. Η Μάτα αισθάνθηκε ντροπή σκεπτόμενη τη γνώμη που θα είχε ο Κυβερνήτης για την ίδια μετά από αυτό. Ο Αλέξανδρος όμως την καθησύχασε λέγοντάς της, ότι εκείνος βρισκόταν σε χειρότερη διάθεση από την ίδια, αφού θεωρούσε τον εαυτό του υπαίτιο για αυτό που της είχε συμβεί. Κάθισε λίγο ακόμη μαζί της για να σιγουρευτεί ότι ήταν καλά και μετά έφυγε, λέγοντας της πως όταν θα ήταν έτοιμη, θα μπορούσε να κατέβει στην τραπεζαρία για το δείπνο.

Έφυγε κλείνοντας την πόρτα πίσω του, αφήνοντας τη Μάτα μόνη στην ησυχία της.

Σηκώθηκε αμέσως και περιεργάστηκε το δωμάτιο. Πλησίασε το παράθυρο και παρατήρησε ότι είχε μια πολύ λεπτή σήτα, που δύσκολά θα μπορούσε κανείς να την διακρίνει με την πρώτη ματιά. Κατάλαβε αμέσως, ότι αυτή η σήτα χρησίμευε για να κρατάει κάθε έντομο μακριά από το εσωτερικό του δωματίου. Κοίταξε έξω από το παράθυρο. Ακριβώς από κάτω βρισκόταν ένα σιντριβάνι, στο κέντρο του οποίου υπήρχε ένα άγαλμα μιας γυμνής μεν γυναίκας, αλλά που με τη στάση της φρόντιζε να καλύπτει την παραμικρή λεπτομέρεια, που θα μπορούσε να θεωρηθεί ως προσβολή της δημοσίας αιδούς. Στο κεφάλι της κρατούσε ένα δίσκο, μέσα από τον οποίο ανάβλυζε το νερό που χυνόταν πάνω στο κορμί της και την έλουζε νυχθημερόν. Δεξιά και αριστερά από το μονοπάτι που υπήρχε μέσα στον κήπο υπήρχανε δάδες οι οποίες έκαιγαν και όπως πρόσεξε, φωτιές με τέτοιου είδους δάδες υπήρχαν περιμετρικά του οικοπέδου, μέχρι εκεί που έφτανε το μάτι.

Ένα κρύο αεράκι τη διαπέρασε, απομακρύνοντας την από το παράθυρο, το οποίο φρόντισε και να κλείσει. Γύρισε και παρατήρησε το δωμάτιο της. Ήταν απλό, αλλά είχε αρχοντιά. Τα περισσότερα αντικείμενα ήταν σε λευκό χρώμα και όπου υπήρχε ξύλο ήταν κάτι που έμοιαζε με μπαμπού ή καλαμιά, χωρίς να είναι σίγουρη. Το κρεβάτι που βρισκόταν στο κέντρο του δωματίου ήταν τεράστιο, ψηλό και επιβλητικό κι επάνω του ήταν στρωμένο με παραδοσιακά πολύχρωμα κιλίμια. Άναψε τη λάμπα που βρισκόταν δίπλα στο κομοδίνο, καθώς η νύχτα πλησίαζε και το σκοτάδι σκέπαζε το δωμάτιο. Πρόσεξε πως πάνω στο μεγάλο κομοδίνο, δίπλα στη λάμπα υπήρχε μια πορσελάνινη λευκή κανάτα τοποθετημένη μέσα σε ένα τεράστιο μπολ. Αναρωτήθηκε αν αυτό το λαβομάνο ήταν διακοσμητικό ή χρησιμοποιούνταν πράγματι. Την απορία της έλυσε μια πόρτα που βρισκόταν στην άκρη του δωματίου. Μέσα βρισκόταν ένα υπερσύγχρονο μπάνιο με μια τεράστια στρόγγυλη μπανιέρα με χρυσά υδραυλικά. Χωρίς δεύτερη σκέψη έβγαλε τα ρούχα της και αφέθηκε στα απολαυστικά χάδια του νερού.

Κατέβηκε λίγη ώρα αργότερα, φορώντας ένα ελαφρύ αέρινο φόρεμα κι ένα ζεστό ζακετάκι, κατάλληλο για την περίσταση και τη ψύχρα της βραδιάς. Οι δύο άντρες που καθόταν σε ένα τραπέζι στο μπαλκόνι του σπιτιού και συζητούσαν απολαμβάνοντας το ποτό τους, σηκώθηκαν μόλις την είδαν. Τους πλησίασε σφιγμένη από τη συστολή και τη ντροπή που εξακολουθούσε να νιώθει. Έτεινε το χέρι της προς τον κυβερνήτη κι εκείνος αφού της το έσφιξε, το έφερε στα χείλη του και το φίλησε απαλά. Κάθισε στην καρέκλα που της πρόσφερε και αφού κάθισαν και οι δύο άντρες, άρχισε να σερβίρεται το φαγητό.

Πρώτος έσπευσε να μιλήσει ο κυβερνήτης ο οποίος της ζήτησε να τον συγχωρέσει για την απερισκεψία του να της δώσει την κρέμα, χωρίς πιο πριν να έχει σιγουρευτεί ότι δεν θα της προκαλούσε καμία αντίδραση. Η Μάτα που δεν φάνηκε να καταλαβαίνει αυτά που της εξηγούσε, τον κοίταξε παράξενα και τότε εκείνος της ξεδιάλυνε κάθε απορία, λέγοντάς της ότι αυτή η αλοιφή είχε ως παρενέργεια την υπνηλία. Ειδικά όμως αν κάποιος δεν την είχε ξαναφορέσει στη ζωή του, σε συνδυασμό με την υπερβολική ζέστη και ίσως μια μικρή αφυδάτωση, μπορούσε να προκαλέσει παραισθήσεις ή ακόμη και λιποθυμία.

«Κάτι που απ' ότι φαίνεται προκάλεσε στην αγαπητή μας κυρία!» συμπλήρωσε με νόημα ο Αλέξανδρος, προκαλώντας ερωτηματικά στη Μάτα, που δεν είχε καταλάβει το σχόλιό του, αλλά το υποψιαζόταν.

Ο κυβερνήτης της περιέγραψε όλη την κατάσταση, λέγοντάς της ότι είχε κλείσει τα μάτια της, περίπου μισή ώρα πριν φτάσουν στην έπαυλη. Όταν πλέον έφτασαν και της φώναξε για να ξυπνήσει, παρατήρησε ότι δεν αντιδρούσε. Τότε ο Αλέξανδρος την πήρε στην αγκαλιά του, ενώ ο παραγιός του έτρεξε κι έφερε ένα μπουκάλι με κρύο νερό, το οποίο και έριξαν πάνω στο κεφάλι της για να συνέλθει. Μετά την μετέφεραν πάνω στο δωμάτιο και τα υπόλοιπα τα ήξερε. Η Μάτα έκανε το συνειρμό του νερού της λίμνης με το νερό από το μπουκάλι και αισθάνθηκε απογοήτευση. Βαθιά μέσα της επιθυμούσε πραγματικά να βρισκόταν σε εκείνη τη λίμνη.

Η υπόλοιπη βραδιά κύλησε ήρεμα. Γευμάτισαν με παραδοσιακές νοστιμιές και γεύτηκαν το τοπικό κρασί από καλαμπόκι. Λίγο μετά, ο οικοδεσπότης τους τους καληνύχτισε, εξηγώντας τους ότι είχε έρθει η ώρα για τη βραδινή προσευχή και προτρέποντάς τους να χρησιμοποιήσουν το σπίτι σαν να ήταν δικό τους, μέσα στα επιτρεπτά όρια των αναμμένων δαδών. Η Μάτα βρήκε την ευκαιρία να τον ρωτήσει τι ακριβώς ήταν αυτές οι δάδες και γιατί ήταν αναμμένες περιμετρικά τού οικοπέδου. Ο κυβερνήτης την κοίταξε και με σοβαρό ύφος της απάντησε πως έξω από εκεί κυκλοφορούσαν λιοντάρια, τίγρεις, πάνθηρες, τσιτάχ και κάθε λογής αρπακτικό, που θα λάτρευε να έχει για γεύμα του, έναν από τους παραβρισκόμενους. Η Μάτα έμεινε ακίνητη να τον κοιτάει με παγωμένο βλέμμα και δεν χαλάρωσε ακόμη και όταν λίγο αργότερα της χαμογέλασε, λέγοντάς της πως έκανε πλάκα για όλα αυτά τα ζώα.

Ήξερε πολύ καλά πως η Υεμένη απέναντι, ειδικά στα παράλιά της μοιράζονταν πολλά με την Αφρική, αλλά οι ομοιότητες περιορίζονταν σε πολιτιστικά στοιχεία και όχι στην πανίδα, αν εξαιρέσεις τις καθόλου φιλικές ύαινες. Δεν πρόλαβε να σκεφτεί πολύ ακόμη, καθώς κάπου εκεί στο σκοτάδι, ακούστηκε το αβυσσαλέο ουρλιαχτό ενός άγριου ζώου. Η Μάτα ένιωσε μια ανατριχίλα να τη διαπερνά και προσπάθησε να συγκαλύψει την αμηχανία της, πίσω από ένα άχαρο χαμόγελο. Ο κυβερνήτης συνηθισμένος καθώς ήτανε σε τέτοιου είδους καλέσματα από τα πλάσματα της νύχτας, τη χτύπησε παρήγορα στην πλάτη με την παλάμη του και αφού έσφιξε το χέρι του Αλέξανδρου με το άλλο, χάθηκε στο διάδρομο που οδηγούσε μέσα στο σπίτι.

Ο Αλέξανδρος πλησίασε τη Μάτα, που εξακολουθούσε να κοιτάζει εκεί έξω στο σκοτάδι με το φόβο και την αγωνία αποτυπωμένα πλέον στο ημισκότεινο πρόσωπο της. Παρατήρησε ότι έτρεμε, και χωρίς δεύτερη σκέψη, έβγαλε το σακάκι του και το πέρασε γύρω από τους ώμους της. Η Μάτα το έσφιξε περισσότερο πάνω της και γυρνώντας το κεφάλι της προς το μέρος του, του έστειλε μια ματιά πλημμυρισμένη από ευαρέσκεια.

Κάθισαν για λίγη ώρα χωρίς να μιλάνε, βυθισμένος ο καθένας στις σκέψεις του και στους δικούς του λόγους που τον οδήγησαν εδώ. Ο Αλέξανδρος ακόμη δεν είχε συνειδητοποιήσει την εντελώς απρόσμενη απόφαση που είχε πάρει, να βρεθεί στο νότιο ημισφαίριο της γης. Ποτέ του άλλοτε δεν χρειάστηκε να ταξιδέψει ο ίδιος, για να αναλάβει μια υπόθεση, υπήρχαν πάντα συνεργάτες που έστελνε για να αναλάβουν υποθέσεις εκτός Ελλάδος και ειδικά σε αυτά τα μέρη του κόσμου. Καθόταν τώρα εκεί στο μπαλκονάκι μιας έπαυλης, σε μια πόλη της Αφρικής, περιτριγυρισμένος από κάθε λογής σαρκοβόρο αρπακτικό, πληγωμένος από τα αιμοβόρα κουνούπια και τις τεράστιες μύγες, που διατρυπούσαν ακόμη και το πιο χοντρό ύφασμα. Κινδυνεύανε να αρρωστήσουν από ελονοσία ή στην πιο απλή των περιπτώσεων να πάθουν γαστρεντερίτιδα από τις τροφές και το νερό. Αν βέβαια κατάφερναν πιο πριν να επιβιώσουν από την κολαστήρια πυρά του ηλίου την ημέρα και τη ψυχρή παγωνιά τη νύχτα. Όλα αυτά, έχοντας αναλάβει μια υπόθεση που μάλλον περισσότερο χάσιμο, παρά κέρδος θα είχε.

Στο μυαλό του ήρθε η μορφή της γυναίκας του, όταν της ανακοίνωσε ότι θα ταξίδευε για επαγγελματικούς λόγους στην Αιθιοπία. Η αδιαφορία που του επεδείκνυε τον τελευταίο καιρό τον εκνεύριζε αφάνταστα. Είχε κάνει τα πάντα για εκείνη, είχε δώσει τα πάντα. Την είχε ερωτευτεί, γι' αυτό και την παντρεύτηκε, και μαζί της πίστευε ότι η ζωή θα ήταν μια συνεχιζόμενη άνοιξη. Πως άλλαξαν έτσι τα πράγματα; Τι ήταν αυτό που τους είχε οδηγήσει στην αποξένωση; Κι όμως εκείνος προσπαθούσε σκληρά να την ευαρεστήσει, μα εκείνη ήταν πάντα αδιάφορη, με ένα βλέμμα στωικό, ψυχρό, σχεδόν επικριτικό, να τον καρφώνει νυχθημερόν με αυτό, σαν μικρά καρφάκια, βαθιά μέσα στη ψυχή του.

Έκανε πολλές προσπάθειες για να την προσεγγίσει, στην προσπάθειά του να επαναπροσδιορίσουν τη σχέση τους και ίσως γιατί όχι να ξεκινήσουν πάλι από την αρχή. Της πρότεινε να κάνουνε μαζί κάποια ταξίδια, να φύγουν ένα Σαββατοκύριακο χωρίς παιδιά, μόνοι τους, της αγόρασε ρούχα και κοσμήματα, που γνώριζε πως λάτρευε, όμως εκείνη πάντα με την ίδια έκφραση στο βλέμμα της, σαν να του 'λέγε: '*Είσαι πολύ λίγος*'. Του πετούσε σαν στο σκυλί το κόκαλο, ένα ανέκφραστο ευχαριστώ και μετά κατέβαινε στον κήπο όπου ξημεροβραδιαζόταν μερόνυχτα, βυθισμένη μέσα στις σκέψεις της. Το είχε πάρει όμως απόφαση. Μπορεί η σχέση τους να είχε ψυχρανθεί, αλλά τα παιδιά τους δεν έφταιγαν σε τίποτα να υποστούν τις συνέπειες αυτής της της αδιαφορίας. Ελάχιστες ήταν οι φορές που σκέφτηκε το χωρισμό και τότε οι τύψεις τον πλάκωναν, όπως το χώμα τον νεκρό. Ένιωθε μια κενότητα για όλα αυτά τα υλικά πράγματα, που του χάρισε ο Θεός, χωρίς να χρειαστεί να κοπιάσει ιδιαίτερα, στερώντας του όμως άλλα, πιο σημαντικά. Ένα ζεστό βλέμμα, ένα γλυκό χάδι ή ένα θερμό φιλί στο μάγουλο ύστερα από μια κουραστική μέρα και κυρίως τη δυνατότητα να κοιτάει τη γυναίκα του και μέσα από τα μάτια της, να αναγνωρίζει την προέκταση του εαυτού του. Αυτό για το οποίο πάντα άκουγε τους άλλους να διηγούνται χωρίς ποτέ να καταφέρει να βιώσει. Τη συντροφικότητα μέσα από το γάμο.

Το παράδοξο ήταν πως ενώ και η ίδια αναγνώριζε το πρόβλημα, ότι δηλαδή είχανε ψυχρανθεί και απομακρυνθεί μεταξύ τους, λίγα μόλις χρόνια μετά το γάμο τους, κόβοντας κάθε δίοδο επικοινωνίας. Όταν της πρότεινε να επισκεφτούν έναν οικογενειακό σύμβουλο, εκείνη του απάντησε ψυχρά ότι δεν υπήρχε λόγος για να κάνουν μια τέτοια κίνηση. Όταν δε, ο Αλέξανδρος προσπάθησε να την πιέσει, για να της εκμαιεύσει το λόγο που είχανε φτάσει σε αυτό το σημείο, εκείνη σήκωσε τα μάτια της, τον κοίταξε για κάμποση ώρα χωρίς να μιλάει και μετά αφού κρέμασε στα χείλη της ένα χαμόγελο που ξεχείλιζε λοιδορία και χλευασμό, του είπε πως την απάντηση θα έπρεπε να την ψάξει στον εαυτό του. Τα λόγια της ακόμη κροτάλιζαν στα αυτιά του, όπως το φίδι που σέρνεται ύπουλα προς το θύμα του και μόνο αν εκείνο έχει οξεία ακοή μπορεί να αναγνωρίσει τον δολοφόνο του και να τρέξει να σωθεί. *'Αν θες να μάθεις την απάντηση στάσου μπροστά σε έναν καθρέφτη και ρώτησέ τον τι μας έχει φέρει εδώ! Μόνο εκείνος θα σου πει το λόγο!'* και περιορίστηκε στο να φύγει από το δωμάτιο με κατεύθυνση για άλλη μια φορά τον κήπο, αφήνοντας τον Αλέξανδρο σύξυλο και γυμνό από κάθε είδους συναίσθημα και απάντηση που κανονικά όφειλε να του δώσει. Έτσι το ζήτημα έμεινε να αιωρείται, με τους δυο τους να πηγαινοέρχονται μέσα στο σπίτι απλά συζώντας, κατά κάποιο τρόπο. Έτσι ένιωθε και ο ίδιος ο Αλέξανδρος. Παρόλα αυτά όμως, το είχε πάρει απόφαση ότι δεν υπήρχε περίπτωση να διαλύσει το γάμο του, μόνο και μόνο για να μη στερήσει την οικογενειακή θαλπωρή από τα παιδιά του. Παιδί χωρισμένων γονιών και ο ίδιος, ήξερε πόσο δύσκολο ήταν να πρέπει να μοιράζει την αγάπη του ανάμεσα σε δυο σπίτια και δυο διαφορετικές ζωές. Πάντα μέσα του έτρεφε μια κρυφή ελπίδα πως οι γονείς του κάποτε θα ξαναέσμιγαν, όλα αυτά όμως χάθηκαν με τον ξαφνικό και αναπάντεχο θάνατο του πατέρα του, από έμφραγμα του μυοκαρδίου. Ο θάνατός του, τον έκανε να δει πιο ξεκάθαρα κάποια πράγματα και να αναθεωρήσει πολλές απόψεις που είχε για τη ζωή, εκτός από αυτή: τα παιδιά του θα μεγάλωναν με πατέρα και μάνα μαζί, όποιο κι αν ήταν το κόστος για τον ίδιο. Ότι κι αν έκανε γενικότερα στη ζωή του, αυτός δεν θα γινόταν ο δράστης, που θα πλήγωνε τις παιδικές τους ψυχές και παρόλο που, εκείνα, είχαν αρχίσει από καιρό να αναγνωρίζουν την αδιαφορία της μητέρας τους στο πρόσωπο το δικό του και στα ίδια, εκείνος πάντα έσπευδε νυ τη δικαιολογήσει προβάλλοντας την κούραση ως αιτιολογία. Χρειάστηκε να βάλει ακόμη και ντετέκτιβ να την παρακολουθή-σει, αφού είχε περάσει από το μυαλό του η σκέψη μήπως είχε μπει κάποιος άλλος στην καρδιά της και γι' αυτό δεν είχε χώρο για τον ίδιο και τα παιδιά τους. Το μόνο που βρήκε ήταν οι συχνές επισκέψεις στον ψυχολόγο και αργότερα σε ψυχίατρο. Από τότε, το μόνο που έκανε, ήταν προσπάθειες να επεξεργα-στεί στο μυαλό του το γεγονός ότι έτσι θα είχε η κατάσταση από εδώ και πέρα. Ασχέτως αν δεν είχε σκοπό να χωρίσει με τη γυναίκα του, έπρεπε να βρει χρόνο ανάμεσα στα επαγγελ-ματικά ραντεβού που του ροκάνιζαν το μεγαλύτερο μέρος της μέρας, λίγο χρόνο για να κοιτάξει τον εαυτό του ως άντρας. Ένιωθε και ο ίδιος ότι όλη αυτή η κατάσταση θα τον οδηγού-σε με μαθηματική ακρίβεια στο ίδιο σημείο που οδήγησε και εκείνη, αρχικά στο γραφείο του ψυχολόγου και μετέπειτα στον ψυχίατρο.

Άφησε πίσω του όλες τις σκέψεις που τον βασάνιζαν, να γυρίσουν χιλιάδες χιλιόμετρα μακριά και προχώρησε προς το τραπέζι. Η νύχτα ακόμη ήτανε νέα και το μπουκάλι από το κρασί μισογεμάτο, καθώς ο οικοδεσπότης τους, ως γνήσιος μουσουλμάνος, δεν έβαζε σταγόνα στο στόμα του από αυτό το ευλογημένο υγρό. Γέμισε τα ποτήρια μέχρι τη μέση και πρό-σφερε το ένα στη Μάτα. Εκείνη γύρισε και τον κοίταξε κάπως ξαφνιασμένη, σαν να τον έβλεπε για πρώτη φορά.

«Όμορφη νύχτα!» παρατήρησε.

«Πράγματι! Αν εξαιρέσεις τα θηρία που κόβουν βόλτες έξω από το φράχτη!» του απάντησε ανήσυχη.

«Προσπάθησε να μην το σκέφτεσαι! Είμαστε στο σπίτι του κυβερνήτη του Χαράρ, στο πιο ασφαλές μέρος στην πόλη! Εξάλλου τα σύρματα είναι ηλεκτροφόρα και μετά, υπάρχει και ο ψηλός τοίχος που περιβάλει το σπίτι, που δεν αφήνει πολλά περιθώρια ακόμη και στο πιο ρωμαλέο θηρίο. Τίποτα δεν πρόκειται να μας συμβεί!» την καθησύχασε.

Η Μάτα κούνησε δύσπιστα το κεφάλι της στην απάντησή του και ήπιε λίγο από το κρασί που της πρόσφερε.

«Καλό ε;» της είπε.

«Πράγματι!» συμφώνησε μαζί του.

«Είναι όμως γλυκό και ζαλίζει!» συμπλήρωσε.

«Και τι έγινε; Θα οδηγήσουμε ή θα κάνουμε καμιά βλακεία;» χαμογέλασε.

Η Μάτα γύρισε και τον κοίταξε. Το βλέμμα της περιείχε ένα κράμα συναισθημάτων από θυμό, ικεσία, απογοήτευση και δέλεαρ. Ο Αλέξανδρος σώπασε. Ανασήκωσε ελαφρώς το δεξί του φρύδι και ήπιε λίγο ακόμη. Τότε μια σκέψη του φώτισε το μυαλό. Μια σκέψη που του έδινε ξεκάθαρη απάντηση στην αγωνία που είχε, για το λόγο που οδηγήθηκε εκεί, με μια άγνωστη σε αυτόν γυναίκα. Μια γυναίκα που λίγες μέρες νωρίτερα της είχε ριχτεί άγαρμπα κι εκείνη τον είχε απορρίψει. Αυτή ήταν ο πραγματικός λόγος που βρισκόταν εκεί! Γι' αυτήν τη γυναίκα είχε κάνει τόσο δρόμο παραμερίζοντας τις προτεραιότητες που είχε στο γραφείο του. Όταν όμως αναρωτήθηκε τι αισθανόταν πραγματικά, τότε διαπίστωσε ότι δεν ήξερε την απάντηση. Δεν μπορούσε να πει ότι την ποθούσε, ούτε όμως και το αντίθετο, δεν μπορούσε να αρνηθεί ότι δεν τον είχε εκνευρίσει η απόρριψη που αισθάνθηκε από αυτήν και ότι δεν ήθελε να την εκδικηθεί. Παρόλο, όμως, που έτρεφε συναισθήματα μίσους για το πρόσωπό της, συναισθήματα που οδηγούσαν στην αδιαφορία για την ίδια, παραδεχόταν ότι τον ευχαριστούσε η παρέα της. Μάλιστα την αποζητούσε, καθώς με την πρώτη ματιά που της έριξε, ως γνήσιος άντρας, παραδέχτηκε ότι το εξωτερικό περιτύλιγμα παρουσίαζε ιδιαίτερο ενδιαφέρον. Συζητώντας μαζί της, δεν μπόρεσε να μη παραδεχτεί ότι ήταν μια έξυπνη, πνευματώδης και καλλιεργημένη γυναίκα, με θάρρος και επιμονή που ξεχείλιζαν από τα μπατζάκια της. Το είχε συζητήσει με τον εαυτό του, σε έναν εσωτερικό διάλογο που έκανε, εκείνη τη μέρα της απόρριψης. Την ποθούσε πραγματικά, ήθελε στ' αλήθεια να την κάνει δική του, γι' αυτό και ρίσκαρε κάνοντάς της την πρόταση που της έκανε. Άγαρμπη ομολογουμένως, ακόμη και για τον ίδιο, δεν θα μπορούσε όμως να είναι και αλλιώς, καθώς δεν είχε μεγάλη εμπειρία σε εξωσυζυγικές σχέσεις. Είχε ξεχάσει πλέον πως ήταν να φλερτάρεις, αφού το «σπορ» είχε να το εξασκήσει κάτι χρόνια. Ήταν και η Ρένια που του πιπίλιζε συνεχώς το μυαλό για το πόσο πολύ ταίριαζαν μεταξύ τους, για τα κοινά ενδιαφέροντα που είχαν και για τις ομοιότητες που παρουσίαζαν στις απόψεις και στον τρόπο ζωής τους. Τώρα όμως ήταν αργά, καθώς τα λόγια είχαν ειπωθεί και γνώριζε πολύ καλά πως δεν γινόταν να τα πάρει πίσω. Το μόνο που του έμενε ήταν να μείνει δίπλα της, προσπαθώντας να την κάνει να αλλάξει την εικόνα του κυνηγού, που είδε στα μάτια της, σε έναν άντρα, που το θήραμα κάθε αυτό δεν τον ενδιέφερε και τόσο, όσο το κυνήγι και η εμπειρία που θα αποκόμιζε.

Όταν αργότερα το σκέφτηκε, επέκρινε τον εαυτό του, που επέτρεψε να παρασυρθεί και να εκτεθεί σε αυτό το σημείο, τη στιγμή μάλιστα, που παραδεχόταν και ο ίδιος ότι δεν υπήρχε περίπτωση να κάνει κάτι μαζί της πραγματικά.

Η νύχτα ήταν άφεγγη και άγρια. Το κρύο διαπερνούσε το δέρμα και τρυπούσε το κόκαλο ως το μεδούλι. Το αχυρένιο στρώμα συνέβαλε στην ένταση του πόνου με το δικό του τρόπο κι εκείνο. Οι μικρές βελόνες του σανού έμπαιναν ενοχλητικά στο δέρμα, στα αφτιά και σε κάθε πτυχή και επιφάνεια του σώματος που ξάπλωνε πάνω του. Η σκοροφαγωμένη κουβέρτα δεν ήταν αρκετή για να μετριάσει το ψύχος που ένιωθε το κορμί.

Που και που το φεγγάρι ξεπρόβαλε δειλά πίσω από τα παχιά σύννεφα, θολό και αρρωστιάρικο και ύστερα πάλι κρυβόταν παίρνοντας μαζί του κάθε ελπίδα, αφήνοντας πίσω του μόνο θλίψη και σκοτάδι.

Από νωρίς το πρωί υπήρχε ένταση ανάμεσα στους φυλακισμένους. Καιρό τώρα είχαν ανακαλύψει έναν τρόπο να ανοίγουν τα κλειδωμένα κελιά τους και αρκετά βράδια το είχαν επιχειρήσει με σκοπό να κλέψουν τσιγάρα, λεφτά και ναρκωτικά από άλλους φυλακισμένους. Φρουροί το βράδυ δεν υπήρχαν. Ένας ήταν μόνο, ο οποίος περιοριζόταν σε έναν τυπικό έλεγχο στην αρχή και στο τέλος της βάρδιας του και μετά κλεινόταν μαζί με τους άλλους φρουρούς, των υπόλοιπων πτερύγων σε έναν χώρο που είχαν, για όλη τη διάρκεια της νύχτας. Για κάμερες βέβαια ούτε λόγος. Οπότε οι φυλακισμένοι και ειδικότερα οι βαρυποινίτες είχαν καταφέρει να κάνουν τις βόλτες τους κάτω από τη μύτη των σωφρονιστικών υπαλλήλων και κανείς να μην τους παίρνει χαμπάρι διαπράττοντας σωρεία εγκλημάτων Κραυγαλέων πολλές φορές, που όσο και να μην ήθελες, δεν μπορούσες να μη σκεφτείς, ότι κάποια από αυτά ίσως να γινόταν με την ανοχή των αστυνομικών. Εξάλλου για αυτούς όλοι οι φυλακισμένοι ήταν ένα και το αυτό, εγκληματίες. Βγάζοντας κάποιους από τη μέση, διευκόλυναν τη δουλειά τους περιορίζοντας τον αριθμό των εγκλείστων. Σήμερα απ' ότι διαφαίνονταν στην ατμόσφαιρα και στους ψιθυρισμούς που πλανιόταν στον αέρα, θα λάμβανε χώρα άλλη μια τέτοια εξόρμηση. Ο Μάικ, ο Βρετανός φίλος του, όπως εκείνος τον αποκαλούσε, φρόντισε να τον προειδοποιήσει την ώρα του βραδινού για την επιχείρηση που είχε στηθεί. Δεν είχε καταλάβει με σαφήνεια ποιος ακριβώς θα ήταν ο στόχος, αλλά φρόντισε να τον προειδοποιήσει να μείνει στο κρεβάτι του ακίνητος και αν ήταν δυνατόν να μην ανασαίνει καν, τη στιγμή που θα έβγαινε η συμμορία των Αλεπούδων έξω από τα κελιά τους.

Ο Χάρης δεν χρειάστηκε δεύτερη κουβέντα για να πειστεί για τα λόγια του Μάικ. Τις μέρες που βρισκόταν εκεί είχε διαπιστώσει και από μόνος του το μέγεθος της εξουσίας και της επιρροής που είχαν οι Αλεπούδες ανάμεσα στους υπόλοιπους φυλακισμένους, ακόμη και στους σωφρονιστικούς υπαλλήλους. Κάνοντας τους διάφορα δωράκια, δίνοντάς τους τσιγάρα, πληροφορίες, ακόμη και χρήματα, το μέγεθος των οποίων σε μερικές περιπτώσεις υπερέβαινε το μηνιαίο μισθό του υπάλληλου, είχαν καταφέρει τους φρουρούς να κάνουν τα στραβά μάτια. Μερικοί μάλιστα είχαν εξελιχθεί στους προσωπικούς μεταφορείς τους, εισάγοντας πράγματα-παρανόμως πολλές φορές-μέσα και έξω από τη φυλακή.

Άλλη μια συμμορία με αρκετή ισχύ μέσα στο χώρο ήταν οι Σεΐχηδες. Αυτοί ήταν ακόμη χειρότεροι από τις Αλεπούδες, επειδή ήταν φανατικοί ισλαμιστές. Αρκετοί από αυτούς είχαν συλληφθεί σε αποτυχημένες προσπάθειες που είχαν κάνει να ανατιναχτούν παίρνοντας μαζί τους στον θάνατο αρκετούς αθώους περαστικούς και μη. Αυτοί οι άνθρωποι, αφού είχαν περάσει άπειρους μήνες στην απομόνωση, είχαν υποβληθεί σε εντατικό ηλεκτροσόκ στον εγκέφαλο και στο υπόλοιπο σώμα, έχοντας μεταβληθεί κυριολεκτικά σε ζόμπι, είχαν επανενταχθεί στην κοινωνία της φυλακής. Το παράδοξο της υπόθεσης ήταν, πως ενώ πλέον ήταν γενικά φιλήσυχοι και άκακοι μουσουλμάνοι, που το μεγαλύτερο μέρος της ημέρας το περνούσαν προσευχόμενοι μέσα στο κελί τους, τους απέφευγαν οι πάντες. Μπορεί από το ηλεκτροσόκ να είχαν ψηθεί όλοι οι νευρώνες του εγκεφάλου τους, αλλά αν κάποιος τους ενοχλούσε, μπορούσαν απλά με δυο δάχτυλα του χεριού να τον στραγγαλίσουν.

Αυτή τους η συμπεριφορά ομοίαζε με ένα λαμπάκι που βρίσκεται σε ένα σκοτεινό δωμάτιο και δεν ανάβει ποτέ, μέχρι τη στιγμή που κάποιος θα κάνει μια κίνηση και θα πατήσει το διακόπτη. Στα χρόνια που πέρασαν, οι Αλεπούδες προσπάθησαν αποτυχημένα να εξοντώσουν τους Σεΐχηδες, οδηγώντας τους στη μαζική δολοφονία. Το σχέδιο όμως απέτυχε παταγωδώς, καθώς οι Σεΐχηδες γνωρίζοντας πολύ καλά την τζιχάντ και αποφασισμένοι για όλα, κατάφεραν ένα τεράστιο πλήγμα στις Αλεπούδες, σκοτώνοντας μέσα στη φυλακή διακόσια πενήντα μέλη της. Οι ίδιοι ήταν μόλις εβδομήντα πέντε άτομα και η απώλειά τους ανήλθε μόλις στους εφτά ανθρώπους. Η φυλακή είχε βαφτεί κατακόκκινη και για μέρες οι υπόλοιποι φυλακισμένοι δεν τολμούσαν να ξεμυτίσουν από τα κελιά τους.

Η διοίκηση της φυλακής ξηλώθηκε ολόκληρη, καθώς στις ανακρίσεις που έγιναν για να ανακαλύψουν ποιος οδήγησε την κατάσταση εκτός ελέγχου, τα στόματα όλων παρέμεναν κλειστά. Η κυβέρνηση της Υεμένης ενοχλήθηκε τόσο πολύ από την έκταση και τη δημοσιότητα που πήρε το θέμα στον υπόλοιπο κόσμο, που αναγκάστηκε για να διασπάσει αυτές τις δύο ισχυρές ομάδες, να τους μεταφέρει σε διάφορες φυλακές της χώρας. Πολλοί μάλιστα από τους φυλακισμένους δεν έφτασαν ποτέ στις καινούριες φυλακές, καθώς εντελώς ανεξήγητα πέθαναν στο δρόμο, είτε από τσιμπήματα σκορπιού, είτε από γαστρεντερίτιδα ή ηλίαση. Ανακρίσεις για αυτά τα περίεργα συμβάντα δεν έγιναν ποτέ. Από τότε όμως οι Αλεπούδες και οι Σεΐχηδες, οι Σεΐχηδες και οι Αλεπούδες ήταν ορκισμένοι εχθροί, που απλά απέφευγαν ο ένας τον άλλον.

Υπήρχε μια εφιαλτική ησυχία έξω από του διαδρόμους των κελιών, που κυριολεκτικά σου τσαλάκωνε τα νεύρα με την απραξία της. Συνήθως όταν πλέον κλειδώνονταν στα κελιά οι φυλακισμένοι και ο έντονος φωτισμός αντικαθίστατο από τις λάμπες νυκτός, κάτι κίτρινα μικρά λαμπάκια που φώτιζαν αμυδρά τους χώρους, μια άλλη κοινωνία ξυπνούσε μέσα στη νύχτα. Ο καθένας κλεινόταν στον εαυτό του και απορροφιόταν από πράγματα που δεν μπορούσε να κάνει στη διάρκεια της ημέρας. Ήταν η ώρα της περισυλλογή και της εσωτερικής αναζήτησης. Άλλος θα έγραφε ένα γράμμα στην αγαπημένη του μητέρα, σύζυγο, κόρη, φιλενάδα, άλλος θα προσεύχονταν ψάχνοντας να βρει τον Αλλάχ ή το Θεό μέσα του, κάποιος θα έκανε τον απολογισμό της ημέρας του, ή ακόμη θα έβγαζε το χασίς του να το χωρίσει και να το προετοιμάσει για την πώλησή του, την επόμενη μέρα. Κάποιοι άλλοι θα έπαιζαν χαρτιά με τους συγκατοίκους τους ή ακόμη και θα συζητούσαν ή θα διάβαζαν κάποιο βιβλίο, όσο αυτό ήταν εφικτό βέβαια κάτω από το σχεδόν ανύπαρκτο τεχνητό φως.

Σήμερα όμως ούτε συζητήσεις γινόταν, ούτε προσευχή από το στόμα κάποιου ακούστηκε, ούτε τίποτα. Η ησυχία ήταν νεκρική. Σου προκαλούσε ένα ρίγος φόβου, αποτροπιαστικό. Ένιωθες λες και είχε έρθει ο ίδιος ο Χάρος επισκεπτήριο στη φυλακή. Δεν μπορούσες να τον δεις, αλλά τον αισθανόσουνα, ένιωθες τα παγερά αλαφροΐσκιωτα βήματά του στο τσιμέντο του διαδρόμου, διαισθανόσουνα το κοφτερό του δρεπάνι ακονισμένο να ξυρίζει τον αέρα. Μύριζες τη σαπίλα του θανάτου και της αποσύνθεσης στα ρουθούνια σου και βαθιά μέσα σου, γνώριζες πολύ καλά ότι όσο ακίνητος και να καθόσουνα στο κρεβάτι κρυμμένος κάτω από την σκοροφαγωμένη κουβέρτα, όσο κι αν δεν ανέπνεες με την ελπίδα να σε προσπεράσει, αν το προσκλητήριο, που κρατούσε στα χέρια του έγραφε το όνομά σου, δεν είχες καμία ελπίδα να μην τον ακολουθήσεις.

«Χάρη!» ακούστηκε μια φωνή να ψιθυρίζει στα αγγλικά.

Ο Χάρης κρέμασε τον μισό κορμό του και κοίταξε στην κάτω κουκέτα. Ένας νέος συγκάτοικος είχε έρθει πριν δυο μέρες. Ήταν ένα παιδί δεκαεννέα χρονών, που βρισκόταν μέσα επειδή τον είχαν πιάσει να πουλάει φρούτα, χωρίς να έχει την απαιτούμενη άδεια. Δυστυχώς λόγω της φτώχειας που υπήρχε στην περιοχή, αρκετοί ήταν αυτοί που έκαναν το ίδιο πράγμα με αυτόν, με αποτέλεσμα το κρατητήριο του αστυνομικού τμήματος της Σαναά να είναι γεμάτο με τέτοιους ανθρώπους. Οι αστυνομικοί δεν ήξεραν που να τον βάλουν ως τη μέρα που θα γινόταν η δίκη και επειδή οι δικοί του δεν είχαν χρήματα για να πληρώσουν και να τον βγάλουν έξω με εγγύηση, αποφάσισαν για να μην τον παστώσουν σαν σαρδέλα στο κρατητήριο, που βρισκόταν ήδη καμιά πενηνταριά άτομα, να τον στείλουν προσωρινά στη φυλακή. Εκεί ο διοικητής διέταξε να τον τοποθετήσουν στο κελί του Έλληνα, ίσως επειδή βαθιά μέσα του, να είχε αναγνωρίσει την αθωότητα και του ενός και του άλλου.

Ο Χασάν σαν χαρακτήρας ήταν πολύ κλειστός και ντροπαλός, δεν μιλούσε αν δεν του μιλούσαν δεν κοιτούσε αν δεν τον κοιτούσαν. Ήταν ένα ψηλόλιγνο μελαχρινό παιδί, με καστανά πλούσια μαλλιά με χοντρή τρίχα, τεράστια εκφραστικά μαύρα μάτια, παχιά φρύδια κι ένα υπέροχο χαμόγελο, που φανέρωνε μια σειρά από πάλλευκα ίσια δόντια που σε γοήτευε αμέσως. Τα χαρακτηριστικά του ήταν τόσο λεπτά που και ο ίδιος έμοιαζε σχεδόν εύθραυστος, σαν κορίτσι. Αυτός ήταν ίσως ο λόγος

Μάγδα Δ. Καπριανού

που οι Αλεπούδες τον έβαλαν στο μάτι από την πρώτη κιόλας μέρα που μπήκε στη φυλακή Από τη στιγμή που πήγε στην τραπεζαρία, άρχισαν να σφυρίζουν επιδεικτικά την ώρα που περνούσε από μπροστά τους και να κάνουν τολμηρά σχόλια, που αφορούσαν στο πρόσωπό του και σε διάφορα σημεία του σώματός του. Δύο μέρες τώρα, τα σχόλια και τα διάφορα επιφωνήματα που λάμβαναν χώρα δεν έλεγαν να σταματήσουν. Ο Χάρης που είχε ψυλλιαστεί την υπόθεση είχε αρχίσει να εξοργίζεται, ο Μάικ όμως φρόντισε να τον προειδοποιήσει λέγοντάς του να μην κάνει τίποτα. Δεν ήτανε δικό του θέμα, όπως του τόνισε. Θα μπορούσε μάλιστα από το τίποτα να βρεθεί μπλεγμένος σε ακόμη μεγαλύτερο λούκι και να κατηγορηθεί για πράγματα που δεν έκανε, οδηγώντας τον εαυτό του σε μεγαλύτερα προβλήματα.

«Χάρη, τι συμβαίνει;» τον ρώτησε ο Χασάν σε σπαστά αγγλικά.

«Τίποτα! Κοιμήσου!» τον διέταξε εκείνος και ξάπλωσε πάλι στο κρεβάτι του.

Με τα μάτια ανοιχτά παρατηρούσε τις τεράστιες μαύρες κατσαρίδες που πηγαινοέρχονταν κατά ομάδες στο ταβάνι, προσπερνώντας τις σαρανταποδαρούσες, είτε πάλι μαλώνοντας μαζί τους.

«Χάρη!» επέμεινε ο Χασάν

«Έχω μια κακή διαίσθηση!» του είπε

«Γύρνα πλευρό και κοιμήσου!» του απάντησε εκείνος

«Και κάνε ησυχία, θα τον ξυπνήσεις!»

Είπε και κοίταξε στην απέναντι κουκέτα τον Ουλάν που ροχάλιζε βαθιά μέσα στον ύπνο του. Ο Ουλάν ανήκε στην ομάδα των Σεΐχηδων και ήταν φανατικός ισλαμιστής. Παρόλο που δεν χώνευε κανέναν, κατά έναν παράδοξο λόγο ποτέ του δεν πείραξε τον Χάρη. Από τις ελάχιστες φορές που αντάλλαξαν μια κουβέντα, ο Ουλάν του είχε ομολογήσει πως παρόλο που είχε δύο κακά πάνω του, ήταν δηλαδή δημοσιογράφος και χριστια-

158

νός, κάτι πάνω του απέπνεε σεβασμό και εκτίμηση. Επίσης είχε παραδεχτεί το γεγονός ότι ο Χάρης σεβόταν τη στιγμή της προσευχής και του ύπνου του, κάνοντας ησυχία και αυτό τον έβαζε μέσα στην καρδιά του, σε μια πολύ καλή θέση. Έξω όμως από το κελί, δεν του έριχνε ούτε μια ματιά, για να μην εκτεθεί στους όμοιούς του.

Βέβαια η αλήθεια ήταν πως όταν ο Ουλάν κοιμόταν, έπεφτε σε νάρκη κι έτσι ό,τι φασαρία και να γινόταν δεν άκουγε τίποτα, οπότε ο Χάρης το μόνο που έκανε, ήταν να περιμένει να ξεκινήσει το ροχαλητό για να σηκωθεί από το κρεβάτι του να διαβάσει, ακόμη και για να κάνει την ανάγκη του.

Και ο ίδιος πάντως σήμερα δεν ένιωθε καλά. Το στομάχι του στριφογύριζε και ο Μορφέας τον είχε απαρνηθεί. Μέσα του κάτι του έλεγε πως θα συμβεί, αλλά εδώ και ώρα τίποτα δεν κινούνταν. Που και που την ησυχία του χώρου έσπαγε ο ήχος από κάποιο καζανάκι ή η συστολή και η διαστολή κάποιου μεταλλικού σωλήνα.

Η νύχτα είχε προχωρήσει πολύ, καθώς το φεγγάρι είχε μετακυλήσει μπροστά από το στενό παράθυρό του και είχε απομακρυνθεί. Οι φρουροί έκαναν τον έλεγχό τους έξω από τα κελιά για να δουν αν όλα ήταν ήσυχα και μετά κλείστηκαν πάλι μέσα στο γραφείο τους, όπου ανενόχλητοι παρακολουθούσαν τσόντες στο βίντεο. Ησυχία για λίγο και ξαφνικά ένα τρίξιμο ακούστηκε από μια σιδερένια πόρτα που έκανε την τρίχα του Χάρη να σηκωθεί μέχρι επάνω.

«Χάρη!» ξανάπε σε σπασμένα αγγλικά ο Χασάν.

«Σσσς!!»

«Please!»

Η πόρτα του κελιού τους άνοιξε και μέσα σε κλάσματα του δευτερολέπτου μπήκαν μέσα με φόρα τέσσερα άτομα αιφνιδιάζοντάς τους. Ο ένας έτεινε ένα αυτοσχέδιο μαχαίρι στον Χάρη, ακινητοποιώντας τον στη θέση του, ο άλλος φυλούσε τσίλιες στο διάδρομο για να μην τους αντιληφθεί κάποιος φρουρός και οι άλλοι δύο ακινητοποίησαν τον Χασάν, ο οποίος προσπάθησε να αντιδράσει, αλλά η φωνή του σβήστηκε μέσα στη βίαιη σφαλιάρα που του έχωσε ο ένας στο πρόσωπο. Του έδεσαν το στόμα με ένα κομμάτι ύφασμα, ενώ κάτι μουρμούριζαν στη γλώσσα τους, που ο Χάρης δεν μπορούσε να καταλάβει.

«Μη βγάλεις άχνα, αν δεν θες να καταλήξεις σαν αυτόν ή νεκρός!» του είπε με κουτσουρεμένα αγγλικά αυτός που τον απειλούσε με το μαχαίρι, τη στιγμή που ξέσφιγγε το ζωνάρι του και κατέβαζε τα παντελόνια του. Ο Χάρης έμεινε κοκαλωμένος στο κρεβάτι του, με τα χέρια και τα πόδια μαζεμένα σε εμβρυϊκή στάση, κοιτάζοντας στο ταβάνι τις κατσαρίδες να πηδιούνται μεταξύ τους και μετά να αλληλοτρώγονται. Το κεφάλι του σταμάτησε να δουλεύει και ο ιδρώτας τον έλουσε πατόκορφα πνίγοντας τα τσιμπούρια που είχαν σκαρφαλώσει πάνω του και του ρουφούσαν αδηφάγα το αίμα.

Στο μυαλό του γύριζε μόνο μια σκέψη. *'Δεν είναι δυνατόν!'* Βρισκόταν εκεί ανήμπορος να κάνει οτιδήποτε, τη στιγμή που αυτοί οι απαίσιοι άνθρωποι έκαναν το κέφι τους και ξέσπαγαν τα κτηνώδη τους ένστικτα πάνω σε ένα παιδί άβγαλτο, μεταβάλλοντας κυριολεκτικά το χαρακτήρα του, αλλοτριώνοντας τον και θέτοντας άλλη πορεία στη ζωή του. Το Ελληνικό του φιλότιμο και το μεσογειακό του ταμπεραμέντο χτύπησαν κόκκινο τρελαίνοντάς του το μυαλό. Το είχε πάρει απόφαση, στη ζωή του ποτέ δεν είχε σκύψει το κεφάλι και ποτέ του δεν είχε φοβηθεί τίποτα. Είχε περάσει από πολέμους, από σεισμούς, από μαζικές καταστροφές, ήταν μαχόμενος δημοσιογράφος και τίποτα μέχρι τώρα δεν τον είχε φοβίσει. Στα γρήγορα έκανε έναν έλεγχο με τη συνείδησή του, υπενθυμίζοντας στον εαυτό του πως αυτό που θα έκανε μπορούσε να τον οδηγήσει ακόμη και στον θάνατο, ήταν όμως πολύ καλύτερο από το να σιωπήσει και να αφήσει τις Κασσάνδρες να τον κυριεύσουν για μια ζωή.

Πήρε μια βαθιά ανάσα και δυνάμωσε το κουράγιο του, ακούγοντας τον Χασάν να προσπαθεί να γλιτώσει από τον επιδοξο βιαστή του, που ήθελε να τον ακινητοποιήσει για να καταφέρει να τον βιάσει. Με μόνο του όπλο ένα στυλό, που είχε κρύψει για να γράψει γράμμα στη Μάτα, πήδηξε κάτω στον στενό διάδρομο και ουρλιάζοντας από την ένταση και το αμόκ άρχισε να τρυπάει τον γυμνό άντρα στα πλευρά και στο κεφάλι. Μόλις οι υπόλοιποι αντελήφθησαν τι είχε συμβεί, παράτησαν τον Χασάν και όρμησαν στον Χάρη. Τον άρπαξαν και τον έριξαν κάτω, γρονθοκοπώντας τον με μανία. Εκείνος προσπαθούσε να κάνει το ίδιο, ενώ ο Χασάν είχε μείνει ακίνητος στο κρεβάτι του κλαίγοντας με μανία.

Η μάχη φαινόταν άνιση. Ήταν ένας εναντίον τριών και το κυριότερο, είχε χάσει το μοναδικό όπλο με το οποίο θα μπορούσε να παλέψει. Ο ιδρώτας ανακατεύτηκε με το αίμα, το σάλιο, τις τρίχες και τα σπερματικά υγρά. Οι δύο άντρες τον είχαν ακινητοποιήσει στο πάτωμα, ο Χάρης πονούσε σε όλο του το σώμα από τις κλοτσιές που είχε δεχτεί στο κεφάλι στην κοιλιά και στα πλευρά. Τα χείλη του και η γλώσσα του ήταν πρησμένα και το ένα του μάτι έβλεπε θολά και άνοιγε δύσκολα. Μέσα στο μισοσκόταδο πρόσεξε τον έναν από τους τρεις να στέκεται ακριβώς από πάνω του. Το μόνο που πρόλαβε να κοιτάξει ήταν τα λευκά του δόντια, τη στιγμή που κάτι μουρμούριζε και του χαμογελούσε και μετά το αντιφέγγισμα της λεπίδας από το μαχαίρι που είχε στα χέρια του. Μια σκέψη μόνο πέρασε από το μυαλό του, ότι δεν θα προλάβαινε να ξαναδεί τη γυναίκα του και τα παιδιά του. Έκλεισε τα μάτια και γύρισε το κεφάλι στο πλάι, έτοιμος να συναντήσει το δημιουργό του.

Άξαφνα και εντελώς απροσδόκητα μια γνώριμη φωνή ακούστηκε ακριβώς πίσω από τον όρθιο άντρα και λίγο μετά ένας γδούπος. Φωνές, μετά ένας δεύτερος γδούπος και τσιρίδες, κατόπιν ένας τρίτος και στο τέλος ένα ποδοβολητό. Άνοιξε τα μάτια και είδε τον Ουλάν να τινάζει τα χέρια του πάνω στα ρούχα του σαν να τα ξεσκόνιζε και να μουρμουρίζει λόγια, λίγο πριν ξαπλώσει ξανά στο κρεβάτι του. Κοίταξε πιο πέρα τους παραλίγο δολοφόνους του, να κείτονται κάτω νεκροί, άψυχοι και κατάλαβε ότι πραγματικά κανείς δεν θα έπρεπε να ενοχλεί τον Ουλάν την ώρα του ύπνου του. Ένιωσε μεγάλη ευγνωμοσύνη που κατάφερε να σωθεί αυτός και ο Χασάν. Έκανε να σηκωθεί για να του το πει, όμως οι δυνάμεις του τον πρόδωσαν και έπεσε λιπόθυμος κάτω στο πάτωμα. Τώρα το μόνο πράγμα που ερχόταν στ' αφτιά του ήταν οι σειρήνες του συναγερμού και οι αστυνομικοί που έτρεχαν πέρα δώθε. Στο μυαλό του σχηματίστηκε η εικόνα της ευγνωμοσύνης και της ευτυχίας που ήταν ακόμη ζωντανός κι αυτό ήταν αρκετό.

«Καληνύχτα λοιπόν!» της πέταξε βιαστικά λίγο πριν κλείσει την πόρτα του.

«Καληνύχτα και σε σένα!»

Η Μάτα έκλεισε την πόρτα πίσω της έχοντας ανάμικτα συναισθήματα να κατακλύζουν τη σκέψη της. Ακόμη δεν είχε καλά καταλάβει τι είχε συμβεί και από εκεί που έστεκαν και οι δυο να κοιτάζουν πέρα μακριά στην άγρια αφρικανική νύχτα, της είπε ορθά κοφτά ότι νύσταζε και βιάστηκε, σχεδόν σαν κυνηγημένος να χαθεί πίσω από την πόρτα του. Δεν μπορούσε να τον ερμηνεύσει καθόλου αυτόν τον άνθρωπο. Ήταν η προσωποποίηση του σκωτσέζικου ντουζ. Εκεί που της σέρβιρε το κρασί και την κοιτούσε πολλά υποσχόμενος, εκεί άξαφνα είχε μετατραπεί σε μια ψυχρή παγοκολώνα και με την πρόφαση ότι νύσταζε εξαφανίστηκε.

Η Μάτα αισθάνθηκε την απόρριψη και αυτό της κατέτρωγε τα σωθικά. Αναρωτιόταν αν έστεκε καλά στα μυαλά του ή μήπως είχε κάποιο ψυχολογικό πρόβλημα. Τώρα που το σκεφτόταν, κάτι της είχε αναφέρει η Ρένια σε μια συζήτηση που έκαναν λίγες μέρες νωρίτερα.

«Να τον προσέχεις!» της είχε πει. «Δεν είναι και πολύ σόι. Παίρνει τα βουνά και τα λαγκάδια μου έχει πει και πάει λέει στα χωράφια και κάθεται να σκεφτεί! Πολύ τζαζ ο τύπος!»

«Τζαζ για σένα!» ψέλλισε στον εαυτό της, αναθυμούμενη τις στιγμές που ανέβαινε στα προπύλαια και καθόταν ώρες να ατενίζει τον ορίζοντα του ουρανού και τη νοητή γραμμή που τον χώριζε από τη θάλασσα πέρα μακριά. Καθάριζε ο νους της, γέμιζαν οι μπαταρίες και μόνο τότε επέστρεφε στον υπόλοιπο κόσμο. Μακάρι να μπορούσε να κάνει κι εκείνη το ίδιο. Να πάρει τα βουνά, να ηρεμίσει και να αγαλλιάσει η ψυχή της, αλλά που καιρός να αδειάσει από τις υποχρεώσεις και τα παιδιά. Η Ρένια δεν καταλάβαινε, εκείνη όμως ήξερε και τον ένιωθε, γι' αυτό ίσως και ότι και αν της έκανε δεν τον παρεξηγούσε. Εξάλλου πως θα μπορούσε να έχει απαιτήσεις από εκείνον, τη στιγμή που και οι δυο τους ήταν παντρεμένοι, με παιδιά και συζύγους. Κι αν εκείνη ήταν η ανόητη, που είχε ξεχάσει τα πάντα και έτρεχε σαν τη λυσσασμένη πίσω του για να κερδίσει μια του ματιά, εκείνος ήταν πιο ώριμος σε αυτή την κατάσταση.

Παρόλο που ένιωθε έντονη έλξη για αυτόν τον άνθρωπο, ήξερε πολύ καλά ότι δεν έπρεπε να προχωρήσει. Αντιθέτως μάλιστα, έπρεπε να βρει έναν τρόπο να κάνει και τον ίδιο να ξεχάσει την όποια επιθυμία είχε για εκείνη. Παρόλο που την απέφευγε, εκείνη ένιωθε ότι υπήρχαν κοινά συναισθήματα και η διαίσθησή της πολύ σπάνια έκανε λάθος.

Είχε τόσο ανάγκη για ένα ποτό αυτή τη στιγμή. Άναψε το φως και κοίταξε γύρω της, αλλά το μόνο οινόπνευμα που θα μπορούσε να βρει στο σπίτι ενός μουσουλμάνου ήταν το καθαρό για τις εντριβές και την απολύμανση για τα κουνούπια. Απελπισμένη, ότι τουλάχιστον για σήμερα και μάλλον γενικότερα, θα έφευγε άσπιλη και αμόλυντη όπως ήρθε, έβγαλε τη νυχτικιά της από τη βαλίτσα, ξεντύθηκε και τη φόρεσε. Έσβησε τα φώτα και πήρε ένα βιβλίο που ήταν στα αραβικά να το ξεφυλλίσει μέχρι να την πάρει ο ύπνος.

Μόλις ξάπλωσε χτύπησε η πόρτα. Σηκώθηκε και άνοιξε. Μπροστά της στεκόταν ο Αλέξανδρος, κόκκινος και φουριόζος με ξεκουμπωμένο το πουκάμισό του μέχρι το στέρνο, έχοντας βγάλει τη γραβάτα του, ξεφυσούσε μπροστά της σαν τον ταύρο τη στιγμή που ετοιμάζει τη στρατηγική του επίθεσης, απέναντι στο κόκκινο πανί και στον ίδιο τον ταυρομάχο. Την άρπαξε από τη μέση και σαν τον άνεμο τον άγριο, τον εκδικητικό την έσπρωξε μέσα στο δωμάτιο της, αρπάζοντάς την και σηκώνοντάς την στα χέρια του. Με το πόδι έκλεισε την πόρτα πίσω του και όρμησε στα χείλη της, όπως το σαρκοβόρο κτήνος ορμάει πάνω στο θήραμά του και το κατασπαράζει, χωρίς να πάρει ούτε μια ανάσα.

Η Μάτα δεν αντιστάθηκε στα φιλιά του, αντιθέτως και τα δικά της είχαν την ίδια ένταση. Σε κλάσματα του δευτερολέπτου είχαν μετατραπεί και οι δυο σε δυο τίγρεις που πάλευαν να κυριαρχήσουν η μια πάνω στην άλλη. Τα ρούχα βγήκανε βιαίως και τα σκεπάσματα έπεσαν στο πάτωμα. Ο πόθος ήταν τέτοιος που δεν ήξεραν τι να πρωτοκάνουν. Σαν δυο παιδιά που αμάθητα στον έρωτα κάνουν άγαρμπες κινήσεις, μα δεν παρεξηγούν το ένα το άλλο, γιατί ξέρουν πως τώρα μαθαίνουν, και βιάζονται να γευτούν.

Κάπου εκεί όμως η μοίρα κάνει μια παρένθεση. Ένα κενό τεράστιο υπάρχει, όπου εκείνη θα γράψει τον επίλογο και που ενώ ο καθένας νομίζει ότι ξέρει το τέλος της υπόθεσης, έρχεται η ανατροπή που κάνει η ζωή για να δώσει πιο πολύ σασπένς, για να αλλάξει τον ρου των πραγμάτων. Έτσι κι εδώ, μόλις έμειναν χωρίς τα ρούχα τους, έτοιμοι οι δυο τους να γίνουν ένα και να κατασβήσουν τον πόθο τους μέσα στη θάλασσα των φιλιών και του ιδρώτα τους, η συνείδηση χτύπησε την πόρτα της Μάτας. Πάγωσε κι έμεινε ακίνητη, μετά φοβήθηκε και κύματα τύψεων την πλημμύρισαν κόβοντάς της και την ανάσα. Κυριολεκτικά τον εκσφενδόνισε από το κρεβάτι της, και τον εκδίωξε αγρίως από το δωμάτιο της. Εκείνος προσπάθησε να την πλησιάσει για να την ηρεμίσει αλλά ο εκνευρισμός της ήταν τέτοιος που βγήκε εκτός εαυτού και άρχισε να φωνάζει αναγκάζοντάς τον να φύγει κακήν κακώς από το δωμάτιο της, για να αποφύγει τις φωνές της και να μην ξυπνήσει τους υπόλοιπους ενοίκους του σπιτιού.

Έμεινε μόνη της κουλουριασμένη σε μια άκρη του κρεβατιού προσπαθώντας μάταια να ηρεμίσει. Το ξημέρωμα τη βρήκε μέσα σε ένα ποταμό δακρύων, να κατηγορεί τον εαυτό της για την αδυναμία που επέδειξε σε ένα ανούσιο πάθος, που το μόνο που θα της πρόσφερε θα ήταν άφθονες πληγές την επόμενη μέρα και τίποτα περισσότερο. Έμεινε έτσι ως το πρωί να κατηγορεί τον εαυτό της, να τον σιχαίνεται και να τον βρίζει, μέχρι που τα βαριά από το ξενύχτι βλέφαρά, της σκέπασαν τα μάτια, χαρίζοντας της επιτέλους τη λύτρωση του ύπνου.

Η επόμενη μέρα ξεκίνησε για τη Μάτα λίγο πριν το μεσημέρι. Άνοιξε τα μάτια κι έμεινε για αρκετή ώρα ακίνητη τεντώνοντας προς όλα τα μήκη του ορίζοντα τις κεραίες της, προσπαθώντας να πιάσει κάποιο συναίσθημα σε κάποια τετραγωνική γωνία του κορμιού της. Η κενότητα που αισθάνθηκε δεν την ικανοποίησε, την απέδωσε όμως χωρίς ιδιαίτερη περισυλλογή στην ανώριμη χθεσινοβραδινή της συμπεριφορά. Αποφάσισε να μείνει για λίγο ακόμη σκεπασμένη κάτω από την έθνικ κουβέρτα της, νιώθοντας προστασία κατά κάποιο τρόπο από τις συνέπειες που θα είχε να αντιμετωπίσει, από τη στιγμή που θα σηκωνόταν από το κρεβάτι και θα έβγαινε έξω από την πόρτα του δωματίου της. Έπρεπε όμως να σηκωθεί κάποτε επιτέλους. Ήταν αρκετά μεγάλη για να αναλάβει τις ευθύνες των πράξεών της και να αποδεχτεί τις συνέπειες τους.

Ως τώρα σκέφτηκε, ο Αλέξανδρος θα είχε σηκωθεί. Αναρωτιόταν αν θα είχε δικαιολογήσει τη χθεσινή της αλλοπρόσαλλη συμπεριφορά ή θα την είχε καταδικάσει με τη μια. Άραγε θα μπορούσε να καταλάβει όλο αυτό το πρωτόγνωρο συναίσθημα που η ίδια βίωνε, αλλά δεν μπορούσε να αποδεχτεί; Στη βραδιά που πέρασε η Μάτα συνειδητοποίησε ότι η όλη αυτή η διαδικασία του φλερτ και της σκέψης ενός άλλου άντρα πέρα από τον δικό της την εξιτάριζε. Παρόλα αυτά, αν και τον τελευταίο καιρό δεν ήταν λίγες οι φορές που είχε παραδεχτεί στον εαυτό της ότι η σχέση της με τον Χάρη είχε φτάσει πλέον σε ένα απροσπέλαστο τέλμα, μετά τη χθεσινή εμπειρία κατάλαβε ότι δεν μπορούσε έτσι απλά να τον προσπεράσει και να τον αφήσει στην άκρη, για να κάνει το καπρίτσιο της. Ένα νέο συναίσθημα ερχόταν αυτή τη φορά για να την ξυπνήσει κι αυτό ήταν ένα τελείως ξεχασμένο. Άξαφνα ένιωθε πως πάλι είχε αισθήματα γι' αυτόν τον άνθρωπο, που δεν ήταν μόνο ο πατέρας των παιδιών της, αλλά και ο άνθρωπος που κέρδισε την καρδιά της και την έκανε να πάρει την απόφαση να παντρευτεί. Δεν ήταν σίγουρη τι ακριβώς ήθελε να κάνει με τη ζωή της γενικότερα, αλλά το μόνο σίγουρο ήταν ότι δεν του άξιζε μια τέτοια συμπεριφορά.

Σηκώθηκε και ντύθηκε με βελτιωμένη τη διάθεσή της. Ένιωθε δυνατή κι έτοιμη να αντιμετωπίσει τον Αλέξανδρο, και δεν θα τον παρεξηγούσε ακόμη και αν της κρατούσε μούτρα. Κατέβηκε στον κάτω όροφο γεμάτη ενέργεια. Ο ήλιος ήταν έντονος και δεν της επέτρεπε να διακρίνει τις δύο φιγούρες που συζητούσαν στο βάθος του διαδρόμου που οδηγούσε στον κήπο. Δεν χρειαζόταν όμως να μαντέψει, ήταν σίγουρη πως τα δυο αυτά πρόσωπα ήταν ο κυβερνήτης και ο Αλέξανδρος. Επιτάχυνε το βήμα της και τους πλησίασε χαμογελαστή.

Το χαμόγελο κρεμάστηκε από τα χείλη της σαν το στραβό κάδρο στον τοίχο, όταν διαπίστωσε πως ο ένας από τους δυο ήταν ο κυβερνήτης, ο άλλος όμως ήταν ένας ντόπιος. Γύρισαν το κεφάλι τους προς το μέρος της και οι δύο και τη χαιρέτισαν με προσήνεια. Εκείνη προσπάθησε να καταχωνιάσει τη σαστιμάρα της πίσω από ένα δεύτερο αποτυχημένο και πάλι χαμόγελο και παρόλο που επιβράδυνε το ρυθμό της, συνέχισε να βαδίζει προς το μέρος τους. Τους πλησίασε και τους καλημέρισε, ενώ διάφορα σενάρια γράφονταν στη γραφομηχανή του μυαλού της. Το πιο ευφάνταστο και συνάμα το πιο εφιαλτικό θα ήταν η ανακοίνωση ότι ο Αλέξανδρος είχε φύγει δήθεν εσπευσμένα για την Ελλάδα. Αν είχε συμβεί κάτι τέτοιο, τότε ήταν τελείως χαμένη. Τι θα μπορούσε να κάνει μόνη της εκεί; Κι αν είχε συμβεί κάτι τέτοιο, τότε σήμαινε ότι είχε ενοχληθεί τόσο πολύ από τη χθεσινή της στάση, που το πιθανότερο ήταν ότι δεν θα ήθελε να την ξαναδεί ποτέ στη ζωή του.

Στη σκέψη αυτή, ένιωσε ένα σκίρτημα να της τραντάζει την καρδιά. Για κανένα λόγο δεν ήθελε να παραδεχτεί, ακόμη και στον ίδιο της τον εαυτό ότι ήταν ερωτευμένη μαζί του.

Ερωτευμένη μαζί του; Πως θα μπορούσε να είναι ερωτευμένη μαζί του, τη στιγμή που κάθε μέρα υπενθύμιζε τον εαυτό της πως ότι κι αν συμβεί, ότι και να γίνει, δεν πρέπει να τον ερωτευτεί. Εκείνος εξάλλου το είχε ξεκαθαρίσει. Το μόνο που ήθελε από την ίδια ήταν το κορμί της, έτσι έπρεπε να το δει και η ίδια. Ίσως μάλιστα αυτό να ήταν που τη φόβισε το προηγούμενο βράδυ και αντέδρασε τόσο σπασμωδικά. Είχε προσπαθήσει να το αποφύγει, αλλά άθελά της έπεσε μέσα στην ίδια της την παγίδα. Το ήξερε! Το ήξερε και γι' αυτό δεν ήθελε να κάνει κάτι μαζί του, γιατί αν του δινόταν το μόνο που θα κέρδιζε θα ήταν θλίψη και τίποτα περισσότερο, επειδή εκείνος είχε αυτοσυγκράτηση και μπορούσε να βάλει μια διαχωριστική γραμμή, ενώ η ίδια όχι.

Κατάπιε το σάλιο της για να διώξει την αγωνία της και τους καλημέρισε.

«Ο Αλέξανδρος που είναι;» τους ρώτησε στα αγγλικά και μέσα της παρακαλούσε να της πουν ότι ήταν κάπου εκεί τριγύρω και θα ερχόταν σε λίγο.

Εκείνοι κοιτάχτηκαν συνωμοτικά για λίγο και σχεδόν αμέσως, ο κυβερνήτης της πρότεινε να περπατήσουν μαζί. Κατέβηκαν στον κήπο. Το χορτάρι ήταν αφράτο και μαλακό, μοσχομύριζε η ατμόσφαιρα φρεσκοκομμένο γρασίδι. Ο ήλιος στεκόταν ακριβώς πάνω από τα κεφάλια τους και τους έκαιγε με τις θερμές ακτίνες του. Προχώρησαν προς το σιντριβάνι και κάθισαν στο παγκάκι που βρισκόταν ακριβώς απέναντί του.

«Ο Αλέξανδρος έχει φύγει!» της είπε στο τέλος ο κυβερνήτης.

Η Μάτα ένιωσε ένα τρέμουλο σε όλο της το κορμί. Τα σενάρια του μυαλού της που μέχρι πριν λίγο έπαιζαν μόνο στις οθόνες της φαντασίας της, είχανε πάρει μορφή και γινόταν πραγματικότητα. Ένιωσε κάπως παράξενα. Ήταν ένα συναίσθημα που πρέπει να κατάλαβε ο κυβερνήτης, καθώς της έπιασε τα χέρια και τα έβαλε μέσα στα δικά του, στην προσπάθειά του να την παρηγορήσει και να της δώσει κουράγιο για αυτό τον νέο ύφαλο που είχε να αντιμετωπίσει μπροστά της.

«Όλα θα πάνε καλά! Μη στεναχωριέστε!» κατάφερε να ψελλίσει με δυσκολία.

«Τι θα κάνω τώρα!» είπε εκείνη στα ελληνικά. Ο κυβερνήτης δεν κατάλαβε τι είπε και τη ρώτησε στα αγγλικά, αν είχε κάποιο πρόβλημα.

«Μην ανησυχείτε όλα θα πάνε καλά! Είμαστε εμείς εδώ!» Συνέχισε εκείνος να την παρηγορεί, όμως η Μάτα δεν τον άκουγε, παρά συνέχισε να αναρωτιέται για το πιο θα ήταν το μέλλον και η εξέλιξη της υπόθεσης της, τώρα που είχε φύγει ο Αλέξανδρος. Παράλληλα ένα νέο παράθυρο άνοιξε στο μυαλό της με την εξής αδιανόητη απορία: ήταν δυνατόν να την εγκατέλειψε επειδή χθες το βράδυ δεν ενέδωσε στις επιθυμίες του; Ήταν ποτέ δυνατόν να είναι τόσο άδειος; Τόσο κενός συναισθημάτων και αισθημάτων και σκεπτόμενος μόνο τον εαυτό του να έφυγε πρωί-πρωί για την Ελλάδα, χωρίς να της πει μια λέξη, χωρίς να της εξηγήσει το λόγο; Και το χειρότερο ήταν ότι τώρα η ίδια είχε κολλήσει μόνη σε μια άλλη χώρα, σε μια άλλη ήπειρο, χωρίς να ξέρει τι πρέπει να κάνει και χωρίς να διαθέτει τα μέσα για να έρθει σε επαφή με κάποιον που θα μπορούσε να της δώσει μια αχτίδα φωτός για την πορεία του άντρα της.

Ο κυβερνήτης που κατάλαβε πως αυτό που σκεφτόταν δεν ήταν καλό, την αγκάλιασε από τους ώμους και προσπάθησε να την παρηγορήσει.

«Μην ανησυχείτε, όλα θα πάνε καλά!» της ξαναείπε.

«Πως;» τον ρώτησε επιτέλους εκείνη στα αγγλικά.

«Το βράδυ που θα γυρίσει θα μας πει, αν υπάρχουν εξελίξεις!»

Η Μάτα έμεινε κόκαλο. Γύρισε και τον κοίταξε με μάτια που εκτόξευαν σπίθες, χωρίς να μπορεί να καταλάβει αν αυτό που άκουσε ήταν σωστό ή είχε χαθεί κάπου ανάμεσα στη μετάφραση και στη χαρακτηριστική ντόπια προφορά του κυβερνήτη.

«Το βράδυ είπατε;» τον ρώτησε γεμάτη αγωνία, χωρίς να χάσει χρόνο.

«Ναι, χρειάστηκε να πάει στην Υεμένη επειγόντως, επειδή προέκυψαν κάποιες εξελίξεις στην υπόθεση του συζύγου σας! Με παρακάλεσε να σας εξηγήσω και μου ζήτησε να σας φροντίσω σαν να ήταν ο ίδιος, μέχρι να επιστρέψει.» της απάντησε εκείνος χρωματίζοντας τη φωνή του με ελπίδα.

«Συγνώμη αν σας φόβισα, αλλά κι εγώ ο ίδιος δεν γνωρίζω κάτι περισσότερο που θα μπορούσε να σας διαφωτίσει!»

Η καρδιά της σκίρτησε και πάλι. Δηλαδή δεν είχε φύγει για πάντα, ήταν εδώ και θα τον έβλεπε το βράδυ! Μια ανεξήγητη χαρά πλημμύρισε το κορμί της, και την έκανε να αισθανθεί χαρά, κοκκινίζοντάς της τα μάγουλα και δίνοντάς της ελπίδα ότι τίποτα δεν είχε χαθεί ακόμη. Ξάφνου η λογική της χτύπησε την πόρτα και την επανέφερε στην πραγματικότητα. Τι να είχε συμβεί και πήγε έτσι απροειδοποίητα και βεβιασμένα στην Υεμένη; Ήταν άραγε για καλό ή κάτι κακό είχε προκύψει; Ακατάληπτες σκέψεις άρχισαν πάλι να κάνουν κατάληψη στη λογική της και να την εξωθούν στο περιθώριο. Ίσως να επέστρεφε πίσω με τον Χάρη, αν όμως γινόταν κάτι τέτοιο, τότε δεν θα μπορούσε να έχει μια δεύτερη ευκαιρία να μιλήσει στον Αλέξανδρο και να του εξηγήσει πως ο κύριος λόγος που πανικοβλήθηκε ήταν επειδή δεν είχε ξαναβιώσει μια ανάλογη εμπειρία. Ήθελε μια δεύτερη ευκαιρία, να πάρουν τα πράγματα από την αρχή, με αργά και σταθερά βήματα, χωρίς βιαστικές κινήσεις. Τι θα έκανε όμως αν δεν είχε και το κυριότερο ήταν, αν ερχόταν μαζί με τον Χάρη, ποια θα έπρεπε να είναι η στάση της απέναντι στον έναν και απέναντι στον άλλο;

Το δωμάτιο ήταν μισοσκότεινο, παρόλα αυτά μπορούσε εύκολα κανείς να διακρίνει τη λιτή του επίπλωση. Ένα σιδερένιο κομοδίνο, ένα προπολεμικό σιδερένιο κρεβάτι και παραδίπλα ένας νιπτήρας. Η σκουριά είχε κάνει κατάληψη στη λιτή επίπλωση και παρόλο που τα έπιπλα φαινόταν να έχουν βαφτεί σχετικά πρόσφατα σε εκείνο το λευκό νοσοκομειακό χρώμα που μόνο θλίψη γεννάει, εκείνη δεν έλεγε να εγκαταλείψει το βασίλειό της. Η τουαλέτα ήταν έξω. Κοινή, μια για όλα τα δωμάτια, αλλά όποιος βρισκόταν εκεί, ήταν το τελευταίο πράγμα για το οποίο νοιαζόταν. Ο Αλέξανδρος άνοιξε την πόρτα σιγανά για να μην ενοχλήσει τον Χάρη που κοιμόταν, εκείνη όμως έτριξε και τον ξύπνησε. Γύρισε προς τα εκεί το κεφάλι του με δυσκολία. Το κολάρο που φορούσε στο λαιμό, τον εμπόδιζε από το να εκτελέσει απλές και αυτονόητες κινήσεις. Ο Αλέξανδρος άφησε την τσάντα του πάνω στο κομοδίνο και τον πλησίασε αμίλητος. Κάθισε δίπλα του στη μοναδική καρέκλα που βρισκόταν στο δωμάτιο και για λίγη ώρα έμεινε ακίνητος να τον παρατηρεί.

Τον Χάρη δεν τον είχε γνωρίσει ποτέ μέχρι τώρα. Συχνά πυκνά διάβαζε άρθρα του στις εφημερίδες και παρακολουθούσε ρεπορτάζ του στην τηλεόραση, ποτέ του όμως δεν είχε την ευκαιρία να τον συναντήσει. Τον παρατήρησε που ξάπλωνε στο κρεβάτι και του φάνηκε αρκετά ψηλός. Ίσως ήταν ψηλότερος και από τον ίδιο, σίγουρα πάντως ήταν πιο στιβαρός, πράγμα που σήμαινε ότι είτε οι κακουχίες στη φυλακή δεν τον είχαν αγγίξει είτε ότι ήταν ακόμη πιο τεράστιος και τώρα ο ίδιος, έβλεπε ότι απέμεινε. Τα καστανά του μαλλιά ήταν βρώμικα από την απλυσιά και το ξεραμένο αίμα που είχε κολλήσει πάνω τους. Οι μώλωπες και οι εκδορές στα εμφανή σημεία του σώματός του και όπου τέλος πάντων δεν υπήρχε γύψος ή σεντόνι να το καλύψει, μαρτυρούσαν πως η πάλη ήταν σκληρή. Ξαπλωμένος εκεί, του φαινόταν τόσο άκακος και αβοήθητος, που για μια στιγμή ο Αλέξανδρος ένιωσε συστολή, φέρνοντας στο νου του, τις σκέψεις που έκανε για τη γυναίκα του.

«Είμαι ο Αλέξανδρος Καρυώτης, ο δικηγόρος σας!» του συστήθηκε με ψυχραιμία.

Ο Χάρης κούνησε αργά το κεφάλι. Προσπάθησε κάτι να του πει, αλλά δυσκολεύτηκε, καθώς οι πόνοι δεν τον άφηναν να ηρεμίσει και τον ταλαιπωρούσαν σε κάθε του κίνηση. Ο Αλέξανδρος τον καθησύχασε λέγοντάς του ότι δεν υπήρχε λόγος να πιέζεται, καθώς τα ήξερε όλα από τον πρέσβη.

Χωρίς περιστροφές μπήκε αμέσως στο θέμα.

«Κατά τη γνώμη μου, κακώς μπλεχτήκατε σε ένα ζήτημα που δεν σας αφορούσε. Θα έπρεπε να κάνετε υπομονή, να μείνετε ουδέτερος και να μην αντιδράσετε, επειδή τώρα τα πράγματα περιπλέκονται ακόμη περισσότερο.»

«Δε μπορούσα να κάνω αλλιώς!» ψέλλισε με δυσκολία ο Χάρης.

«Καταλαβαίνω πως όταν απειλείται η ζωή κάποιου, το ένστικτο της επιβίωσης είναι αυτό που τον καθοδηγεί να κάνει πράγματα που υπό φυσιολογικές συνθήκες ίσως να ήταν αντίθετος. Όμως αυτή τη στιγμή κατηγορείστε για ανθρωποκτονία από πρόθεση και σε αυτή τη χώρα η ποινή είναι μια: θάνατος δια απαγχονισμού!»

«Μα τι λες τώρα;» το σώμα του Χάρη συσπάστηκε στο άκουσμα της τελευταίας πρότασης του Αλέξανδρου.

«Πως...πως είναι δυνατόν;» τραύλισε.

«Η δικογραφία που σχηματίστηκε εις βάρος σας, λέει ξεκάθαρα ότι στραγγαλίσατε τρεις άλλους φυλακισμένους, τον έναν εκ των οποίων τον πετάξατε από τον τρίτο όροφο που βρισκόσασταν, στο ισόγειο και όλα αυτά επειδή προσπάθησαν να σας κλέψουν ένα πακέτο τσιγάρα.» του εξήγησε με ήρεμη και απαλή φωνή, προσπαθώντας να τον ηρεμίσει και τον ίδιο, όσο θα μπορούσε κάτι τέτοιο να είναι δυνατόν.

«Ποιος; Ποιος τις λέει αυτές τις μαλακίες; Καταρχάς εγώ δεν καπνίζω!» τα νεύρα του Χάρη είχαν τεντωθεί τόσο πολύ, εκτινάσσοντας την αδρεναλίνη του στα ύψη, κάνοντάς τον να ξεχάσει και τον πιο οξύ πόνο.

«Δηλαδή μου λέτε ότι δεν έχετε τσιγάρα; Επειδή σύμφωνα με την κατάθεση...» είπε και έκανε μια παύση για να ρίξει μια ματιά στη δικογραφία που είχε μεταφραστεί στα ελληνικά.

«Υπήρχε ένας μάρτυρας, ο οποίος ισχυρίζεται ότι τα είδε όλα και ότι γλίτωσε επειδή έτρεξε γρήγορα μακριά σας, την ώρα που εσείς ήσασταν απασχολημένος πνίγοντας τους άλλους τρεις!»

«Μα πως είναι δυνατόν; Πως είναι δυνατόν να τους σκότωσα και τους τρεις;»

«Έχετε δίκιο, όμως από τη στιγμή που υπάρχει μάρτυρας υπεράσπισης των νεκρών, εμείς δεν μπορούμε να κάνουμε τίποτα. Εκτός αν βρούμε κι εμείς έναν μάρτυρα!» του πρότεινε αμέσως.

«Μάρτυρα; Κανείς δεν πρόκειται να μιλήσει!»

«Καταλαβαίνω τι εννοείτε. Θα ήθελα να μου πείτε τι ακριβώς συνέβη και μαζί να προσπαθήσουμε να βγάλουμε κάποια άκρη, για να ξέρω τουλάχιστον τι θα πω στον τοπικό δικηγόρο υπεράσπισής σας.»

«Σε ποιον;» τον ρώτησε έκπληκτος.

«Η πρεσβεία έχει αναλάβει να σας βρει τον καλύτερο δικηγό-ρο, τώρα όμως τα πράγματα έχουν δυσχεραίνει τη θέση σας και φοβάμαι πολύ ότι δεν είναι καλά!»

«Δηλαδή, αυτό που είπες, για την κρεμάλα, δεν τη γλιτώνω;»

«Μια τέτοια απάντηση δεν μπορώ να σας δώσω, δεδομένης της προηγούμενης υπόθεσης με την οποία κατηγορείστε, η οποία είναι ανάλογη της τωρινής πράξης. Ελπίδες πάντα έχου-με. Μιλήστε μου όμως και ας ευχηθούμε ο Θεός και η τύχη να είναι μαζί μας!»

Ο Χάρης έκανε μια προσπάθεια να καθίσει στο κρεβάτι. Ο Αλέξανδρος σηκώθηκε να τον βοηθήσει.

«Όλα ξεκίνησαν λίγες μέρες νωρίτερα...»

Εδώ και αρκετή ώρα, από το μεσημέρι σχεδόν και ύστερα, η Μάτα ανέβηκε στο δωμάτιό της για να ηρεμίσει. Η αλήθεια ήταν πως αν εξαρτιόταν από την ίδια, θα ήθελε να αποφύγει το πρωινό και το μεσημεριανό γεύμα, αλλά κάτι τέτοιο στάθηκε αδύνατον, αφού ο κυβερνήτης έχοντας λάβει εντολή από τον Αλέξανδρο να τη φροντίσει, θεώρησε καθήκον του να μην την αφήσει μόνη ούτε λεπτό. Έτσι με μισή καρδιά αναγκάστηκε να περάσει σχεδόν όλη την ημέρα μαζί του και ίσως υπό άλλες συνθήκες να είχε βρει διασκεδαστική και ενδιαφέρουσα την πρόταση που της έκανε για ένα μίνι σαφάρι στη ζούγκλα, εκείνη τη στιγμή όμως, ήταν κάτι που δεν της προκαλούσε καμία ευχαρίστηση ή ενδιαφέρον. Ευτυχώς ο κυβερνήτης φάνηκε να δείχνει κατανόηση και μάλλον τύψεις. Της ζήτησε μάλιστα και συγνώμη που της έκανε αυτή την άκομψη και άτοπη πρόταση διασκέδασης, τη στιγμή που ο άντρας της βρισκόταν κρατούμενος στις φυλακές της Σαναά.

Στεκόταν δίπλα στο παράθυρο του δωματίου της έχοντας ακουμπισμένο το κεφάλι της στο ξύλινο τελάρο και κοιτούσε μακριά, ως εκεί που έφτανε η όρασή της. Ανέκαθεν την ξεκούραζε αυτή η συνήθεια. Κάπου μάλιστα είχε διαβάσει πως το μάτι ξεκουράζεται αν το αφήσεις να περιπλανηθεί στον ορίζοντα. Εκείνης όμως, εκτός από ξεκούραση της προκαλούσε και ηρεμία. Το να κοιτάζει μακριά χωρίς να έχει στοχευμένο κάπου το βλέμμα της, ήταν μια παλιά συνήθεια που τη βοηθούσε να αποδράσει έστω και για λίγο από τα προβλήματά της. Ήταν κάτι αντίστοιχο με τη συνήθεια των καπνιστών, να ανάβουν τσιγάρο σε κάποιο πρόβλημα. Το αποτέλεσμα πάντως και στους δύο θα μπορούσες να πεις ήταν το ίδιο: μετά το τέλος του τσιγάρου τα προβλήματα ήταν ακόμη εκεί, στοιβαγμένα στη σειρά και περίμεναν αγωνιωδώς και χωρίς ίχνος κατανόησης την επίλυσή τους.

Κοιτούσε πέρα μακριά στον ορίζοντα τη Σαβάνα που απλωνόταν μυστηριώδης και αφιλόξενη. Η έπαυλη του κυβερνήτη ήταν χτισμένη στην άκρη της πόλης και αρκετά μακριά από το τελευταίο σπίτι της περιοχής. Η διάταξή του οικοπέδου ήταν τέτοια που η κεντρική είσοδος και γενικότερα το ίδιο το σπίτι κοιτούσε προς την αντίθετη πλευρά της πόλης. Η θέα μάλιστα σου έκοβε την ανάσα, καθώς λίγα μόλις μέτρα μακρύτερα από την σιδερένια πόρτα της κεντρικής εισόδου, υπήρχε ένας απότομος γκρεμός ο οποίος κατέληγε σε μία πεδιάδα που ήταν η αρχή της Σαβάνας. Κάτι τέτοιο της προκαλούσε δέος, αλλά και τρόμο, καθώς το προηγούμενο βράδυ οι φωνές και τα γρυλίσματα της ζούγκλας έφταναν ξεκάθαρα στ' αφτιά της.

Τα παιδιά της άραγε τι να έκαναν; Τέτοια ώρα, το πιο πιθανόν θα ήταν πως θα είχαν διαβάσει τα μαθήματά τους και μάλλον θα έπαιζαν. Τι όμορφη που είναι η παιδική ηλικία; Αναπόλησε στο μυαλό της την εποχή εκείνη που ήταν και η ίδια παιδούλα κι έπαιζε ανέμελη στους δρόμους της γειτονιάς της, έχοντας μόνο ένα πράγμα στο μυαλό της. Πότε θα μεγαλώσει. Πόσο αφελής και κουτή σκέψη; Μακάρι να μπορούσε να γυρίσει πίσω εκεί και να μη σκέφτεται όλα αυτά που της στοίχειωναν το μυαλό. Ή αν δεν μπορούσε να κάνει κάτι τέτοιο, να μπορούσε έστω να γυρίσει στην περίοδο εκείνη που ήταν ευτυχισμένοι αυτή, ο Χάρης και τα παιδιά τους. Πόσο δύσκολη είναι τελικά η ενήλικη ζωή και πόσο άδικο είναι να μη μπορεί κάποιος να εκφράσει τα συναισθήματα που βιώνει, παρά να τα πλακώνει μέσα του και να τα καταπιέζει;

Ένα δάκρυ κύλησε, κάνοντας παρέα στη σκέψη που έφυγε από το μυαλό της και τη μπέρδεψε περισσότερο. Δεν ήταν σίγουρη αν έκλαιγε επειδή ο άντρας της περνούσε δύσκολες στιγμές, επειδή ο Αλέξανδρος της θόλωσε τόσο πολύ το μυαλό και μετά την παράτησε σύξυλη εκεί, με τη δικαιολογία ότι δήθεν έπρεπε να πάει εσπευσμένα στην Υεμένη ή για όλα αυτά μαζί.

Το σούρουπο είχε αρχίσει να χρωματίζει με τα πολύχρωμα πινέλα του τον ορίζοντα. Μπλε και μοβ, πορτοκαλί και γκρι-σιέλ, ανακατεύονταν με το σκούρο μπλε και το μαύρο της νύχτας. Σιγά-σιγά τα φώτα άναψαν και φώτισαν τον κήπο και το σιντριβάνι. Ντόπιες γυναίκες με παραδοσιακές στολές και τουρμπάνια στο κεφάλι, μέσα στο οποίο είχαν τυλιγμένα τα μαλλιά τους, άρχισαν τοποθετούν κλωνάρια σε κάτι τεράστια σιδερένια πιάτα κατά μήκος του σπιτιού και σε διάφορες άλλες εστίες και να ανάβουν φωτιές, όπως ακριβώς και το προηγούμενο βράδυ.

Η πόρτα χτύπησε και από έξω άκουσε μια φωνούλα να της λέει στα αγγλικά ότι σε λίγη ώρα το δείπνο θα ήταν έτοιμο. Κοίταξε το ρολόι της. Η ώρα είχε προχωρήσει αρκετά και κανένα ίχνος του Αλέξανδρου δεν είχε φανεί. Για λίγο η σκέψη ότι δεν θα γυρνούσε πίσω, της κατέκλυσε το μυαλό κι ένιωσε να πνίγεται από την έλλειψη αέρα. Σύντομα όμως επέβαλε στον εαυτό της να βρει την αυτοκυριαρχία του κι έτσι απέκλεισε την κρίση πανικού που προσπάθησε να εισχωρήσει στο Εγώ της. Ακόμη κι αν ήταν τόσο κάφρος ώστε να την παρατήσει στη μέση του πουθενά, εκείνη έπρεπε να σταθεί στο ύψος των περιστάσεων και να βρει τρόπο να απελευθερώσει τον άντρα της και να τον φέρει πίσω στην Ελλάδα.

Ο Αλέξανδρος έκλεισε απαλά την πόρτα πίσω του. Ο Χάρης κατέβαλε υπέρμετρη προσπάθεια να του εξιστορήσει τα όσα είχαν συμβεί, ώστε στο τέλος εξαντλημένος πλέον από την αφήγηση και έχοντας τελειώσει με όσα είχε να πει, έκλεισε τα μάτια του και αποκοιμήθηκε. Ο πρέσβης περίμενε τον Αλέξανδρο σε ένα άλλο δωμάτιο. Όταν πλέον ολοκληρώθηκε η κατάθεση του Χάρη, ένας υπάλληλος της πρεσβείας τον οδήγησε εκεί. Μόλις μπήκε μέσα ο Αλέξανδρος, ο πρέσβης του έκανε ένα νεύμα να μη μιλήσει. Αθόρυβα και σαν να μην είχε συμβεί τίποτα, φόρεσε το σακάκι του και βγήκαν από το δωμάτιο, προχώρησαν στην έξοδο του νοσοκομείου και από εκεί στο διπλωματικό αυτοκίνητο. Παρέμειναν αμίλητοι σε όλη τη διαδρομή και μόνο όταν μπήκαν μέσα στο γραφείο του πρέσβη, στην πρεσβεία της Ελλάδας φάνηκε να λύνεται αυτή η καχυποψία.

«Συγχωρήστε με κύριε Καρυώτη, αλλά δυστυχώς στους καιρούς που ζούμε αυτή την εποχή και η κατάσταση που έχουμε να χειριστούμε, μας αναγκάζει να παίρνουμε προληπτικά μέτρα. Τον τελευταίο καιρό βλέπετε, συμβαίνουν διάφορες αναταραχές στο πολιτικοκοινωνικό κλίμα αυτής της χώρας, που απ' ότι φαίνεται επηρεάζει και τις μέχρι πρότινος φιλικές σχέσεις που είχε με την Ελλάδα. Προσπαθούμε βέβαια να κρατήσουμε ένα επίπεδο συνεργασίας αλλά αυτό τείνει να είναι από μέτριο, έως κακό. Όλες αυτές οι αναταραχές που συμβαίνουν στη χώρα, φοβούμαι πολύ ότι σύντομα θα μας αναγκάσουν να επιστρέψουμε στη μητέρα πατρίδα. Ως άνθρωπος, σας ομολογώ με πάσα ειλικρίνεια, ότι η καρδιά μου χτυπά δυνατά από τη χαρά και την προσμονή που νιώθω στη σκέψη αυτή, ως πρέσβης όμως και κατά συνέπεια ως εκπρόσωπος της χώρας μου αισθάνομαι βαθιά θλίψη και οδύνη για αυτό το αποτέλεσμα.» Του εξήγησε απολογούμενος και συντετριμμένος.

Ο Αλέξανδρος χώθηκε πιο βαθιά στη σκούρη δερμάτινη πολυθρόνα του νιώθοντας και ο ίδιος εξαντλημένος και δικαιολογημένα μάλιστα. Το προηγούμενο βράδυ κοιμήθηκε ελάχιστα και αργότερα χρειάστηκε να καταπονήσει ακόμη περισσότερο τον εαυτό του, κάνοντας αυτό το ταξίδι αστραπή προς και από την Υεμένη. Αισθανόταν κουρασμένος, βρώμικος, πεινασμένος και πάνω απ' όλα τόσο διψασμένος, που ήταν σίγουρος ότι θα μπορούσε να πιει ένα ολόκληρο ποτάμι νερό και παρόλα αυτά να συνεχίσει να διψάει. Ο επαγγελματισμός του όμως, ήταν τέτοιος που δεν του επέτρεπε να αφήσει τα συναισθήματα αυτά να τον καταβάλουν και έτσι, παρά την κούραση του, συνέχιζε να κοιτάει με προσήλωση τον πρέσβη, δείχνοντας το απαιτούμενο ενδιαφέρον προς όλα αυτά που του έλεγε.

«Δηλαδή τα πράγματα είναι δύσκολα, απ' ότι καταλαβαίνω!» συμπλήρωσε εκείνος.

«Ακριβώς. Ίσως και χειρότερα απ' ότι φανταζόμαστε. Αυτή τη στιγμή που μιλάμε, έχω ήδη δώσει εντολή στους υπαλλήλους της πρεσβείας να αρχίσουν να πακετάρουν τα πιο σημαντικά αντικείμενα και έγγραφα της πρεσβείας και κάθε βράδυ κάτω από τη μύτη των αστυνομικών και των στρατιωτικών τα στέλνουμε στην Ελλάδα. Σε λίγες μέρες θα κλείσουμε και θα φύγουμε και οι ίδιοι!»

«Μα καλά, δεν μπορεί η κυβέρνηση να σας προστατέψει;» τον ρώτησε έκπληκτος.

«Μα τι λέτε; Αυτοί δεν μπορούν να προστατέψουν καλά-καλά τον εαυτό τους. Κάθε βράδυ, με το που πέφτει ο ήλιος μια άλλη κοινωνία ξυπνάει. Υπάρχει κόσμος που πεινάει, κόσμος που πεθαίνει από τα πιο απλά πράγματα και όλα αυτά επειδή δεν υπάρχει χρήμα για να κινηθεί η αγορά! Το τελευταίο εξάμηνο έκλεισε πάνω από το ογδόντα τοις εκατό των επιχειρήσεων και των μικρομάγαζων που υπήρχαν στη χώρα, εξωθώντας έτσι τους ανθρώπους αυτούς, να βρουν διέξοδο στην κλεψιά και στο παραεμπόριο. Την ημέρα δύσκολα περπατάει κανείς μόνος του, ειδικά αν δεν είναι ντόπιος, το δεν βράδυ, είναι θαύμα που σήμερα ακόμη δεν ακούστηκε καμιά έκρηξη. Ξέρετε τι κάνουν; Έχουν φτάσει στο σημείο να ζώνονται με εκρηκτικά και να μπαίνουν μέσα στα σούπερ μάρκετ και τα μπακάλικα αποφασισμένοι να ανατιναχτούν ακόμη και για ένα σακουλάκι ρύζι. Και πιστέψτε με κανείς δεν τους πάει κόντρα, γιατί είναι αποφασισμένοι! Αυτοί οι άνθρωποι δεν έχουν να χάσουν τίποτα επειδή δεν έχουν τίποτα! Μιλάμε για την αθλιότητα σε όλο της το μεγαλείο, και μάλιστα υπό τη σκιά μιας κυβέρνησης που κωφεύει απέναντι στα ουσιαστικά προβλήματα του λαού της.»

Έκανε μια απότομη παύση, καθώς ακούστηκε ένα χτύπημα στην πόρτα. Έδωσε εντολή να περάσουν, ενώ έκανε ένα νεύμα στον Αλέξανδρο να σωπάσει. Εκείνος δεν χρειάστηκε κάτι περισσότερο για να καταλάβει, ότι ο πρέσβης δεν εμπιστευόταν ούτε την ίδια του τη σκιά. Ένας τραπεζοκόμος μπήκε μέσα στο γραφείο, σέρνοντας ένα τραπεζάκι γεμάτο με διαλεχτές λιχουδιές. Προχώρησε με χαμηλωμένο το βλέμμα και χωρίς να μιλάει, άρχισε να στρώνει την τραπεζαρία με σβέλτες κινήσεις. Σε λίγα λεπτά το τραπέζι ήταν έτοιμο κι εκείνος, αφού έκανε μια υπόκλιση ευχόμενος καλή όρεξη στα γαλλικά, αποσύρθηκε το ίδιο αθόρυβα όπως μπήκε. Ο πρέσβης έκανε μια κίνηση πρότασης στον Αλέξανδρο κι εκείνος με χαρά ακολούθησε στο τραπέζι.

Για λίγα λεπτά έφαγαν χωρίς να μιλούνε, απολαμβάνοντας τις τοπικές γεύσεις. Όταν τελείωσαν σηκώθηκαν από το τραπέζι και κάθισαν στο δερμάτινο σαλόνι όπου εκεί, πατώντας ο πρέσβης ένα κουμπί, μπήκαν στο χώρο τρεις τραπεζοκόμοι και άρχισαν να μαζεύουν τα πιάτα από το τραπέζι με σβέλτες και αθόρυβες κινήσεις ενώ ένας άλλος τους πρόσφερε ζεστό καφέ σε φλιτζάνια από φίνα πορσελάνη Βοημίας. Όταν πλέον τελείωσε όλη αυτή η διαδικασία ο πρέσβης άνοιξε ένα ξύλινο κουτάκι και πρόσφερε στον Αλέξανδρο ένα πούρο. Εκείνος το δέχτηκε ευχαρίστως και αφού το άναψε συνειδητοποίησε με έκπληξη ότι ήταν ένα από τα καλύτερα πούρα που είχε γευτεί ποτέ στη ζωή του. Ο πρέσβης προφανώς το κατάλαβε, από το βλέμμα τέρψης που είχε αποτυπωθεί στο πρόσωπό του κι έσπευσε να του εξηγήσει ότι ήταν αυθεντικό Αβάνας.

«Και ξέρετε τι λένε για τα Αβάνας!» του είπε με μια δόση ευθυμίας στη φωνή του.

Ο Αλέξανδρος έκανε ένα νεύμα με το φρύδι του.

«Ότι οι Κουβανέζες τα τυλίγουν πάνω στα πόδια τους, γι' αυτό είναι και τόσο γευστικά!»

Το σχόλιο του πρέσβη τους έδωσε την αφορμή να χαλαρώσουν για λίγα λεπτά. Σύντομα όμως γύρισαν πάλι στην προηγούμενη συζήτησή τους.

«Εδώ και καιρό και σχεδόν αμέσως μετά τη σύλληψη του δημοσιογράφου, έχει δοθεί ταξιδιωτική οδηγία από όλες τις χώρες να αποφεύγουν την Υεμένη. Οι πρεσβείες της Αγγλίας, της Γερμανίας, της Σουηδίας, της Ιταλίας και άλλες, έχουνε ήδη κλείσει κι έχουν επιστρέψει στις πατρίδες τους. Όσοι εργαζόμενοι μπορούν και επιθυμούν, παραιτούνται από τις πολυεθνικές στις οποίες δουλεύουν κι επιστρέφουν στις χώρες τους. Το ίδιο κάνουμε κι εμείς. Ευτυχώς που δεν υπάρχουν πολλοί Έλληνες εδώ!» είπε με ανακούφιση.

«Με τον πελάτη μου δηλαδή τι έχετε σκοπό να κάνετε; Τι στάση θα κρατήσετε;»

Ο πρέσβης κοίταξε διστακτικά τον Αλέξανδρο. Προτίμησε να παραμείνει σκεπτικός και αμίλητος στέλνοντας έτσι το μήνυμα που είχε στο μυαλό του, στον συνομιλητή του. Ο Αλέξανδρος που κατάλαβε, έπεσε σε περισυλλογή και ο ίδιος.

«Δύσκολα τα πράγματα δηλαδή!» είπε στο τέλος.

«Πολύ δύσκολα!» συμφώνησε μαζί του ο πρέσβης.

«Ειδικά μετά τις τελευταίες εξελίξεις! Αν είχαμε μια μικρή ελπίδα να μας κάνουν τη χάρη, ως ένδειξη φιλίας με τη χώρα μας, τώρα αυτό είναι αδύνατον. Ακόμη κι αν δεχτούμε εμείς ότι δεν τους σκότωσε αυτός, από τη στιγμή που όλα τα στόματα παραμένουν κλειστά λόγω φόβου, κανείς δεν μπορεί να τον γλιτώσει» παραδέχτηκε.

«Αλήθεια, εσείς πιστεύετε ότι θα μπορούσε να τα βάλει με όλους αυτούς μόνος του και να τους σκοτώσει;» τον ρώτησε ο Αλέξανδρος.

«Θέλετε την ειλικρινή μου εκτίμηση;» τον ρώτησε.

Εκείνος ένευσε καταφατικά με το κεφάλι του.

«Νομίζω ότι είναι πολύ δύσκολο. Είναι μεν ένας ψηλός γεροδεμένος άντρας, άλλα όσο και να είναι δεν παύει να υφίσταται το γεγονός ότι αυτοί υπερτερούσαν σε αριθμό. Είμαι σίγουρος ότι έχει δίκιο, όμως στη συγκεκριμένη περίοδο με την κοινωνικοπολιτική και οικονομική αστάθεια που έχει αυτή η χώρα δεν νομίζω να κάτσει κανείς να ασχοληθεί μαζί του!»

«Εννοείτε δηλαδή ότι έτσι θα πάει;» τον ρώτησε νιώθοντας τα νεύρα του να φουντώνουν και το σώμα του να τεντώνεται από την έξαψη.

«Δυστυχώς. Φοβάμαι πολύ ότι σε λίγες μέρες θα κηρυχτεί στρατιωτικός νόμος και λυπάμαι που σας το λέω έτσι ωμά, αλλά αυτή τη στιγμή το μεγαλύτερο ενδιαφέρον μου είναι στο να σωθούν οι πολλοί. Δεν χρειάζεται βέβαια να σας το υπενθυμίσω ότι στον πόλεμο πάντα έχουμε παράπλευρες απώλειες, αν όμως είναι για να σωθούν οι πολλοί, ας γίνει κι έτσι!»

Ο Αλέξανδρος εκνευρίστηκε. Ένιωσε να του ανεβαίνει το αίμα στο κεφάλι από την ωμή απάντηση που του έδωσε ο πρέσβης. Είχε μεν δίκιο σε όλα αυτά που έλεγε, ήταν όμως πολύ σκληρό να το ακούς από επίσημα χείλη. Παρόλα αυτά συγκρατήθηκε και προτίμησε να καπνίσει όσο πιο αμέριμνα μπορούσε το πούρο του, παρά να μπει σε μία διένεξη που δεν θα έκανε καλό σε κανέναν από τους δύο. Γνώριζε πολύ καλά ότι ο πρέσβης του ήταν χρήσιμος μέχρι και την τελευταία στιγμή και δεν τον συνέφερε να τον κάνει εχθρό του.

«Πάντως για να καταλάβετε την αστάθεια της κατάστασης, είδατε πολύ καλά ότι και ο ίδιος ακόμη και ως κρατούμενος δεν φρουρούνταν από κανένα. Όλο αυτό με κάνει να πιστεύω ότι σύντομα η χώρα θα οδηγηθεί σε μεγάλη αναταραχή!»

Φρόντισε να τονίσει τις τελευταίες του λέξεις για να κάνει τον Αλέξανδρο να καταλάβει ότι δεν υπήρχε λόγος να προσπαθεί να κάνει κάτι που δεν θα γινόταν ποτέ. Η απελευθέρωση και ο επαναπατρισμός του Χάρη δεν υπήρχε σε κανένα σχέδιο της πρεσβείας. Ο Αλέξανδρος τον κοιτούσε χωρίς να μιλάει βυθισμένος στις δικές του σκέψεις. Μέσα εκεί κατέστρωνε σχέδια, που άλλο παρά αντιπρόσωπο του νόμου σκιαγραφούσαν. Από τη στιγμή όμως που κανένας δεν είχε διάθεση να βοηθήσει, έπρεπε να τα βγάλει πέρα μόνος του και ήταν αποφασισμένος, καθώς θεωρούσε χρέος να βοηθήσει αυτόν τον άνθρωπο να γυρίσει πίσω στην οικογένεια και στη γυναίκα του.

Στη σκέψη της Μάτας ήρθε στο μυαλό του η εικόνα της χθεσινής βραδιάς. Το κορμί του αναστατώθηκε από τον πόθο που ένιωθε για εκείνη, δεν μπόρεσε όμως να μη θαυμάσει, πέρα από την άχαρη αντίδραση της, το γεγονός ότι αυτή η γυναίκα είχε συνείδηση και δεν είχε σκοπό να καταστρέψει τόσο εύκολα κάτι που είχε χτίσει με κόπο και σεβόταν απεριόριστα.

«Θα τα ξαναπούμε!» Ο Αλέξανδρος σηκώθηκε απότομα από τη θέση του, αφήνοντας σύξυλο τον πρέσβη, με τη μισοτελειωμένη πρότασή του να κρέμεται από τα χείλη του ανολοκλήρωτη. Του έσφιξε το χέρι και βγήκε από την πόρτα. Λίγο πριν μπει μέσα στο αυτοκίνητο, οι δύο άντρες έσφιξαν πάλι τα χέρια και ο Αλέξανδρος του έδωσε την υπόσχεση ότι σε λίγες μέρες θα ξαναβλέπονταν.

«Κάντε μου μόνο μια χάρη. Κρατήστε τον όσο μπορείτε στο νοσοκομείο!» του ζήτησε.

«Δε σας υπόσχομαι, αλλά θα κάνω ότι μπορώ. Να ξέρετε όμως πως ό,τι κάνετε πρέπει να γίνει σύντομα! Η πρεσβεία θα κλείσει την άλλη Δευτέρα και δεν θα βρείτε κανέναν να σας βοηθήσει!» του τόνισε.

«Μην ανησυχείτε, μέχρι τότε θα βρισκόμαστε όλοι στην Ελλάδα!» τον καθησύχασε κι έκανε να μπει μέσα στο αυτοκίνητο. Ο πρέσβης του έσφιξε το χέρι και δεν του το άφησε. Είχε μείνει με την απορία τι εννοούσε με αυτό. Ο Αλέξανδρος που το διάβασε στο συνοφρυωμένο του πρόσωπο, του χαμογέλασε ζεστά και τον ρώτησε αν ήταν διατεθειμένος αυτές τις παράπλευρες απώλειες να τις εκμηδενίσει με κάθε μέσον;

«Στο σημείο που είναι καλυμμένη η Πατρίς, θα είμαι στη διάθεση σας!»

Το αυτοκίνητο έφυγε με ταχύτητα, αφήνοντας ένα παχύ σύννεφο σκόνης πίσω του. Ο Αλέξανδρος δεν γύρισε να κοιτάξει τον πρέσβη πίσω του, που παρέμενε στητός και κορδωμένος σαν άγαλμα αποχαιρετώντας τον νοητά μέχρι το αυτοκίνητο να στρίψει τη γωνία και να χαθεί με προορισμό το αεροδρόμιο.

Η Μάτα κατέβηκε με μισή καρδιά και δέκα λεπτά καθυστέρηση, στην τραπεζαρία για το δείπνο. Μέχρι εκείνη την ώρα δεν είχε φανεί κανένα ίχνος ζωής του Αλέξανδρου. Λίγο πριν ανοίξει την πόρτα του δωματίου της για να βγει, είχε πάρει οριστικά απόφαση ότι δεν θα ασχολούνταν άλλο πλέον με αυτό το θέμα. Ένιωθε μάλιστα τόσο ευχαριστημένη και υπερήφανη για τον εαυτό της, που δεν δίστασε να τον επαινέσει, καθώς θεωρούσε μεγάλο επίτευγμα να καταφέρει να αντισταθεί σε έναν τέτοιο πειρασμό, τη στιγμή μάλιστα που πολλές αλλαγές συνέβαιναν στη ζωή της. Ένιωσε ότι πολύ απλά επιβεβαίωνε τη συνείδησή της, για όλα όσα σκεφτόταν τα περασμένα χρόνια. Ότι δηλαδή δεν είχε ποτέ σκοπό να κάνει σχέση εξωσυζυγική με κάποιον άλλον άντρα, όσο κι αν τον ήθελε. Δεν της φαινότανε σωστό ακόμη και σαν σκέψη και το ότι παραλίγο πήγε να παρασυρθεί, το θεώρησε απλά ως μια αδυναμία, που κατάφερε να υπερπηδήσει. Στην τελική, αν ήθελε να απατήσει τον άντρα της, το έκανε κάθε μέρα με τη σκέψη του μεγάλου έρωτα της ζωής της, που μπορεί να ήταν τόσα χρόνια απών, ήταν όμως πάντα παρών στο μυαλό της και αυτό της ήταν αρκετό. Αποφασισμένη πως της έφτανε αυτό και μπορούσε να ζήσει έτσι, δυστυχισμένη-ευτυχισμένη, αποφάσισε να κατέβει στο δείπνο.

Πιάνοντας το χερούλι της πόρτας για να βγει έξω, αισθάνθηκε το τηλέφωνό της να δονείται και λίγο μετά, το κουδούνισμα μαρτυρούσε ότι κάποιος την καλούσε. Η πρώτη ενδόμυχη σκέψη που αναδύθηκε από τα κατάβαθα του μυαλού της ήταν η κρυφή ελπίδα να είναι ο Αλέξανδρος. Αυτό δεν την ευχαρίστησε καθόλου, καθώς αντίβαινε σε όλα όσα είχε λίγο πριν ομολογήσει. Η απογοήτευση ήτανε περαστική, καθώς σηκώνοντάς το ήρθε στ' αφτιά της η γνώριμη φωνή της Ρένιας. Μέσα της χάρηκε γιατί αυτό το τηλεφώνημα τη συνέδεε με την πατρίδα και τους δικούς της ανθρώπους.

«Έλα φιλενάδα, τι κάνεις;» ήταν η πρώτη ερώτηση που κάθε φυσιολογικός άνθρωπος κάνει σε κάποιον άλλο, τη στιγμή που σηκώνει το τηλέφωνο ή τον βλέπει από κοντά.

«Προσπαθώ να είμαι καλά!» απάντησε με τεθλιμμένο ύφος η Μάτα.

«Κανένα νέο; Είχαμε καμιά καλή εξέλιξη;» τη ρώτησε γεμάτη προσμονή.

Η Μάτα που νόμιζε ότι τη ρωτούσε για τον άντρα της της απάντησε ότι δεν είχαν κανένα ευχάριστο νέο, όμως προς μεγάλη της κατάπληξη διαπίστωσε ότι το ενδιαφέρον της Ρένιας, δεν επικεντρωνόταν ως προς το πρόσωπο του Χάρη, αλλά σε ότι αφορούσε σε αυτή και στον Αλέξανδρο. Στην αρχή η Μάτα εξεπλάγην. Η αλήθεια ήταν πως γνώριζε πολύ καλά πως όντας παντρεμένη, τέτοιου είδους ζητήματα δεν τα συζητάς με κανέναν. Ακόμη και η ίδια η Ρένια, που είχε αποκτήσει πλέον το χόμπι της 'γνωριμίας και συναναστροφής για επαγγελματικούς λόγους', όπως έλεγε και η ίδια, με διάφορους άντρες, ποτέ της δεν είχε παραδεχτεί ότι όλοι αυτοί, που κατά καιρούς γνώριζε και όλα τα δήθεν επαγγελματικά ταξίδια που έκανε, είχαν καθαρά έναν σκοπό. Το σεξ! Αντιθέτως μάλιστα σε κάποια στιγμή σε μια συζήτηση που είχε με τη Μάτα το μόνο που της είπε ήταν ότι αυτά τα πράγματα δεν τα λες ούτε στον εαυτό σου στον καθρέφτη. Η Μάτα όμως ένιωθε τόσο μεγάλη την ανάγκη να εξιλεωθεί μέσα από τη συζήτηση, που ακόμη και τον κίνδυνο να αποκαλύψει τα όσα είχε σκοπό να της εκμυστηρευθεί, μια μέρα στον Χάρη, τον παράβλεψε.

Ένας χείμαρρος λέξεων και προτάσεων γεμάτες παράπονο ξεπετάχτηκαν από το στόμα της και περνώντας μέσα από το ακουστικό του τηλεφώνου, έφτασαν στην απέναντι άκρη της γραμμής. Η Ρένια φαινόταν να ακούει με προσήνεια τα όσα η φίλη της της εκμυστηρευόταν για αυτά που συνέβησαν την προηγούμενη βραδιά και δεν τη διέκοψε σχεδόν καθόλου. Όταν πλέον η Μάτα τελείωσε την αφήγηση, ένιωθε τόσο εξουθενω-μένη ψυχικά, που το μόνο που θα ήθελε να κάνει θα ήταν να ξαπλώσει σε εμβρυϊκή στάση στο κρεβάτι της και να αφεθεί στο μαύρο κολλώδη βούρκο της μοίρας της, ενισχύοντας και άλλο τη στεναχώρια της.

«Πήδα τον φιλενάδα, πήδα τον!» ήταν το μόνο που μπορούσε να τη συμβουλέψει λίγο πριν κλείσει το τηλέφωνο, όμως για τη Μάτα τα πράγματα δεν ήταν τόσο απλά. Αυτό το τηλεφώνημα της έδωσε να καταλάβει πως ό,τι ξεκίνησε για πλάκα και για να καταπολεμήσει την πλήξη της, είχε τώρα στραφεί ενάντια της. Μέσα της ευχόταν να μην είχε συμβεί τίποτε από όλα αυτά και να ζούσε όπως παλιά, στον κόσμο της, τρέχοντας μόνη αυτή, για τα παιδιά και τον άντρα της. Τώρα όμως διαπίστωνε αυτό που της είχε εκμυστηρευτεί μια φίλη της λίγο πριν χωρί-σει από τον άντρα της, με τρία παιδιά, για να ακολουθήσει τον έρωτα της ζωής της, σε ένα ταξίδι αναζήτησης στο Θιβέτ.

«Όταν ερωτευτείς τρελά και παράφορα, δεν σε νοιάζει τίποτα, ούτε ο άντρας σου, ούτε και τα παιδιά σου. Το μόνο που σε νοιάζει είναι αυτός κι εσύ, που θα είσαι μαζί του!»

Τώρα διαπίστωνε πόσο δίκαιο είχε. Είχε βέβαια την επίγνω-ση των πράξεών της και εννοείται ότι δεν τις επιβράβευε. Άθελά της όμως, έπεσε στην παγίδα που ετοίμαζε για κάποιον άλλο.

Κάθισε για λίγο να σκεφτεί τι την έφερε σε αυτό το σημείο. Γύρισε πίσω το χρόνο στη στιγμή που ξεκίνησε όλο αυτό. Διαπίστωσε ότι ενώ αρχικά θεώρησε ότι δεν την ενδιέφερε αυτός ο άντρας, αργότερα, με τις επαφές που είχαν-που δεν ήταν μάλιστα και συχνές-και με τα λόγια της Ρένιας για το πόσο καλός είναι για το πόσο ωραίος και πνευματώδης άντρας είναι, άρχισε να τον ερωτεύεται. Τώρα όμως, μετά από όλα αυτά έπρεπε να παλέψει να τον ξεπεράσει, καθώς ήξερε πολύ καλά ότι δεν ήταν ο τύπος της γυναίκας-ψυχρής εκτελέστριας. Όσο κι αν στη θεωρία συμφωνούσε με τα λόγια της φίλης της να τον πηδήξει απλά και τίποτα περισσότερο, μέσα της ήξερε ότι κάτι τέτοιο δεν ήταν εφικτό να συμβεί, καθώς έτρεφε ήδη αισθήματα γι' αυτόν. Αισθήματα που τα μόνα μηνύματα που έπνεαν στον αέρα ήταν αυτά της καταστροφής της. Ήταν πολύ σίγουρη ότι όσον αφορούσε τους δυο τους, αυτός δεν ένιωθε τίποτα για την ίδια, παρά μόνο σαρκικά συναισθήματα. Αυτό σήμαινε ότι δεν θα έθετε σε κίνδυνο την ασφάλεια της οικογένειάς του, σε αντίθεση με την ίδια που αν προχωρούσε στο βήμα, φοβόταν πολύ μέσα της ότι θα κατέστρεφε την οικογένειά της.

Αποφασισμένη να ξεριζώσει κάθε συναίσθημα γι' αυτόν κατέβηκε με μισή καρδιά στην τραπεζαρία, έχοντας χωρίσει τον εαυτό της σε δύο στρατόπεδα. Σε αυτό που της έλεγε να μην κάνει τίποτα και σαν άλλη Πηνελόπη να διαφυλάξει το σώμα της για τον άντρα της και σε εκείνο που της υπενθύμιζε αυτό που ήξερε και πολλές φορές είχε συμβουλέψει άλλους. Να μη μετανιώνουν για αυτά που έκαναν αλλά να μετανιώνουν για αυτά που δεν έκαναν.

«Μπλακτζάκ λέγεται!»

«Ορίστε;» γύρισε και κοίταξε τον κυβερνήτη προσπαθώντας να καταλάβει τι της έλεγε.

«Λέω για το φυτό! Λέγεται μπλακτζάκ!» συνέχισε εκείνος.

«Το φυτό;» η Μάτα ακόμη δεν είχε συγκροτήσει τη σκέψη της.

«Σας βλέπω τόση ώρα που παρατηρείτε τις γυναίκες που ανανεώνουνε τη φωτιά!» της εξήγησε.

«Α, ναι! Μάλιστα! Και πως λέγεται;» ξαναρώτησε η Μάτα επιστρέφοντας στον αληθινό κόσμο.

«Μπλακτζάκ! Είναι αυτοφυές, εδώ στην Αφρική. Το μαζεύουν οι γυναίκες κάθε μέρα, πέρα από τη Σαβάνα!» έκανε νόημα με το χέρι σε μια από τις γυναίκες. Εκείνη τον πλησίασε και αφού της μίλησε σε μια διάλεκτο που η Μάτα δεν κατάλαβε, έφυγε κι επέστρεψε σύντομα, κρατώντας στα χέρια της ένα κλωναράκι από το φυτό, το οποίο της το έδωσε. Εκείνη το πήρε στα χέρια της και το περιεργάστηκε για αρκετή ώρα. Παρατήρησε ότι έμοιαζε με ξερόκλαδο και δεν είχε καμιά διαφορά από ένα συνηθισμένο φύλλο βάτου. Ο κυβερνήτης έσπευσε να της εξηγήσει πως όταν οι γυναίκες το μαζεύουνε τα μικρά φυλλαράκια του, με το οδοντωτό σχήμα στην άκρη τους, έχουνε ένα λευκό χρώμα που ροδίζει στις άκρες του.

«Ε, λοιπόν αυτό το θαυματουργό φυτό, καίει όλη νύχτα και ο καπνός του διώχνει τα κουνούπια!» είπε με περηφάνια ο κυβερνήτης.

«Ούτε ένα!» σήκωσε το χέρι του και το περιέφερε στον αέρα για να επιβεβαιώσει τα λόγια του.

«Και υπάρχει μόνο στην Αφρική! Το καλύτερο εντομοαπωθητικό!» περηφανεύτηκε.

Η Μάτα τον κοίταξε και προσπαθώντας να συνοδέψει την ευχάριστη συμπεριφορά του του χαμογέλασε λέγοντάς του ότι είχαν και στην Ελλάδα ένα ανάλογο εντομοαπωθητικό.

«Και ποιο είναι αυτό;» τη ρώτησε γεμάτος απορία περιμένοντας να ακούσει για κάποιο αντίστοιχο φυτό.

«Ο καφές!» του απάντησε κοφτά.

«Ο καφές; Μα πως; Τον πίνετε; Τον χύνετε στους δρόμους;»

«Τον καίμε κύριε κυβερνήτα!»

Μάγδα Δ. Καπριανού

Η Μάτα έμεινε με το στόμα ανοιχτό και την καρδιά έτοιμη να απογειωθεί από την ταχυκαρδία που άρχισε να έχει. Ένα τρέμουλο την εμπόδισε να κουνηθεί για λίγο από τη θέση της, αυτό όμως δεν φάνηκε να το κατάλαβε κανείς. Ο Αλέξανδρος που έδωσε την απάντηση στο κυβερνήτη, τους πλησίασε και αφού τους καλησπέρισε, κάθισε στο τραπέζι, απέναντι από την αποσβολωμένη Μάτα. Ακόμη προσπαθούσε να μαζέψει τα κομμάτια του αιφνιδιασμού της, ο οποίος μεγάλωνε ακόμη περισσότερο, καθώς τον έβλεπε να εξηγεί στον κυβερνήτη το είδος του καφέ και τη διαδικασία που ακολουθείται προκειμένου να διώξει τα κουνούπια. Τον κοιτούσε κι ένιωθε μέσα της να φουντώνει αυτό το πάθος που είχε να νιώσει για χρόνια και κάθε φορά που τα βλέμματά τους συναντιόταν ένα μικρό τσιμπηματάκι που έφευγε από τα μάτια του, της προκαλούσε τέτοιο σοκ, που ένιωθε να ριγάει όλο της το κορμί. Κάτω από το ελάχιστο φως των κεριών και των φυτών μπλακτζάκ που καίγονταν με σκοπό να διώξουν τα κουνούπια, της φαινόταν ακόμη πιο ποθητός. Δεν μπορούσε να πει όμορφος, αλλά ποθητός, αφού τα μικρά αμυγδαλωτά μάτια του, προστατευμένα πίσω από τα σοφιστικέ γυαλιά του, τον έκαναν να φαίνεται ακόμη πιο γοητευτικός, ενώ τα χείλη του που λαμπύριζαν κάτω από αυτή την ατμόσφαιρα την προκαλούσαν να τα γευτεί.

Κατάφερε να συγκρατηθεί και προσπάθησε να αντεπεξέλθει μέχρι το τέλος του γεύματος, στο οποίο από ευγένεια ο κυβερνήτης θεώρησε σωστό και πρέπον να μην αναφερθεί καθόλου στο ταξίδι του Αλέξανδρου στην Υεμένη. Την ώρα του κρασιού, κατά τη συνήθεια της προηγούμενης νύχτας, ο κυβερνήτης τους αποχαιρέτησε και αποσύρθηκε για να προσευχηθεί, αφήνοντάς τους μόνους. Μόνους σε μια νύχτα που ήταν καθαρά μυστηριακή κι ερωτική, με ένα τεράστιο χρυσαφί ολόγιομο φεγγάρι κι έναν βαθύ νυχτερινό έναστρο ουρανό. Μουσική συνοδεία οι κραυγές, τα ουρλιαχτά και τα αλυχτίσματα των ζώων της ζούγκλας, που είχαν ξεμυτίσει από τις

φωλιές τους, ακολουθώντας τη ζωώδη τους φύση στην ανα-
ζήτηση της τροφής.

Ίσως, αυτή τη στιγμή, που η Μάτα δεν είχε αγγίξει παρά
ελάχιστα το φαγητό της, αλλά είχε πιει τόσο, ώστε να νιώθει
ζαλισμένη και ευάλωτη, να ήταν η κατάλληλη στιγμή να κάνει
πράξη κάτι που ακόμη δεν είχε αποφασίσει αν θα μετάνιωνε
αργότερα. Τώρα όμως της φαινόταν πως θα μετάνιωνε αν δεν
το έκανε. Έτσι αποφάσισε να τον σαγηνέψει. Η νύχτα σήμερα
έκρυβε πολλά αινίγματα και ακόμη και η υγρασία που πλανιό-
ταν στον αέρα, συντελούσε στο να αυξηθεί ακόμη περισσότε-
ρο ο πόθος που ένιωθε γι' αυτόν. Οι γυναίκες με τις παραδο-
σιακές στολές, είχαν αποσυρθεί εδώ και αρκετή ώρα και τώρα
οι φωτιές καίγονταν παράγοντας αυτόν τον περίεργο καπνό
που προκαλούσε μια ζάλη όχι μόνο στα κουνούπια, αλλά και
στην ίδια.

«Θα ήθελα να μιλήσουμε!» της είπε καθώς την πλησίασε.

«Κι εγώ!» του απάντησε παίρνοντας ένα πιο χαλαρό ύφος.

«Αυτά που έχω να σου πω είναι πολύ σημαντικά!»

«Σ' ακούω!»

Ο Αλέξανδρος την παρότρυνε να καθίσουν, αλλά εκείνη αρ-
νήθηκε, λέγοντάς του ότι προτιμούσε να τον ακούσει όρθια. Η
αλήθεια ήταν ότι είχε αρχίσει να ζαλίζεται αρκετά από το γλυκό-
πιοτο κρασί και μέσα της έκανε σχέδια, ελπίζοντας να τελειώσει
γρήγορα αυτά που είχε να της πει, ώστε μετά να του χιμήξει. Τα
σενάρια που είχε πλάσει με το μυαλό της δημιούργησαν εικόνες
που περνούσαν ζωντανές σχεδόν, μπροστά από τα μάτια της.
Φαντάζόταν ότι με το που θα τελείωνε, θα τον πλησίαζε και θα
άρχιζε να τον φιλάει. Εκείνος θα ανταποκρινόταν σε ένα φιλί
γεμάτο πάθος και κατόπιν θα την έπαιρνε στην αγκαλιά του, θα
την ανέβαζε πάνω στο δωμάτιο και θα της έκανε παθιασμένο
έρωτα υπό τους ήχους της νύχτας και το φως του φεγγαριού.
Το ρίγος που ένιωθε στο κορμί της καθώς τον κοιτούσε, επε-
κτάθηκε και σε πιο συγκεκριμένα σημεία του σώματός της, αυ-

ξάνοντας τον πόθο της προσμονής. Η ίδια αισθανόταν πολύ όμορφη και πολύ επιθυμητή και ήταν σίγουρη ότι ο Αλέξανδρος δεν θα της αντιστεκόταν, δεδομένου μάλιστα του γεγονότος ότι ήξερε πολύ καλά ότι το μόνο που ήθελε από αυτήν ήταν το κορμί της και τίποτα περισσότερο.

Όσον αφορά στην ίδια, ακόμη δεν είχε κατασταλάξει σε μια σαφή απάντηση. Τα συναισθήματα τραμπαλίζονταν σε μια ζυγαριά, που πότε έκλεινε προς τη μια κατεύθυνση και πότε προς την άλλη. Το ένα λεπτό της έλεγαν ότι θα είναι μια ψυχρή εκτελέστρια, που απλά θα ευχαριστηθεί τη στιγμή και τίποτα περισσότερο, ενώ από την άλλη βάραιναν προειδοποιώντας την, ότι θα πληγωνόταν επειδή τον είχε ερωτευτεί. Παρόλα αυτά όμως, εκείνη τη στιγμή κάτι τέτοιο ελάχιστα την ενδιέφερε.

Το ποτήρι που έπεσε από τα χέρια της, διαλύθηκε σε άπειρα μικρά θρύψαλα, κάποια από τα οποία μπήκανε στα πόδια της ματώνοντάς τα. Εκείνη όμως έμεινε ακίνητη προσπαθώντας να στριμώξει όλες αυτές τις πληροφορίες που μόλις είχαν έρθει στο ζαλισμένο της μυαλό. Ο Αλέξανδρος έφερε δίπλα της μια καρέκλα και την έβαλε να καθίσει, ενώ την ίδια στιγμή πήρε από το τραπέζι μια πετσέτα και λίγο νερό, για να καθαρίσει το πληγωμένο της πόδι. Το μυαλό της Μάτας στριφογύριζε, όχι όμως από το ποτό, αλλά από τη σκέψη ότι ο πιο μεγάλος της φόβος ήταν στα πρόθυρα να γίνει πραγματικότητα. Κατάφερε μέσα σε λίγα δευτερόλεπτα να ξεμεθύσει, πόνο όμως και συναίσθηση ότι αιμορραγούσε, δεν είχε. Το μόνο που σκεφτόταν ήταν ο φόβος του Θεού που ένιωσε μέσα της, διαισθανόμενη ότι ίσως με τη συμπεριφορά της είχε προκαλέσει τέτοια αναταραχή στο σύμπαν, ώστε το αποτέλεσμα της πράξης της ήταν η θανάτωση του Χάρη.

Όχι. Μπορεί να έλεγε ότι δεν τον αγαπούσε όπως παλιά, μπορεί να μην την ένοιαζε κάποιες φορές πού είναι και τί κάνει, ακόμη και τώρα που ήταν στη φυλακή, ίσως σε κάποιες στιγμές να μη τον σκεφτόταν, πόσο υπέφερε, ένα πράγμα όμως την ένοιαζε στα σίγουρα. Να είναι καλά, ελεύθερος και δίπλα στα παιδιά του. Η ιδέα να μην υπάρχει στη ζωή της δεν την ενοχλούσε καθόλου, η ιδέα όμως να μην υπάρχει καθόλου στη ζωή, την τρομοκρατούσε και της προκαλούσε φρίκη.

Χρειάστηκε αρκετά λεπτά για να συνειδητοποιήσει τι είχε συμβεί και από την αμηχανία και την ντροπή της, μόλις είδε τα σπασμένα γυαλιά έσκυψε να τα μαζέψει, από την ταραχή της όμως το μόνο που κατάφερε ήταν να κοπεί στο δάκτυλο και το αίμα να αρχίσει να τρέχει και από εκεί, πέφτοντας πάνω στο λευκό της φόρεμα και λερώνοντας το και αυτό με μικρές κόκκινες κηλίδες. Ο Αλέξανδρος μόλις το είδε, άφησε το ματωμένο πόδι κι έτρεξε να φέρει άλλη μια πετσέτα για το χέρι, ζητώντας της μέσα στην ταραχή του, να μην αγγίξει τίποτε άλλο, αφού κινδύνευε να ξανακοπεί.

Αφού περιποιήθηκε τα τραύματά της, πήρε μια καρέκλα και κάθισε απέναντί της. Έμεινε για αρκετή ώρα να την κοιτάει προσπαθώντας να ψαρέψει ένα της βλέμμα, η ίδια όμως φαινόταν να είναι κάπου άλλου, κάπου πολύ μακριά από εκεί. Το τοπίο που μέχρι πριν λίγη ώρα της φαινόταν ρομαντικό, τώρα είχε τραχύνει και ήταν αφιλόξενο και οι ήχοι της ζούγκλας ανατριχιαστικοί και απειλητικοί. Ο Αλέξανδρος ένιωσε άβολα. Ένας φόβος, ότι δεν είχε χειριστεί σωστά την υπόθεση, τον κυρίευσε. Άπλωσε τα χέρια του και έπιασε τα δικά της, τα αισθάνθηκε κρύα, παγερά και άψυχα και αυτό τον γέμισε με ακόμη περισσότερες ενοχές. Τι θα μπορούσε όμως να κάνει; Ήταν αδύνατον και αντιδεοντολογικό να την αφήσει στο σκοτάδι με φρούδες ελπίδες να επιπλέουν γύρω της σαν τρύπια σωσίβια, που μόλις θα άπλωνε το χέρι της για να πιαστεί θα έσπαγαν. Ίσως και η πρεσβεία της Ελλάδας να μην είχε χειριστεί όπως θα έπρεπε την υπόθεση. Ίσως απλά και οι ίδιοι να ήταν μέρος όλου αυτού το παγκόσμιου φαινομένου που είχε κατακλύσει τον κόσμο και στο οποίο κανείς δεν νοιαζόταν για κανένα, παρά μόνο για το τομάρι του, ακόμη και σε ζητήματα που αφορούσαν στη ζωή ή στο θάνατο κάποιου. Ακόμη και στην κυβέρνηση της χώρας του προσέδιδε ένα μερίδιο ευθύνης, που δεν κίνησε με την ανάλογη ταχύτητα διαδικασίες για την απελευθέρωσή του, τη στιγμή μάλιστα που υπήρχε αυτόπτης μάρτυρας που επιβεβαίωνε τη μαρτυρία του Χάρη, ότι προσπάθησε να σώσει την κοπέλα και όχι να τη βιάσει.

Ακόμη και ο ίδιος είχε το δικό του μερίδιο ευθύνης στο θάνατο του Χάρη, διότι για θάνατο μιλούσε πλέον. Ακόμη και αν κατάφερνε να βγει ζωντανός και να ξεπεράσει την κρίσιμη κατάσταση της υγείας του, δεν θα γλίτωνε μέσα στη φυλακή από την κλίκα των νεκρών, που θα ζητούσαν να πάρουν το αίμα τους πίσω. Ούτε λόγος δεν γινόταν πλέον να φτάσει ποτέ να δικαυιεί, γιατί ακόμη και να γλίτωνε από όλους αυτούς, δεν θα υπήρχε δικαστήριο για να δικαστεί, καθώς η διάλυση του κράτους ήταν προ των πυλών. Στην έσχατη περίπτωση που κατάφερνε να βγει αλώβητος από όλα αυτά, ο Αλέξανδρος δεν είχε καταφέρει να βρει τη βασική του μάρτυρα, τη γυναίκα για την οποία έγιναν όλα αυτά. Όσο κι αν έψαξε να τη βρει, όσο κι αν πλήρωσε ντόπιους να την αναζητήσουν, τα ίχνη της χανόταν κάπου στην έρημο προς τα βόρεια. Εκεί όπου οι συγγενείς της, τη φύλαγαν καλά προστατευμένη, επειδή διέτρεχε και η ίδια τον κίνδυνο να δικαστεί και κατόπιν να θανατωθεί για προκλητική συμπεριφορά.

Το παιχνίδι είχε χαθεί και το μόνο που τους έμενε τώρα ήταν να βάλουνε μπροστά τη λογική και να επιστρέψουν στην πατρίδα. Η αλήθεια βέβαια ήταν ότι εκείνος δεν θα υπέφερε τόσο όσο η Μάτα. Για εκείνον ήταν απλά μια υπόθεση που χάθηκε, για την ίδια όμως, ήταν ο άντρας της, ο σύντροφός της και πάνω απ' όλα ο πατέρας των παιδιών της. Το πλήγμα ήταν τεράστιο και όσο κι αν τη θαύμαζε, που αυτή τη στιγμή εκείνη στεκόταν με το κεφάλι ψηλά και μόνο μια ρυτίδα πόνου να της χαρακώνει το πρόσωπο και να προδίδει τον πόνο της, θα προτιμούσε να λύγιζε και να έκλαιγε, ώστε να του έδινε το περιθώριο να την παρηγορήσει.

Προσπάθησε να μιλήσει, όσο όμως κι αν πιέστηκε, δεν κατάφερε να βγάλει κανέναν ήχο από το στόμα του. Είχε προετοιμαστεί κατά τη διάρκεια της πτήσης της επιστροφής, για τον τρόπο που θα το ξεστόμιζε. Ήθελε να είναι όσο πιο ομαλά γίνεται. Πώς μπορείς όμως να πεις σε μια γυναίκα ότι ο άντρας της θα μείνει για πάντα φυλακισμένος σε μια φυλακή στην άλλη άκρη του κόσμου και ότι αυτή τη στιγμή είναι αδύνατον να καταφέρεις να τον βοηθήσεις να επιστρέψει πίσω στον τόπο του, επειδή ολόκληρο το πολιτικοοικονομικό σύστημα της χώρας παραπαίει; Σαν να μην έφταναν όλα αυτά έπρεπε να της εξηγήσει ότι ο άντρας της βρισκόταν βαριά τραυματισμένος στο νοσοκομείο, επειδή κακοποιήθηκε βάναυσα από κάποιους συγκρατούμενους του, στην προσπάθειά του να βοηθήσει έναν άλλο φυλακισμένο, κι εκείνη δεν μπορούσε να πάει κοντά του για να τον παρηγορήσει!

Η πληροφορίες ήταν ήδη αρκετές για να τη ζαλίσει με κάτι περισσότερο. Τα μάτια της φαινόταν νεκρά, γυάλινα και απόμακρα. Το μόνο που μπόρεσε να κάνει ήταν να της κρατήσει το χέρι και για πρώτη φορά στη ζωή του, μετά από πάρα πολύ καιρό, τόσο που είχε ξεχάσει πόσο, να προσευχηθεί στο Θεό για να τους βοηθήσει.

Καθώς το αεροπλάνο έπαιρνε τη θέση του στο διάδρομο για να απογειωθεί, η καρδιά της χτυπούσε τόσο δυνατά, που νόμιζε ότι θα ξεκολλήσει από τη θέση της και θα βγει από το στήθος της. Το αεροπλάνο άρχισε να αναπτύσσει σταδιακά ταχύτητα και σε λίγα κλάσματα του δευτερολέπτου, είχε ήδη απογειωθεί. Είχαν περάσει τόσα χρόνια κι ακόμη δεν μπόρεσε να καταφέρει να ξεπεράσει αυτό το αμήχανο και ανεξήγητο άγχος, κάθε φορά που ταξίδευε με αυτό το μέσο. Πάντα ένας φόβος της έσφιγγε την καρδιά. Αυτά όμως περνούσανε όλα, με το που ανέβαινε ψηλά στον ουρανό.

Έτσι και αυτή τη φορά, με το που το σκάφος άφησε τη γη και έσκισε με τόλμη τα σύννεφα που βρίσκονταν διάσπαρτα στο γαλάζιο ουρανό μία ηρεμία γαλήνεψε τη ψυχή της. Έγειρε πίσω στο κάθισμα κι έκλεισε τα μάτια για λίγο. Προσπάθησε να αφεθεί σε εκείνο το συναίσθημα της απελευθέρωσης και της εξιλέωσης, κατάλαβε όμως, πως όσο κι αν πίεζε τον εαυτό της, αυτό θα ήταν αδύνατον, αφού οι Ερινύες θα τη βασάνιζαν μέχρι το θάνατό της. Δεν ήταν τόσο ότι απέτυχε στην αποστολή της διάσωσής του Χάρη, αλλά ότι θεωρούσε πως είχε αποτύχει ως σύζυγος και ως μητέρα.

Μάγδα Δ. Καπριανού

Και όσο το σκεφτόταν, τόσο πιο πολύ βεβαιωνόταν. Έβλεπε το λάθος μπροστά της και τη βασάνιζε ακόμη περισσότερο. Έπρεπε να είχε εστιάσει αποκλειστικά στην απελευθέρωση του Χάρη και όχι να προσπαθήσει να ξεθάψει παλιά και ξεχασμένα συναισθήματα που αναστήθηκαν στο πρόσωπο ενός άγνωστου άντρα. Πόσο ηλίθια ένιωθε. Αντί να κοιτάξει να βρει έναν τρόπο να σώσει την οικογένειά της, θαμπώθηκε από ένα ψεύτικο συναίσθημα, που το μόνο που έκανε ήταν να γυαλίζει εξωτερικά, ενώ μέσα του ήταν μαύρο όσο και ένα κάρβουνο. Πλήρωνε, αυτό ακριβώς έκανε, πλήρωνε την απερισκεψία της και τώρα ο Θεός την εκδικούνταν με τον πιο άκαρδο και απάνθρωπο τρόπο. Και πόσο αχάριστη ήτανε, που αντί να σκεφτεί ότι τις συνέπειες των πράξεών της τις πλήρωνε ο άντρας της με τη ζωή του, τραγικοποιούσε τον εαυτό της.

Αυτός ακριβώς ήταν και ο λόγος που την εμπόδισε το βράδυ να κλείσει μάτι και να παραδοθεί στην αγκαλιά του Μορφέα. Ακόμη και τις ελάχιστες στιγμές που πίεσε τον εαυτό της, παράξενα και αλλόκοτα όνειρα έρχονταν στον ύπνο της να την ταράξουν. Έτσι το πρωί, όταν οι άλλοι ετοιμάζονταν για πρωινό, εκείνη ετοίμασε τα πράγματά της για να φύγει. Κατέβηκε κάτω με τη βαλίτσα στα χέρια της και τους ζήτησε να τη μεταφέρουν στο αεροδρόμιο. Οι δύο άντρες δεν χρειάστηκε να μιλήσουν, δεν κοιτάχτηκαν καν στα μάτια, ούτε αντάλλαξαν μια κουβέντα για να την πείσουν να αλλάξει γνώμη. Προφανώς ο κυβερνήτης είχε επίγνωση του θέματος κι έτσι χωρίς δεύτερη λέξη, πέρασε απαλά τη λευκή πετσέτα του πάνω από το στόμα του και αφού κούνησε το μικρό κουδουνάκι, που βρισκόταν στο τραπέζι παρέα με τα εδέσματα που απάρτιζαν το πρωινό, ζήτησε από τον άνθρωπο που εμφανίστηκε να του φέρει το αυτοκίνητό του.

Ο Αλέξανδρος προσφέρθηκε να τη συνοδέψει μέχρι το αεροδρόμιο, εκείνη όμως αρνήθηκε ευγενικά και ξεψυχισμένα με τρόπο που δεν του έδινε περιθώρια για αντίρρηση. Έκλεισε την πόρτα της λιμουζίνας, δίνοντάς της την υπόσχεση ότι δεν θα

200

γυρνούσε πίσω εάν δεν έφερνε μαζί του τον Χάρη. Η Μάτα έκλεισε απλά τα μάτια και κούνησε ελαφρά το κεφάλι της. Ήταν μια σπασμωδική κίνηση η οποία απλά δήλωνε ότι δεν είχε πλέον καμία σημασία, αφού η μάχη είχε χαθεί. Το αυτοκίνητο εξαφανίστηκε μέσα σε σύννεφα σκόνης, αφήνοντας πίσω του τη μαγευτική Σαβάνα, που δεν κατάφερε να εμφυσήσει στους επισκέπτες της αυτή την αίγλη και το μυστήριο για τα οποία ήταν πολυύμνητη.

Είχε πια νυχτώσει όταν το ταξί την άφησε έξω από την πόρτα του σπιτιού της. Ήταν εξαντλημένη, λίγη δύναμη της είχε μείνει ακόμη για να μπορέσει να σύρει τον μπόγο από κόκαλα και μυς, που ονόμαζε κάποτε σώμα μέχρι το ασανσέρ και από εκεί να ανέβει στο σπίτι της. Ξεκλείδωσε την πόρτα και μπήκε μέσα με βαριά βήματα. Το σπίτι αυτό, οι χώροι και η ατμόσφαιρα έμοιαζαν τόσο πένθιμα μπροστά στα μάτια της. Ξάπλωσε στον καναπέ και για λίγη ώρα έμεινε να κοιτάζει με τα μάτια ανοιχτά το ταβάνι και τις γραμμές που αποτυπώνονταν πάνω του από τη λάμψη του φωτιστικού.

Όλος ο χώρος της φαινόταν ψυχρός και αλίμενος. Σαν να μην είχε έρθει στο σπίτι της, αλλά στο σπίτι κάποιου άλλου τελείως άγνωστου σε αυτήν ανθρώπου, που απλά της το εκχώρησε για λίγο καιρό. Η πρώτη σκέψη που της ήρθε στο κεφάλι ήταν τα παιδιά της. Άπλωσε το χέρι και πήρε το τηλέφωνο, το έβαλε πάνω στο στήθος της και το άφησε εκεί να αναπαύεται, χωρίς να έχει σηκώσει το ακουστικό ή να έχει καλέσει κάποιον αριθμό. Αποφάσισε να μην τους πάρει τηλέφωνο. Τουλάχιστον όχι ακόμη. Εξάλλου τι θα μπορούσε να πει στα παιδιά της; Ότι είχε αποτύχει ως μάνα, να τα κάνει ευτυχισμένα; Αν ζητούσαν να μάθουν το λόγο, τι θα τους απαντούσε, αφού την απάντηση δεν την ήξερε ούτε και η ίδια; Ή μάλλον την ήξερε, αλλά φοβόταν ακόμη και να την σκεφτεί, να παραδεχτεί ότι τόλμησε τη στιγμή που ο πατέρας τους την είχε ανάγκη, να νιώσει γυναίκα και να ερωτευτεί.

Αποφάσισε να μην τους πάρει ακόμη τηλέφωνο. Τουλάχιστον όχι σήμερα. Ίσως αύριο, αν κατάφερνε να σκεφτεί με πιο καθαρό μυαλό, να μπορούσε να βρει μια λογική απάντηση στα ερωτηματικά της, και το κυριότερο, έπρεπε να πείσει τον εαυτό της ότι η μάχη μπορεί να είχε χαθεί, ο πόλεμος όμως όχι!

Ο Αλέξανδρος καθόταν στο μπαλκόνι και κάπνιζε ένα πούρο Αβάνας, που του πρόσφερε ο κυβερνήτης. Στο ποτήρι του λίμναζε το σκούρο υγρό του πεπαλαιωμένου μπράντι που ο ίδιος ο κυβερνήτης-θεοφοβούμενος καθώς ήτανε-ποτέ του δεν τόλμησε να γευτεί, αλλά πρόσφερε πάντα απλόχερα στους μη μουσουλμάνους εκλεκτούς καλεσμένους του. Μπορεί να ήταν ακόμη πρωί, η περίσταση όμως το σήκωνε το ποτό κι έτσι ο Αλέξανδρος δεν αρνήθηκε την πρόσκληση.

Καθόταν εδώ και ώρα οι δύο τους, αντικριστά ο ένας από τον άλλον, χωρίς να μιλάνε και ρεμβάζανε. Μέχρι εκεί που έφτανε το μάτι το όλβιο και γόνιμο κτήμα που φιλοξενούσε την έπαυλη ήταν γεμάτο με τροπικά δέντρα και φυτά, που ανάμεσα τους έκαναν βόλτα διάφορα σπάνια ζώα και πτηνά. Πρώτη φορά ο Αλέξανδρος τα είχε προσέξει. Τις προηγούμενες μέρες δεν είχε αυτή την πολυτέλεια. Τώρα όμως που ήταν η ώρα της περισυλλογής και της ανακεφαλαίωσης, τα έβλεπε να περνάνε από μπροστά του τρέχοντας, πετώντας ή κακαρίζοντας επιδεικνύοντας τις πολύχρωμες ουρές τους, τα δαψιλή παχιά τριχώματά τους ή ακόμη και τον ψηλό λαιμό ή την γλυκιά φωνή που διέθεταν. Όμως μια στεναχώρια μαράζωνε την καρδιά του και δεν μπορούσε να απολαύσει όσα έκανε ο Θεός όταν είχε κέφια, με τα μάτια του τουρίστα.

Ο κυβερνήτης, συγκυβερνήτης σε αυτό το ταξίδι της μοναξιάς και του πόνου, στενοχωριόταν και ο ίδιος που δεν μπορούσε να βοηθήσει. Όμως όσο ισχυρός άντρας κι αν ήταν, όσο στόλο πλοίων και αν είχε, όσο πνευματώδη και οξύνου να θεωρούσε τον εαυτό του, αυτή τη στιγμή το μυαλό του είχε αδειάσει. Επιθυμούσε διακαώς να βοηθήσει τον άνθρωπο που τον βοήθησε να βρει την ευτυχία και να τη φέρει πίσω στο σπίτι του τώρα όμως, αν τον ρωτούσε κανείς, ήταν σίγουρος ότι δεν θα θυμόταν ούτε το όνομά του. Παρέμενε έτσι σιωπηλός συνεργός σε ένα έγκλημα που λύση δεν μπορούσε να βρεθεί.

Η κατάσταση του Χάρη επιδεινώθηκε. Μέσα σε μια νύχτα ανέβασε υψηλό πυρετό και όσα αντιπυρετικά κι αν του έδωσαν, δεν κατάφεραν να τον ρίξουν. Τα τραύματα, καθώς και τα σπασμένα μέλη του, τον πονούσαν και τον τραβούσαν οικτρά. Ο ιδρώτας που κυλούσε από το σώμα του, περιλούζοντας όλο του το κορμί, εναλλασσόταν με το ρίγος που του τρυπούσε τα πληγωμένα του κόκαλα και τις πρησμένες και γεμάτες οίδημα σάρκες του. Οι γιατροί προσπάθησαν να του ρίξουν τον πυρετό χορηγώντας ενδοφλέβια αντιπυρετικά και πεθιδίνη σε μεγάλες δόσεις, παρόλα αυτά ο πυρετός είχε κολλήσει πεισματικά στο σαράντα κόμμα δύο και δεν έλεγε να υποχωρήσει με τίποτα. Κατά διαστήματα ερχόταν μια νοσοκόμα και του έβαζε κομπρέσες και ψυχρά επιθέματα με παγωμένο νερό και ξύδι, εκείνος όμως κάθε φορά που του τοποθετούσε πάνω στο κορμί του την παγωμένη κομπρέσα τρανταζόταν από τον πόνο που του προκαλούσε το ψύχος της, νιώθοντας ότι μικρά καρφιά τον περονιάζανε από άκρη σε άκρη σε όλο του το σώμα ή ότι του έκαναν ηλεκτροσόκ. Κατά το ξημέρωμα, άρχισε να παραληρεί και να έχει σπασμούς, ώσπου στο τέλος, εξαντλημένος έπεσε σε ένα βαθύ λήθαργο, την ησυχία του οποίου διέκοπτε η εργώδης αναπνοή του και οι φωνές, που ξεγλιστρούσαν από τους εφιάλτες που έβλεπε, μέσα στους οποίους αναπαριστάνονταν ξανά και ξανά η σκηνή που έζησε στη φυλακή.

Η νύχτα στην πρωτεύουσα της Υεμένης ήταν αρκετά ταραχώδης. Οι εχθροπραξίες συνεχίζονταν όλη τη μέρα κάτω από το καυτό φως του ηλίου και δεν σταμάτησαν ακόμη και όταν ο ήλιος, κουρασμένος πια αποσύρθηκε πίσω από την απέραντη έρημο. Η σκόνη και ο καπνός από τις συνεχείς εκρήξεις αποτελούσαν σε μόνιμη βάση το ντεκόρ της περιοχής, καθώς συχνά πυκνά βόμβες ακούγονταν να σκάνε σε διάφορες πλευρές της πόλης. Κόσμος ξεχύνονταν από όλα τα σημεία και έτρεχαν να κρυφτούν, άλλοι στα σπίτια τους και άλλοι σε διάφορες γιάφκες και κτίρια, όπου έδρευαν οργανώσεις. Είτε αυτές στόχευαν στην αντίσταση, είτε ήταν υποκινούμενες από το ίδιο το κράτος ή τους στρατιωτικούς με στόχο να παρεισφρήσουν στους αντιστασιακούς και να τους εξοντώσουν εκ των έσω. Κάποια παιδιά που είχαν ξεμείνει από το απόγευμα να παίζουν αμέριμνα στους δρόμους, έτρεχαν τώρα οι μανάδες τους και τα συμμάζευαν με φωνές χώνοντάς τα βιαστικά μέσα στα σπίτια και πίσω από τα κλειστά παραθυρόφυλλα.

Τα πιο πολλά κτίρια είχαν ερημώσει, καθώς ο κόσμος έχοντας μαζέψει τα λιγοστά του υπάρχοντα, αναζητούσε μια δίοδο διαφυγής προς την περιφέρεια και γιατί όχι προς άλλη χώρα.

Οι πρώτοι στρατιώτες είχανε κάνει ήδη την εμφάνισή τους με τα όπλα στα χέρια και όσοι είχανε λίγη γνώση καταλάβαιναν πολύ καλά ότι πίσω τους ακολουθούσαν τα τανκς και σύντομα ο στρατός θα καταλάμβανε όλη την πόλη.

Οι περισσότερες πρεσβείες είχανε κλείσει από μέρες και αν δεν ήταν ο Αλέξανδρος Καρυώτης να επιμένει για να σώσει αυτός τον χαμένο ούτως ή άλλως δημοσιογράφο, και ο ίδιος ο πρέσβης θα είχε φύγει από πιο νωρίς. Είχε όμως δώσει το λόγο του ότι θα στεκόταν στο πλευρό του και αυτό και μόνο το πράγμα τον δέσμευε. Τώρα πια τα πράγματα είχανε φτάσει στο απροχώρητο. Η νύχτα είχε γίνει μέρα από τις βόμβες που έπεφταν και τις φωτιές που κατέτρωγαν λαίμαργα τα μέχρι πρότινος μαγαζιά και καταστήματα της πρωτεύουσας. Το περισσότερο προσωπικό είχε φύγει από τη χώρα από την προηγούμενη μέρα, μόνο ο πρέσβης είχε απομείνει, έχοντας έτοιμο ανά πάσα στιγμή το ιδιωτικό του αεροπλάνο.

Άναψε ένα πούρο και βγήκε από το γραφείο του. Αποφάσισε να βηματίσει για τελευταία φορά ίσως στους άδειους χώρους του κτιρίου. Ποιος ξέρει, αναρωτήθηκε, αν θα το ξανάβλεπε ποτέ του αυτό το σπίτι; Θα μπορούσε δικαιωματικά να το αποκαλέσει σπίτι ή ακόμη και σπίτι του, καθώς διέμενε σε αυτό τα τελευταία είκοσι χρόνια. Σχεδόν από τότε που διορίστηκε πρεσβευτής της Ελλάδος στην Υεμένη, με εξαίρεση τα πρώτα πέντε χρόνια της καριέρας του, που τον είχανε στείλει στο Μπαγκλαντές, δεν είχε φύγει από εδώ. Ένιωθε αυτή την πόλη, πόλη του και στενοχωριόταν για τους κατοίκους της και την κατάσταση της χώρας. Θα ήθελε αν μπορούσε να βοηθήσει στην επίλυση των προβλημάτων τους, αλλά ήξερε ότι κάτι τέτοιο ήτανε μάταιο. Ποτέ του δεν είχε γίνει αποδεκτός. Για αυτούς ήτανε πάντα ο Γιουνάν. Ο Έλληνας που μπορεί να ήταν με το χαμόγελο στα χείλη, αλλά παρέμενε γι' αυτούς ένας ξένος.

Βημάτισε στην τεράστια σάλα του μεγάρου, όπου είχαν δοθεί μεγαλοπρεπείς δεξιώσεις και ομιλίες, από διακεκριμένους

Έλληνες της περιοχής ή ανθρώπους που επισκέπτονταν τη χώρα και ήθελαν να βρουν κάποιον δικό τους, να μιλήσουν τη γλώσσα τους ή να θυμηθούν την κουλτούρα τους. Κοίταξε έξω από το παράθυρο τα ψηλά φυτά που κάλυπταν το δρόμο που βρισκόταν μπροστά από τα τεράστια κάγκελα και στο μυαλό του ήρθε η εικόνα των παιδιών του, που έπαιζαν εκεί έξω, όταν ήταν μικρά. Προχώρησε παρά πέρα με συντροφιά τον υπόκωφο ήχο των βημάτων του στον άδειο χώρο.

Η σκάλα που βρισκόταν στην τεράστια είσοδο του οικήματος οδηγούσε στα πάνω δωμάτια που εξυπηρετούσαν κατά κύριο λόγο τις ανάγκες των υπαλλήλων και της οικογένειάς του. Κάθισε σε ένα σκαλοπάτι, ακούμπησε τον αγκώνα του στο γόνατο και την παλάμη στο πηγούνι. Αναρωτήθηκε αν θα επέστρεφε ποτέ ξανά εδώ. Ίσως και όχι, ίσως είχε έρθει η ώρα να συνταξιοδοτηθεί, να δώσει τόπο στα νιάτα όπως έλεγε πάντα. Εξάλλου πλησίαζε τα εβδομήντα, τα παιδιά του είχανε μεγαλώσει και είχε αποκτήσει εγγόνια. Να ένας καλός λόγος για να σταματήσεις να εργάζεσαι, σκέφτηκε.

Κοίταξε το ρολόι του, η ώρα είχε περάσει, η γενική συσκότιση, που επικρατούσε από την προηγούμενη νύχτα, δεν του επέτρεπε να χρησιμοποιήσει κανένα μέσο φωτισμού. Όσο τραγικό και αν φαινόταν όμως, υπήρχε αρκετό φως από τις συνεχιζόμενες εκρήξεις. Μια μέρα νωρίτερα η ελληνική κυβέρνηση είχε εξαγγείλει την υποχρεωτική αναχώρηση όλων των ομοεθνών κι έτσι οι λιγοστοί δημοσιογράφοι. που είχαν απομείνει, ήταν αποκλειστικά με δική τους ευθύνη.

Έριξε το πούρο στο πάτωμα και το πάτησε με το πόδι του. Γύρισε το κεφάλι, καθώς άκουσε βήματα να έρχονται προς το μέρος του, ήταν ο γραμματέας του πρέσβη, ο οποίος τον πλησίασε κρατώντας ένα χαρτοφύλακα και μια βαλίτσα στα χέρια.

«Κύριε πρέσβη, είμαστε έτοιμοι!»

Εκείνος του έριξε μια ματιά και κατόπιν κοίταξε πάλι ανήσυχος το ρολόι του, σουφρώνοντας τα χείλη του απογοητευμένος.

«Πιθανόν λόγω της κατάστασης να μην του επέτρεψαν την είσοδο στη χώρα! Το αεροδρόμιο έχει κλείσει!» Ο γραμματέας κατάλαβε ότι ο πρέσβης μάταια θα περίμενε τον Αλέξανδρο, έτσι προσπάθησε να τον παρηγορήσει. Εκείνος κούνησε για άλλη μια φορά το κεφάλι σαν να συμφωνούσε με το γραμματέα του. Κούμπωσε τα κουμπιά του σακακιού του και του έκανε νόημα πως είχε έρθει η ώρα να φύγουν. Βγαίνοντας από την πρεσβεία σταμάτησε για μια τελευταία φορά κι έριξε μια ματιά πίσω του. Ύστερα έκλεισε την πόρτα, κλείδωσε και παρέδωσε το κλειδί στον γραμματέα του. Μπήκαν και οι δύο στο αυτοκίνητο που τους περίμενε με αναμμένη τη μηχανή κι εξαφανίστηκαν μέσα στο σκοτάδι με σβησμένα τα φώτα.

Το τηλέφωνο χτυπούσε πεισματικά για κανένα πεντάλεπτο, η Μάτα όμως δεν το είχε σκοπό να το σηκώσει. Ήταν απούσα και δεν είχε σκοπό να ανακοινώσει την παρουσία της για κανέναν. Σήμερα όμως από το πρωί, η κατάσταση είχε γίνει μαρτυρική. Μια χτυπούσε το σταθερό, μια το κινητό εναλλάξ. Εκείνη όμως βρισκόταν ακίνητη σαν μαρμαρωμένη στον καναπέ, με μόνη ένδειξη ότι ζούσε, το στήθος της που ανεβοκατέβαινε κάθε φορά που έπαιρνε μια ανάσα. Είχε περάσει όλο το βράδυ εκεί. Δεν είχε φάει, ούτε είχε πιει τίποτα. Ξάπλωνε με τα χέρια σταυρωμένα πάνω στο στήθος σαν πεθαμένη και παρακαλούσε το Θεό να την απαλλάξει από αυτό το μαρτύριο. Εκείνος όμως, λες και το φχαριστιόταν να τη βλέπει να υποφέρει, την άφηνε κολλημένη κάπου ανάμεσα στη ζωή και στον θάνατο.

Σε κάποια στιγμή, συνειδητοποίησε ότι δεν έκλαιγε πλέον για τον Χάρη, αλλά για τη δική της κατάσταση. Ακόμη κι έτσι όμως, και πάλι το ευχαριστιόταν. Ένιωθε λες και βρισκόταν σε μια θάλασσα. Έπλεε στην επιφάνειά της και δεν τολμούσε να κινηθεί, επειδή φοβόταν πως θα βουλιάξει.

«Αυτό ήταν, σκέφτηκε. Εδώ είναι το τέρμα, εδώ και η αρχή. Πρέπει να βρω το κουράγιο να σκεφτώ τι θα κάνω. Από τη μια δεν πρέπει να χάσω την ελπίδα μου για τη διάσωση του Χάρη και από την άλλη πρέπει να δω τι θα κάνω με μένα.»

Τη σκέψη της διέκοψε το κουδούνισμα του κινητού της που για άλλη μια φορά απέφυγε να σηκώσει. Το άρπαξε στα χέρια της νευριασμένη και το πέταξε απέναντι στον τοίχο, όπου και διαλύθηκε. Πήρε ένα μαξιλάρι και το έβαλε πάνω στο κεφάλι της, για να εμποδίσει τον ήχο του σταθερού που έφτανε στ' αφτιά της. Τώρα όμως, εκτός από το κουδούνισα του τηλεφώνου, ήταν σίγουρη πως άκουγε και μια γνώριμη φωνή. «Άνοιξε μου την πόρτα! Το ξέρω πως είσαι μέσα! Μ' ακούς; Το ξέρω ότι γύρισες και μη κάνεις ότι δεν ακούς! Μην προσπαθείς να με αποφύγεις γιατί δεν πρόκειται να συμβεί! Θα μείνω εδώ και δεν πρόκειται να φύγω μέχρι να μου ανοίξεις!»

Η φωνή συνοδευόταν από χτυπήματα στην πόρτα, σε σημείο που η Μάτα αναγκάστηκε τελικά να σηκωθεί και να ανοίξει. Η Ρένια μπήκε μέσα στο σπίτι φέρνοντας έναν άλλο αέρα στο χώρο, αυτόν της ζωής, που η Μάτα είχε ξεχάσει πως υπήρχε. Μπήκε μέσα χωρίς να της ρίξει ένα βλέμμα και θρονιάστηκε στον καναπέ.

«Έφερα καφέ και πρωινό, γιατί είμαι σίγουρη πως δεν έχεις φάει τίποτα!» της είπε καθώς άφηνε στο τραπεζάκι του σαλονιού ένα πακέτο με δύο καφέδες και μια σακούλα με διάφορα καλούδια.

Η Μάτα χωρίς να της ρίξει μια ματιά, κάθισε απέναντί της στον καναπέ.

«Πως είσαι έτσι; Σαν κακόμοιρο! Σαν τα παιδιά των φαναριών, σαν το κοριτσάκι με τα σπίρτα!» είπε και γέλασε, αλλά δεν κατάφερε να κάνει και τη φίλη της να γελάσει το χειλάκι της. Η Μάτα άρπαξε το πακέτο με τα τσιγάρα, έβγαλε ένα το έβαλε στο στόμα και το άναψε.

«Το τσιγάρο πάει με τον καφέ, αφού έχεις βάλει πρώτα στο στόμα σου κάτι!» τη συμβούλεψε η φίλη της σαν να ήταν το παιδί της. Η Μάτα δεν έδωσε σημασία στα λόγια της Ρένιας και συνέχισε να καπνίζει αμέριμνη κοιτάζοντας στον τοίχο που βρισκόταν απέναντι της.

Η Ρένια σηκώθηκε και μάζεψε το κινητό της φίλης της.

«Το κατέστρεψες κι αυτό! Τι σου έφταιγε το κακόμοιρο;»

Προσπάθησε να το ενεργοποιήσει, αλλά εκείνο είχε καταστραφεί κι έτσι το πέταξε σε μιαν άκρη του καναπέ. Άναψε τσιγάρο και αφού έκανε δυο απανωτές ρουφηξιές πήγε και κάθισε δίπλα της. Ήθελε να της μιλήσει, αλλά δεν έβρισκε τα κατάλληλα λόγια για να εκφράσει όλα αυτά που είχε στο μυαλό της και για αυτό, στάθηκε δίπλα της χωρίς να μιλάει.

«Έμαθα τι έγινε!» κατάφερε τελικά να ψελλίσει με σοβαρή φωνή.

«Μου τηλεφώνησε ο Αλέξανδρος χθες το απόγευμα και με παρακάλεσε να έρθω κοντά σου.» έκανε παύση.

«Το ξέρω πως είναι δύσκολο, αλλά...» έκανε πάλι παύση προσπαθώντας να κερδίσει χρόνο ψάχνοντας τις κατάλληλες λέξεις για να συνθέσει την πρότασή της.

Η Μάτα που ήξερε πολύ καλά ότι η Ρένια δεν κολλούσε πουθενά, σήκωσε το κεφάλι και την κοίταξε με βλέμμα συνοφρυωμένο.

«Θέλεις κάτι να μου πεις; Έγινε κάτι;»

Η Ρένια απέφυγε το βλέμμα της φίλης της και γύρισε από την άλλη πλευρά για να μην την κοιτάξει.

«Τι συμβαίνει Ρένια; Λέγε;»

«Επεβλήθη στρατιωτικός νόμος. Χθες τα ξημερώματα. Η πόλη ολόκληρη ισοπεδώθηκε, το νοσοκομείο...» σταμάτησε να μιλάει και δάγκωσε τα χείλη της.

Η Μάτα πετάχτηκε από τον καναπέ σαν τον αίλουρο, την άρπαξε από το γιακά και την ταρακούνησε.

«Το νοσοκομείο, τι έγινε; Τι έπαθε το νοσοκομείο;»

Τα μάτια της Ρένιας γέμισαν δάκρυα και τα χείλη της παρόλο που ήθελαν να της μιλήσουν έτρεμαν, επειδή δεν υπήρχαν οι κατάλληλες λέξεις για να μπουν στη σειρά και να σχηματίσουν μια σωστή πρόταση. Η Μάτα άρπαξε το τηλεχειριστήριο και άνοιξε την τηλεόραση. Δεν χρειάστηκε να ψάξει πολύ, αφού σχεδόν όλα τα κανάλια είχαν μεταδώσεις από τον τόπο της τραγικής καταστροφής. Σταμάτησε σε ένα σταθμό όπου ο δημοσιογράφος στεκόταν μπροστά από κάτι χαλάσματα. Διάβασε τον τίτλο που έγραφε: 'Καταστροφή στο νοσοκομείο της Σαναά, χιλιάδες νεκροί, ελάχιστες οι ελπίδες για επιζώντες' και πάτησε αμέσως το κουμπί του τηλεκοντρόλ για να ανοίξει τη φωνή. Ο ρεπόρτερ όρθιος πάνω σε ένα σωρό από χαλάσματα περιέγραφε την εικόνα στους τηλεθεατές, εξηγώντας τους ότι η βόμβα που έπεσε στα τυφλά το προηγούμενο βράδυ, είχε καταστρέψει το μισό και περισσότερο νοσοκομείο, σκοτώνοντας τους αρρώστους, και το προσωπικό που βρισκότανε εκεί. Ανέφερε μάλιστα πως εκείνη τη στιγμή που τους μιλούσε, στεκόταν πάνω σε κάτι πλάκες που υποτίθεται ότι απαρτίζανε το τέταρτο όροφο του κτιρίου.

Η καρδιά της Μάτας σταμάτησε να χτυπάει, και οι ήχοι που έρχονταν από την τηλεόραση, αντικαταστάθηκαν από ένα συνεχόμενο βουητό που ένιωθε να της ζαλίζει το μυαλό. Άξαφνα αισθάνθηκε οι δυνάμεις της να την εγκαταλείπουν και τα πάντα γύρω της αντικαταστάθηκαν από ένα μαύρο χρώμα, από ένα σκοτάδι που ζώστηκε γύρω της και την κατάπιε σε μια τρύπα που πάτο δεν είχε. Εκείνη με τη σειρά της ένιωθε να παραδίνεται χωρίς αντιστάσεις σε έναν βυθό που δεν την έπνιγε, αλλά δεν την άφηνε και να ανακάμψει. Όλες οι φωνές και όλοι οι ήχοι ενσωματώθηκαν σε αυτό το βουητό που λίγο λίγο ένιωθε να γίνεται ένα με το Εγώ της, ώσπου στο τέλος διοχετεύτηκε προς την έξοδο από το λαρύγγι της.

Όταν ήταν μικρή, τα καλοκαίρια συνήθιζε να τα περνάει στο χωριό με τη γιαγιά της. Εκείνη η καημένη ήταν πάνω από εβδομήντα χρονών και συχνά της ήταν δύσκολο να καταλάβει τον τρόπο σκέψης της εγγονής της. Το ίδιο βέβαια συνέβαινε και με τη Μάτα που απορούσε πως ήταν δυνατόν η γιαγιά της να μη συμμερίζεται τα προβλήματα και τις ανησυχίες της. Έτσι μετά από αρκετές προσπάθειες να γεφυρωθεί το τεράστιο χάσμα των δύο αυτών γενεών, πήραν και οι δύο την απόφαση ότι κάτι τέτοιο ήταν αδύνατον να συμβεί. Σταμάτησαν έτσι να έχουν πολλά πάρε δώσε και περιορίστηκαν στα πιο στοιχειώδη πράγματα, που αφορούσαν στην τροφή και στην ένδυση, χωρίς αυτό να σημαίνει ότι δεν αγαπούσε η μια την άλλη. Τα μεσημέρια που η γιαγιά αποζητούσε την ξεκούραση και τον ύπνο, η Μάτα άγρυπνος φρουρός, με το μάτι γαρίδα, αναζητούσε την περιπέτεια, και την έβρισκε μέσα στον παλιό στάβλο, που τώρα χρησίμευε ως αποθήκη για να στοιβάζουν παλιοπράματα.

Εκεί έκανε όνειρα για το μέλλον, για τη δουλειά που θα έκανε όταν θα μεγάλωνε, για τον άντρα που θα παντρευόταν και πως θα ήταν αυτός. Αναθυμόταν και έκανε τους υπολογισμούς της, για να αποφύγει το χάσμα των γενεών, ώστε να μην έχει τα ίδια μπλεξίματα με τα παιδιά και τα εγγόνια της, όπως αυτή με τη γιαγιά της. Έλεγε τότε, αν παντρευόταν στα είκοσι κι έκανε αμέσως παιδιά, όταν κάποτε θα έφτανε στα σαράντα, τα παιδιά της θα ήταν είκοσι χρονών κι έτσι το χάσμα θα ήταν ελάχιστο. Θα ήταν σαν φίλοι μεταξύ τους, ίσως και να έβγαιναν μαζί έξω για καφέ! Πόσο τέλεια και ονειρικά ήταν όλα αυτά στην κοινωνία του μυαλού της. Η σκέψη αυτή τη χαροποιούσε και δεν ήταν λίγες οι φορές που τη συνόδευε στον ύπνο της, ανάμεσα στα αφράτα άχυρα, που της τσιμπούσαν το κεφάλι, την πλάτη και τα πόδια με τις σουβλερές και ξερές άκρες τους.

Τώρα, καθώς τα χρόνια είχαν περάσει κι εκείνη δεν είχε παντρευτεί στα είκοσι όπως τα υπολόγιζε, τη σκέψη αυτή την είχε ξεπεράσει. Την ανακαλούσε μόνο κάποιες φορές στο μυαλό της, όταν ο λογισμός της την πήγαινε στα γηρατειά της. Αυτό της είχε μείνει εξάλλου για να σκέφτεται. Γριά αυτήν και ο Χάρης και να έρχονται τα παιδιά τους επίσκεψη στο σπίτι, να τους φέρνουν τα εγγονάκια. Αυτή είναι η ουσία και αυτός ο κύκλος της ζωής, όπως της τόνιζε συχνά ο πατέρας της.

Η ζωή όμως δεν έρχεται ποτέ όπως τη σχεδιάζεις. Σχεδόν πάντοτε μάλιστα, δεν έχει καμία σχέση με αυτό που έχει στο νου του ο μέσος άνθρωπος, γιατί η ζωή κάνει τα δικά της σχέδια και αυτά πραγματοποιεί. Έτσι και η Μάτα, ποτέ της δεν είχε σκεφτεί ότι θα έρθει η στιγμή που θα την περάσει ως κομπάρσα και όχι ως πρωταγωνίστρια. Μόνη και έρημη, χωρίς το σύντροφο, που επέλεξε για να έχει για το υπόλοιπο της ζωής της δίπλα της, αφαιρώντας της ακόμη και το δικαίωμα να χωρίσουν ειρηνικά και να συνυπάρξουν σε αυτή τη ζωή χωριστά.

Το κακό ήταν πως ένιωθε, ότι όταν κάτι μέσα της, της χτύπησε το καμπανάκι της ζωής, που είχε ξεχάσει βαθιά θαμμένο, προκάλεσε μια αλυσιδωτή αντίδραση που είχε σαν αποτέλεσμα τη φυλάκιση του Χάρη και τώρα το θάνατό του. Όσο εκείνος ζούσε, διατηρούσε μέσα της την ελπίδα ότι μπορούσε να τον σώσει, τώρα όμως που έβλεπε μπροστά της τα ερείπια του νοσοκομείου, έβλεπε και την ελπίδα της να έχει χαθεί.

Το χειρότερο απ' όλα, ήταν ότι δεν ήξερε αν έπρεπε να θρηνήσει ή να χαρεί. Αν το έβλεπε κάποιος από μια άλλη οπτική γωνία θα μπορούσε να της πει, ότι όλο αυτό που συνέβη ήταν η απάντηση και η λύση στο πρόβλημά της. Με τον θάνατο του άντρα της, εκείνη κρατούσε ψηλά το κεφάλι με δόξα και τιμή και κανείς δεν θα μπορούσε να της καταλογίσει καμία ευθύνη αν αύριο μεθαύριο επέλεγε να ξαναφτιάξει τη ζωή της, αφού μέχρι την τελευταία στιγμή, αυτή προσπάθησε να τον απελευθερώσει από τις φυλακές της Υεμένης. Από την άλλη όμως, η συνείδηση της, τη μαστίγωνε με τα σκληρά λόγια από το στόμα των Ερινυών, κάνοντάς τη να νιώθει τύψεις, πιστεύοντας πως όλα αυτά ήταν αποτέλεσμα των σκέψεων ή ακόμη και των πράξεων που έκανε, που δεν έκανε ή που θα έπρεπε να κάνει.

Ήτανε τόσο ζαλισμένη που δεν μπορούσε να σκεφτεί το ενδεχόμενο ότι κάτι τέτοιο θα μπορούσε να συμβεί ούτως ή άλλως ακόμη και χωρίς τις δικές της σκέψεις, αφού δεν είχε δα και τίποτα υπερφυσικές ικανότητες. Όταν πλέον κατάφερε να χαλιναγωγήσει τους μελανούς λογισμούς της και να μαζέψει τους κουβάδες της αδρεναλίνης, που είχε εκκρίνει, αποφάσισε να κρατήσει μια πιο αποστασιοποιημένη στάση από το ζήτημα που είχε ανακύψει. Από τη στιγμή που ακόμη και η ίδια δεν είχε καταφέρει να ξεμπερδέψει το κουβάρι των συναισθημάτων της, θα υπέμενε στωικά τη μοίρα της. Εκείνη είχε αποφασίσει, και η ίδια το μόνο που της έμενε να κάνει ήταν να παραμείνει ουδέτερος θεατής της εξέλιξης των πραγμάτων.

Άθελά της το μυαλό της πήγε στο Αλέξανδρο. Αναρωτήθηκε που να ήταν αυτή τη στιγμή, ντράπηκε όμως να ρωτήσει τη Ρένια από φόβο και μόνο να μην την ειρωνευτεί που αντί να σκέφτεται τον Χάρη σκεφτόταν έναν άλλον, ξένο άντρα. Κι όμως, παρόλο που δεν ήξερε αν θα τον ξανάβλεπε ποτέ στη ζωή της, η σκέψη του και μόνο ερχόταν σαν βάλσαμο να γλυκάνει την πονεμένη της

Μάγδα Δ. Καπριανού

καρδιά. Έκλεισε για λίγο τα μάτια και έφερε στο νου της εκείνο το βράδυ στη Χαράρ. Η εικόνα του ήρθε αναλλοίωτη στο μυαλό της. Τα μάτια του ήταν τόσο λαμπερά, τα χείλη του γυάλιζαν σαν δυο λίμνες κάτω από το φως της φωτιάς και τα μαλλιά του της φαινόταν λες και ήταν μαύρα στάχυα που λαμποκοπούσαν μέσα στην κάψα της νύχτας, κι εκείνη ήθελε τόσο πολύ να βάλει τα χέρια της και να τα αγγίζει, να τα χαϊδέψει και να αισθανθεί την απαλότητά τους.

Ίσως και όλα αυτά που είχαν συμβεί να είχαν ένα λόγο, σκέφτηκε και παρηγόρησε τον εαυτό της. Ίσως τώρα που είχαν επιστρέψει στην Ελλάδα και που εκείνη ήταν πλέον απελευθερωμένη από τα δεσμά ενός γάμου χωρίς μέλλον, να μπορούσαν να δουν τη σχέση τους από μια άλλη σκοπιά. Αν υπήρχε ποτέ περίπτωση να υπάρξει μια πραγματική σχέση ανάμεσά τους. Έτσι κι εκείνη, θα είχε λιγότερες τύψεις και θα ήταν ευκολότερο για την ίδια.

Το επίμονο κουδούνισμα του κινητού τηλεφώνου της Ρένιας την έβγαλε από τις σκέψεις της. Με τα μάτια της, παρατηρούσε τη φίλη της, που μιλούσε κοφτά στον άγνωστο συνομιλητή της. Οι εκφράσεις του προσώπου της που διαδέχονταν η μια την άλλη, της έδωσε να καταλάβει ότι είχε να κάνει με ένα πολύ σημαντικό τηλεφώνημα. Η Ρένια σηκώθηκε από τη θέση της κι άρχισε να πηγαινοέρχεται στο δωμάτιο, ενώ που και που έριχνε κρυφές ματιές στη Μάτα. Λίγο μετά η Ρένια έκλεισε το τηλέφωνο και κάθισε απέναντι από τη Μάτα. Την κοίταξε για λίγο μετρώντας τα λόγια της και αφού έβαλε τα χέρια της φίλης της στα δικά της, πήρε μια βαθιά ανάσα και ξεστόμισε τα νέα.

«Ήταν ο Αλέξανδρος. Επέστρεψε στην Ελλάδα!» της είπε.

«Και τι μου το λες; Για να χαρώ;»απάντησε απηυδισμένη.

«Ναι!» ομολόγησε η Ρένια.

Η Μάτα την κοίταξε περίεργα, εξεταστικά, προσπαθώντας να ερμηνεύσει τη λάμψη που φώτιζε το μέχρι πριν από λίγο σκοτεινό πρόσωπό της.

«Περίμενα από σένα να στεναχωρηθείς περισσότερο για το χαμό του Χάρη, παρά για την επιστροφή του Αλέξανδρου!» της απάντησε ορθά κοφτά.

«Νομίζω ότι δεν θα χρειαστεί να στεναχωρηθεί κανείς, αντιθέτως όλοι θα χαρούμε!» της είπε η Ρένια ευθαρσώς.

Η Μάτα σούφρωσε τα φρύδια της προσπαθώντας να καταλάβει τι εννοούσε η συνομιλήτριά της. Μια σκέψη πέρασε τότε από το μυαλό της, αλλά την απέκλεισε αμέσως. Ήταν άραγε δυνατόν να έχει συμβεί κάτι τέτοιο; Ήταν άραγε ποτέ δυνατόν να είναι αλήθεια ή μήπως όλα αυτά ήταν ένα όνειρο που μόλις άνοιγε τα μάτια της θα χανόταν αμέσως από μπροστά της. Κι αν ήταν αλήθεια, τι στάση θα έπρεπε να κρατήσει, να χαρεί ή μήπως...

«Βρε κουτό και σε είχα για έξυπνη!»

«Εννοείς;»

«Ναι!»

Η καρδιά της Μάτας ήταν ήδη νεκρή από συναισθήματα, πολύ πριν υποθέσει τον θάνατο του Χάρη, πολύ πριν γνωρίσει τον Αλέξανδρο και ακόμη περισσότερο πολύ πριν φύγει ο Χάρης για αυτή την αποστολή. Ο ίδιος της ο άντρας είχε καταφέρει με τη στάση του να την κάνει να απομακρυνθεί από αυτόν και το μόνο συναίσθημα που ίσως να έτρεφε να ήταν αυτό της συμπόνιας και τίποτε άλλο. Όπως τότε όμως, έτσι και εκείνη τη στιγμή σηκώθηκε και ακολούθησε τη Ρένια σιωπηλά στο νοσοκομείο. Είχε ορκιστεί να αναλάβει το χρέος και ασχέτως του τι θα έκανε με τη ζωή της, ο πατέρας των παιδιών της θα ήτανε δίπλα τους, ακόμη και αν αυτή θα έπρεπε να καταπνίξει τα συναισθήματα της. Είχε ορκιστεί τότε, όπως και τώρα, ότι για χάρη των γιων της θα έμενε δίπλα στον Χάρη για όσο περισσότερο άντεχε, και παρόλο που γνώριζε ότι αυτή της η πράξη πήγαινε κόντρα σε όλα όσα πίστευε, ενστερνιζόταν και διακωμωδούσε στους άλλους, σχεδόν με ευχαρίστηση θα το έκανε. Γνώριζε ότι πάνω από τις δικές της επιθυμίες ήταν η αδυναμία της να επιδείξει θάρρος, ένα θάρρος που απέρρεε από την αρχική της άρνηση και φοβία να μείνει μόνη στη ζωή.

Στάθηκε για λίγο δίπλα στη Ρένια την ώρα που περιμέναμε το ασανσέρ για να τις κατεβάσει στο ισόγειο και νιώθοντας απογυμνωμένη από το κάθε τι την κοίταξε και χωρίς ντροπή τη ρώτησε.

«Ο Αλέξανδρος θα είναι εκεί;»

Η Ρένια της έριξε μια συνωμοτική ματιά και κατόπιν, ίσως γιατί ένιωθε άβολα κι εκείνη, έριξε το βλέμμα κάτω κι ένευσε αρνητικά με το κεφάλι της.

«Όχι, δεν θα είναι. Μου είπε ότι η αποστολή του, τώρα πια, τελείωσε και ότι είναι καλύτερα να σε αφήσει μόνη μαζί με τον άντρα σου. Μου είπε επίσης σχετικά με το οικονομικό ζήτημα, ότι δεν έχει καμία απαίτηση και ότι απλά σε κάποια στιγμή στο μέλλον, θα πατσίσεις αφιερώνοντάς του ένα ρεπορτάζ, σχετικά με τη δουλειά του. Η Μάτα κατέβασε το κεφάλι. Πίσω από αυτά του τα λόγια, μετάφρασε χωρίς πολύ περισυλλογή μια άλλη αλήθεια, που την απάλλασσε από κάθε σκέψη και βασανισμό του μυαλού της. Ούτε λίγο ούτε πολύ της έλεγε με το τελεσίγραφο, που της έστελνε, ότι εκείνος γυρνούσε πίσω στη γυναίκα του-που πιθανόν λάτρευε-και παράλληλα συμβούλευε τη Μάτα να κάνει το ίδιο, μένοντας στο πλευρό του τραυματία συζύγου της. Εμμέσως πλην σαφώς δηλαδή της έλεγε ότι αυτό που ζήσανε-που στην ουσία δεν ήτανε τίποτα- ήταν το τέλος της αρχής, μιας περιπέτειας που δεν ξεκίνησε ποτέ!

Η Ρένια έριξε μια κλεφτή ματιά στη φίλη της, αλλά δίστασε να της μιλήσει. Ήξερε πως, παρόλο που δεν της είχε ομολογήσει πολλά πράγματα, είχανε συμβεί πολλά περισσότερα στην Αφρική, από ότι θα μπορούσε και η ίδια να φανταστεί ή να υποθέσει.

«Θα κανονίσω μόλις μπορέσεις κι εσύ, για αυτή τη συνέντευξη!» της είπε προσπαθώντας να της φτιάξει το κέφι.

Η Μάτα απλά κούνησε το κεφάλι χωρίς να μιλήσει και δεν είπε τίποτα. Βαθιά μέσα της ήξερε ότι αυτή η συνέντευξη δεν θα δινόταν ποτέ, βαθιά μέσα της ήξερε ότι ήταν απλά μια δικαιολογία, ένα παυσίπονο για να της καλμάρει τον πόνο του αποχωρισμού και του γεγονότος ότι δεν θα τον έβλεπε ποτέ ξανά.

ΕΝΤΕΚΑ ΜΗΝΕΣ ΑΡΓΟΤΕΡΑ

Καθισμένες κάτω από την απλόχερη σκιά ενός συμπλέγμα-τος φυτών, που μεταξύ άλλων περιελάμβανε κλαδιά κισσού, άνθη γιασεμιού και πορτοκαλιάς, καρπούς μανταρινιάς και μικρά σταφυλάκια που επωάζονταν, η Μάτα και η Ρένια απο-λάμβαναν τον απογευματινό τους καφέ. Η ώρα είχε προχωρή-σει αρκετά και τα πουλάκια, που πετούσαν αριστερά και δεξιά ανάμεσα τους, έψαχναν το απογευματινό τους κολατσιό, ξεκού-ραστα κι αυτά, από τη μεσημεριανή τους σιέστα. Ένα απόγευ-μα στη Θάσο, ισοδυναμούσε με ένα αντίστοιχο απόγευμα στον παράδεισο. Νωρίτερα το πρωί είχανε κάνει το μπάνιο τους στα καταπράσινα νερά του ήρεμου κόλπου της Σκάλας Ποταμιάς, που βρισκόταν περιτριγυρισμένος από μια ομάδα βουνών, πάνω στα οποία κρέμονταν πανύψηλα αιωνόβια πεύκα. Το με-σημέρι είχανε αποσυρθεί στην Τράτα, όνομα και πράγμα, μια ταβέρνα γεμάτη με φρεσκότατους λαχταριστούς μεζέδες από τα προϊόντα της θάλασσας. Είχανε πιει και λίγο παραπάνω, από το γλυκόπιοτο και πανάλαφρο τσίπουρο, που κάθε ντόπιος, που σεβόταν τον εαυτό του, παρασκεύαζε στο σπίτι του και μιας και ήταν τόσο ελαφρύ, το κατέβαζαν κι αυτές σαν νερό. Τώρα, έχο-

221

ντας πλέον επιστρέψει στο κατάλυμα τους, απολάμβαναν έναν παγωμένο καφέ, που είχε προσφερθεί να τους φτιάξει η κυρά Βαρβάρα, η ιδιοκτήτρια του σπιτιού που τις φιλοξενούσε.

Η Μάτα έκλεισε τα μάτια κι έγειρε πίσω στην καρέκλα για λίγο. Παρά τη ζάλη της μπόρεσε να διακρίνει και να ξεχωρίσει τις μυρωδιές, που ήρθαν στη μύτη της. Ρίγανη και δυόσμος, μέντα και θυμάρι. Ευλογημένος τόπος, σκέφτηκε και κούνησε ελαφρά το χειλάκι της. Ηρεμία καρδιάς και άλγος ψυχής.

«Αν δεν είχαμε και αυτές τις μέλισσες!» συμπλήρωσε η Ρένια λες και βρισκόταν μέσα στη σκέψη της.

«Πράγματι, είναι λίγο ενοχλητικές, αλλά μη ξεχνάς ότι βρισκόμαστε μέσα στη φύση, περιβαλλόμαστε από αυτήν!» απάντησε η Μάτα με όση δύναμη μπόρεσε να συγκεντρώσει για να το καταφέρει.

«Η αλήθεια είναι ότι είναι πραγματικά τέλεια. Όλα είναι εκπληκτικά! Νιώθω σαν να έχω βρεθεί σε κάποιο άλλο μέρος και σίγουρα όχι στην Ελλάδα. σαν να είμαστε σε κάποιο εξωτικό νησί και απολαμβάνουμε ινκόγκνιτο τις διακοπές μας!»

«Ναι, εμείς οι διασημότητες!» την περιγέλασε η Μάτα.

«Μα αν το καλοσκεφτείς δεν απέχει και πολύ από την πραγματικότητα. Δεν έχουν περάσει ούτε δύο εικοσιτετράωρα από την ώρα που κυριολεκτικά με απήγαγες από τη δουλειά και με έφερες εδώ!»

«Κι εσύ δεν ήθελες!»

Η Ρένια καθυστέρησε να απαντήσει στη φίλη της. Πήρε τον καφέ της, σηκώθηκε από το τραπέζι και ξάπλωσε στην αιώρα που βρισκόταν ακριβώς μπροστά τους.

«Αχ!» έβγαλε έναν ήχο ανακούφισης.

«Τι έγινε έσπασε;»

«Θα σου έλεγα άντε στο διάολο, αλλά έχε χάρη που σ' αγαπάω!»

«Κι εγώ σ' αγαπάω, αλλά πρώτη φορά σε βλέπω να τρως με αυτό το ρυθμό!»

«Και τι έγινε; δεν δικαιούμαι μια φορά να φάω το κάτι παραπάνω; Εξάλλου οι μεζέδες ήταν θεσπέσιοι!»

Εκείνη την ώρα βγήκε από το σπίτι η κυρά Βαρβάρα. Γύρισαν και οι δυο και την κοίταξαν με μάτια γεμάτα θολούρα από τη μέθη. Εκείνη που κατάλαβε ότι το τσιπουράκι είχε κάνει καλά τη δουλειά του, τις έστειλε ένα προσφιλές χαμόγελο.

«Α, κυρά Βαρβάρα είσαι φοβερή! Μπράβο, μπράβο, συγχαρητήρια!» έσπευσε η Ρένια. Η κυρά Βαρβάρα τις πλησίασε και κάθισε δίπλα τους.

«Τι έγινε κορίτσια, περάσατε καλά απ' ότι βλέπω, ε;» τις ρώτησε.

«Νομίζω ότι τα λόγια είναι περιττά!» απάντησε η Μάτα, τεντώνοντας τα χέρια πίσω για να ξεπιαστεί.

«Της είπατε ότι έρχεστε από εμένα; Αν και όπως και να 'χει, όλα φρέσκα είναι εκεί!»

«Φρεσκότατα!» επιβεβαίωσε η Ρένια, κουνώντας το κεφάλι της πάνω κάτω.

«Τυχερή είσαι κυρά Βαρβάρα, εδώ είναι παράδεισος!» είπε η Μάτα.

«Έτσι είναι κορίτσια! Και τι, αν το σκεφτείς δεν είναι ούτε δύο ώρες από τη Θεσσαλονίκη.»

«Ναι , δύο ώρες χρειάζονται για να βρεθείς από την τρέλα της πόλης στον παράδεισο του νησιού.» Η φωνή της Μάτας βγήκε νοσταλγική και ίσως να έκρυβε μια ζηλόφθονη στάλα για την τύχη της Βαρβάρας, που μπορούσε να το χαίρεται κάθε μέρα από τη στιγμή της γέννησής της, έως και τη μέρα που θα έκλεινε τα πανέμορφα γαλαζοπράσινα μάτια της.

Η Ρένια σταμάτησε να κουνιέται πάνω κάτω κι έριξε ένα εκ βαθέων εξεταστικό βλέμμα στην οικοδέσποινα τους. Τα ξανθά της μαλλιά τα είχε αφήσει ελεύθερα και τα είχε ισιώσει με πιστολάκι, ήταν βαμμένη και φορούσε ένα πανέμορφο γαλάζιο λουλουδάτο φόρεμα που τόνιζε ακόμη περισσότερο τη θηλυκή της πλευρά. Ήταν αρχοντογυναίκα. Το είχαν προσέξει και οι δύο, από την πρώτη ώρα που πάτησαν το πόδι τους στο σπίτι και το είχαν ομολογήσει η μια στην άλλη. Της Ρένιας όμως που το μάτι της έκοβε το κάτι παρά πάνω στα ζητήματα των στιλιστικών επιλογών, δεν της ξέφυγε η αλλαγή στο παρουσιαστικό.

«Για πού το βάλαμε Βαρβάρα;»

«Θα πάω μέχρι την εκκλησία της Αγίας Παρασκευής. Έχουμε πανηγύρι και θα πάω για τη λειτουργία. Εσείς τι θα κάνετε κορίτσια;»

«Θα αράξουμε και θα προσπαθήσουμε να μαζέψουμε τα κομμάτια μας από την κραιπάλη!» την πρόλαβε αυτή τη φορά η Μάτα.

«Έλα καλέ, μη μου πεις ότι με δύο ποτηράκια τσίπουρο δεν ξες τι σου γίνεται!» την περιγέλασε εκείνη.

«Μωρέ ξέρω πολύ καλά τι μου γίνεται, αλλά το άτιμο σου προκαλεί τέτοια γλυκιά ζάλη, που το μόνο που θες να κάνεις, είναι να κάτσεις και να την απολαύσεις.» απάντησε εκείνη με τη συστολή μιας κόρης που κάνει για πρώτη φορά ένα ατόπημα.

«Καλά, εγώ φεύγω, αν έρθει κανείς, πείτε του ότι είμαι στο εκκλησάκι.»

«Καλά να περάσεις!» της πέταξε η Ρένια λίγο πριν χαθεί πίσω από την πλούσια συστοιχία των δέντρων, που οριοθετούσανε την αυλή του σπιτιού.

Η Μάτα έγειρε πάλι πίσω κι έκλεισε τα μάτια. Θέλησε να επικεντρωθεί στο δροσερό αεράκι που χάιδευε τρυφερά τους ώμους της και τα φύλλα των δέντρων, λικνίζοντάς τα σαν χορεύτριες του χορού της κοιλιάς, με τα πέπλα τους, σε ένα χορό εκστατικό, βγαλμένο μέσα από τις χίλιες και μια νύχτες της Σεχραζάτ.

«Και να σκεφτείς ότι δεν ήθελα να έρθω!» είπε η Ρένια που από το ποτό την είχε πιάσει λογοδιάρροια.

«Ειλικρινά, δεν μπορώ να καταλάβω γιατί! Δεν ξέρω, μάλλον χωρίς κάποιον ουσιαστικό λόγο. Απλά όταν ήμουν μικρή μας έφερναν συχνά οι γονείς μας εδώ κι έτσι δεν ήθελα να γυρίσω πίσω. Τα πράγματα όμως έχουν αλλάξει. Αυτή τη σμαραγδέvia θάλασσα δεν τη θυμόμουνα. Ξέρεις σήμερα κολυμπούσα μέσα στη θάλασσα και κάνω μια έτσι και γυρνάω το πρόσωπό μου προς τη στεριά. Έμεινα με το στόμα ανοιχτό! Τόση φύση δεν είχα ξαναδεί ποτέ στη ζωή μου. Αυτό το νησί τα έχει όλα!» «Και που είσαι ακόμη. Στις μέρες που θα κάτσουμε, έχουμε να δούμε πάρα πολλά πράγματα. Θα σε πάω στον Θεολόγο, ένα ορεινό χωριό κυριολεκτικά χτισμένο πάνω στο βουνό με τα πανέμορφα σπιτάκια του, χτισμένα με τη μακεδονίτικη αρχιτεκτονική, με τις πέτρες στις στέγες και τα δροσερά χαγιάτια του, θα σε ταΐσω μετά με το πασίγνωστο κατσικάκι του. Ύστερα θα σε κατεβάσω για ποτό στον Ποτό! Το πιο γνωστό σημείο του νησιού όπου συγκεντρώνει όλη τη νεολαία και τα καλύτερα στέκια!»

«Για στάσου μισό λεπτό!» τη διέκοψε η Ρένια καθώς πετάχτηκε από την αιώρα σαν να την τσίμπησε μέλισσα.

«Είπαμε να σε συντροφεύσω ως εδώ, να περάσουμε μια δυο μέρες για να ηρεμήσεις κι εσύ και να δεχτείς καλύτερα τις αλλαγές στη ζωή σου, αλλά σαν πολύ θάρρος μου φαίνεται πήρες φιλενάδα! Πόσες μέρες έχεις σκοπό να κάτσεις εδώ;»

«Να κάτσουμε εννοείς!» τη διόρθωσε.

«Για λέγε, για λέγε!»

«Κοίτα να δεις! Η πιο κοντινή μου φίλη είσαι εσύ. Όσα συνέβησαν τον τελευταίο καιρό, μαζί τα περάσαμε, πάνω κάτω ξέρεις πολλά πράγματα, που θα δίσταζα να ομολογήσω ίσως ακόμη και στον ίδιο μου τον εαυτό και στην τελική είσαι το στήριγμά μου!»

«Αν ήθελες ένα αποκούμπι, ας κρατούσες τον Χάρη χρυσή μου!» της πέταξε αυθάδικα.

Τα μάτια της Μάτας σκοτείνιασαν, όπως τα σύννεφα που είχαν ξεπροβάλει πίσω από το βουνό που βρισκόταν απέναντί της και το αγκάλιαζαν αργά, αλλά σταθερά με τη σκούρα αιθέρια μάζα τους.

«Δηλαδή, μετά από όλα αυτά, αυτό είναι το πρώτο πράγμα που σου ήρθε στο μυαλό; Αυτό έχεις να μου πεις;»

Η Ρένια της έστειλε ένα καθησυχαστικό χαμόγελο για να την ηρεμίσει.

«Όχι βρε χαζό!» της απάντησε.

«Αλλά; Τι μου λες; Ή μήπως θες να πεις ότι δεν προσπάθησα αρκετά; Ότι δεν έκανα υπομονή και πως δεν έδωσα άπειρες ευκαιρίες; Τι άλλο να έκανα; Η σχέση αυτή είχε κάνει από καιρό τον κύκλο της. Δεν ήτανε λίγες οι φορές που του έκρουσα τον κώδωνα του κινδύνου. Ήθελα να είμαι εντάξει απέναντί του, κυρίως επειδή δεν έχει κάποιον άλλον άνθρωπο να του σταθεί. Δεν μπορείς να φανταστείς το μέγεθος των τύψεων που με έδεναν όλον αυτόν τον καιρό, που σκεφτόμουνα πιο ήταν το σωστό και το πρέπον. Σου είπα και άλλη φορά ότι δεν ήθελα να τον χωρίσω, όμως ειδικά μετά την επιστροφή του από την Υεμένη και την ανάρρωση του, είχε αλλάξει πάρα πολύ! Είχε γίνει τρομερά εγωκεντρικός, εγωπαθής, πεισματάρης, εγωιστής. Υπέφερα διπλά. Από τη μια είχα να κάνω με τα προσωπικά μου προβλήματα και από την άλλη με τις ανασφάλειες και τις απαιτήσεις του. Τόσο καιρό που έκανα υπομονή, την έκανα για τα παιδιά, αλλά τελικά, νομίζω ότι ακόμη και αυτό είναι μάταιο. Το ξέρω ότι τα παιδιά μπορεί να μου το κρατήσουν μανιάτικο, που έχω διαταράξει την οικογενειακή τους ηρεμία, όμως το σκέφτηκα πολύ σοβαρά. Δεύτερη ευκαιρία σε αυτή τη ζωή δεν έχει κανείς. Οι στιγμές, που φεύγουν, δεν γυρνάνε πίσω και το μόνο που μένει πάνω μας είναι το παρελθόν, που γράφεται και τα χρόνια, που ακουμπάνε πάνω μας. Πολλές φορές το σκέφτηκα, αλλά πάντα κάτι με κρατούσε πίσω. Ειλικρινά τις θαύμαζα όλες αυτές τις γυναίκες, που κάνανε το βήμα και παίρνανε τη ζωή στα χέρια τους. Το παράπονό μου είναι, πως ασχέτως με το δυναμισμό που βγάζω, κανένας ποτέ δεν κατάφερε να δει πως πίσω από όλα αυτά ήμουν απλά ένας άνθρωπος που το μόνο που επιθυμούσε ήταν να γευτεί το νέκταρ της ζωής. Ένα κοριτσόπουλο αδύναμο που έχει ανάγκη από στοργή και αγάπη. Ίσως να μη μου βγει σε καλό ο χωρισμός. Μπορεί μετά από δέκα είκοσι χρόνια, να πω πως δεν έκανα καλά. Αν όμως δεν έκανα το βήμα, δεν θα μάθαινα ποτέ τι θα πει να προσπαθείς. Ακόμη και αν ζούμε χωριστά με τον Χάρη, έχουμε καλή επικοινωνία και τα αγαπάμε τα παιδιά το ίδιο, όπως τα αγαπούσαμε και πριν. Τίποτα δεν θα αλλάξει, παρά μόνο ότι τα Σαββατοκύριακα θα πρέπει να αλλάζουν σπίτι για να πάνε στον πατέρα τους.»

«Αλήθεια ο Χάρης πως το πήρε;»

«Πώς να το πάρει; Στην αρχή γέλασε, μετά ούρλιαξε, με απείλησε και όχι μόνο ότι θα με σκοτώσει, αλλά ότι θα σκοτωθεί και ο ίδιος, αν τον εγκαταλείψω, τελικά όμως αναγκάστηκε να αποδεχτεί την απόφασή μου.»

«Τα τρία στάδια της αλήθειας. Πρώτα γελοιοποιείται, μετά πολεμάται, ώσπου στο τέλος γίνεται αποδεκτή ως αυτονόητη!»

«Έτσι είναι!»

«Πόσος καιρός πέρασε;»

«Δύο μήνες! Υπογράψαμε το πρώτο συναινετικά και αφού τα βρήκαμε και ως προς την ανατροφή των παιδιών, σύντομα θα υπογράψουμε και το οριστικό διαζύγιο.»

«Άντε, τέλος καλό όλα καλά!»

«Θα δείξει!» η Μάτα φάνηκε σκεπτική.

«Γιατί το λες αυτό;»

«Η αλήθεια είναι ότι ο Χάρης δεν το έχει αποδεχτεί οριστικά, τρέφει ελπίδες πως μια μέρα θα καταλάβω το λάθος μου και θα γυρίσω πίσω σ' αυτόν. Δεν ξέρω μήπως και ακόμη και μετά την οριστική υπογραφή συνεχίσει να ελπίζει. Εμένα αυτό όμως δεν μου κάνει καλό. Νιώθω να πιέζομαι, συχνά τα βράδια βλέπω όνειρα. Με κυνηγάνε οι τύψεις, ότι δεν του φέρθηκα σωστά, ότι ήμουν άτιμη και ανάξια ακόμη και να γίνω γυναίκα του αρχικά. Το πιστεύω ότι άξιζε κάποια καλύτερη από μένα, αλλά τώρα δεν μπορώ να κάνω τίποτα για να το διορθώσω.»

«Εννοείται! Τι θες να κάνεις; Να γυρίσεις πίσω μήπως;»

«Το έχω σκεφτεί και αυτό. Βλέπεις καθώς τα χρόνια περνάνε, γίνομαι όλο και πιο αναποφάσιστη, όλο και πιο ανεκτική στις αντιξοότητες, που προβάλλονται μπροστά μου. Τις προάλλες να φανταστείς στεκόμουν ένα τέταρτο μπροστά από το ράφι με τους χυμούς στο σούπερ μάρκετ, μη μπορώντας να αποφασίσω πιο χυμό να πάρω! Αυτόν με τα κομματάκια, φυσικό, νέκταρ ή βιολογικό!»

«Και τι έκανες στο τέλος;»

«Πήρα βυσσινάδα! Εκεί τα πράγματα είναι πιο ξεκάθαρα βλέπεις!»

«Άκουσε με να σου πω! Μη κάνεις καμιά βλακεία και γυρίσεις πίσω στον Χάρη! Δεν λέω καλό παιδί είναι, ίσως από τα καλύτερα. Είναι καλός, ήσυχος, υπομονετικός, τον κάνεις ότι θέλεις, αλλά εσύ θέλεις κάτι άλλο και αυτό το κάτι άλλο δεν το έχει να σου το δώσει! Διαφέρετε σε πολλά πράγματα πάνω στις απόψεις σας για τη ζωή και επέτρεψε μου να σου εξομολογηθώ, ότι από την πρώτη στιγμή αναρωτιόμουν τι δουλειά έχεις μαζί του. Απλά σεβάστηκα την απόφαση σου και το δέχτηκα.»

«Το ξέρω! Πολλές φορές στο παρελθόν που έκατσα να σκεφτώ εμένα, είπα ότι αν είχα να διαλέξω από την αρχή, πάλι τον ίδιο άντρα θα διάλεγα. Ο Χάρης είναι όπως το λέει και το όνομά του. Είναι ένα παιδί γεμάτο χάρες. Ευγενικός, οικογενειάρχης, νοικοκύρης και πάνω απ' όλα με πρόσεχε, όμως εγώ είμαι το πρόβλημα, εγώ το έχω το ζόρι, που τώρα, στα τριάντα συν, σαράντα πλην, με έπιασαν οι υπαρξιακές μου ανησυχίες. Απ' όταν ήρθε πάλι στο σπίτι και τους τελευταίους μήνες ,που καθόταν συνέχεια μέσα για την ανάρρωση του, τον έβλεπα και δεν μπορούσα να τον κοιτάξω! Με καταλαβαίνεις;»

«Καταλαβαίνω. Ήθελες το χώρο σου και δεν τον είχες!»

«Δεν είναι αυτό ακριβώς. Ο Χάρης είναι ένας πολύ διακριτικός άνθρωπος ή μάλλον ήταν γιατί σου λέω, υπήρχαν στιγμές, που τον έπιανε ο εγωισμός του. Ερχόμουνα πτώμα από τη δουλειά και είχε απαιτήσεις από εμένα. Εγώ όμως στο διάστημα που έλειψε έμαθα αλλιώς. Είχα τη σειρά μου σε ότι έκανα και πίστεψέ το, όσο περίεργο και αν ακούγεται, παρόλο που με την έλλειψή του είχα επωμιστεί όλες τις δουλειές, είχα και ελεύθερο χρόνο για μένα, κάτι που τώρα δεν μπορούσα να αξιοποιήσω!»

«Γιατί, τι σε έκανε;»

«Η σειρά ήταν η εξής. Του είχα ετοιμάσει το φαγητό, είχα τελειώσει όλες τις δουλειές και του είχα αφιερώσει και λίγο χρόνο, που μη φανταστείς ότι κάναμε κάτι συγκεκριμένο ή καμία συζήτηση επιπέδου, τηλεόραση καθόμαστουν και βλέπαμε. Κάθε φορά που καθόμουνα και έλεγα η γυναίκα να μπω λίγο στο ίντερνετ να ενημερωθώ από κανένα πρακτορείο ειδήσεων για καμιά εξέλιξη, ή να γράψω αυτό το βιβλίο, που επιτέλους άρχισα η έρμη να γράφω, τι λες να έκανε αυτός;»

«Τι έκανε;»

«Ερχόταν πάνω από το κεφάλι μου σαν το χάρο κι έλεγχε τι έβλεπα και που έμπαινα, ή όταν ξεκινούσα να γράψω μια αράδα άρχιζε τα βογκητά. Πότε πονούσε, πότε δεν μπορούσε και πότε πάλι ένιωθε παραμελημένος!»

«Μήπως τον είχες όντως παραμελήσει;»

«Πας καλά;»

«Από το άλλο;»

«Ποιο;»

«Το άλλο λέω!»κι έκανε ένα νόημα γέρνοντας το κεφάλι προς τα πίσω και στο πλάι και κλείνοντάς της το μάτι με νόημα.

«Ποιο άλλο;» επέμεινε η Μάτα.

«Καλά παιδάκι μου, μαζούτ καις; Το άλλο!»

Η Μάτα την κοίταξε με νόημα, έχοντας ελαφρώς ανασηκωμένο το φρύδι του δεξιού της ματιού.

Η Ρένια σηκώθηκε από την αιώρα και κάθισε δίπλα της

«Ρε παιδάκι μου, τα βάζατε τα πρόβατα στο μαντρί, τον κολιό στο λάδι τον έριχνες; Το τηγάνι το έγλειφες καθόλου;» της φώναξε αγανακτισμένη για την ανικανότητα της να καταλάβει.

«Αυτό σου λέω πιο άλλο;»

«Δηλαδή τίποτα; Καθόλου κοκό;»

«Τίποτα, γιοκ που λένε!»

Μάγδα Δ. Καπριανού

«Αυτό σηκώνει ποτό!»
Η Ρένια σηκώθηκε κι έψαξε στα ράφια που υπήρχαν στον εξωτερικό τοίχο του σπιτιού για το τσίπουρο.
«Δε μπορεί» μονολογούσε
«Τις προάλλες από κάπου εδώ το έβγαλε, αφού την είδα!»
Λίγο μετά κρατούσε στο χέρι της το μπουκάλι με το τσίπουρο κραδαίνοντάς το ψηλά σαν τρόπαιο. Έβγαλε και δύο ποτηράκια και αφού έριξε κάμποσο από το διαυγές υγρό στην εσωτερική τους κοιλότητα έδωσε το ένα στη Μάτα και το άλλο το κράτησε για την ίδια.
«Να κεράσω και τσιγάρο, γιατί η συζήτηση θα είναι επιπέδου!»
«Ότι και να κεράσεις η κατάσταση είναι μη αναστρέψιμη.» είπε απαρηγόρητη στη φίλη της.
«Μα καλά, πως έγινε αυτό. Εγώ θυμάμαι έναν άλλο Χάρη. Ακόμη και πριν σε γνωρίσει, αυτός είχε τη φήμη ότι άλλαζε τις γυναίκες σαν τα πουκάμισα. Ουρές κάνανε έξω από το σπίτι του και την εφημερίδα!»
«Βασικά είναι ένα ζήτημα, που δυσκολεύομαι να συζητήσω και θα ήθελα να το αποφύγουμε, γιατί νιώθω άβολα! Απλά σου λέω ότι είχα πολλούς μήνες να δω χαρά!»
«Αμάν ρε φιλενάδα και αυτός τι έκανε;»
«Στην αρχή το απέδωσε στο στρες, από όλα όσα πέρασε. Περάσανε λίγοι μήνες, αποτέλεσμα όμως δεν είδαμε. Όταν αργότερα τον έπιασα να το συζητήσουμε, του ζήτησα να πάει σε ένα γιατρό. Αυτός όμως αγρόν ηγόραζε. Με έζωσαν τότε οι Κασσάνδρες που μου έλεγαν ότι, άντε να κάνω υπομονή σε όλα τα άλλα, αλλά μια ευχαρίστηση τελευταία που είχα, να τη στερηθώ και αυτήν; Έτσι για να μη τα πολυλογώ πήρα την απόφαση, ότι πρέπει να κοιτάξω τον εαυτό μου. Τα παιδιά μας θα είναι για πάντα παιδιά μας και αν μας αγαπάνε και τα αγαπάμε τίποτα το ουσιαστικό, δεν θα αλλάξει. Τη ζωή μου όμως, όση μου έχει απομείνει, πρέπει να τη ζήσω όπως θέλω εγώ. Εξάλ-

λου, όπως του εξήγησα, καλό του κάνω, γιατί είχα καταντήσει κι εγώ καταπιεστική απέναντί του. Εκείνος όμως, παρόλο που πολλές φορές, όπως παραδέχομαι κι εγώ η ίδια, του φερόμουνα άσχημα και απαξιωτικά, έδειχνε να τα ανέχεται όλα, γιατί με αγαπούσε. Κάθε φορά όμως που με ρωτούσε αν τον αγαπάω ή όταν μου έλεγε πόσο αυτός με αγαπούσε κι ότι ήξερε ότι εγώ δεν τον αγαπώ, μια μαχαιριά μου ξέσκιζε τα σωθικά!»

«Τον αγαπούσες;» τη ρώτησε κοιτώντας την κατάματα.

«Πλέον όχι!»

«Νομίζω ότι ήταν το καλύτερο, που μπορούσες να κάνεις. Αυτή η σχέση δεν ωφελούσε κανέναν από τους δυο σας, αντιθέτως σας έφθειρε. Τουλάχιστον τώρα να βρει ο καθένας το δρόμο του.»

«Το ελπίζω, γιατί ακόμη δεν λέει να το ξεπεράσει. Να φανταστείς μέρα παρά μέρα μου στέλνει λουλούδια.»

«Τον καημένο, τον λυπάμαι ξέρεις!»

«Κι εγώ τον λυπάμαι και στεναχωριέμαι πολύ γι' αυτόν.»

«Μην ανησυχείς! Κανείς δεν χάθηκε. Θα τον βρει το δρόμο του!» τη συμβούλεψε.

«Κι εγώ αυτό θέλω να πιστεύω, γιατί πιο πολύ λυπάμαι τον εαυτό μου και εμένα πρέπει να φροντίσω!»

«Έχεις δίκιο, κάποτε θα αναγκαστεί να το ξεπεράσει και να κοιτάξει μπροστά!»

«Το εύχομαι, γιατί τις τελευταίες μέρες είχε γίνει καταπιεστικός. Με έπαιρνε συνέχεια τηλέφωνο και στηνόταν κάτω από το σπίτι!»

«Και τώρα;»

«Τώρα, κανείς δεν ξέρει που είμαστε και το τηλέφωνο το ανοίγω για να παίρνω μόνο τα μηνύματα!»

«Από τον άλλον είχες κανένα νέο!» τη ρώτησε διστακτικά.

«Ποιόν άλλον;» Η ερώτηση ήταν ρητορική, γιατί η Μάτα είχε ήδη καταλάβει από τη στιγμή που τη ρώτησε ποιος ήταν ο άλλος.

«Από τον Αλέξανδρο εννοώ!»

«Που τον θυμήθηκες τώρα αυτόν;»

Μάγδα Δ. Καπριανού

«Λέω μήπως!»
«Έχω να τον δω από τη βραδιά εκείνη που έφυγα από το Χαράρ. Εξάλλου όπως πολύ καλά κατάλαβα, δεν νομίζω να ήθελε να με ξαναδεί. Τι τους ήθελα κι εγώ τους έρωτες δεν μπορώ να καταλάβω! Καλά καθόμουν στα αβγά μου και τα κλωσούσα, τι μ' έπιασε να σηκωθώ;»
«Ωραίο πράγμα ο έρωτας όμως, ε;»
«Ωραίο δεν λέω, αρκεί να είναι αμοιβαίος! Τώρα αυτός με αποφεύγει όπως ο διάολος το θυμίαμα»
«Κι εσύ ρε παιδάκι μου έπεσες με τα μούτρα! Ακόμη δεν τον είδαμε, Γιάννη τον είπαμε! Δεν του έδωσες το χρόνο να εξελιχθεί αυτή η σχέση! Μπορεί να τον φόβισες τον άνθρωπο!»
«Όχι μπορεί, έτσι ακριβώς είναι! Το κατάλαβα από κάποιες απόπειρες που έκανα να του τηλεφωνήσω για να ρωτήσω πως είναι και πως τα περνάει. Ούτε μια φορά δεν σήκωσε το τηλέφωνό του. Μη κοιτάς που το παίζω χαζή. Κατάλαβα πολύ καλά τι γίνεται, αλλά θα μου πεις, τον φόβισα. Δεν με ξέρει δεν τον ξέρω, το ίδιο πράγμα θα έκανα κι εγώ αν γνώριζα ένα καταπιεστικό και νευρωτικό άτομο, όπως συμπεριφέρθηκα κι εγώ εκείνες τις ημέρες. Σου λέω θα ακούει Μάτα και θα φεύγει μακριά! Τι να το κάνεις, άντρας που λακίζει στην πρώτη δυσκολία, δεν είναι άντρας! Κι εκείνος όμως δεν έκανε κάποια προσπάθεια, να μου δώσει λίγο χρόνο να καταλάβω τι γίνεται. Λες και το είχα χόμπι να κάνω εξωσυζυγικές σχέσεις.»
«Σιγά καλέ, θα μας τους βγάλεις όλους ανίκανους έτσι όπως πας! Τι ήθελες να κάνει; Παντρεμένος άνθρωπος ήταν, δεν έπρεπε να προστατευτεί;»
«Από μια τρελή σαν κι εμένα εννοείς; Να σου πω, καλύτερα που με έπιασε αυτή η ανασφάλεια και έτσι αποφεύχθηκε να συμβεί το μοιραίο, γιατί μετά θα με έτρωγαν οι τύψεις για το τι κάνω και που πάω! Πάντως καλό μου έκανε αυτή η μοναξιά κατάφερα και σκέφτηκα και κάποια άλλα πράγματα!»
«Σαν τι πράγματα;»

232

«Ότι πρέπει να ξεπεράσω το παρελθόν μου, να κλείσω κάποιο κεφάλαιο, που είχα αφήσει ανοιχτό!»

«Για τον Άγγελο λες;»

«Ναι, για τον Άγγελο. Σίγουρα δεν μπορώ να αρνηθώ ότι ήταν ένα μεγάλο κεφάλαιο στη ζωή μου, έχει όμως φύγει κι εγώ πρέπει να το κλείσω. Δεν με βοηθάει να προχωρήσω μπροστά αν έχω τα φαντάσματα του παρελθόντος να μου στοιχειώνουν τη ζωή. Ήτανε μια όμορφη ιστορία που τελείωσε. Και επίσης ξεμπέρδεψα επιτέλους ότι άλλο κομμάτι της ιστορίας ήταν ο Άγγελος και άλλο ο Αλέξανδρος. Τελεία και παύλα! Τώρα όσον αφορά στον Αλέξανδρο, τον ερωτεύτηκα, το παραδέχομαι. Δεν θα μπορούσα όμως να συνυπάρξω με τις δικές του ανασφάλειες, τις κρίσεις και τα άγχη του, όσον αφορά στο σκέλος της οικογένειάς του. Εγώ την επιλογή μου την έκανα, αποφάσισα να κοιτάξω μπροστά και αφού θεώρησα ότι δεν ήταν σωστό να ζω με τον Χάρη απλά και μόνο επειδή δεν ήταν κοινωνικά αποδεκτό να χωρίσω, αποφάσισα να κοιτάξω τον εαυτό μου και να κάνω κάτι για μένα. Ο Αλέξανδρος ίσως να είναι πιο δυνατός, ίσως να είναι ένας μάρτυρας, που για χάρη των παιδιών του προτιμά να θυσιάσει τη ζωή του, με κάποιο άτομο που τρέφει κάποια αισθήματα μεν, όχι όμως τόσο δυνατά όσο να τον κλονίσουν. Το πιστεύω και θα το πιστεύω μέχρι τελευταία στιγμή, ότι είχαμε πολλά κοινά, είναι όμως επιλογή του να μείνει εκεί που είναι κι εγώ δεν μπορώ να κάνω τίποτα περισσότερο από το να σεβαστώ την απόφασή του. Δεν θα μπορούσα να είμαι μαζί του και να επωμιστώ και αυτό το βάρος των ευθυνών. Ο Θεός με φύλαξε σου λέω!»

«Ο Θεός, δεν ξέρω αν σε φύλαξε...» άφησε τη φράση της να αιωρείται μετέωρη όπως τα σταφύλια που κρέμονταν ακριβώς πάνω από το κεφάλι τους.

«Θέλεις να μου πεις κάτι;» τη ρώτησε η Μάτα.

«Πες μου, δηλαδή τώρα αν σου δινότανε η ευκαιρία δεν θα έκανες κάτι μαζί του;»

233

«Η αλήθεια είναι ότι τώρα το μετάνιωσα που δεν αφέθηκα στα θέλω μου. Τι κατάλαβα; Δυστυχώς φιλενάδα, τώρα δεν γίνεται τίποτα!»

«Ο Αλέξανδρος ξέρεις...» έκανε πάλι μια παύση.

«Ο Αλέξανδρος τι; Άντε μη με σκας σε βλέπω τόση ώρα πως με το ζόρι κρατιέσαι! Έλα πες τι έχεις να πεις.»

«Έχει χωρίσει. Τον εγκατέλειψε η γυναίκα του!»

«Πότε έγινε αυτό;»

«Πάει πολύς καιρός τώρα. Από τότε που γύρισε από τη Χαράρ. Εκείνη τη μέρα δηλαδή που γύρισε και αφού πρώτα τακτοποίησε τον Χάρη στο νοσοκομείο, επέστρεψε στο σπίτι του. Αντί όμως να βρει τη γυναίκα και τα παιδιά του, βρήκε ένα άδειο σπίτι και ένα λιτό σημείωμα, που ούτε λίγο ούτε πολύ, με ελάχιστα λόγια του έλεγε ότι τον εγκαταλείπει γιατί τον βρίσκει ανούσιο. Για να φανταστείς το θράσος της, του έγραφε ότι μετακόμισε για λίγες μέρες στη μητέρα της και πως περίμενε από εκείνον να φερθεί σαν κύριος και αφού ταχτοποιήσουν τα του διαζυγίου, να της παραχωρήσει το σπίτι-που σημειωτέο ήταν δικό του απόκτημα-για να μείνει αυτή και τα παιδιά τους!»

«Σοβαρά; Και αυτός τι έκανε;»

«Ότι θα έκανε κάθε κύριος του ύψους του. Μάζεψε τη βαλίτσα του και πήγε σε ένα ξενοδοχείο. Τώρα τον έχω γείτονα ξέρεις, μένει δύο στενά πιο κάτω από μένα.»

Η καρδία τη Μάτας χτύπησε λίγο πιο δυνατά από το κανονικό, κάνοντας την ίδια να κουνηθεί από τη θέση της, ώστε να κρύψει την αμηχανία, που της δημιούργησε η ανακοίνωση του απρόσμενου νέου.

«Και τώρα τι κάνει;»

«Τι να κάνει; Ζει τη ζωή του, δουλεύει πολλές ώρες τη μέρα και αγόρασε κι ένα σκύλο, ένα θαυμάσιο γερμανικό ποιμενικό. Είναι τρέλα!»

«Εννοώ με τη γυναίκα του, δεν προσπάθησε να μάθει το λόγο που τον εγκατέλειψε, δεν προσπάθησε να τα ξαναβρούν;»

«Κοίτα να δεις Μάτα. Όσα ξέρει ο νοικοκύρης, δεν τα ξέρει ο κόσμος όλος. Ο Αλέξανδρος εδώ και χρόνια ζούσε συμβατικά με τη γυναίκα του. Εκείνη ήταν τελείως αδιάψυρη απέναντί του, ενώ ο ίδιος υπέμενε τα πάντα για τα παιδιά του. Να φανταστείς πόσο ακραία κατάσταση ζούσε, παρόλο που μένανε μαζί, δεν του μαγείρευε τίποτα για να φάει, ενώ τα ρούχα του τα έστελνε ο ίδιος για πλύσιμο και για σιδέρωμα στο καθαριστήριο. Πιστεύω ακράδαντα δε, ότι πρέπει να έπαιζε και αλλού! »

«Αυτός;»

«Αυτή! Αυτός διοχέτευε όλη του την αγάπη στα παιδιά του και στο επάγγελμά του. Αυτό και τίποτα περισσότερο.»

«Ακριβώς. Αυτό και τίποτα περισσότερο. Προφανώς ο άνθρωπος αυτό ήθελε από εμένα, το τίποτα περισσότερο, ή το κάτι, που θα του πρόσφερε ένα διάλειμμα στην άδεια του ζωή. Μάλιστα!» Κούνησε παρήγορα το κεφάλι της.

«Μη το λες αυτό! Ο Αλέξανδρος σε ερωτεύτηκε! Εσύ δεν του έδωσες το περιθώριο να σε γνωρίσει καλύτερα!»

«Σοβαρά το λες τώρα; Εγώ δεν του το έδωσα; Πότε με ερωτεύτηκε, όταν εξαφανίστηκε από προσώπου γης, ή όταν τον έπαιρνα τηλέφωνο, για να του πω έστω κι ένα γεια, κι εκείνος αγνοούσε τα τηλεφωνήματα και τα μηνύματά μου!» της αντέτεινε εξοργισμένη.

«Απορώ με σένα! Τόσο έξυπνη γυναίκα και να αφήνεις να σε ρίχνουν έτσι; Απορώ πραγματικά!»

«Μη συγχύζεσαι βρε παιδί μου και μη βγάζεις βιαστικά συμπεράσματα!»

«Δε βγάζω βιαστικά συμπεράσματα! Αναλύω τα γεγονότα και τα βλέπω ρεαλιστικά, όπως έχουν στην πραγματικότητα. Αυτό κάνω!»

«Φιλενάδα, νομίζω ότι εδώ κάνεις λάθος. Ο Αλέξανδρος ήθελε πραγματικά να σε γνωρίσει καλύτερα, ακόμη κι όταν τον φόβισες με τη στάση και τη συμπεριφορά σου. Όταν όμως σε είδε αποφασισμένη να κλείνεις προς το μέρος του άντρα σου, έκανε πίσω, σεβόμενος την κατάσταση, καθώς και την απόφασή σου!»

«Εννοείς...»

«Αυτό ακριβώς. Όταν σε είδε να τα χάνεις, σκέφτηκε ότι δεν μπορούσε να σε βάλει σε αυτή τη διαδικασία. Μετά βέβαια, και αφού πηγαίνοντας στο σπίτι συνειδητοποίησε ότι η γυναίκα του τον είχε εγκαταλείψει, απαλλάσσοντάς τον ουσιαστικά από τα δεσμά του συγκαταβατικού γάμου, σκέφτηκε να κάνει μια προσπάθεια. Τότε τηλεφώνησε σε μένα, ζητώντας μου να μεσολαβήσω για να μάθω τι σκεφτόσουν κι εσύ γι' αυτόν. Εγώ όμως δεν ήξερα τι να του απαντήσω, κι εσύ ευλογημένη δεν το άνοιξες το ρημάδι το στόμα σου να μου μιλήσεις κι έτσι του είπα αυτά που έβλεπα. Εσένα δηλαδή στο πλευρό του συζύγου σου, νυχθημερόν, να τον στηρίζεις αδιαμαρτύρητα. Ο άνθρωπος το έπιασε το νόημα κι έτσι έκανε πάσο. Τι ήθελες να κάνει; Να τρέξει ξοπίσω σου, με τον κίνδυνο να φάει και δεύτερη χυλόπιτα;»

«Ναι, αλλά...»

«Τι ναι αλλά;»

«Εντάξει, έχεις δίκιο. Κι εγώ ακόμη και τώρα δυσκολεύτηκα να σου εξομολογηθώ όλα αυτά, αλλά ένιωσα την ανάγκη και ο μόνος τρόπος για να το κάνω, ήταν να φύγουμε κάπου μακριά, από όλους και από όλα.»

«Ωραία λοιπόν, φύγαμε και μου τα είπες και τι θα κάνεις τώρα;»

«Σαν τι θες να κάνω;» Η Μάτα την κοίταξε με το πιο περίεργο βλέμμα που θα μπορούσε να κοιτάξει κάποιον.

«Ξέρω κι εγώ; Εσύ τι λες;»

«Εγώ τι λέω; Εγώ λέω ότι η ζωή είναι πολύ μικρή. Άκου το τζιτζίκι πως τραγουδάει. Ξέρει πως με το τέλος του καλοκαιριού θα σημάνει και το τέλος στη ζωή του, γι' αυτό και τραγουδάει από κλαρί σε κλαρί. Για σκέψου το λίγο και δες τι θα κάνεις με σένα. Η ζωή είναι πολύ μικρή και σύντομη για να την περάσεις με τη σκέψη και την υπερανάλυση των γεγονότων. Χάνεις το δάσος κοιτάζοντας μόνο το δέντρο!»

«Εγώ είμαι της παλιάς σχολής! Μου αρέσει το πρώτο βήμα να το κάνει ο άντρας! Και αν ο άλλος δεν το κάνει, τότε...»

«Τότε τι; Δεν είναι άντρας;»

«Εντάξει, όχι ότι δεν είναι άντρας, αλλά...»

Η Μάτα διέκοψε τη φράση της τη στιγμή που η Ρένια σηκώθηκε από την καρέκλα της.

«Που πας τώρα. Εγώ σου βγάζω τα σώψυχά μου κι εσύ με εγκαταλείπεις;»

«Σώπα καλέ που σε εγκαταλείπω, ούτε να σηκωθούμε από τη θέση μας δεν μπορούμε δηλαδή; Αμάν πια καταπιεστική γυναίκα!»

«Το ξέρω, γι' αυτό οι άντρες δεν με θέλουν. Δεν τους αρέσει να τους καταπιέζουν οι γυναίκες ζητώντας τους αγάπη και προσοχή. Εκείνοι προτιμούν μια ξανθιά Λολίτα, που το μόνο για το οποίο θα τους θέλει για είναι για τα λεφτά αισθήματά τους. Τους είναι πιο εύκολο να ανοίξουν το πορτοφόλι τους και να αγοράσουν ένα κόσμημα ή να τις πάνε ένα ταξίδι, από το να καθίσουν έχοντας στην αγκαλιά τους τη γυναίκα που επιθυμούν και να θαυμάσουν το ηλιοβασίλεμα. Να ένα τέτοιο ηλιοβασίλεμα, σαν κι αυτό!»

«Καλά!»

«Που πας τώρα; Δες το ηλιοβασίλεμα μαζί μου!»

«Έρχομαι σε λίγο. Πάω μέχρι μέσα το δωμάτιο!» της είπε κι έφυγε βιαστική.

«Είδες, ούτε κι εσύ δεν θέλεις αυτά τα πράγματα. προτιμάς τα υλικά, αυτά που μπορείς να πληρώσεις με το πορτοφόλι και την πιστωτική κάρτα σου, όχι αυτά που μπορείς να πληρώσεις με την καρδιά σου!» Μονολόγησε και αφού έβαλε άλλο ένα ποτηράκι τσίπουρο το ήπιε μονοκοπανιά και αραδιάστηκε στην πολυθρόνα της να χαζεύει τον ήλιο που κρυβόταν πίσω από τη θάλασσα, βάφοντας το ασημί ρυτιδιασμένο σεντόνι της με τα πορτοκαλιά, τα μαβιά και τα χρυσά του χρώματα, καθώς εισχωρούσε λάγνα στον κόλπο της.

Πίσω της ακούστηκαν βήματα, αλλά εκείνη δεν γύρισε να δει. Οι περισσότεροι ένοικοι του οικήματος τέτοια ώρα βρίσκονταν ακόμη στην ακροθαλασσιά και γεύονταν τη δροσιά του υγρού στοιχείου, παίρνοντας το απογευματινό μπάνιο τους. Μόνο οι δυο τους βρισκόταν εκεί.

Η Ρένια προχώρησε με ανάλαφρα βήματα περιδιαβαίνοντας το πέτρινο μονοπάτι του κήπου. Από μακριά είχε δει τη γνώριμη φιγούρα που με τη βαλίτσα στο χέρι έμοιαζε να ψάχνεται αδίκως. Σηκώθηκε από την καρέκλα της κι έτρεξε όσο πιο αθόρυβα μπορούσε. Μόλις τον πλησίασε, του πήρε τη βαλίτσα από το χέρι και του χαμογέλασε συνωμοτικά. Εκείνος της ανταπέδωσε το χαμόγελο με την ανυπομονησία και το φόβο του μαθητή που κάνει για πρώτη φορά σκασιαρχείο.

«Πήγαινε, σε περιμένει!»

«Είσαι σίγουρη; Μήπως είναι λάθος όλο αυτό;»

«Λάθος είναι το να θέλει ο ένας τον άλλο και να μην κάνει κανείς το πρώτο βήμα!»

Πήρε τη βαλίτσα του και τον χτύπησε ελαφρά με την παλάμη στην πλάτη.

«Θα την αφήσω μέσα στο δωμάτιο. Θα πάρω τη δική μου και φεύγω! Σας εύχομαι να περάσετε καλά και θα τα πούμε όταν γυρίσετε!»

«Είσαι σίγουρη;» επέμεινε εκείνος άλλη μια φορά για να βεβαιωθεί.

«Όσο δεν ήμουν ποτέ στη ζωή μου για κάτι! Άντε τράβα! Και καλή επιτυχία!»

«Νιώθω σαν μαθητής!» της ομολόγησε.

«Κι έτσι πρέπει! Αυτό είναι το πραγματικό συναίσθημα του έρωτα και αξίζετε να το νιώσετε και οι δυο σας! Άντε λοιπόν!»

Του έδωσε μια μικρή ώθηση στην πλάτη και ακριβώς όπως τη βαρκούλα που είναι παρατημένη στην άμμο, τη σπρώχνει ένα χέρι για να τη ρίξει στη θάλασσα, έτσι κι εκείνος πρώτα με αργό βήμα και μετά με πιο γρήγορο, πιο στέρεο και αποφασιστικό την πλησίασε. Στάθηκε για ένα δευτερόλεπτο πίσω της και μετά πέρασε από μπροστά της και κάθισε δίπλα της. Ο ήλιος είχε μπει ολόκληρος μέσα στη θάλασσα και τώρα εκείνη, πλημμυρισμένη πλέον από ηδονή έτρεμε λαμπερή μέσα στα χρυσά της, ολόγιομη από αυτό.